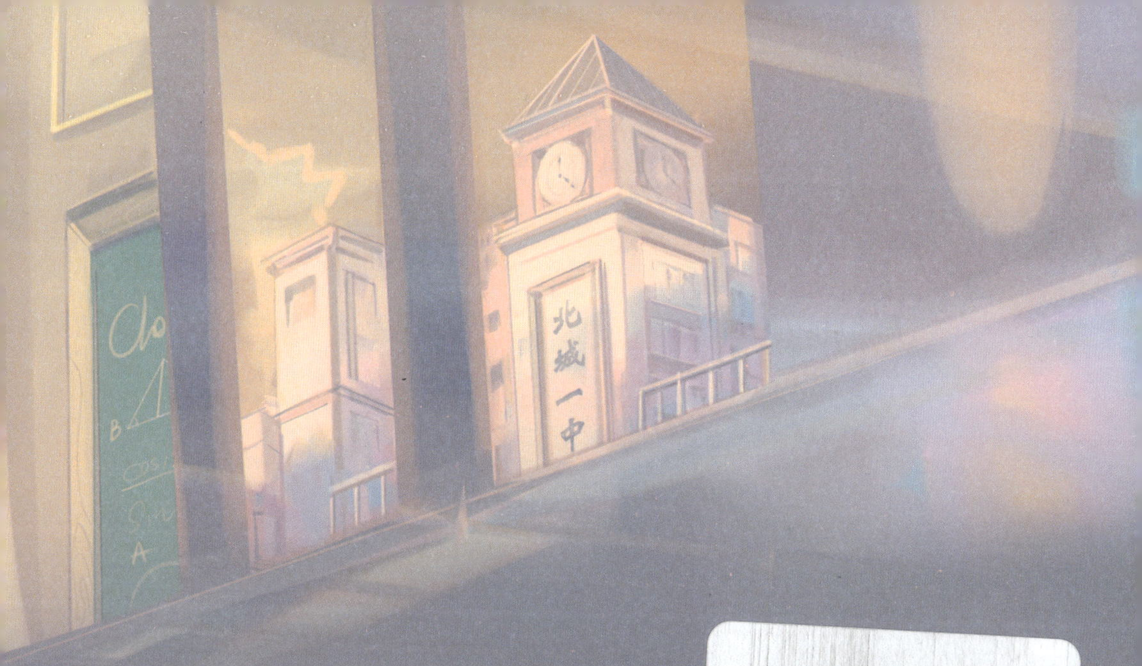

装乖

奶黄菠萝包 著

PRETEND TO BE NICE

图书在版编目（CIP）数据

装乖 / 奶黄菠萝包著 . -- 南京 : 江苏凤凰文艺出版社，2021.3

ISBN 978-7-5594-5599-4

Ⅰ . ①装… Ⅱ . ①奶… Ⅲ . ①长篇小说 – 中国 – 当代
Ⅳ . ① I247.5

中国版本图书馆 CIP 数据核字 (2020) 第 265470号

装乖

奶黄菠萝包　著

责任编辑　白　涵
策划编辑　小　米
特约编辑　连　慧
装帧设计　苏艾设计
责任印制　刘　巍
出版发行　江苏凤凰文艺出版社
　　　　　南京市中央路 165号，邮编：210009
网　　址　http://www.jswenyi.com
印　　刷　河北照利印刷有限公司
开　　本　700毫米 ×990毫米　1/16
印　　张　23.5
字　　数　370千字
版　　次　2021年 3月第 1 版
印　　次　2021年 3月第 1 次印刷
书　　号　ISBN 978-7-5594-5599-4
定　　价　52.80元

这辈子，他都要活在这场白日梦里

靳岑的心里有一个地方，
有一簇火苗。

这簇火苗燃烧得不算旺盛，
但很明亮，

它一直摇曳在靳岑心里那个
幽深又晦暗的角落里，

它像天使落在人间的一粒火种，
它燃烧着，
在酷烈的冬日里，
在明媚的春光里，
在落叶的萧瑟里，
在蝉鸣的夏日里。

contents

目录

少年如同抽条的枝丫一样，
拼命地向着天空生长。
他们沉默着，沉默着，长大了。

第一章 狭路相逢

1

“岑哥，你看见他那小人得志的样子了没有，可气死我了。”陈毅一脚踹翻了教室里的垃圾筐。

靳岑松开衬衣的前两颗扣子，感觉自己终于喘过一口气儿来了。

他单手拉开可乐的拉环，汽水滋滋地往外冒泡，靳岑猛喝一口，感觉心上爽利许多。

垃圾筐里倒也没什么东西，就俩纸团。靳岑皱眉，朝垃圾筐的方向扬了扬下巴。

“做什么呢，给我扶起来。”他坐在桌子上，看了眼手表，家长会应该要结束了，“纸团也给我捡进去。”

陈毅瘪嘴把垃圾筐扶起来，纸团丢进去，寻思着等下靳岑会不会让他再去套一个垃圾袋。

靳岑从兜里掏出一个不锈钢的方形精致小盒，推开盒盖，他的手指用力在糖盒上一拍，啪的一声，一颗糖弹起，精准地掉进他的嘴里。

薄荷糖的清凉在口中散开，令靳岑清醒了几分，他的脑海里闪过刚刚严亦疏在年级会上发言的模样。

端得直挺挺的腰板，黑框眼镜，一副斯文模样，写的学习总结也是花团锦簇，听得靳父连连夸奖。

“亦疏这小伙子，你严叔叔教得好啊！”靳父感叹，“不过你这次物理竞赛考得也不错！年级第二没什么，多向亦疏学习，两兄弟要共同进步嘛。”

共同进步？

向严亦疏学习？

靳岑眯了眯眼。

严亦疏都转来北城一中半个学期了，两个人私底下说过的话不超过十句，还都是伴随着假笑的寒暄。

虽然靳岑看不爽严亦疏那张描得乖巧安静的面皮，但是这小子能考过他，倒还算是有点本事。只要他不主动招惹上来，他也懒得触这霉头。

“行了，你自己能考过人家再说他小人得志。”靳岑懒懒道。

靳岑憋了一下午，浑身难受，薄荷糖让他舒服了许多。他没接陈毅的话头，反斥了他一句，免得陈毅那地头蛇的毛病，非要和严亦疏闹出事来。

陈毅张了张嘴，悻悻然地转过头去，不再说了。

他跟着靳岑混了这么多年，也就是个年级五十多名，虽然父母已经很满意了，但是自知是比不过靳岑这一类脑子聪明还有天赋的人。

每个班的小家长会一结束，靳岑手机上立刻收到靳父的消息。

“来校门口，带你和亦疏去吃饭。”

靳岑也不急，他从书包里掏出了香水，在手腕和衣角喷了点，这才从桌子上下来。

他把可乐拎在手里，要往外走。

陈毅赶忙跟上去。

“岑哥，回去了？”

“嗯。”靳岑把衬衫扣子扣回去，连身上那慵懒的劲儿都一概不见了。

“那沸点（音乐 Live 餐厅）咱们去吗？明天晚上，杨子等咱们好久了。”

“去。”靳岑手机上又收到一条信息。

这次是银行的转账信息，每次大考成绩一出来，靳父准要给他打零花钱，这次估计是加上了物理竞赛的份额，足足打了平常的两倍多。

靳岑收到钱，心情都变好了一点。

他一口把可乐喝完，扔进走廊的垃圾桶里。

陈毅和靳岑初中就一起玩，见多了靳岑的两幅面孔，但偶尔还是会感觉有些不适应。

靳岑走出废弃教室，立刻换上一副优等生的模样，和刚刚在教室里吊儿郎当的男生简直判若两人，若说这是一对双胞胎估计都有人相信。

在大院的孩子里，靳岑从小就是那个根正苗红的表率，学习成绩一向优异，连第二都甚少拿过，哪个家长说起来不羡慕呢？靳母生下靳岑后体弱多病，受不得刺激，靳岑可真就一直做得和教科书里的乖小孩一样，叫人挑不出错来，一路无忧的靳母，身体也慢慢好了起来。

陈毅听多了女生感叹，说靳岑长了一张校霸的酷脸，成绩又好，若是再“坏”那么一点儿，就好了。

都说男人不坏，女人不爱，小姑娘们喜欢祁杨这种痞帅痞帅的校霸，也能理解。

但陈毅有些时候真是心里堵得慌。

北城一中的校霸哪是祁杨啊？

这小子小时候跟在靳岑后面屁滚尿流的时候是没被人瞧见。

真正说了算的，分明就是自己前面走着的靳岑。

小时候，陈毅和祁杨一样，在大院里想做孩子王，时常就撺掇两派小孩斗殴，他的父母烦得不行，就去和靳父讨教怎么教小孩。

靳父也不知道靳岑怎么就长成了这么笔直的模样，也说不出个所以然来，就干脆直接把靳岑扔进了这群糟心小孩里，让他解决。

最后靳岑还真把这群小孩给制得服服帖帖。

至于解决途径陈毅和祁杨可是深有体会。

人家是先礼后兵，靳岑是先兵后礼。

先是逮着陈毅和祁杨一顿揍，这俩花架子哪里打得过每个暑假都去部队体验的靳岑？打完以后还不叫完，一人一本厚厚的奥数习题，谁错得多谁就要挨揍。

陈毅和祁杨从来没有那样热爱学习过。

两个人学得那叫一个眼冒金星，哀号连天。偏偏靳岑就坐在他们旁边，自己也在做题，还是飞速刷题，把两人都看傻了。

后来的日子里，他们就唯靳岑马首是瞻了。靳岑不便出面的大小事情，什么哪条街上要收拾什么刺头，都由祁杨出马，祁杨也慢慢威名远扬，居然混出了江湖地位，在北城一中有了校霸的称号。

他们走到校门口附近，学生和家长也多了起来。陈毅和靳岑比了个打电话的手势，和他说：“那我们明天沸点见哈！”说完，就和靳岑分开走了。

靳岑把单肩背着的书包背好，走到校门口，远远就看见了靳父的车。

靳家也算北城一流的权贵人家了，靳岑这一根独苗被送到北城一中来，许多人挤破了头都想和他一个班，提前搞好关系。

谁知道靳岑一副只热爱学习“三讲四有”好好学生的模样，不和他们一起混，居然愣是没一个人能和靳岑熟起来。

靳父的车是再大众不过的黑色奔驰，北城一中家里有钱的一大把，玛莎拉蒂、法拉利都停了许多在门口，这黑色奔驰看起来毫不起眼。

开车的林叔给靳岑打开门，靳岑坐进去，旁边端坐着穿着同样校服的少年。

严亦疏。

脸上架着一副黑框眼镜，留着不过耳的短发，顺刘海，长得倒还能看，细皮嫩肉的。

刚转来一中重点班的时候，听说女生们可是为他起了不小的动静。

谁知道这转学生，五官倒是好看，却一点都不“洋气”。不穿 AJ，不改裤脚，不戴运动手环，也不打架不玩游戏，是个书呆子。

年级有个帅哥靳岑是书呆子，已经很让人扫兴了，这会儿好不容易又来了个帅哥，又是书呆子，不仅呆，还有些土。

女生们仿佛看着一道美味佳肴，偏偏冷掉了，吃不是，不吃也不是，最后好不容易有一个人上去尝试，得到了严亦疏的严词拒绝。

“我认为，我们中学生，要以学习为主。”

陈毅把这八卦讲给靳岑听的时候，笑得那叫一个人仰马翻。

靳岑余光瞄到严亦疏的鼻梁，很挺，有浅浅的眼镜架的压痕。

严亦疏到北城的这半个学期，经常受靳父的邀约来靳家吃饭。

他们颇有默契，在靳父面前一派同学和睦、其乐融融的景象。靳父都信了他们俩关系处得不错了。

严亦疏坐在车上，手里还装模作样地拿着一本雅思词汇书，时不时地翻看两页。

靳振国的声音从副驾传来：“刚刚等你的时候亦疏还和我说，这叫合理化利用碎片时间呢，靳岑，你看看，人家亦疏的英语满分就是这么考来的。”

严亦疏插好书签，把书合上，扶了扶眼镜。

“我这是笨办法，靳岑脑子好，背得快，用不着和我一样以勤补拙。”

靳岑无语。

他提了提衬衣的领子，手有点痒。

靳振国立刻用不赞同的语气回复：“靳岑这小子，就是靠自己这点小聪明。学习还是要踏踏实实的，不然这次怎么会落你十分这么多啊？这都是平常的汗水和努力积攒起来的。”

“靳岑，靳岑？听到没有，要多和亦疏交流交流学习经验。”

靳岑平静地“嗯”了一声，情绪控制得很好，听起来没什么异常。

他余光看向那个说话一套一套的严亦疏，那小子白净的面皮上几乎看不见什么瑕疵，像是从小被娇惯养大的。

严叔早些年调到川城，就一直没有回来过，小时候他还见过几次，现在是没什么印象了，更别说他儿子了。

严亦疏好似是察觉到靳岑在看他，转过头，对他抿出了一个羞涩的笑来。

“靳岑，你这次物理考了满分，等下能向你请教一下最后一道题吗？”

靳岑看见严亦疏有些长的刘海下，是一双上挑的丹凤眼，薄薄的单眼皮，认真看向他的时候会压出一道浅浅的褶。黑框眼镜遮住了眼尾，但靳岑隐约能看见他的眼角处好像是有一颗痣的。

长这样一双眼睛，身上居然都能带着一股淳朴憨厚的气质。

靳岑有点儿怀疑自己这严叔叔，是不是从小把严亦疏扔在衡中这样的学习环境里。

他迟疑了一下，点了点头。

男生很开心地笑了。

“我高二也是准备竞赛的，不过还没选好科目。物理和化学都有些想准备，到时候要问问你的经验了。”

严亦疏扳着手指说：“这次期中考，我也就是英语和政治多你些分，真的分了文理科，我肯定还是考不过你的。”

靳岑真的不想放了学还要听人念叨考试成绩。

他之所以这些年一直保持成绩优异，明面上一副品学兼优的样子，一是因为母亲身体不好，不想让她担心；二就是因为不想听任何人的唠叨。

靳振国从来就对他的成绩不担心，给钱大方爽快，平时也相信靳岑，不会对他的日常生活过多询问，这才能让靳岑在课余时间舒服自在地想干什么就干什么。

严亦疏简直就是个人形考试机器，家长会都结束了，还在这里扳着手指和他算分。

听起来，还要约他课后去图书馆一起奋进。

若不是靳振国在这车上，靳岑早就不耐烦了。

期中考结束，周末过完就是两天的校运会，靳岑约好了祁杨和陈毅去玩，哪里有空陪严亦疏畅游题海。

严亦疏嘴上叭叭叭说个没完，把靳岑说得被迫放空大脑，只当自己在听“历史师太”讲课，不管靳振国怎么和严亦疏聊得畅快，他一句话都不说。

严亦疏好像是察觉到了靳岑身上那股微妙的不耐烦。

他的话音骤停，看了看已经闭上眼睛，撑着额头好似睡过去的靳岑。

他小声说：“我都忘了，靳岑这几天复习肯定累了。”

聊到兴头上的靳振国往后一看，自己儿子一副疲惫的样子，立刻也住了嘴。

严亦疏朝靳振国笑了笑，“靳叔，没事儿，让靳岑好好休息几天，上课了我再去请教他问题。”

装睡的靳岑不知不觉就有些意识模糊了，他在心里嗤笑了一声，没想到严亦疏还是会看点脸色的，这样想着，他真的睡了过去。

听到身边的男生呼吸逐渐平稳，应该是真睡熟了。

严亦疏拿出手机，徐易平已经给他连发了十几条消息。

难平：疏哥！疏哥！疏哥疏哥疏哥！

难平：明天出来玩啊！玩啥都成！

严亦疏回了个问号。

难平：一中不是考完了吗？

SHU：我问你玩什么？

难平：桌球？

SHU：腻了。

难平：那来我家玩游戏，晚上咱出去玩！

难平：沸点明天晚上好像有活动，冲！我提前定了个座！

SHU：妥。

敲定明天的活动，严亦疏好像卸下来两分架子，垮着肩，松了口气。

严亦疏敲了敲手机，屏幕上还有些其他朋友的消息，他一概没回。

装书呆子可真是不容易，严亦疏捏了捏肩膀，在心里叹气。

不过好日子就要来了。

徐易平是他川城的朋友，后来和父亲一起回到了北城，不过是来得比他早一年，一副东道主的样子，拉着他四处玩。

严亦疏之前推了很多次，就是因为不想暴露自己。

严父在川城的时候一年有大半年不在家，严母又过世得早，严亦疏可谓是十分自由。严父能打探到他消息的也都是他的发小，他们也不会和严父多说。他只要在学校里乖一点，准时上交自己年级第一的成绩单就好。

反倒是来了北城，居然被拜托给靳振国照顾。靳振国责任心强，真的三天两头叫严亦疏去吃饭。这也就算了，年级里还有个抬头不见低头见的靳岑，严亦疏初来乍到，认识的人又不多，害怕露馅，只好忍辱负重，装出一副三好学生的样子来。

半个学期过去，严亦疏深觉自己已经演技大成，人设稳稳立牢固了。

刚刚他爸还给他打电话，说靳叔叔对他十分夸奖，也不再提要给他请保姆照顾他生活起居的事情了。

严亦疏隐隐看到，自己的美好生活又要重新到来了。

他瞥了一眼旁边睡过去的靳岑。

这小子倒是长得蛮帅的。

寸头，剑眉，眉眼深邃，小麦色的皮肤。气质沉稳，话好像也不太多。

就是人太呆板无趣了点，只会学习，观察了半个学期，都不见他有什么课外娱乐，搞得严亦疏一直没去和他过多交流，害怕掉底儿。

不过就这脸，像许青那种花痴的，肯定已经冲上去直叫“天菜”了，要死要活也要认识他。

回想起川城的朋友，严亦疏居然还有些想念。

想起他在川城的时候，疏哥到的地方多少美女帅哥啊。哪里像现在这样，独独见到一个帅哥，还是个书呆子。

严亦疏决定要隔着屏幕撩拨一下许青。

他点开许青的私聊，发消息。

SHU：啧。

SHU：我旁边坐了个让男人都羡慕的帅哥。

许青向来是离不开手机的，消息发出去没多久，许青就回复了。

青青草原：什么？

青青草原：无图你说个屁。

青青草原：啊啊啊啊啊，快给我看图，给我看图！疏姐儿，我还没见过比你还帅的帅哥呢。

严亦疏被弄得一阵寒战。

这是又看什么宅斗剧了。

他四下看了看，靳岑睡得还很稳，靳振国在看手机，应该没人注意到他。

严亦疏轻轻扬起手机，侧过身，对准靳岑的侧颜拍了一张，糊了。

他皱了皱眉，强迫症让他又拍了一张。

就在这时，车停下了。

司机刚出声提醒，靳岑的眼睛就睁开了。

男生面色还带着点睡意，看着严亦疏僵在半路的动作，发出了一个疑惑的音节。

“嗯？”

严亦疏眨眨眼。

“你在干什么？”靳岑揉着有些酸的脖子，直起腰。

严亦疏微笑，又微笑：“我看这饭店挺好看，拍给我以前的朋友看一下。”

靳岑看了眼窗外，靳振国喜欢的饭店，装修风格是那种恨不得把“我很有钱”四个字刻在上面的，到底有什么好看的？

他低下头，没说什么，心里却想，这严叔叔的儿子，够淳朴的啊。川城有那么落后吗？

他拿起手机，开门走下去。

严亦疏看自己蒙混过关，心里舒了一口气，咬牙切齿地骂了许青一番。

这会儿许青求照片的消息几乎已经刷爆了他的微信。

自己怎么手欠怀念起许青来了呢？真是脑子有病。

照片拍也拍了，他跟在靳岑的后面，把照片发过去以后，就把手机揣回了兜里。

走在前头的靳岑虽然只是高一，已经长得很高，比他高出半个多头来，已经有一米八多了。

从后面看，靳岑腰板挺得很直，不是那种装模作样地故意端直，像是从小训练出来的站姿。有一股说不出来的精气神儿。

很吸引人的目光。

这顿以“做德智体美劳全面发展的三优中学生”为主题的饭，吃得靳振国那叫一个慷慨澎湃，底下俩少年却只能赔笑，心里早就蔫儿了，被这浩然正气给冲刷得一干二净。

靳振国不愧是久居上位的领导，这洗脑的功力还是很牛的。

趁着靳振国去上洗手间的间隙，严亦疏赶忙捞出手机，看一眼许青的回复。

许青收到那两张严亦疏发送的照片，已经在嗷嗷乱叫。

青青草原：啊啊啊啊啊！

青青草原：为什么这种大大大帅哥会出现在你的身边？

青青草原：快点给我他的微信！

严亦疏被许青的奔放吓了好大一跳。

靳岑确实长得是不错，但是许青至于吗？

他戳了一个句号回复过去，以表自己的无言以对。

青青草原：自你走后，我们这旮旯再也找不到一个像样的男人。

青青草原：我好苦，好苦。

严亦疏知道许青是个不甘寂寞的颜控，但是他也无能为力。

SHU：也就给你看看。

SHU：别做梦了。

SHU：我也没他微信，不熟。

青青草原：那你就去和人家熟起来啊！

严亦疏没理会许青，他见靳振国回来了，立刻把手机收起来，继续吃饭。

靳岑扫了一眼，正好看到严亦疏扒饭的样子。

这刘海垂的，半张脸都要没了。

果不其然，靳振国看见严亦疏的刘海，很是在意。

“亦疏啊，是学习太忙没空理刘海吗？有空去剪剪！这样对视力不好。”

严亦疏嘴里的米饭都嚼出甜味来了，干巴巴地吞下去，对靳振国露出一个格外乖巧的笑容。

“好的，叔叔。”

靳振国指了指靳岑：“靳岑这个寸头就很不错嘛，好打理。”

严亦疏想象了一下自己剃寸头的样子，感觉大概是没法见人了。

这顿饭吃得挺久，两人陪着靳振国聊了许多有的没的，严亦疏从小就懂得讨巧卖乖，自然是把靳振国哄得直乐，简直就要把他当第二个儿子了。

晚上九点多，严亦疏才回到家里。

严家在北城置办了不少产业，这套学区房是特意为了严亦疏回北城读书买的。当年严父也是想着让严亦疏在北城高考，所以才没有给他把户口调到川城去。

严亦疏一回到自家屋子，整个人就和泄了气的皮球一样，靠着沙发一屁股溜到地毯上。

他随手拿起一个夹子，把刘海卡上去，露出饱满的额头。

扔下黑框眼镜，那双眼尾上挑的凤眼才叫人看得清清楚楚。

严亦疏的眼睛不算大，单眼皮总叫人感觉有些睡不醒。被刘海遮着的时候还不觉得，现在露出来，那浅浅一道弯的弧度就显得不那么友好。

第一眼看过去，准会叫人觉得这人很傲。

眼角那颗小痣颜色不算深，更像棕色，当纤长的睫毛垂下来的时候，更多了点冷意。

严亦疏随手开了包薯片，边吃边玩手机。

不知道玩了多久，徐易平突然邀他视频聊天。

严亦疏皱了皱眉，随手点了通过。

徐易平那边震耳欲聋的电音瞬间炸响在他的耳畔。

“Put your hands up！”

经典曲目的高潮一来，所有人就和疯了一样开始嗷嗷乱叫。

徐易平挤在舞台边缘，拍到一个美女的侧面。

严亦疏堵着耳朵看了一眼，他离开这种场合太久，一时间还有点不习惯。

“你玩你玩，明天别放我鸽子。”

严亦疏说完就把视频挂掉了。

以前怎么没觉得这么吵，都快给震聋了。

他直起身来，打算换个地方躺着。

这房子保洁阿姨两天来打扫一次，估计今天上午刚打扫完，一切都是崭新干净的。

客厅的阳台上有吊椅，严亦疏拎着零食去那玩手机。

他开了瓶啤酒，躺在吊椅上，很是悠闲。

他正打算玩游戏，就在微信班群被点名了。

是班长在说体育节的事情。

公告：全体成员，星期一校运会，所有同学每人五份加油稿件，一定要记得写！

加油稿件……

严亦疏翻了个白眼。

为什么全国中小学都要流行这玩意儿？

他这次校运会，还在体育委员的苦苦哀求之下报了一千米，因为重点班的男生没人愿意去跑。

北城一中一个年级二十个班，分别分了重点班、实验班和格致班。

虽然明面上是说这三个班平起平坐，但是大家都知道，重点班是这三个班里排名最后的，靳岑在的格致班才是师资力量最强大的。

实在是因为名额难抢，他爸定得又晚，本来是想高二再让他来，突然又决定高一就送回来，所以这才把他送进了重点班。

严亦疏是空降兵，开学一周了才把手续办好来上学，军训都没参加，是实打实的“关系户”。

一开始所有人都没指望这种关系户能考出什么高分来。

靳岑从初中开始就在北城一中上学，称霸了北城一中初中部三年。由于从初中部直升高中部的同学占大多数，所以靳岑的赫赫威名在高中也迅速传开了。

谁知道，开学前几次月考还是靳岑第一，但严亦疏一路猛追，从第十追到第一，直接把靳岑给挤了下去。

严亦疏也由此就出了名。

俗话说得好，人怕出名猪怕壮，严亦疏一出名，学习心得演讲找上门了，体育委员找上门了，连之前被他以土味高中生形象吓退的女生也找上门了。

严亦疏看了看班群，发出了一声一波三折的叹息。

还是川城好，班里全是自己的兄弟，什么事儿都轮不到他亲自动手。

但是这次期中考试还是收获颇丰的。不仅他爹给了他钱，还答应不给他找保姆。估计能彻底放心让他一个人在北城生活了。

严亦疏调整好心态，打开游戏，美滋滋地开始疯狂上分。

他不知道玩了多久，只知道是困了，洗漱完毕，爬上床，一沾枕头就睡着了。

等他再睁开眼醒来，居然都已经是第二天的下午了。

得，午饭都给他睡过去了。

严亦疏一个人生活就是常常作息不规律，他眯着眼半梦半醒地起床，拿起手机，先是看了眼时间，下午三点。

徐易平给他打了不知道多少个电话。

严亦疏回了个刚醒，起床去厕所。

刚推开门，对上镜子，严亦疏就被自己的发型给吓醒了。

昨天夹的夹子忘记取掉了，头发给睡撇了，弄得七歪八扭的。整个头发颇有些后现代的抽象风格，说鸡窝不像鸡窝，但总之是十分活泼、生动的。

严亦疏梳了两下，没辙。他干脆直接去洗了个头。

谁知道当他把头发吹干，刘海那几搓翘起来的毛还是梳不顺，怎么都不服严亦疏的管教，在脑门上这里翘一撮，那里翘一撮的。

严亦疏烦死了，直接拿发胶把头发往后顺，弄了个狼奔头出来。

他看了眼镜子中的自己，嚯，有点当初疏哥的影子了。

穿上他的小众潮牌T恤，戴上万把块的高端银饰，严亦疏一改在学校里拖在地上的裤脚，衬衫扣子都要扣到第一颗的书呆子模样，蹬上自己心爱的球鞋，出门去潇洒。

偌大的北城，改头换面一番，就算是在外面撞见了，估计同学都不敢认。

更何况没人看过严亦疏把刘海梳起来不戴眼镜的样子。

严亦疏先是去了徐易平那里。

徐易平一个人在家，掏出了PS4在打游戏。

他给严亦疏开门，立刻浮夸地给他捧场。

“疏哥，帅啊！”

严亦疏提着零食饮料，没耐心和他多说，赶紧进去把东西放下。

两个人一边玩游戏一边聊这些天的情况。

“怎么你回来都叫不动？之前好几个局，我都想介绍北城的朋友给你认识呢。”徐易平疑惑。

严亦疏挑了挑眉：“你可千万别，我不想认识什么北城的朋友。这些太子爷一个两个玩得可大了，我可不想暴露我这么多年来苦心经营的形象。”

徐易平嗤笑一声。

“你怎么像靳岑一样？”

严亦疏玩游戏的手顿了顿。

“靳岑？你也认识他？”严亦疏问。

“靳岑谁不认识啊。我们这个圈子里，哪家父母没耳提面命过，‘看看人家靳岑，再看看你！靳岑小学拿希望杯一等奖，口语大赛一等奖，作文比赛一等奖的时候，你在干什么？’我们家刚搬回来不久，我都被说了好多遍了。”

徐易平说得眉飞色舞。

“你是不知道，靳岑简直就是别人家小孩的模板。”

徐易平说到这儿，忽然降低了声音。

“听说，你这次期中考试挤掉了靳岑拿了第一？”

严亦疏不知道把靳岑挤掉拿了第一是这么大的事情，如果知道，他一定会选择把这个第一乖乖送到靳岑的手上。

他不情愿地点了点头，立刻被徐易平撞了一拐子。

“太牛了！兄弟！这口恶气出得好！你知道吗，靳岑已经连霸了北城一中第一三年了，就连市联考他都考第一！”

他眨了眨眼。

完了，早知道他再多打听打听消息了，这样贸然踢掉靳岑成为第一，他岂不是得出名？那以后做事情多不方便啊。

严亦疏不动声色地继续试探。

“那靳岑就不玩吗？”

徐易平沉思了片刻。

“也不能说不玩吧？他有自己的朋友圈，不太搭理其他人。倒是他朋友圈里有个叫祁杨的很会玩，混得也开。好像只有祁杨才叫得动靳岑。”

严亦疏点了点头。

他交朋友喜欢保留一二，像许青这样玩得特别好的，严亦疏都没有告诉他靳岑的事，徐易平他自然也没说。只是说家里拜托了人照顾，不方便出来玩。

现在看确实做得对，如果让徐易平知道就是靳家在照顾他，再加上靳岑的知名度，问起来可就没完没了了。

严亦疏把话题绕开，两个人继续打游戏。

晚上，严亦疏和徐易平吃完烧烤，逛了会儿街，才去了沸点。

严亦疏特地没让徐易平叫朋友，两个人坐着叙旧。

没坐多久，隔壁桌就有个女生走了过来。

严亦疏不和熟人玩，对陌生人倒是无所谓，只要不会认出来他就行，徐易平自然也是不会拒绝的。

严亦疏在外面有别名。

“白殊。”严亦疏朝女生笑道，“白色的白，悬殊的殊。”

徐易平差点一口水喷出来。

严亦疏真是张口就来。

白殊是他和严亦疏在川城的共同好友，严亦疏以前在川城的时候出去玩也是胡乱报名字，现在想想他当初报的不会都是朋友的名字吧？

徐易平惊恐地看了严亦疏一眼，不会自己的名字也被他报过吧？

严亦疏和那个隔壁座的女生聊得欢快极了。

徐易平就是佩服严亦疏这本事，只要严亦疏一出来玩，周围的帅哥美女都喜欢围过来，还相谈甚欢。

严亦疏顶多就是跟搭讪的姐姐们聊几句，很快耐心也就告罄了。

见他提不起劲儿，小姐姐们也觉得没意思，再想想这小帅哥年纪估计也不大，最后都主动走了。

严亦疏斜靠在椅背上，打量着周围。

严亦疏的目光随意地看了看店内，没见到什么熟悉的人，心中顿感心安，但是坐在角落里的一个人引起了他的注意。

虽然隔得有些远，灯光也暧昧不清，但是那个侧脸依旧十分出众。

可以看见那人轻阖的眼，高挺的鼻梁……

严亦疏的目光僵在了那人身上。

等等，这人有点眼熟啊？

他低下身子，只露出一双眼睛在椅背上方。

看了足足有一分钟。

这张脸与脑海中，昨天靳岑在车上睡着的侧颜重合在一起。

一模一样。

严亦疏脑海中现在只有一个念头——赶紧逃。

他抓起手机就要走。徐易平被他吓了一跳，赶紧跟上去。

“干什么啊疏哥？还没开始呢你就要走？”

严亦疏把他直接拉到门口，取掉手环，直到电梯里才缓过神来。

他拉着徐易平，面对面，正色道：“你别问，今天晚上的钱我出，我们换个地方。”

徐易平一脸蒙。

他讷讷地说：“我还是想问……我忍不住……”

严亦疏叹了口气。

他幽幽道：“你不懂。”

严亦疏想起来还有些后怕。

徐易平抓狂道："到底是为什么啊？"

他只听站在旁边的严亦疏舒了一口长长的气，语调严肃地说："我刚刚，差点崩人设了。"

2

两人出了餐厅，转一个路口，就是步行街。

严亦疏拉着徐易平，找了一个最偏僻的门店进去。

位于角落里的音乐餐厅就算是在周末晚上这种火爆的时段也没有坐满人，大都是情侣成双成对地腻腻歪歪。

严亦疏和徐易平找了个角落的位置坐好。

徐易平看了看周围冒着粉红泡泡的环境，再看看坐在他对面的严亦疏，不禁起了一身鸡皮疙瘩。

"那个疏哥……我们坐在这儿，好像有点怪怪的吧？"

徐易平有点手脚都不知道该往哪里放。

他张了张嘴，又忍不住问。

"还有刚刚那个……是怎么回事啊？"

严亦疏和服务生点完单，支着下巴，终于卸下了浑身的提防劲儿。

他把桌上的小台灯按亮一档，气氛终于没那么奇怪了。

"我刚刚看见了一个熟人。"

徐易平语气同情："太惨了兄弟，出来玩都这么倒霉。"

严亦疏点点头，"北城还是水深啊。"

严亦疏面不改色地扯完谎，脑海里又闪过刚刚在沸点看到的靳岑的那个侧脸。

感情这小子也和他一样披着层皮呢？

严亦疏本以为靳岑如徐易平所说，应该是一个根正苗红的好少年，但现在一看，一个人的眼睛果然是不会骗人的。

他第一眼看到靳岑就觉得这人的眼神不像表现出来得这么安分，今天一看，就靳岑那样子一看就是熟客了。

这倒让他莫名觉得有点意思，有点想逗逗这个不安分的少年。

他畅想了一会儿，还是打住了这个念头。

毕竟自己刚来北城不久，脚跟都没站稳，姑且就别浪了，靳岑这可不是萍水相逢的陌生人，是以后在学校里每天打个水都能见到的人。

严亦疏很快就揭过了这件事，不再去深入探究。

兄弟俩喝了两杯，压了压惊。最后还是觉得无趣，转战回去打游戏了。

深夜两点多，靳岑和陈毅、祁杨三人才从沸点出来。

陈毅和祁杨蹦了两个小时，气喘吁吁。

靳岑插着兜走在最前面。

北城的夜向来是很长，步行街这块儿许多宵夜摊还没打烊，烧烤、串串……香味一阵阵地飘过来。

祁杨落在靳岑身后一步左右。

“岑哥，那个金一楠怎么办？”祁杨酝酿了半天问道，“上次好说歹说还是说不通他。”

陈毅一听这名字就来气，他狠狠骂道：“这个大胖子还好意思黏着我妹妹，浑蛋！”

靳岑顿了顿脚步。

他不知道想到了什么，神色有些晦暗，开口的声音也沉沉的。

“找个时间把他捆了，关起来，把所有学科的试卷教辅资料都备好，做不完不给饭吃。手机收起来，别打他，也别动粗，就关着他做卷子。”

靳岑脚步不停：“和金家那边就解释，金一楠想要奋发图强了，找我讨教学习方法，要和我共同进步。”

靳岑手里摩挲着薄荷糖盒，嘴角轻轻压出一个带着寒意的笑来：“你说金叔叔会不会给我送面锦旗来呢？”

陈毅和祁杨连连点头，“估计金家这一个月都不会关心金一楠在哪里了。”

靳岑抛着糖盒，面上的那点笑意又隐了下去。

“连三角函数都解不出来，就想出来耍威风呢？先教他好好学习，再教他好好做人。”

陈毅和祁杨想起自己小时候被靳岑收拾的样子，心有余悸地互相看了一眼。

太恐怖了。

不怕流氓会打架，就怕流氓有文化啊！

靳岑自然不是对谁都有这样的闲空理会。主要是这个金一楠仗着家里和陈、祁几家有些交情，三番两次地黏着陈毅的妹妹，陈毅和祁杨说了好几次也不管用。他回去就在家里号啕大哭，说自己不过是想和陈毅妹妹聊聊天，可怜兮兮的样子，弄得祁杨差点被骂了。

祁杨总不好真的把人打一顿，要是真的打出问题来和金家也不好交代。

靳岑这一招，妙啊！祁杨都能想象得到金一楠那脑袋里没有一点知识的家伙，对着卷子流眼泪的样子了。偏偏这次他没办法和金家诉苦了，金家父母要是听说自己儿子想学习，那烧香拜佛都来不及呢。

两人越想越激动，恨不得现在就冲去把金一楠绑了，让他做题。

祁杨和陈毅成绩虽然没有靳岑这么好，但也是在年级排位前一百的。大院家长对这三个人向来是夸奖有加，信誉度那是妥妥的。谁不希望自己孩子和靳岑一起玩啊？

两个人商讨了一会儿行动细节，又抬头看了一眼在前面不紧不慢走着的靳岑。

不知道靳岑在想什么，一路沉默。

“岑哥，我们要去哪里啊？”祁杨问。

陈毅插嘴：“不是说‘吃鸡’吗？”

靳岑却摆了摆手，“我困了。”

祁杨看了眼时间，“这还早啊，不是说今晚通宵的吗？”

不知不觉中，靳岑已经带着两个人绕出了步行街，走到了大路上。

三人出来玩得晚了，一般回学校附近的房子住。因为靳岑初中的时候就和家里商量要留在学校自习，所以靳家早早给他在学校附近买了房子，让他不必总是跑回大院里——当然，这也是优等生的特权。

靳岑伸手拦了辆的士。

三个人上了车，祁杨和陈毅却还有些没尽兴。

他们看着靳岑，也不像困了的样子啊？

靳岑支着下巴看向窗外，不知怎的车里的气压越来越低。

两个人也不敢开口。

从这里回到他们三个人的住处倒是很快，十几分钟就开到了。

靳岑一路不说话，脚下带风地上楼。

祁杨和陈毅面面相觑。

自己哪里惹着这位大爷了？

开门进屋。一套顶楼复式带花园的房子，就是他们仨的基地了。

由于这几年成绩稳定，家长满意，所以长辈甚少来他们的住处巡视。像金一楠那种惹是生非的，别说在外面住，晚上回家晚了估计都要被记着，哪里有他们自由啊。

不过这段时间倒是祁杨和陈毅住的时间久一点，因为靳振国为了战友的孩子，总叫靳岑回去吃饭。这也是为什么陈毅那么看不惯严亦疏。

说自己困了的靳岑，回到房子里倒没有立刻洗澡睡觉。

他在客厅翻找了一会儿，沉声问已经开了游戏准备玩的两人。

“我上次拿回来的那袋书呢？”

祁杨拿着游戏手柄沉思了一会儿。

“好像是在光碟那边吧，我以为是漫画就放那去了。”

靳岑走过去，把光碟旁边的袋子打开，果然自己上次拎回来的书就在这里面。

他在里面挑了几本出来，拿在手上准备回房间。

祁杨眼睛尖，依稀看到上面的字。

——《新东方雅思词汇》。

祁杨的声音都吓尖了，“岑哥，你要出国啊？”

陈毅也吓一跳，“岑哥，你怎么突然就要出国了？”

靳岑无语地转过头，“我没有要出国。”

祁杨缓了一口气，靳岑要是出国了那他们俩可怎么办？

“那你拿雅思词汇干什么？我们高一用不着背那么多单词吧？”

靳岑脑海里闪过昨天严亦疏慢条斯理地合上《雅思词汇》的样子。

他抽了抽嘴角，带出一个冷笑来。

“没什么，我背着玩玩。”

昨天还没嚼出些滋味来，今天越想越不得劲儿。

靳岑冷哼一声，夹着书上楼了。

看着靳岑上楼了，陈毅和祁杨更是百思不得其解。

他们从对方眼里看到了同样的问号。哪个不出国的青少年没事会背雅思词汇呢？

陈毅抽丝剥茧，慢慢回忆这几天发生的事情。

他一拍茶几，“我知道了，肯定是因为岑哥这次没考第一，受刺激了！”

“那个严亦疏，那小子，那个四眼田鸡书呆子，这次英语不是满分吗，岑哥这一科被他拉了六分，肯定是心情不好了！”

祁杨无语，他想了想自己130分的卷子，不太懂这些考150分和144分的大佬的世界。

陈毅长吁一口气：“这种书呆子，肯定是没日没夜在学习，我们岑哥平时课外都没见过他学习的！只要随便努努力，下次第一肯定还是我们岑哥的！”

祁杨这倒是很赞同。

虽然这些年靳岑一直成绩特别好，但是他们看得清楚，靳岑的作业习题一般都是在学校就全部搞定，课外几乎没看到他学习过，这种人就是脑子好使。这大半夜突然拿单词书要背，还是头一回。

他和陈毅每次大考之前都靠靳岑的提点复习，靳岑一般帮他们过一轮，自己也就算是复习完了。

没想到靳岑第一次栽，居然是栽在了个书呆子身上，还是靳父战友的儿子。

估计靳叔少不了比较吧。

他们齐齐叹了一口气。

然后继续打开了游戏。

第一第二离他们还是有点遥远的，神仙打架他们管不着，还是打游戏吧。

与此同时。

正在和徐易平打游戏的“书呆子”严亦疏猛地打了好几个喷嚏，就那么一瞬间没看屏幕，角色就被人给打死了。

徐易平哀号一声：“哎呀！都决赛圈了，差一点点就赢了！”

严亦疏揉了揉鼻子，心下疑惑，自己也没感冒啊。

徐易平看他，“疏哥，是不是有人在想你啊？”

严亦疏莫名，“我在北城都不认识几个人，谁没事现在想我？”

周末总是过得飞快。

家长会后难得一个作业不多的双休日，紧接着又是校运会，不少学生都玩疯了。

陈毅、祁杨，熬夜打通关两款游戏，导致星期一回学校的时候精神萎靡得很，一点都没有属于祖国未来花朵的蓬勃朝气。

陈毅和靳岑都在格致班，祁杨成绩稍微差一点，在实验班。

他们到了学校，被校运会那热闹得仿佛赶集市场的气势给吓了一跳。

昨天积极的各班班委已经回学校布置好了每个班的“大本营”，一个班几顶广告棚，密密麻麻搭满了校道和操场的看台。

高一的区域被划在操场的看台。校运会的各项评比向来都是高一新生最有动力和兴趣，这大本营布置得每个班看起来都下了血本，有中国风的、嘻哈风格的、小清新的……还有不少班级租了乐队的大鼓来为自己班级加油助威的。

缺乏集体荣誉感的靳岑皱着眉在一堆帐篷里穿梭，找自己的班级。

格致班在看台的中心位置，广告棚上写着中国电信，被布置的人用气球给遮住了。

他去班长那儿给自己和陈毅签了个到，转身就想走。

班长看他要走，赶紧叫住他：“靳岑，靳岑！今天你有一千米比赛！”

靳岑脚步顿住。

他转过头，神色没控制好，露出了几分不爽。

“什么一千米？”

班长讪讪地解释：“就是，我们在没报名的学生里弄了个学号随机抽取，你抽到了一千米赛跑。”

他看靳岑脸色好像又暗了一分，赶紧补上：“在班群里说过的！还艾特了你，当时你没拒绝，我们就默认了……”

靳岑哪里会看班群这种东西？

跑个一千米对他来说倒不是什么难事，就是这种没有经过征询就直接把他报上去的方法让他有些不舒服。

不过靳岑到底也没说什么。

他嗯了一声，表示自己知道了。

班长松了一口气。

靳岑这个反应他不意外，在这几个成绩好的班里，许多人都不乐意去参加比赛，看后面那一排现在还在刷卷子的就知道了。

如果不是因为实在是报不满人，他们也不至于用随机抽取这样的方式。

班长想，看来靳岑这人性格也蛮好的嘛，长得看起来挺凶的，但其实又热爱学习，又肯为班级做贡献，所以说人不可貌相确实是句真理。

他鄙夷地看了一眼后面几个缩成一团奋笔疾书，一副乖乖仔样子的男生。这样子就能考出好成绩来了？别说帮忙布置东西了，男生帮女生搬个凳子都不愿意，跳个远都叫得要死要活的，说什么都不去。

正当他出神的时候，靳岑已经走远了。

格致班的班服是明黄色的，响应老师"中学生要积极向上"的号召。上面是两个硕大的毛笔字，生怕别人看不见这是格致班。

这种土土的班服靳岑自然不会穿。他穿着白衬衫和运动裤，在一群花花绿绿的学生里仿佛一股清流。

开幕式表演马上就要开始，各班已经在跑道列起了方阵。

困得哈欠连天的陈毅和祁杨找到靳岑，三个人去超市买了饮料，在往回走的路上。

操场此刻运动员进行曲的声音响彻云霄，各班迈着昂扬的步伐入场。

第一个就是高一（1）班，也就是格致班。

"你们班这班服，可真够丑的啊。"

祁杨憋笑："这闪瞎眼的柠檬黄，看把人家一个个小脸衬得，和刚从非洲回来的一样。"

他瞥一眼正在喝可乐的陈毅，瞬间就憋不住笑了："你别说，陈毅，这衣服穿你身上肯定好看！你怎么不穿着来啊？"

陈毅立刻飞踢一脚过去。

格致班的表演是健美操，主要是女生上场，跳得无功无过。

紧接着实验班上场了。

祁杨一看自己班的班服，马上就笑不出来了。

嫩粉色，更辣眼睛。

祁杨不像靳岑、陈毅这样还在班里装装样子，他是基本上不参与班级活动的，连自己班班服长什么样都不知道。

他干咳了几声，看向天空，想要揭过这个话题。

这时不远处的三班，也就是重点班已经在准备入场。

一直在走神的靳岑视线扫过那个方阵，却被方阵打头的举牌手吸引了目光。

嗯？

靳岑喝饮料的手顿了顿。

这不是那书呆子吗？

熟悉的长刘海、黑框眼镜、塌塌的裤脚，还穿了一件红色的班服。

三班的班服做得简单，却比前两个班好看许多。

红色的T恤，一个三角形，里面是个“叁”字。虽然俗了点，但是至少不会太辣眼睛。

严亦疏本来就白，被这红色的衣服衬得更加白了，在阳光底下像快被晒化的雪糕一样，整个人骨头好像都要软掉了。

靳岑挑眉，有些无语。

三班就挑这么个站没站相的人来当举牌手？

就算皮相好看一点，也不至于吧。

这也不能怪严亦疏，他和徐易平通宵玩了两天游戏，总共就吃了几桶泡面，现在他感觉自己浑身虚浮，马上就要飘上天了。

就这样下午怎么跑一千米？

严亦疏举着班级的牌子，大脑放空。

不会跑一半昏过去吧？算不算工伤的？

上一个班表演完退场了，严亦疏努力直起腰板，挺胸抬头地往前走。

太苦了！严亦疏在心里流泪。

书呆子不是只管学习吗？怎么什么都找他做？是认定他不会拒绝吗？还和他说什么“隔壁班的靳岑啊，就是只顾学习，我们觉得你肯定不一样，学习比他好，其他肯定也做得比他好”。

严亦疏本来就困，又被说得头晕脑涨，稀里糊涂就这样举着牌子站到了场上。

举牌手不用表演，他就站在定点的位置发呆。

好饿。

好晕。

好困。

严亦疏沉浸在自己的世界里，浑然不知跑道边有一双眼睛在看着他。

靳岑看着那人摇摇欲坠的身子，轻轻皱眉。

这人不会要在全校师生面前表演一个当场晕倒吧？

他之前暑假去部队的时候，见多了这种毛病，多半是低血糖，没吃早饭又熬夜。

看那细得好像能轻易折断的手腕，和在风中鼓鼓囊囊的裤管，就知道严亦疏这四眼田鸡有多瘦弱了。靳岑想起他在车上还要“合理化利用碎片时间”背单词的模样，心里不由得浮现出一个念头。

这小子该不会是熬夜学习学成这样的吧？

啧。

麻烦。

靳岑把饮料喝完，捏瘪。

“岑哥，咱们走吧？”祁杨看完自己班的表演，早就不耐烦了。

靳岑在心里犹豫。

他看了眼举着牌子准备退场的严亦疏，靳振国那句“好好和亦疏相处，多照顾一下人家”的唠叨又在脑海中不停地回响。

估计要是严亦疏真的晕过去，靳振国非得把这小子接回家住不可，塞去他们那儿也不是没有可能的。

这样想着，靳岑不知不觉就迈开了脚步。

陈毅和祁杨自然跟上，结果走着走着发现不太对——靳岑这方向是直奔小卖部去了。

操场旁边就有一个小卖部，但是因为卖的品种不多，大家都不爱来这儿买。一般都会去教学楼旁边的那个店买东西。

陈毅和祁杨虽然有些疑惑，但是也没说什么。

靳岑站在小卖部里，从货架上扫了一堆东西。

巧克力、干脆面、薯片……本来品种就不太多的架子立刻被扫得有些空荡荡。

靳岑一言不发地结完账，拎着一大袋零食出来。

陈毅和祁杨不明所以。

靳岑这是要去搞野餐吗？

他们对视一眼，总感觉靳岑这几天的行动越来越难猜了。

他们只见靳岑脚步迈得很大，神情坚毅，仿佛要干什么大事一样。

靳岑走到了方阵退场后的休息区，站在树后，把塑料袋打了个结结实实的结，然后做出投球的手势，一大袋零食在空中划出一道弧线，然后稳稳当当地砸在了正坐在地上眼冒金星的严亦疏怀里。

陈毅张了张嘴。

“那个……刚刚是发生了什么？”

祁杨眨巴眨巴眼：“好像是靳岑把零食丢到了一个人身上。”

“你看清楚那人是谁了吗？”

“没有……但是那一坨红色的应该是三班吧？”

这事儿发生得实在太过诡异。

祁杨和陈毅干巴巴地你来我往了几句，也没说出个一二三来，几秒钟后，做完雷锋的靳岑就已经飞速走回了他们身边。

靳岑一副全然无事发生过的样子，迎着好友们疑惑的目光，也只是默默地往前走。

陈毅舔了舔唇，小心翼翼地问：“岑哥，你刚去干啥了？”

靳岑插着兜，走得越来越快。

陈毅和祁杨几乎要小跑才能跟上他的步伐。

这……练竞走呢？

后面有什么洪水猛兽这么可怕？

几乎快走到综合楼了，陈毅和祁杨以为靳岑不会回答的时候，突然听见前面的男生硬邦邦地解释了一句。

“日行一善。”

休息区。

一大袋零食恍若冰雹般落下，砸了个闷响。

三班本来还在吵吵嚷嚷的方阵里有一秒的寂静。

一脸蒙的严亦疏看了看自己怀里一大袋的零食，又看了看四周，只看见身后列得整整齐齐四目相对满脸不解的同学。

他捧了捧手上的零食，被太阳晒得稀巴烂的意识拼回来了一点。

等等，这是什么情况？

身后的体育委员不等严亦疏回过神来，突然发出了一声赞叹。

“哇——”

严亦疏正思考这是怎么回事呢，被他吓了一跳。

体育委员成功拜托了严亦疏几件事之后，自以为和严亦疏很熟了，于是亲热地凑上来看严亦疏怀里的零食。

“这么多呀？”他脸上闪烁着八卦的光芒，“快拆开来看看！”

严亦疏费了老大劲儿才把这个袋子的结解开。

这是打的什么结啊？这么紧。怪不得扔过来袋子都没散开。

“哇，这么多口味的德芙！”体育委员乖叫道，“还有薯片！干脆面！可乐！哇！”

严亦疏看着零食呆滞了两秒钟。

他听见自己的胃在咕咕乱叫，嘴里居然馋得自动分泌出了唾液……

算了，不管怎么回事，先吃再说！

他也饿得受不了了，确认包装完好以后，上手拆了一块巧克力吃。

巧克力甜腻的同时也带来热量，几条下肚，严亦疏感觉自己好受了一点。

袋子里面很贴心地还备了水，严亦疏拧开瓶盖猛喝了几口，终于活过来了。

他一转头，就对上了体育委员那绿豆大小，却十足闪亮的眼睛。

“亦疏，暗恋你的女生送的吧？”

“年级第一就是不一样啊！”

严亦疏吃完才有空细想这件诡异的事情。

他在里面仔细翻找了一下，也没有翻到什么小纸条之类的。

这包零食仿佛是上天听见了他渴求食物的灵魂，从天而降的一样。

“别找了，肯定找不到，因为只有这样才会引起你的好奇心。”体育委员一边分析，一边顺手摸过一包薯片。

“这个战术呢，就是温水煮青蛙，今天给你一包零食，明天给你留瓶酸奶，让你慢慢地，慢慢地，对这个不留名的好人产生好奇……然后你就会主动地去找她。”

体育委员一副颇有经验的模样。

他瞥了一眼严亦疏，发现严亦疏显然对他说的话并不在意，皱着眉正在认真思考。

他捏起一块薯片，妄图博得严亦疏的注意力。

“如果你非要找到这个人，根据我的分析嘛……”

体育委员咔呲咔呲咬着薯片，掉了严亦疏一身屑。

“这个人，肯定要臂力好，还有准头，才能把零食从我们看不见的地方扔过来，还扔到你的怀里。”

“所以，你可以重点关注一下今天下午的女子铅球比赛。”

体育委员露出一个神秘的微笑。

“说不定，你今生的挚爱，缘分的开始，就在这里。”

严亦疏无语，他并不是很想去女子铅球运动员里寻找今生的挚爱。

三个年级六十个班的开幕式仿佛裹脚布一样又臭又长。

还不能回“大本营”的学生们用各种东西挡着太阳，各个被晒得神志不清。

三班的排头一块把靳岑买的一袋零食吃得干干净净。

严亦疏正想把塑料袋扔了，突然看见里面有个东西一闪一闪的。

他拨开吃完了的各种包装袋，从一个缝里拎出来了一个亮闪闪的不锈钢的小方块。

轻轻推开，原来还有货！

里面是方形的白色小糖块，他拿出一颗放进嘴里，原来是薄荷糖，这种糖盒他还从没见过，很酷，很精致。

靳岑刚走到综合楼废弃教室，摸了摸口袋。

转身，皱眉。

祁杨看了眼靳岑满脸的低气压，试探道：“又怎么了？”

靳岑低声骂了一句，又摸了摸校服裤子的口袋。

他的随身薄荷糖不见了。

3

入场式结束，上午已经过去了一大半。

终于可以自由活动的严亦疏叫了个外卖，走去学校的围墙缺角处拿。

他兜里的糖盒十分有存在感，每走一步都晃一下，不断地提醒着他今天上午有人给他热心送温暖了。

到底是谁呢？

严亦疏插着兜，细细摩挲着糖盒冰凉的外壳。

他看着这个跌落在袋子里的精致的糖盒，心想会有女生用这种金属的小盒子装薄荷糖的吗？他觉得不太像是女生的东西。再加上这袋零食是从别处抛过来的，要有这个力度和准头，就更加不可能是女生了。

严亦疏思来想去，脑海中隐隐浮现出一个很可怕的想法。

不会是……靳岑吧？似乎他身上有这种薄荷糖的味道。

毕竟在北城一中，除了靳岑，严亦疏也没有其他能称得上认识的男生了。班里同学都坐在方阵里不能走动，班级之外他还真的不认识谁。

严亦疏被自己的想法吓了一跳，他去拿外卖的路上一直琢磨，越琢磨越觉得有可能。

不过他向来是大胆设想，小心求证的。

严亦疏有了这个念头，拿完了外卖，就走到操场旁边的小卖部，因为只有这里的塑料袋用的还是红色薄薄的那种。

他看了眼货架，空空荡荡，收银的是个阿姨，正在搬存货出来清点。

“阿姨，刚才有没有一个寸头高个儿的男生过来买东西啊？买了一大袋零食。”严亦疏问道。

那阿姨抬头瞄他一眼，不耐烦道：“干吗？不退货啊。”

她自然是记得的，本来来她这里买东西的学生就少，更何况一买就买这么一大堆的。

阿姨警惕地盯着严亦疏，生怕他张口就是你这儿卖的零食过期了要换之类的话。

不过就是问了一句话，就被小卖部阿姨瞪的严亦疏，摸了摸鼻子。

严亦疏这副乖巧学生的样子走哪里不是被笑脸相待？也就这小卖部的阿姨脾气差，本来生意就不好，每次有点什么还摆臭脸，学生们就愈发地不爱来这里了。

不过严亦疏也不是来退货的。

他尴尬地和阿姨笑了笑，摆了摆手表示没事，脑海里却敏锐地捕捉到了阿姨话语里的关键——她并没有否认有这样一个人来过。

这么说……这零食，还真是靳岑买的了。

严亦疏买了瓶可乐意思一下，拎着外卖往回走。

走着走着，严亦疏不由自主地打了个响指。

他在心里嘿嘿地笑了起来。

这靳岑，原来以为是个只知道读书的书呆子，没想到皮囊里的灵魂这么有趣。

从天而降一袋零食，做好事不留名，这位酷哥的内心，居然是温暖火热的。

严亦疏在心里啧啧感叹。

上午的比赛已经开始了，操场上也拉起了禁止通行的横条，只有挂了工作证的学生才能进出。

严亦疏只能拎着外卖绕了一大圈才绕回自己班的大本营。

三班在成绩上赶不上一二班，就拼了命想在校运会上一雪前耻。不仅大本营布置得十分用心，还立了一面巨大的鼓在看台上，一有本班的同学出战就锤得轰隆响，也不管隔了那么远的同学能不能听得见。

严亦疏坐在最后面吃着自己的麻辣烫，戴着耳机听歌来压过那加油打气的声音。

刚和许青讲述了今天帅哥的雷锋行动以后，那边果然酸溜溜发来一个白眼。

青青草原：你自己虚得和林黛玉一样，别人是怕承担责任好不好？

青青草原：啪叽，人死在跟前了，多不吉利啊！

严亦疏一边吃着娃娃菜一边回复。

SHU：请问在场那么多人为什么他只拯救我一个呢？

青青草原：你不是说他爸和你爸认识吗？

许青噎了一秒，马上不甘示弱地回复。

严亦疏把娃娃菜咽下去，这倒也是。

靳岑多半是害怕靳叔叔教育他不关心同学、不爱护朋友吧？严亦疏几乎都能想象得到，若是自己晕倒在操场，靳振国会对靳岑发表多少字的演讲。

早知道自己就晕一晕了。

没看到这个画面，严亦疏突然觉得有点可惜。

不过就算是这样，靳岑做出这样的举动也足够证明他是个温暖的人了。

严亦疏咬开一个爆浆牛肉丸，脑海里出现靳岑冷着脸买东西的时候，心里却在担忧自己的画面……

没想到，你竟然是个这样外冷内热的人。

严亦疏脑海里靳岑的印象分又大大提高了不少。

他喝了一口麻辣烫的汤。

若有所思。

与此同时。

在综合楼废弃教室里的三个人，已经玩了许久《王者荣耀》了。

靳岑三人都有两个微信号，一个加父母长辈还有不熟悉的同学，一个加玩得还可以的朋友。

靳岑的小号加的是现实生活中的熟人，也就那么七八个，剩下的都是网上打游戏认识的朋友。

这个赛季他已经打上了最强王者，在攒星星。

今天上午手气不好，一路遇到猪队友，三排都输了好几把。靳岑玩得心情越来越差，加上他又丢了随身携带的薄荷糖，脸上更是乌云密布。

刚发现糖盒丢了，他们就回去问了一趟，自然是被那个小卖部阿姨敷衍了几句。

靳岑也不清楚自己到底是放在哪里了。

他一想到自己可能把糖盒掉在了零食袋里，就十分烦躁。

本来就不想让那个书呆子知道是自己给的零食，才远远丢过去的，这下还落个糖盒在里面，要是被人发现是他的，那就太尴尬了。

所以自己到底是为什么要做这种举动？

靳岑咬了咬嘴唇，不爽地啧了一声。

陈毅见他脸色不好，提议道："要不然我们出去逛逛？下午就不来了。"

提到下午，靳岑的心情更差了。

他语气沉郁。

"不行，我要跑一千米。"

祁杨和陈毅眨了眨眼。

靳岑去校运会跑一千米？

这是要把学校里的温室花朵们欺负哭呀。

经过一中午的休息，吃饱喝足心情晴朗的严亦疏来到一千米的检录处。

把运动员号码牌贴好后，他做了几个拉伸动作活动身子。

出征前体育委员拉着他的手，殷切嘱咐："亦疏啊，我们班上午一个第一都没拿，下午的一千米你一定要给我们班争气啊！"

严亦疏就这样带着班级的光荣使命来到了一千米的赛场上。

他在自己的跑道站好。

严亦疏的体育素质其实还是很不错的，之前在川城的校运会里也拿过几次短跑第一。但是他的续航能力不好，一千米跑得马马虎虎，但是不管怎么着应该能有个名次的吧？

这样想着，他就听见裁判的声音。

“二号跑道，高一（1）班靳岑！”

嗯？

在全场班服加运动短裤的搭配里，还穿着校服衬衫和长裤的靳岑仿佛异类一般。

靳岑好像感受到严亦疏的注视，转头看他一眼，又冷漠地回过头去。

严亦疏被那冰冷的眼神给煞到了。

不是上午才给他送了温暖吗，怎么下午就变冬天了啊？

难道是因为一千米赛跑的竞争？

因为不想再拿一个第二？

严亦疏分析着。

这有什么，让给他就成了呗！

他一边想着，一边做出预备起跑的姿势。

随着运动员就位，发号枪响。

“砰——”

严亦疏本着第一圈保留体力的大众跑法，就看见旁边的男生蹿了出去。

跑得，可真快啊！

一时之间严亦疏都忘记了自己在跑步。

他目瞪口呆地看着前面奔跑的靳岑，这是……北城博尔特啊？

这是一千米不是一百米吧？

这人打算冲刺一千米？

秋高气爽，万里晴空。

不远处的主席台响起格外激昂的广播声。

“现在正在第一位领跑的，是来自高一（1）班的运动健儿，靳岑同学！他像一支离弦的飞箭，冲破了束缚，冲破了枷锁！他奔跑在朱红色的跑道上，带着高一（1）班全体同学的祝福和希望……”

“来自高一（1）班的靳岑，所有一班同学为你骄傲，为你喝彩！”

一直盯着靳岑跑步的严亦疏对天发誓。

刚刚那个跑得游刃有余的男生，脚步踉跄了一下。

一圈跑完，靳岑遥遥领先，而且丝毫没有想要降速的意思。

这一组的参赛选手都被他带得加快了脚步，严亦疏也不例外。

他跑在第二位，落后了靳岑一大截。

严亦疏心里暗暗叫苦，自己是做了什么孽要被架上这种痛苦的赛场啊。

就在他跑得脑袋发晕的时候，主席台的话筒又被打开了。

三班新鲜出炉的广播稿被送到了主席台处，甚至由老师亲自送过去，主持人赶紧接过，大声朗读。

“下面朗读来自高一（3）班的加油稿件！”

带着电流的广播声恍若大钟在严亦疏脑袋里敲响。

“塑胶跑道上滴落着汗水，男子一千米赛场上奔跑的同学们，你们的步伐牵动着大家的心。在跑道上的第二位选手，是来自我们高一（3）班的严亦疏同学，他虽然离第一很远，但是他不抛弃、不放弃，在赛场上拼搏着、努力着……”

严亦疏听着主持人那恍如歌颂英雄的口气，被膈应得鸡皮疙瘩都要起来了。

这还没完。

“我们高一（3）班的全体同学都为严亦疏加油！友谊第一，比赛第二，没关系！只要跑过了一千米的终点，你就是好样的，是我们全班的骄傲！”

那分外慷慨的尾音在操场上盘旋不去。

严亦疏侧了侧头，确定自己跑的是第二，而不是最后一名。

说实话，虽然他在川城也参加校运会，但是班里没有同学敢去给他投加油稿，所以这种别开生面的体验还是头一回。

他与前面的靳岑已经拉了小半圈的距离了。

就在他过弯道的时候，看见前面的靳岑转头看了他一眼。

那张本来板得严肃冷漠的脸上居然带着几分嘲讽的笑意。

严亦疏龇了龇牙。

他喘着粗气，又提了点速往前跑。

眼见着第二圈也要跑完，靳岑已经准备开始加速了。

广播又打开了。

“靳岑！靳岑！靳岑！来自高一（1）班的靳岑同学正在冲刺了！他遥遥领先，一路狂奔，终点近在眼前！”

严亦疏被那连着三个靳岑吓了一跳。

他下意识地看向前方，那个刚刚脸上还挂着嘲笑神色的男生此刻脸全都黑了。

靳岑仿佛一秒都不想在这个跑道上多待的样子，居然又提速往前跑，轻轻松松地跨过了终点。

严亦疏此刻也到了最后两百米的直道，他咬了咬牙，也加了把劲。

生怕在这十几秒里广播台那边再生出什么变数，严亦疏几乎使出了吃奶的劲，还好三班的文娱小组因为第一名已经定了，不打算再去和一班打广播稿擂台了。

严亦疏作为第二冲过了终点。

体育委员已经拿好了水和毛巾等在那儿，他一过线，就迎上来搀扶他。

体育委员是个长得实在不咋样的黑高个，叫吴石磊，名字和人一样硬邦邦，严亦疏好不容易过线，差点撞死在体育委员的肩膀上。

“哎哟哎哟！”吴石磊把严亦疏扶了起来，“辛苦了，辛苦了，快喝水，你跑得很好！虽然是第二名，但是我们全班都为你骄傲！”

他接过水，淋了自己一头。

他喘了几口粗气，挥了挥手，有苦难言。

吴石磊扶着他走了几步，立刻就邀功。

“刚刚你的广播稿是我写的，怎么样，气势不错吧？绝对不输他们格致班！就是刚刚主席台那里有个主持人是格致班的，最后居然直接拿起话筒就给他们班加油了……”

吴石磊时而自豪时而愤慨的话，在严亦疏的大脑里过了一遍。

严亦疏缓缓抬起头，盯着吴石磊那双绿豆小眼。

几乎是从牙缝里挤出来一句问话：“刚那个广播稿，是你写的？”

吴石磊骄傲地点头：“厉害吧！”

严亦疏一口气提在半路，恨不得把水全部都喷到吴石磊的身上。

这要是让川城的朋友听到了，他疏哥一世英名就荡然无存了。

一千米比赛结束，日头渐渐西斜。

依旧热闹的操场上已经不见了靳岑的身影。

靳岑走在偏僻的校道上，陈毅和祁杨跟在后面，几乎要憋不住自己的笑了。

靳岑的脸黑得仿佛阎罗判官，下一秒就要翻出生死簿给刚才写稿和读稿的人画个巨大的叉叉，流放他们三千里一样。

“岑哥，怎么说呢，其实……”陈毅憋得五官都挤成一团了，“其实你刚刚的英姿，真的帅！”

“没错，那叫一个闲庭信步、游刃有余、潇洒从容……”祁杨赞美，“我们旁边的所有女生都在为你尖叫！”

靳岑捏了捏手中的矿泉水瓶，呲啦呲啦一阵响。

身后霎时就寂静了。

过了没多久，两人忍不住又开始了。

“岑哥，你跑得好快，好像破纪录了！”

“破纪录了，破纪录了，年级群里都在说这件事呢。”

“下一个小组比完了就知道岑哥是不是第一了。”

“还用问，那肯定是第一啊！”

“岑哥牛！”

陈毅和祁杨一唱一和，求生欲极其强烈。

其实两个人在后面挤眉弄眼，陈毅仔细查看班级出征表，恨不得下次靳岑再上场，自己也写一份稿件上去。

靳岑脑海里却不是这两人。

他想到最后冲刺结束以后，转头看见严亦疏脸上那满是幸灾乐祸的笑，就不爽极了。

到底是哪个班委干的事情？

靳岑不知道为什么，气得有点想揍人。

他捏了捏指骨，一阵噼里啪啦。

休息了半个小时，另一组一千米也比完了，统计结果出来后就是颁奖。

靳岑还沉浸在自己被全校广播的不爽时，耳边又响起了主席台的广播声。

“下面宣布高一男子一千米比赛结果。第一名，高一（1）班靳岑，第二名，高一（3）班严亦疏，第三名……请各位获奖同学尽快到主席台领奖。”

北城秋日的阳光此时已经温度全无，只剩下了风吹来的凉意。

西斜的阳光看起来很暖，黄澄澄的，洒在学生的肩膀上，却不像早上那样灼人。

靳岑一口水含在嘴里，目光幽暗。

“哇，岑哥在体育节获奖还是第一次呢！”陈毅疯狂鼓掌，“果然岑哥以前是不屑于和这群弱小的同学同台竞技的，一出马第一不是手到擒来吗！”

靳岑把水吞下，站起身。

他眯着眼看了看那两个人。

“把手机里的视频删了。”

陈毅和祁杨一脸“你在说什么”的表情。

“什么视频？”

“游戏视频吗？”

靳岑又捏了捏指骨，把刚刚解开的衬衫扣子又扣上一颗，声音渐渐平静：“等一下，要是让我发现你们没删视频，就和金一楠一起做题去吧。”

说完，转身往主席台处走了。

陈毅和祁杨看他走远了，又掏出手机，点开视频。

“靳岑！靳岑！靳岑——”

那慷慨激昂的声音一出，两个人面面相觑，然后放声大笑。

“哈哈哈笑死老子了，哈哈哈……”

路过的同学吓了一跳。

两个人坐在石凳上，周围充满了快活的空气。

领奖台。

在节奏热烈的运动员进行曲的伴奏下，穿着礼服的礼仪队女生红着脸，身后站着面无表情的靳岑。

今天靳岑在操场上大出风头，自开学引起的那阵讨论热潮后，再一次轰动了全年级女生。

因为她们发现，靳岑好像不仅仅只是会学习，运动也不错。这立刻就掩盖了靳岑没那么“坏”的小小缺憾，靳岑再一次成了女生们热烈关注的对象。

靳岑后面，站着严亦疏。

严亦疏又戴上了他傻傻的黑框眼镜，把运动短裤换回了自己塌塌的校服长裤，低着头，一副瑟缩的样子。

靳岑上台，他就跟着上台。

校运会像模像样地搞了个领奖台。

第一上头站着肩宽腿长帅气的靳岑。

第二上头站着看起来文弱的严亦疏。

一个是期中考的第二名，一个是期中考的第一名。

导致第三名无人理会，直接被冷落在一旁。

几人从满脸娇羞的礼仪小姐姐手中接过证书和奖品后，又拍了好几张合照，才放他们走人了。

还没离开主席台两步，靳岑就被叫住了。

刚刚给他颁奖的礼仪小姐姐拿出手机，羞涩地问："靳岑同学，可以加个微信号吗？"

靳岑看了她一眼。

声音淡淡："不能。"

嗯？

走在旁边打算听八卦的严亦疏一愣。

他看见那个女生也愣了一下，手僵在半空……

然后靳岑就走了……

严亦疏仿佛看见了，女生眼眶里打转的泪水。

他赶紧快步离开这种惨案的发生现场。

靳岑恰好和他走在一个方向上。

因为已经换回了上午的裤子，严亦疏走了几步，发现兜里有个东西一直在晃荡。

他皱了皱眉，把手伸进裤兜，才发现是上午忘记取出来的糖盒，就看见前面的靳岑停住了脚步。

靳岑突然转过头来。

他的神色已经恢复平静，没有了刚跑完步时一脸不爽的样子，又成了平日里那个热爱学习不苟言笑的好学生。

他看了看僵住的严亦疏，说道："我爸让我给你辅导物理，你需要吗？"

严亦疏"呃"了一声。

他手中的银色糖盒仿佛烫手山芋一般。

"你、你忙就不需要了吧。"

听到这个回答，靳岑还算满意地点了点头。

他看着严亦疏像是想往外掏什么的样子，但是他另一只手上分明拿着手机。

他有些怀疑地皱了皱眉，问道："你为什么要把手放在裤兜里？"

严亦疏憋出一个尴尬的笑来，说："我想上厕所，在掏纸巾。"

靳岑试探失败，转身往回走。

余光里严亦疏那个小身板一溜烟就跑了。

靳岑皱了皱眉。

没想到这书呆子看起来瘦瘦弱弱的，还蛮能跑的，居然还跑了个第二。那上午做什么一副要晕倒的样子?

还有……

那个糖盒，到底在不在他那里?

靳岑眸光微暗。

他拿出手机，刷新了一下，用来加家长、同学的大号弹出来一条好友申请。

来自 SHU 的好友请求。

备注：严亦疏。

靳岑的手指在屏幕上摩挲了一下，按下了通过。

4

靳岑和严亦疏算得上认识，但是算不上真的认识。

他们互相知道彼此的名字，说过话，在一起吃过饭，但是对于当代的青少年来说，两个人连社交联系方式都没有，那就约等于陌生人。

而此刻，靳岑的联系人列表里出现了严亦疏的名字。

严亦疏为什么要加他?

靳岑脑海中思考了一秒，便不再去纠结。因为这个加家长、同学的大号，只是一个用来联络的工具而已，加了便加了。

靳岑把手机揣回兜里，远远看见陈毅和祁杨向他走过来。

脸上还带着隐约可见的笑意。

看来是看他的视频看得很愉快啊。

靳岑下意识用大拇指按了按食指的第一节指骨——这是他心里有所思考的时候的小动作。

此时下午的校运会已经结束得差不多了。

瑰丽灿烂的黄昏下的北城一中显得悠远宁静，三两成群的同学们从大本营里走出来准备去吃饭，就连主席台也已经停止了广播。

靳岑安静地站在校道旁，一言不发。

陈毅大老远就和靳岑招手。

他走近了，探头探脑地去看靳岑手上拿的东西。

“岑哥，跑了个第一给了什么礼物啊？”

靳岑抬起手，作势要递过去的样子。陈毅正要去接，就被靳岑握住手腕拽了过来，抬膝就是一顶，陈毅被突然袭击，还有点没反应过来，过了两秒才嗷嗷叫痛。

“哎哟！老大，你要不要这样下狠手啊？”

陈毅捂着肚子，一副虚弱至极的模样。

靳岑嘲讽地看他一眼，“我用力了？”

祁杨抿着嘴，默默地缀在陈毅身后，妄图成为透明人。

靳岑突然很想来一颗薄荷糖，但是糖盒丢了，这让他很烦躁。

他只好捏了捏手上的礼品盒，笑意很寒。

“视频删了吗？”

当他跑步的时候，没忘记看在校道上笑得捶栏杆还不忘举着手机拍他的人是谁。

陈毅赶紧拿出手机删掉那两段他们笑了一下午的视频，并保证自己没有外漏出去。

“今晚少打一个小时游戏。”

靳岑宣布。

陈毅两眼一黑。

少打一个小时游戏是干什么——那自然是，靳岑打游戏的时候，他们学习啊！

校运会没有作业是惯例。

校门口都是出入的学生，有不少住宿生今天也借着这个机会跑出去玩。

靳岑三人本就是走读，自然可以随意出入。

校门外今天热闹非常，三两成群的学生都在等车准备出去潇洒一番。各种小摊小贩也推着车子出来卖东西了，烤冷面、烤串的香味飘得到处都是。

祁杨和陈毅讨论着今天吃什么，是去吃火锅还是回去叫外卖——毕竟他们今晚有一个小时的学习任务。

“老大，你说呢，吃火锅还是叫外卖？”陈毅问。

靳岑毫不思索地开口：“火锅。”

陈毅有点后悔，他们该回去叫外卖的。

他们要去的火锅店是学校附近有名的一家老店，在巷子里，要绕些路，若不是时间宽裕，一般都不会选择来这里，因为确实难找了些。

靳岑也不急，慢慢地走着，祁杨和陈毅就难受了。

“岑哥岑哥，我们刚开了一盘新光碟呢！”

靳岑点评，“玩物丧志。”

他看了陈毅一眼，问道：“上次给你那套卷子做完没有？”

陈毅瘪了，他小声道：“没有……”

靳岑冷笑：“就这样还雄心壮志地声称期末考要考到前三十呢。”

陈毅确实放过此厥词，因为陈家父母允诺他期末考到前三十名，寒假就可以想去哪玩去哪玩，不必一直拘在家里见亲戚。

陈毅一瘪，祁杨也跟着瘪了。

他成绩还不如陈毅呢，祁家虽然管得更松一些，但是要想和这两人寒假一起出去玩，还是要进步一点的。

他们立刻没话说了，跟着靳岑进了火锅店。

今天还蛮热闹，工作日也坐得满满当当。

虽然心里想要回去一边吃外卖一边打游戏，但是真的到了店里，陈毅还是迫不及待地点起了单。

三个少年的食量可以称得上恐怖，碟子几乎满满当当摆了一大桌子。

靳岑一个人坐一边，那俩人坐一边。

陈毅和祁杨不知道看到了什么，开始窃窃私语起来。

“诶，你看那个，那个！”

“那个是那个什么疏吗？”

“严亦疏？”

靳岑皱了皱眉。

什么严亦疏？

他随着陈毅和祁杨的目光转头看去，在后面的一个角落里坐着一个穿着三班班服的少年。

确实有些眼熟。

特别是那塌裤脚和黑框眼镜。

火锅店人声鼎沸，服务员忙碌地穿梭在桌子与桌子之间。食客们聊天、吃火锅、玩手机，唯独那少年手上拿着一本书在看。

那书可真眼熟啊。

靳岑仔细一看。

是那本已经被严亦疏翻烂还贴了很多指示标的《新东方雅思单词》。

靳岑脑海里迅速浮现那天男生在车里背单词的模样，他默默地转过了头。

陈毅惊讶的声音响起："哇，那个不是雅思单词吗？"

"他在火锅店还背单词？"

"真的假的？"

这么清奇的事情还有别人能干得出来吗？

靳岑没有参与讨论，心里居然生出一种本该如此的感觉。

严亦疏能在他爸车上还合理利用碎片化时间，在火锅店利用一下碎片化时间又有什么奇怪的？

他垂下眼，不再去关心那边的情况。

但是严亦疏那热爱学习的身影却深深地留在了他的脑海里，循环播放。

脑海里是严亦疏，听到的也是严亦疏。

祁杨和陈毅两个人不停地在讨论这个"四眼书呆"。

严亦疏作为空降兵，又是靳振国的重点关照对象，祁杨和陈毅免不了对他有些好奇。最关键的，是严亦疏学习成绩好，甚至好像……比靳岑还要好。

这就很不常见了。

"在火锅店都要见缝插针，难怪岑哥考不过他。"陈毅一边涮肉一边说，"这简直太恐怖了嘛！"

靳岑眉头微皱。

"岑哥，你那天要背雅思是不是因为他啊？"祁杨准确抓住重点，不知死活地问。

靳岑听到祁杨的话，不仅是皱眉头了，连筷子都停了下来。

他眸光微暗。

"你想背吗？"

“想背等下就去书店买两本，从今天开始大家一起向严亦疏学习。”

靳岑语气阴郁，此刻身上的气场都释放出来，看起来好像一块裹了寒冰的石头，下一秒就能把这俩人砸死。

祁杨和陈毅默默地把自己嘴上的拉链拉上，安静地涮肉了。

不远处的位置上，严亦疏松了口气。

他把单词书收进书包，看着端调料过来的徐易平，挤出了个勉强的笑。

徐易平有些莫名其妙。

“干吗啊？”

严亦疏幽幽叹了口气。

“人生何处不相逢啊。”

徐易平是跑过来找严亦疏吃饭的，吃完打算一起去玩。

见严亦疏一副感慨的模样，他问道：“什么相逢不相逢的？”

严亦疏倾了倾身子，小声道：“我怀疑我最近可能犯煞。”

怎么出来吃个火锅都能遇到靳岑呢？

还好他今天从学校出来还没来得及换装扮。

不过就自己这迅速掏出单词书应对的演技，以后家里要是破产了去混个娱乐圈估计都没什么问题。

严亦疏感慨之余，居然还有些沾沾自喜，那种自己看透了靳岑，靳岑没看透他的优越感让他心情很不错。

严亦疏发现，虽然倒霉了点，麻烦了点……

但其实，也蛮有乐趣的。

隔着几大桌食客，两边也没有起什么化学反应。

不比严亦疏，靳岑这顿火锅他吃得滋味平平，因为陈毅和祁杨总是忍不住提严亦疏的事情。

期中考过后，把靳岑踹下第一名的严亦疏，终于在靳岑的小圈子里引起了质变。

原先陈毅和祁杨对严亦疏是不以为意的，但是严亦疏越来越高的排名让他们注意到了这个天天低着头看书的男生。甚至陈毅还有些看不顺眼这种“死读书”的书呆子，但是就像靳岑所说，他自己考不过人家，没资格评判人家的学习方法。

但是这不代表在他们心里靳岑就真的输给了严亦疏。

以“书呆子和学习天才不能相提并论”为题的洋洋洒洒一大段的小论文听得靳岑耳朵轰鸣，他心里居然难得生出了点好胜心。

原本他是对谁拿这个年级第一没所谓的，他也从来不觉得自己一定要考第一。他这个正面形象一旦树立起来了，除非是他接下来一年都考倒数第一，不然几乎对他产生不了太大的影响。

但是靳岑也是有好胜心的。

而且不是一般的强。

只不过，不轻易出现罢了。

陈毅和祁杨越说，靳岑就越不爽。

他在心里想，下次考试，不能再让严亦疏拿第一了。

不然真的会被烦死。

靳岑鲜少在学习上遇到对手，这还是头一回。

他看着火锅里翻滚的食物，居然开始考虑以前没考虑的问题。

是不是要……再认真一点?

想起严亦疏努力学习的身影，靳岑居然突然冒出了一个冲动。

他有点，想回去背单词了。

十一点多，沸点的狂欢即将开始。

这里每天都有很多人，就算是工作日也不例外。

进来先巡视了一圈没见到任何疑似靳岑的人员以后，严亦疏这才放开大胆地玩了起来。

他换了一件黑衬衫，把原先笨重的黑框眼镜换成了斯文的金边眼镜，衬得他俊秀又禁欲，活脱脱帅哥一枚。

在川城的时候他和那群朋友研究得最多的就是怎么装。要装得自然、高端、不做作……

严亦疏脑子聪明，学习好，装也装得不错。

看台上没有人，严亦疏准备上去跳个舞。

作为一家专业级的音乐 Live 餐厅，音响设备绝对是顶尖配置。

震耳欲聋的电音在耳边炸响，严亦疏慢慢恢复了在川城时的状态。

他拿起手机，不管那边还在和别人聊天的徐易平，自己走到舞台上去。

看着台上舞动的帅哥，又有几个人上去，看那意思好像是想来个对决。

空气里是各种混杂的味道，严亦疏发现身边一直有个女生在看自己，他轻轻一眨眼。

女生脸都红了。

严亦疏生得一副斯文俊秀的皮囊，尤其眼睛最好看，轻轻一眨，威力可是女生的十倍有余。

正当歌曲马上进入高潮，他手上拿着的手机突然亮了。

弹出来一条消息。

严亦疏眯了眯眼打算不予理会。

但是那个发消息的名字引起了他的注意。

靳岑？

严亦疏不好在舞台上停留，他皱着眉下了舞台，在角落处打开了靳岑的消息。

靳岑：分享文件“物理竞赛资料”。

严亦疏耳边是嗨到爆炸的电音，身边全是各色放纵愉悦的人们。

结果，靳岑给他发了个物理竞赛资料。

靳岑说话向来是言出必行。

大半夜，三人的房子里灯火通明，客厅茶几上摆了刚刚送来的外卖，陈毅和祁杨正揪着头发在做题。

靳岑会给严亦疏发学习资料，真的是顺手为之。因为他刚好要给陈毅和祁杨发，所以就顺便给说过想问他物理的严亦疏也发了一份。

他也没想严亦疏此刻在干什么，不是睡觉了，估计就是在刷题吧？

本该是一个欢乐的晚上，祁杨和陈毅却在做卷子，虽然他们已经玩了几个小时游戏了，但他们还是有些苦不堪言。

祁杨看着卷子上的题冥思苦想，几乎要把脑髓都想干了。

靳岑的英语确实不如严亦疏好。

他翻译了几篇文章，发现自己许多语法用句还是干涩不通顺。严亦疏的英语作文他看了，平心而论写得真的很好，看得出来严亦疏确实是词汇积累挺深厚的。

靳岑把自己的翻译对完，喝了口可乐，拿出口香糖。

靳岑拿出的糖盒和原来的一模一样，精致的不锈钢糖盒，他用惯了。青春期的男生不免会被香烟诱惑，吃薄荷糖这个习惯起初是靳岑的妈妈为了不让他染上烟瘾而准备的，有一次他们在国外旅行，发现了这个精致的小糖盒，和靳岑很搭，于是靳岑就用它装薄荷糖一直带在身上。如今他已经习惯了用薄荷糖代替抽烟，既健康又能提神醒脑，还能哄得妈妈开心，何乐而不为。幸亏当时买了两个这种小糖盒。

时间滴滴答答地走过。

陈毅挠了半天头，终于做完卷子了，拿答案过去批分数，越批脸色越差，最后哀叹一声，靠在沙发上。

“我还是不搞竞赛了。”

准备竞赛对于高中生来说是一个很现实的问题。考得好可以加分，甚至保送，要是没发挥好，不仅可能会使自己的其他学科退步，还有可能出现心态上的问题。

陈毅本来只是想试一试竞赛的，几科的竞赛卷子靳岑都拿给他做了，做完以后他觉得自己还是不太行。

靳岑初中就拿过不少奖，高中主攻物理，是老师很看重的苗子。他却不一样，能把基本知识吃透就已经花费大量工夫了，要再深入有些困难。

最重要的是，他志不在此。

“你想清楚就行。”

靳岑神色淡淡。

他说到底是朋友的身份，不是老师或者家教，给不了陈毅太多建议。

陈毅哀号：“要是我有一个像你这么好使的脑子就好了，这些题我真的做得想死。”

祁杨宽慰他：“我们学校成绩牛的那么多，也不是人人都去搞竞赛的，我们班很多人跃跃欲试，后来竞赛班一考试不就打退堂鼓了吗？”

陈毅把卷子盖在自己脸上，语气苦涩：“这都是前十名的擂台啊……”

说到这，陈毅有些疑惑：“严亦疏成绩那么好，他不搞竞赛吗？”

“他化学好像比物理好一点，老师应该会建议他试一试。”祁杨说，“期中以后第二期竞赛班你还报吗？”

陈毅沉思一会儿，弱弱地说了一句：“报吧。”

在一二三班里，大部分学生都会选择去报竞赛班。竞赛班是加课，要考试，也就招四十个人。说到底，陈毅还是不甘心。

靳岑没插话。

以前陈毅和祁杨很多时候是他带着学习，但是现在他们都已经有了自己的目标。很多时候学习是会上瘾的，一旦你尝到了优秀的滋味，你就很难再放弃优秀。

陈毅也不再提玩游戏的事情了，继续拿卷子做题。

靳岑拿了手机上楼。

他洗了个澡出来，擦着头发，看了手机一眼。

按亮屏幕，严亦疏给他回了消息。

SHU：谢谢。

还有个像是笑脸的表情。

这是什么古早表情？

靳岑看着屏幕想了两秒，在自己的竞赛群里找了一下，又分享了个文件过去。

严亦疏回完消息正打算回去继续跳呢，结果他刚上去没跳多久，手机上又来消息了。

还是靳岑的。

靳岑：分享文件“化学竞赛资料”。

严亦疏拿着手机有点欲哭无泪。

大哥！

他真的没有这么热爱学习的！

他能怎么办呢，他也很无奈啊！

严亦疏只好重新回到角落里，回复。

SHU：谢谢你的资料。

SHU：以后一起努力。

又是那个表情。

靳岑回复得很快。

靳岑：嗯。

严亦疏看见这个语气词，把手机收了起来。

靳岑应该已经分享完了吧？不会再分享了吧？

他看了看舞台上跳舞的人，悲剧地发现自己好像一点都不想去玩了。

他拿着手机回到座位，见他回来，徐易平和他招手。

“怎么样，开心吗？”

严亦疏坐下，拿起杯子一口喝掉，心情不是那么美好。

徐易平疑惑：“怎么了，有人骚扰人你？”

严亦疏摇了摇头。

他叹气：“不是骚扰……”

徐易平看严亦疏盯着手机一副一言难尽的样子，笑道：“那是什么？”

严亦疏心里一想到靳岑在他玩的时候学习，就有些不安。

他捏了捏手机，声音沉痛：“是有人在我玩乐的时候提醒我学习。”

如果不是确信自己没看错，严亦疏几乎要以为那天在沸点看到的是另一个人了。

没想到，靳岑居然这么热爱学习。

靳岑丝毫不知道自己的行为，给正在玩乐的严亦疏带来了什么样的影响。

如果不是因为靳振国老是在他耳边讲要多照顾照顾严亦疏，他也不会发资料给他。

严亦疏缀在消息后面的笑脸表情看起来有些木讷，但又带些可爱。

靳岑脑海中闪过严亦疏的样子。

倒是比刚开学的时候见到他有趣些。

靳岑想起自己以前见到的严亦疏，真的是浑身散发着一股“除了学习我什么都不关心”的气质，两个人凑在一块，半晌也蹦不出个屁来。

靳岑没有把过多的目光放在这样一个人身上。

直到期中考成绩出来了，他才开始对严亦疏有所关注。

若说对严亦疏的刻板印象，那大概就是呆板、黑框眼镜、长刘海和塌裤脚，以及瘦弱的身板。

除了脸上没有青春痘，长得也还不错以外，符合大部分人对“书呆子”的设想。

但靳岑总觉得，他身上有哪里充斥着违和感。

严亦疏的那双眼睛，不像是一个书呆子会有的眼睛。

这让靳岑有些在意。

严亦疏的微信号很干净，朋友圈一片空白，和他的一样。

听说他来半个学期了，也是一个人活动。

是他心无旁骛只爱学习，还是根本就不在乎高中生的社交？

但是今天明明看到他在火锅店与朋友一起吃饭，不太像心无旁骛只爱学习的那种类型。

靳岑觉得，严亦疏的眼神不安分。

在跑一千米的时候看向他的、站在他前面故意遮掩的……这些眼神，好像隐藏着什么。

床头柜上摆着今天一千米第一名的礼物——一支钢笔。

第二名的奖品会是什么？本子吗？

靳岑脑海里掠过了很多片段。

上午看见严亦疏在曝晒下摇摇欲坠时的场景，下午严亦疏跑在他后面脸上憋笑的场景，还有在火锅店拿着单词书一副认真专注的场景……

靳岑和严亦疏交集不多，但是靳岑却敏锐地感觉到了一些不对劲。

严亦疏看起来瘦弱的身体，其实很能跑。

这就证明，他不是真的不运动只学习，常年待在教室里。

那从哪里看出来他是一个书呆子呢？

靳岑从来不会因为一个人的外表而对一个人下定结论。

之前不过是因为他不关注，不在意罢了。

而现在，有关严亦疏的一切好像都显得迷离扑朔了起来。

靳岑又捏了捏指骨。

他很难得地，对这个看起来呆呆的男生产生了好奇心。

“严亦疏吗？”靳岑看着聊天记录，不自觉地念出了他的名字。

——以后一起努力。

聊天记录上的黑字安静地排列着。

靳岑嘴角挑起了一抹微不可见的笑。

他翻开手机日程表，在周六的地方写下备注。

星期六——图书馆。

这个小书呆子……到底是不是他表现出来的那样呢？

靳岑用笔敲了敲桌子。

他要去会一会这个严亦疏。

5

十月的北城渐渐进入金秋。

一中在北城的老市区，学校翻修了好几次，与周围显得破旧的低矮居民楼格格不入。作为北城最好的中学，一中无疑是财大气粗的，各种功能的教学楼和综合楼非常齐备。

每天上学，严亦疏都要从自己的小区骑单车到学校。

街道两边的梧桐树都落了叶子，一片烂漫的黄，层层叠叠地晕开。单车轮胎碾过地上的落叶，发出咔嚓咔嚓的清脆声响。

校运会过后，学生还没从活动的激情中回过神来，接连而来的考试就把大家给拍醒了。

严亦疏骑着车，脑子里好像塞着无数团浸过水的棉絮一般，涨得生疼。

他向来是踩点到班的。

差两分钟开始早自习，严亦疏才拎着自己的早餐走进班里。

此时班里的人来得已经差不多了，大家都低着头很认真地在学习，没有人玩手机。

北城一中不查手机，也可以把手机带进课室，只要上课不被老师看见，就不会被管。按理来讲这时候应该正是同学们心思浮动的时候，但是居然没有一个人开小差。

原因是第二期竞赛班考试要来了。

竞赛班每一科只收四十个人，也就是一个小班，向来竞争非常激烈。期中考成绩前十的同学可以免考进入，其他学生都要进行考试。

严亦疏昨天就被老师叫过去谈了这件事情。

他经过一晚上的思考之后，决定从“物化生数”四科中选择物理和化学这两门的竞赛班参加。

化学是因为他擅长，物理嘛，虽然严亦疏很不想承认，但是既然有靳岑在，他还是有那么点想去的。

考试就设在今天下午。

此时离校运会结束已经过了三天。星期五本该是一周内最值得期待的日子，但是因为这场考试，不少同学心里都蒙上了一层淡淡的阴影。

大家奋笔疾书地刷着题，看谁都是潜藏的竞争对手。

免考的严亦疏坐下来，拿出靳岑发给他的物理竞赛资料打印版，一边吃早餐一边看。

校运会结束后班里重新排了座位，体育委员吴石磊成了严亦疏的新同桌。

这个自来熟的男生闻到严亦疏手里早餐的香味，幽怨地耸了耸鼻子。

“学校对面的煎饼果子。”他吞了口口水，脸上全是渴望。

严亦疏淡定地翻开下一页资料。

昨天晚上他难得没有打游戏打到太晚，还看了两页竞赛资料。回家学习了一下，今天早上好像就遭报应了，起来就头晕脑涨，感觉好像要感冒。

不过严亦疏向来是一位生病不吃药的狠人，所以他毫不在意地继续吃着煎饼果子。

吴石磊看见严亦疏在看资料，遏制住自己对食物的渴望，继续把目光放在卷子上。

年级第一都在学习，自己又有什么资格把多余的精力分给食物呢。

这样没有硝烟的战场，所有人都专心致志学习的班级不止三班一个。

二楼的前三个班，班里都是一片寂静。

隔壁的隔壁班里，学习氛围更加浓厚。

陈毅这样的人都被逼得学红了眼，把卷子递给靳岑之后，自己趴到桌子上打算补一会儿觉。

靳岑拿过陈毅的卷子，用红笔批改起来。

陈毅脑子不算差，思维也活络，一些难题往往都能做对个八九分，但是中等题经常容易粗心大意，丢一些无谓的分数。

靳岑皱着眉，在陈毅的卷子上勾勾叉叉，最后算了个不是特别好的分数出来。

他把卷子盖在趴在桌子上一秒入睡的陈毅头上，叹了口气。

陈毅祁杨总看他平常好像回去不学习，也学着他临时抱佛脚，这样反而导致他们没有打好基础，总是会在各种基础理论上丢分。

如果说要得过且过，陈毅和祁杨的成绩自然已经足够了，但是显然陈毅对自己有更高的要求，祁杨倒是没什么所谓的样子。

靳岑转了转笔，打算等这次考试结束和他们谈一谈。

紧张的上午在学生们全力准备考试中度过，下午的最后一节课就是竞赛班的考试。

吴石磊好像看准了严亦疏会帮他似的，黏在严亦疏旁边要一起去吃中饭。

严亦疏走读，中午习惯出去吃饭再回去睡一会儿，他被吴石磊黏得没办法了，只好同意和吴石磊一起去饭堂吃。

开学两个月了，严亦疏来饭堂的次数一个巴掌都数得过来。

他跟着吴石磊去打饭，因为食欲不佳，随便吃了几口就吃不下去了。

吴石磊眼巴巴地看着他，问他能不能中午帮他再冲刺一下。

吴石磊是严亦疏在班里第一个说上话的同学，人很开朗热情，严亦疏听他吹捧了自己半天，最后又晕乎乎地同意了。

其实严亦疏也没什么竞赛经验，他也不知道怎么帮吴石磊的忙，至多也就是回班以后再帮他勾了些题做，讲了讲吴石磊不明白的知识点。

下午的考试之前只有一节英语课，几乎没有人把心思放在英语上，都在准备自己的考试。

英语老师也看出来了大家都心不在焉，最后也没拖堂，干脆地下了课。

下课铃一响，广播的电流声在班级里响起，是老师通知竞赛班考试的地点，同学们都拿起笔和本，几分钟，人就都走得差不多了。

“保送”生严亦疏坐在自己的座位上，伸了个懒腰。

他正计划着能不能提前溜走，广播又响起了。

“请高一（3）班的严亦疏、高一（1）班的靳岑……等同学到高一年级办公室会议室……”

严亦疏的哈欠打到一半，又吞了回去。

他听到自己的名字和靳岑挨在一块，再听到后面的人的名字，就知道老师大概是把前十名叫过去了。

他慢悠悠地推开椅子，班里此刻已经不剩什么人了，他也没有刻意伪装，懒散地往门外走。

刚走到门口，就看见了靳岑。

严亦疏顿了顿脚步。

怎么这么巧?

靳岑正要下楼，瞥他一眼，没说什么。

严亦疏心里响起了警报，他立刻把自己那副呆头鹅的气质换上，脸上的神情控制好，小心翼翼地跟在靳岑的身后。

二楼下到一楼很快，也就几级楼梯的事。

靳岑的声音突然响起。

男生的声音沉稳冷冽，尾音很短，听起来有一股不容置疑的味道。

“竞赛资料你看了吗？”

严亦疏舔了舔唇，没想到靳岑还记得这茬。

他立刻用充满感激的语气说道：“看了看了，谢谢你。”

靳岑“嗯”了一声，说：“以后还有困难可以找我。”

严亦疏自然也是语气非常愉快地答应了。

不过，他的心里却打起了小鼓点。

怎么回事？靳岑怎么突然主动和他说话了？

要知道在前半学期里，他们的对话仅局限于“你好”“再见”。

严亦疏和靳岑一起走进教师办公室的小会议室，圆桌前站了一位清隽、瘦高，非常有文人气质的老师。这是一、二班的物理老师沈越。

沈越作为骨干教师，已经负责北城一中很多年的物理竞赛教学了。

他先是看见了靳岑。

靳岑是他的得意门生，沈越微笑着向靳岑招了招手。

“靳岑，来了啊。”

靳岑点了点头，说了句老师好。

旁边的严亦疏赶紧也跟着叫了句老师好。

沈越虽然不教三班，但是也知道年级第一是谁，毕竟三班老师得意了很久呢。

他扶了扶眼镜，对严亦疏露出了亲切的笑容。

“你就是亦疏吧？”

他身后的桌子上分学科放了几叠学习资料。

“这次叫你们过来呢，是先把下个星期我们竞赛班的上课资料发给你们，周末回去好好看一下。”

“这是物理的。”他把订好的资料递给靳岑和严亦疏，然后又从旁边抽了一份化学的给严亦疏。

“谢谢老师。”严亦疏露出乖巧的笑容，一副好学生的模样。

沈越拍了拍严亦疏的肩膀，一脸欣赏地说："你的成绩非常稳定，各个科目都没有拉后腿的情况，物理和化学都不错，既然两科都选了，那要加油，老师可是非常期待的！"

严亦疏小鸡啄米般地点头。

沈越又看了看靳岑。

"你就不用说了，奔着全国一等奖去的，像亦疏一样，一定要勤奋一点，不能懒，知道吗？"

沈越不愧是经验丰富的老教师，这半个学期教下来，很快就发现靳岑看起来非常专注学习，但是其实并没有花非常多的时间在学习上。

这次严亦疏超过靳岑，他心里还暗喜了一下，觉得这能带给靳岑努力的动力。

听了几句老师的教诲，靳岑和严亦疏抱着学习资料走出教室。

偷懒的靳岑和勤奋的严亦疏，一前一后地走在回班的路上。

严亦疏摸了摸怀里厚厚的学习资料，在心里叫苦连天。

疯了吧你严亦疏！居然参加两门！

他还约了徐易平星期六去玩呢！

他正在脑海里盘算着怎么把学习时间压榨到最少的时候，走在前面的靳岑居然又开口了。

在楼梯的拐角处，前面的男生停下了步伐。穿着白衬衫校服裤的靳岑依旧身姿利落，他好像无论什么时候背都是挺直的。平整的衬衫只解开了第一颗扣子，露出一截锁骨。

靳岑的目光平静，又有些说不出的意味深长。

他看着面露纠结神色的严亦疏，开口说道："星期六，去图书馆预习资料吗？"

严亦疏眨了眨眼。

靳岑还在他的眼前站着。

严亦疏脑海里飞快转着，努力把说话的语气压得自然："去，去图书馆？"

靳岑一手插着裤兜，一手拿着资料，点了点头。

"你上次说要请教我，我爸让我和你一起去图书馆。"

严亦疏看着神色淡淡的靳岑，他思绪纷乱甚至有点崩溃的时候，居然还能抽空在脑海里赞美一下靳岑的身材。

他被靳岑盯得浑身发慌，有些口干舌燥。他下意识地舔舔唇，嘴上起了些死皮，可能是因为今天喝水太少，又有些感冒导致的。

严亦疏听见自己的声音。

“什么时候？”

靳岑像是早就想好了一样，回复得很快。

“星期六上午八点，北城图书馆。”

男生站高了几级阶梯，俯视着他。

严亦疏心里呐喊着，别答应啊！

然后非常没骨气地，点了点头。

“好。”

严亦疏非常苦痛且挣扎地答应了。

靳岑听到肯定的答复，终于转过了身。

正当严亦疏松了口气神色变化的时候，他又转过了头。

严亦疏脸色一僵，那口气松到一半，又吞了回去。

“介意我带朋友吗？”

那怎么会介意呢！

严亦疏赶紧疯狂摇头。

靳岑真的只是去学习吗？

严亦疏缀在靳岑的身后，开始疯狂运转起了自己的大脑。

可是星期六，美好的星期六，为什么要去学习？靳岑，你为什么要去学习呢？

你作为一个帅哥，不应该去娱乐放纵吗？

他可以和靳岑一起去玩，但是他不想和他一起去刷题啊！

严亦疏欲哭无泪。

他拿出手机，给徐易平发了条明天活动取消的消息。

人生啊。

严亦疏抓着学习资料，嘴角苦涩。

都是在，不断地，搬起石头，砸自己的脚。

“什么？”

陈毅乍一听到靳岑说的话，手上操作的游戏角色差点冲到对面的塔下自杀。

靳岑靠在沙发上，不紧不慢地打开了一罐可乐。

气泡滋滋地从拉开的缝隙中漫出，靳岑抿了一口，把手上的书再翻一页。

陈毅不敢置信地看向靳岑。

靳岑穿着T恤和睡裤，与白天截然不同的一副慵懒模样，拿着书跷腿坐在沙发上。英文原版的砖头书阴刻着花体英文标题，烫金工艺，一看就是那种高价的典藏版。

靳岑看得不快，眉头微锁，一副认真思考的样子。

陈毅的角色不幸惨死，他哀号一声，看着灰下去的屏幕，问道："岑哥，明天为什么要去图书馆啊？"

靳岑放下可乐，拿出一支红笔，在书上读得晦涩的地方做下记号。

他理所当然地回答："去学习。"

陈毅真是见了鬼了。

他瞪大眼睛，一边操纵着自己重新复活的角色，一边用夸张的语气问道："为什么要去图书馆学习？更关键的是，为什么我要和严亦疏那小子一起去图书馆学习？"

靳岑听到陈毅的问题，做记号的手没有一丝一毫停顿。

他语气更加理所当然了："因为他是年级第一。"说完，斜斜地瞥了陈毅一眼，补充道，"而你是年级五十八。"

陈毅被这铁一般的事实堵得还不上嘴，但是心里的不情愿还是让他继续坚持。

"那为什么我要去啊？明天我想去打球，祁杨又回家了，嗷！我会死的！"

靳岑又喝了一口可乐。

星期五晚上十一点多，从客厅往外看去，居民楼的大多数人家还亮着灯。

祁杨已经被家里叫回去了，这间房子只剩下靳岑和陈毅。

靳岑今天晚上的目标是阅读这本厚厚的英文原版书的一个小节，他向来是一个计划和执行力都很强的人，决定要提高英语水平，那就会坚持去做。

坐在沙发上的男生脸上看不出太多情绪，听到陈毅语气里的不情愿和痛苦，也没有改变自己的想法。他扫过书上的单词，在"camouflage"处目光做了稍许停顿。

他在下面划了一道红线，脑海里浮现出这个单词的释义。

"伪装"。

陈毅的絮絮叨叨还未停止，他不住地转头去看抛出惊雷的靳岑，却没能得到任何回应。

靳岑思维停顿的那几秒，笔尖在纸上晕开了一个红色的小点。

他忽然想到严亦疏眼角那颗看不太清楚的痣。靳岑鲜少有这样跳跃的想法，他皱了皱眉，把这一小节阅读完毕，插好书签，把书合上。

“你不是不想回家吗？”

他拿着可乐站起身，问面带苦色打着游戏的陈毅。

陈毅语气幽幽道：“我是不想回家，但是我也不想去图书馆啊。”

靳岑挑了挑眉：“如果不是我说你和我一起去图书馆，你以为你这个周末能待在这里？”

陈毅知道靳岑说得没错。

如果不是这种热爱学习的理由，他妈早就把他叫回去体会母爱了，估计这个时候各种大补汤都喝了不知道多少碗。

但是……

以前靳岑说归说，几乎没有真的去过啊！

他看着靳岑上楼的背影，在心里悲伤地得出了一个结论——看来这次期中考失利，对靳岑的影响比他们想象中还要大得多。

一个以前课外几乎不学习的人，周末开始去图书馆了，这意味着什么？

陈毅想到小时候被靳岑逼着学习的场景。

他觉得，再这样下去，说不定期末考不仅前三十名，前十都有望了啊！

陈毅也没心情玩游戏了。

他刷新了一下朋友圈，北城实验那群以前他用鼻孔去看的“草包太子党”们，又开始发起了周末的狂欢。各色享乐游戏，精彩纷呈。

陈毅看了眼自己，茶几上还放着竞赛班的各种试题模拟卷、几本靳岑常翻的书籍，与游戏手柄和光碟堆在一起。

他欲哭无泪。

现在改投北城实验还来得及吗？

星期六的早晨，阳光大好。

七点钟，严亦疏已经站在了洗漱台前。

他忧郁地看着镜子里憔悴的自己，用力地搓了一把脸。

周末起个大早，对他来说是比杀了他还痛苦的事。如果不是因为发起邀请的人是靳岑，严亦疏早就翻个白眼继续睡觉去了。

他快速洗漱完，把头发梳顺，戴上自己那副用于伪装的黑框眼镜。

把眼尾遮住后，刘海下的眼睛看起来普通了许多，至少不会让人产生什么深刻的印象。

看得出来，镜子里的男生五官清秀精致，但是出彩夺目的地方被巧妙地遮住了，所以这张脸便寡淡无味了许多。

严亦疏像每一个上学的早晨一样收拾自己，站到衣柜前，却犯起了难。

他好像没有合适的衣服穿。

衣柜里的衣服很多，但基本上都是叫得出名字的潮牌，就算不是潮牌，也看起来不太像是“一心只读圣贤书”的人会穿着的服装。

严亦疏崩溃地翻找了一下，把自己无数件珍贵的联名T恤丢到一旁，从柜子的最里面搜出一件白色T恤，上面是一个黑色的耐克对勾。此刻干瘪得仿佛腌了几个月的萝卜干，皱巴巴、泛着些小黄点。

天地可鉴，这是他之前跑步穿的，后来嫌丑，打算用来做个抹布，但是估计家政阿姨认得耐克这牌子，给他洗了又放回了衣柜。

严亦疏用两只手指把衣服在空中晃开，闻了闻，确定上面是一股清爽的皂角味。

穿上这件可怜的T恤之后，严亦疏看了眼全身镜里的自己，觉得他现在的形象堪称天衣无缝了。

实在找不到配套的裤子，严亦疏便穿了校服裤，套上校服外套，背上书包出门了。

穿着全套校服出现，在周末不免显得过于刻意做作了些，如果在校服外套里面穿上一件属于自己的T恤，那么方显得自然。

严亦疏对自己的这套装扮非常满意。

他忍着对于T恤的嫌弃，乘车来到北城图书馆。

北城图书馆离北城一中非常近，几个公交站的距离。就在他准备下车的时候，微信里弹出靳岑的消息。

靳岑：B15座。

靳岑已经到了？

严亦疏迎着朝阳，擦了擦眼角困出来的生理性泪水，打了一个很长的哈欠。

如果不是之前对靳岑那一瞥的印象太过深刻，严亦疏几乎都要怀疑自己那天是不是认错人了。他强忍着困意进了图书馆，在心里对自己的刻板印象进行批评。

他恍惚中觉得，靳岑也许是真的热爱学习。

图书馆是新建的，窗明几净，桌椅都很新。

这片自习区需要刷卡进入，人还不多，很安静。

B15 座位上已经有两个人入座了。

趴在桌子上昏昏欲睡的陈毅，以及看起来神清气爽，非常精神的靳岑。

靳岑与陈毅、祁杨不同，对自己的睡眠时间有着严格的安排。一般不会熬到太晚，如果第二天要早起，前一天晚上就一定不会晚睡。

所以此刻，他拿着单词书，喝一口咖啡，穿着黑色的工装外套，一条冲锋裤，看起来一点儿都不像一位高一生。

严亦疏看见靳岑，先是把眼镜扶正，然后双手抓住书包的两条肩带，一板一眼地走了过去。

靳岑先看见他，把咖啡放下，侧过头看了他一眼。

他看见严亦疏那件“萝卜干”T恤，眼里也没浮出什么诧异来。倒是昏昏欲睡的陈毅被惊到了。严家能与靳家保持长期友好关系，就证明严家家底不差，何至于要小孩穿一件这样的旧衣服出来？

他干咳了几声，愣是没打声招呼。

靳岑言简意赅地说：“坐。”

严亦疏端正坐下。

他朝靳岑笑了笑，又朝陈毅笑了笑，笑容非常淳朴。

就算是陈毅，都不太好为难这样一位穿着萝卜干T恤的同学，他伸出手，手指朝掌心弯了弯，难得地拉出了一个示好的尴尬笑容来。

靳岑看着慢吞吞把书包里的资料往外挪的男生，面色平静地开口：“亦疏同学，今天约你出来，是想拜托你一件事。”

严亦疏往外掏东西的动作僵在了半路。

他反应慢了好几拍，过了几秒才“啊”了一声。

靳岑继续说道：“这次竞赛班我和沈老师聊过了，采取的是师徒学习制度，可以两人结成师徒组合，一起进行解题学习，互相促进。”

陈毅听到竞赛班，朦胧中感到大事不好，睁大了眼睛。

靳岑拍了拍陈毅的背。

“我这位朋友，吊车尾考进了化学竞赛班，想请你帮忙。我是攻物理的，对化学不是很应手，所以我想请你当他的老师，可以吗？”

靳岑说话的时候一本正经，一身正气，非常诚恳。

看起来就是一位为朋友学业着想的好少年。

场面一时寂静非常。

严亦疏和陈毅互相对视了一眼。

那一刻，无论以往对对方有多少成见，背后可能还说过些坏话，他们都无比默契地散发出了茫然无措的情绪。

然后从对方眼里看到了四个大字——关我屁事？

可是，严亦疏还没有忘记自己是怎样一个乖巧、热爱学习的形象，没有忘记自己和靳振国聊天的时候滔滔不绝的那些愿意和靳岑一起上进的承诺。

他捏着手中的资料，就像在捏靳岑的头，恨不得能下一秒就捏爆。

嘴上，却只能颤悠悠地从牙缝里挤出来回答。

他就像小时候，在回答玩四驱车还是做奥数题的时候，选择做奥数题一样痛苦。

他说：“能帮到靳岑同学的朋友，我很乐意……”

严亦疏看着靳岑，看着男生慢条斯理地喝了一口咖啡。

靳岑不是成绩那么好吗？怎么不自己教？

他在心里疯狂刷着“黑人问号”的表情包。

靳岑看了看脸上露出些愤怒不爽情绪的严亦疏，心情晴朗。

自己终于不用给陈毅当家教了。

严亦疏到底是个什么人先不提，就这一点，靳岑就觉得非常不错。

在解决对严亦疏那点好奇、探究，以及好胜心之前，靳岑首先想到的，是严亦疏或许能够解决陈毅的学习问题。

陈毅与祁杨不同，他对自己的成绩更有野心，但是懒。他作为朋友，不好太过苛刻地管陈毅，但是如果让严亦疏去教陈毅，相信陈毅自己也拉不下面子在严亦疏面前丢脸。

年纪轻轻，已经颇有资本家剥削能力的靳岑，满意地完成了自己一个小小的计划。

靳振国难得干了件靠谱的事情。靳岑想。

6

陈毅记得自己前不久还和靳岑吐槽对面坐着的这个戴着黑框眼镜，给他划重点的男生是“四眼书呆”，还说过些不太好听的话，甚至还考虑过“教育”一下这小子。

没想到人生的峰回路转来得这么快，一眨眼的工夫，人家就已经成了他的老师。

陈毅恍惚中接过严亦疏划好重点以后递给他的资料，他感觉自己有一点点迷茫。

他这次能考进竞赛班纯属发挥超常，要知道第二期比起第一期来说，大家的水平都提高不少，如果不是靳岑给他押题押得准，他未必能考过那些每天勤奋苦读的同学。

靳岑让一对师徒牵手成功以后，功成身退，自己专心地看起了书。

虽然他星期五和严亦疏说要来图书馆预习资料，但是其实他早就已经掌握了这些知识，没必要再看，所以他便把那本厚厚的英文原版书拿出来看了。

严亦疏也是差不多的情况，但他也不好去借本小说来看吧，只好拿出卷子刷起题了。

三人桌上放满了学习资料，由于非常安静，笔尖摩擦的沙沙声和书页翻动的声响都能听得十分清楚。

陈毅趁机拍了好几段小视频发在他的家庭群里，收获了各路亲戚的大拇指表扬。

他妈看见后非常满意，在知道坐在他对面的就是北城一中新的年级第一以后更加满意了，直接转了不少钱给陈毅，让他请同学吃饭，感谢人家的帮助。

有钱能使鬼推磨，意外收获零花钱的陈毅仿佛被注入了动力能源一般，就连纸上的各种化学公式都觉得可爱起来。

专注学习的时间总是过得很快，不知不觉中，到了中午。

图书馆此刻已经坐得满满当当，声音也嘈杂了许多，这片自习区大多都是中学生面孔，偶尔有人看向靳岑三人的桌子，更多的人是看着那个穿着黑色工装外套的帅哥。

靳岑把书合上，看了眼陈毅的卷子。怎么又错了一道中等题。

他提议："亦疏，不如帮陈毅改改卷子吧？"

严亦疏被他这一声名字叫得背脊发麻，只觉得浑身鸡皮疙瘩都要冒头了。

他不动声色地抖了抖腿，让自己放松一点，然后接过陈毅的卷子。

陈毅知道自己有些粗心的小毛病，但是在靳岑面前丢脸丢惯了，已经有些不以为意，如今看着那个戴着黑框眼镜的清秀男生在自己的卷子上打上一个个红色叉叉，脸皮慢慢地红了起来。

严亦疏在学习方面还是很专业的，他把卷子改完以后，探腰过去，给陈毅讲起了他的问题。严亦疏做题思路清晰明确，不像靳岑那样喜欢跳步骤，他更加严谨缜密一些，讲起题来也更加容易听懂。

若说陈毅一开始心里还有些不情愿，但在听完严亦疏一番讲解以后，那点儿小小的情绪也都烟消云散了。

当你旁边站了个比你实力稍微强一些的对手，你还可能不服气，如果那个人直接站到了你不可攀越的高山之上，大概你心里就只剩下敬仰和佩服了。

严亦疏身体力行，用自己的实力让陈毅乖乖地接受了这位"老师"。

学习上的疑难都拨开云雾见月明了，陈毅整个人都神清气爽了许多。

此刻再看对面男生那呆板的黑框眼镜和长刘海，都顺眼多了。对面的男生抬起头，朝自己抿出一个有些不好意思的笑来，看起来非常单纯。再配上那件依旧皱巴巴的T恤，活脱脱就是一位专心学习不善交际的纯朴少年。

陈毅是个热情大方的人，一旦发现自己以前对别人的印象出错了，就会积极地去改正。更何况靳岑像是想与严亦疏好好相处的样子。

他朝严亦疏露出一个友善的微笑，说："小严老师，我们去吃饭吧。"

严亦疏被这个称呼吓了一跳。

他看着陈毅春风拂面的笑脸，讷讷地说："不用这样叫吧……"

陈毅连连摆手："不行不行，尊师重道这个道理我还是懂的，小严老师是必须要叫一声的。"

严亦疏这辈子头一次被人叫老师，还是在这种情况下，心情略略有一些复杂。

他下意识地看向靳岑，没想到靳岑也在看他。

靳岑的眼神依旧是平静的，看不太出有什么探究的神色，好像只是偶然的视线交汇一样。

严亦疏总感觉这件事情里透着一股怪味，就好像有人设计好了一样。但是靳岑为什么要让他来教陈毅做题？这没道理啊，他们又没什么交集，除了靳振国的嘱咐要求以外，他找不到靳岑做这件事的动机。

在靳岑看来，他应该只是一个普通的书呆子而已。

难道自己哪里露馅儿了？

严亦疏一点点地回想自己这些天的所作所为，除了那天遇到了靳岑一回，他想不出还有哪次的行为是有可能造成他人设崩塌的。

他想了一会儿就放弃了。

自从那天在沸点看见靳岑之后，他总觉得靳岑有古怪，现在既然靳岑借着学习试探他，那就既来之则安之吧。

只要他把这个人设立住了，站稳了就好。

迎着靳岑的目光，严亦疏用尽自己的演技，青涩、稚嫩地笑了笑，就像某种圈养在无菌环境里的小动物突然看见了外面的新奇事物一样，有些不安，但也有着好奇和向往。

"小严老师"垂着眼，把书整理好放进书包里，揪着书包带子说："你们决定吧，我也不知道这附近有什么好吃的。"

陈毅看着浑身都散发着"我很乖巧我很单纯我什么都不知道"的严亦疏，赶紧如数家珍一般地说起了附近的美食，并且承诺这顿饭他请客。

靳岑观察了严亦疏许久，并没有发现他身上有什么异常。

他并不着急，收好东西站起来，背上书包，让陈毅带他们去吃东西的地方。

严亦疏走在陈毅的旁边，看起来差不多高，但是架子小许多，套着的校服也显得空荡荡。由于背脊不是挺得很直的缘故，显得有些不太自信。

靳岑皱了皱眉，很想上去把他的背拍直了。

"小严老师，你几月份的啊？"

"十二月。"

陈毅惊讶的声音从前面传来。

严亦疏解释道："我和你们不是同一年的，我现在快十七了，应该比你们都大的。"

陈毅这才松了口气："我还以为小严老师你年纪这么小呢。"

他年初生日，靳岑上学早，暑假刚过完十六岁生日。

虽然看不出来，但是靳岑确实一直都是他们里面最小的。

陈毅看了一眼跟在后面的靳岑。唉，看看他岑哥长得多成熟帅气，说他二十岁估计都有人信吧？

上帝永远都是不公平的。

三人走到陈毅推荐的美食店坐下点好菜，一时之间又无话可说了。

一路上陈毅已经快把严亦疏的祖宗十八代都了解清楚了，现在也是想不出来还有什么话题可聊，总不能继续聊学习吧。

他看了眼靳岑，又看了眼正在认真烫碗的严亦疏，问道："要不然……我们玩《王者荣耀》吧？"

他自然是不会和靳岑用大号和严亦疏玩的，但他们还有不少小号。

靳岑不置可否。

反而是严亦疏缓缓抬起了头，男生的眼镜上沾了些雾气，面带难色。

他小声说："可是我……不会玩《王者荣耀》……"

"川城第十诸葛亮"，在班里吊着所有人打的严亦疏语气真挚。

"对不起啊……"

陈毅尴尬地啊了一声，打算收回自己这个提议的时候，就听见了自己老大的声音。

靳岑拿出手机，对严亦疏笑了笑，宽慰道："没关系，我也是。"

他语气自然："一起来玩吧，我也不会，让陈毅带我们就好了。"

陈毅看了看咬着唇犹豫的严亦疏，又看了看已经打开了《王者荣耀》的靳岑，总感觉自己，好像又做错了什么事情。

伴随着清脆的开局响声，三个人进入了游戏。

严亦疏平时自然也不是用自己的大号玩游戏，但是现在这个情况，他只好登录了自己平常用来加朋友老师的微信号，这个号只是青铜段位，后来再也没玩过。

靳岑和陈毅也做了同样的选择。

三个人中此刻段位最高的就是陈毅的黄金，他这个号打过几天的游戏，而靳岑和陈毅都是青铜。

在各自心怀鬼胎的沉默中，游戏开始了。

首先发言的是严亦疏。

他声音里带着害怕，"现在我要去哪里啊？"

靳岑看了看那个站在泉水边发呆的妲己，声音低沉道："跟着我。"

陈毅默然了。跟着你干什么？

亚瑟和妲己在王者峡谷一起浪迹天涯吗？

严亦疏操纵着的小妲己一扭一扭地跟在靳岑操作的亚瑟身后。

陈毅眼睁睁地看着这两个人直奔敌方防御塔，然后一起死在了里面……

严亦疏看着自己惨死在敌方塔下的角色，只希望此刻没有自己以前的朋友在观战。

但是事实往往不如他所愿。

死了没多久，微信就弹出了消息。

青青草原：你被盗号了？谁在用你的号玩游戏？你冲到防御塔下自杀了？

SHU：滚！

严亦疏一面装着惊慌失措的样子，一面飞快地回复。

许青很快就反应了过来。

青青草原：你不会真的去演温柔乖顺白痴小绵羊了吧？

严亦疏把许青的聊天信息划掉，复活以后从泉水出来，再次默默地跟在靳岑的身后。

靳岑的语气中带了点调侃，"看来防御塔不能直接进呢。"

严亦疏也配合地装出一副恍然大悟的样子，"好像是这样子的。"

陈毅一个人流着泪，奔走在杀敌人的路上。

他错了。他的老大，比他想得更加没有下限。

一个最强王者，为什么要装出一副连新手教学都没通过的模样？

仅仅是为了维护小严老师的自尊心吗？

这个世界，真的太难读懂了。

"小严老师再见！"在分岔路口，陈毅向严亦疏不停挥着手。

一天的学习结束，此时北城已经是一片夕阳烂漫。橘红色的天空一片彩霞织锦，美不胜收。

严亦疏经过了一天的高水准演技发挥以及劳神劳力地为陈毅讲解题目，整个人已经困顿不堪，他敷衍地和陈毅摆了摆手，在心里告诉自己要坚持。

北城图书馆旁就是北城博物馆，此刻人群汹涌，没一会儿严亦疏就已经看不见陈毅和靳岑的影子了。

他也懒得去挤公交，直接拦了辆的士，打车回家。

严亦疏已经好久没有这么累过了。

一想到今天和靳岑一起在《王者荣耀》尝试的“一百零八种菜鸡死法”，还有陈毅看着他那怜悯同情的眼神，严亦疏就浑身难受。

要知道他到北城一中半个多学期了，一个说得上话的朋友都没有，每天一个人吃饭的时候，陈毅脸上那不可置信的表情更是达到了顶峰。

无论严亦疏怎么解释自己享受孤独，享受学习，陈毅都一副“这怎么可以”的样子。

可能是他演技太好了，把那种与世隔绝的单纯小绵羊演得过于逼真，引发了陈毅身上那作为“学生”的强烈责任感。陈毅立刻拉了个微信群，说是以后要在北城一中罩着严亦疏，不能让他的“老师”一个人孤单寂寞。

此刻微信群里就弹出了陈毅的消息。

陈毅：分享链接“一个人吃饭的危害，你不知道的八条秘密”。

陈毅：分享链接“只学习不社交，你会变成社会的透明人”。

……

严亦疏看着消息，一时间无言以对。

他连抬起手打一串省略号的力气都没有了。

说一个谎，要用一百个谎来圆，严亦疏感觉现在那越滚越大的谎言雪球就压在他头上，下一秒就会把他给碾成肉泥。

为什么陈毅这人能这么古道热肠啊？

严亦疏本以为，像靳岑、陈毅、祁杨这样听起来可以取个“北城三子”之类称号的小团体，应该像他在川城的时候一样，目中无人，不接受任何外来物种的入侵。

没想到北城一中出产的这小团体和他想的截然不同。

不仅是以学习为己任，还乐于助人，友爱同学。

严亦疏都忍不住怀疑，靳岑是不是在他们每次活动之前，都要命令大家一起朗读社会主义核心价值观。

总之，严亦疏被陈毅这直球打得措手不及。

和他同样蒙的人还有因为回家没能参与图书馆之行的祁杨。他突然被拉进了一个群里，群里还有个陌生的人。

——北一 F4？

他抽了抽嘴角。

这什么复古又愚蠢的群名。

还有，陈毅在群里分享些什么奇奇怪怪的链接？

他们这个微信大号，基本上都不怎么用，还是陈毅命令他换号过来看。说是自己的“小严老师”来了，要欢迎一下。

他看见群里那个陌生头像发了个呆萌的小表情。

这谁啊？祁杨皱眉。

陈毅的私聊适时地出现。

陈毅：这是严亦疏！我的化学竞赛班老师。

陈毅：我这老师可惨了。

陈毅：你给我温暖一点！别吓到人家！

祁杨脑袋上挂满了大大小小的问号。

他在群里发消息。

祁杨：你好，我是祁杨。

那边回复得很快。

SHU：你好，我是严亦疏。

他又在后面加上一个“笑脸”的颜文字。

祁杨看到这个亲切又怀旧的颜文字，手有点抖。

他感觉自己在和自己的小学表妹聊天，会在空间里填“写下这份问卷，点五位好友传下去”的星座爱好表的那种。

他点开输入法的颜文字的列表，找了半天，回复了一个过去。

严亦疏拿着手机，在出租车里僵化了。

他活了快十七年，第一次和别人聊天的时候遇到这样的难题。

请问，遇到这种高级的颜文字该怎么回击？

只会使用简单表情符号的严亦疏不知道。

他感觉自己输了，输得很彻底。

白天在图书馆里演戏，万万没想到，分开了还要在聊天的时候继续演戏。严亦疏恨不得穿越回期中考之前，把那个做卷子的自己勒死——让你考第一！

另一边。

“嚯，祁杨这小子可以啊！”

陈毅走在路上，差点一口饮料喷出来。

“这一串怎么打出来的，老大，你知道吗？”陈毅皱眉，“啧，感觉不加点这种符号没资格参与他们的聊天呀！”

靳岑看了眼群，没说话。

他自然是不知道怎么打这些东西的，连这个叫什么都不太清楚。

这种时候，下载了寻狗输入法的祁杨就显得非常有优势了。

祁杨：你是毅子的老师？

祁杨为了跟上队形，又在后面加了一个“小脸惊呆”的颜文字。

SHU：是的！

严亦疏不甘示弱，后面带上了一个“呆萌微笑”的颜文字。

祁杨：小严老师好，以后也教教我！

看到回复，祁杨又回复了一个“卖萌讨好”的颜文字

SHU：没问题。（笑脸）

……

一句话一个颜表情这两人是真的可以！

陈毅看着这聊天记录，急得就像热锅上的蚂蚁，捧着手机在路上跳脚。

“烦死了！祁杨这贱人，怎么会打这破表情，居然趁机和小严老师套近乎！”

陈毅找了半天，最后直接复制了祁杨的“卖萌讨好”的表情发了个消息。

陈毅：这是我老师。

陈毅：关你屁事。

祁杨挑眉，哟呵，是这小子让他温暖一点的，自己做个复制党也就算了，还骂他！

祁杨窝在家里的沙发上，本来就已经很闲了，此刻一被挑衅，一下子就热血沸腾起来。

祁杨愤愤然发送了一个“生气”的颜文字在群里。

祁杨：连颜文字都不会打，你这个白痴！

祁杨：有什么资格做北一 F4？

祁杨：我现在就把你踢出去！

严亦疏看着微信群，久久地沉默了。

群里的气氛一片火热。

他点开许青的私聊。

SHU：许青，给我点颜文字用用。

青青草原：为什么要颜文字，你要去搞网恋？

SHU：这是一个复杂而漫长的故事……

青青草原：我几百年不用颜文字了。

青青草原：请问当代青少年网络冲浪谁还会用颜文字？

青青草原：只有直男才会以为现在的软妹小白还使用颜文字。

严亦疏感觉自己的膝盖中了两箭。

许青发了条语音过来。

他点开，凑近耳朵，听见那人的爆笑。

“哈哈哈哈疏疏宝贝，你不会想用颜文字打造自己的小白形象吧？天才啊！我建议你现在就去买条红色手链，带招财猫的那种！”

以后再问许青，他就是狗。

秋日北城的夜晚已经凉意颇深。

回家换了衣服，重新打扮好的严亦疏准备出去玩。

手机里的“北一 F4”微信群也已经安静了下来，严亦疏控制住自己退群的冲动，把消息提醒屏蔽掉了。

徐易平和他约在他家。

严亦疏穿着连帽衫，戴着棒球帽，去到徐易平家。徐易平已经开了一场游戏。

严亦疏褪去伪装回到了属于自己的舒适环境，整个人舒服多了。他摘下帽子，把刘海用发箍箍了上去，露出光洁的额头。其实他近视度数不深，平时不戴眼镜也没有问题。

严亦疏心里还留着白天的些许烦躁，他打开了电脑，打开游戏，又在兜里摸索着。

他掏出了一个不锈钢四方的糖盒出来，他打开糖盒，捏起一颗放进嘴里。

这就是靳岑落在袋子里那个。

他也已经习惯了用薄荷糖让自己头脑保持清醒。

他把糖盒揣回兜里，登录了游戏。

徐易平吃了个“鸡屁股”，气得捶桌子。

“遇到了个神仙！”他愤怒地举报，“怎么封都封不完！”

他转头看向严亦疏，催促他：“快点快点，咱们来排一把，我就不信了！”

严亦疏白天说了太多话，现在一句话都不想说，只是接受了徐易平的邀请，开始游戏。

徐易平怒火难平，也没忘记问严亦疏："今天白天怎么突然说不来了？"

严亦疏眯了眯眼，没说话。

飞机起飞，他在学校那里标了个点。

徐易平怪叫道："跳学校啊？这么'刚'的吗！"

严亦疏憋了口气，落地以后捡了枪就开始"杀人"。

一时间学校里传来一阵又一阵枪响，是严亦疏在大杀四方。白天在《王者荣耀》里惨死的严亦疏终于能够一雪前耻。

"妈呀，兄弟，这也太猛了吧？"

徐易平惊了，他看了看脸色阴沉的严亦疏。

"你白天到底去干什么了，给刺激成这样？"

严亦疏冷笑，"去图书馆学习打《王者荣耀》了。"

7

无论是去图书馆，还是学习打《王者荣耀》，发生在严亦疏身上都是一件稀奇的事情，更别说这两件事情还同时发生了。

徐易平听得一愣，大脑反应了好几秒，才反应过来严亦疏在说什么。

他看了看严亦疏的脸色，感觉他好像没说假话，虽然心里好奇，但是也没再继续追问下去。

严亦疏一身杀气，以不可阻挡之势带着徐易平顺利"吃鸡"。

"大吉大利，今晚吃鸡"的画面弹出来，徐易平开心得嗷嗷叫，也把刚刚严亦疏的古怪忘在了脑后。

严亦疏松了松手腕，感觉今天状态还不错。

坐在电脑前的男生一双凤眼，眼尾挑高拉长，左眼眼角一颗棕色小痣，睫毛很长，不密，也不太翘，显得十分冷清。只有在抬眼的时候，睫毛扇动，才会带出几分温柔。

严亦疏在川城的圈子里是出了名的好看。

这张脸五官精致，组合起来恰到好处，不浓不淡，少一分无色，多一分俗媚。

再加上严亦疏自身那股疏懒的傲气，更是衬得他这副皮囊矜贵起来。

可惜在北城没人见过严亦疏的这副样子。

他就像是公孔雀藏起了尾巴，灰扑扑土不溜秋地出现在同学面前，再加上他把自己伪装得不错。不然就凭他这张脸，就注定了和“乖”字扯不上半毛钱关系。

徐易平和严亦疏又开了一把游戏。

他兴奋地舔唇：“疏哥，你怎么不肯和我们北实验的一起玩啊？就你这技术，绝对把他们治得心服口服！”

北实验和北一中算是北城最好的两所中学，但是论起学习，还是北一中独占鳌头。北实验的活动更加丰富一些，打着与国际化接轨的口号，那里上学的很多都是公子小姐。

基本上和靳岑同龄的，能说得上名字来的那群“二代”里面，十有八九都会选择去北实验或者北外语，只有靳岑三人来了治学严谨的一中。

当然，还是自己考上来的。

出于种种原因，比如说从小听父母唠叨的逆反心理啊，看不惯靳岑三人特立独行的排异心理啊……当然，还有“柠檬精”的酸涩，让北实验的那群“二代”们与靳岑三人可以说是针锋相对。

当然，这个针锋相对也只是单方面的。

至少靳岑就从来没有关心过北城实验中学的那些人怎么想。

祁杨和陈毅倒是还和他们中间的人有所往来，靳岑是连微信都懒得加一下。对于他来说，陪这群还在中二病的小屁孩玩幼稚的扮家家游戏，实在是太浪费时间。

如果有实在不长眼要来挑衅的，全都交给祁杨。

徐易平是北实验的人，自然听自己学校的人讲过不少靳岑的坏话。

他看了看严亦疏的侧脸，忍不住问道：“疏哥，你和那个靳岑，打过交道吗？”

严亦疏操作鼠标的手一顿。

打过交道？

那不是废话吗，白天还在一起畅游“王者峡谷”呢。

但是对着徐易平，他自然不能这么说。

他一边捡装备一边回复：“没有。”

徐易平有些失望地噢了一声，又问：“那陈毅和祁杨呢？”

嗯。“北一 F4”的其他两个嘛，刚刚还在互相斗颜文字呢。

严亦疏深呼吸一口气，语气冷淡：“不知道。”

徐易平拉出一张苦瓜脸，说：“本来还想从你这听听他们消息的。”

“他们很出名？”严亦疏问。

“出名啊！”徐易平毫不犹豫地说，“靳岑是谁，靳家单传的太子爷，陈毅和祁杨家境也不错，陪太子读书是多少人想干的事啊。”

“听说啊，不少人为了和靳岑熟起来，高中就特意去了一中，可惜全都被靳岑四两拨千斤地挡了回去。”

“我是刚来北城不久，无缘得见靳太子爷的风采，你就不一样了，这近水楼台先得月嘛！”

严亦疏再一次庆幸自己之前没有告诉过别人自己家和靳家相熟的事情。

听徐易平的描述，在他脑海里出现的是高岭之花一样的靳岑三人组，事实上呢……

严亦疏想到那些刷屏的颜文字有些头疼。

“疏哥，你知道吗，你现在在我们那儿也小有名气呢！”

严亦疏狙死一个人，漫不经心地嗯了一声。

“就因为你把靳岑挤下去拿了第一！”

严亦疏幽幽叹了口气，“知道了，下次不会了。”

徐易平愣了一下：“啥意思？”

严亦疏重复：“下次我绝对不会再考第一了。”

游戏打到一半，严亦疏的手机突然响了。

是他爸打来的。

严亦疏皱了皱眉，拿起手机出去接了。

严贺归对于严亦疏向来是放羊式管理，除了定期接收严亦疏的成绩单，基本上一个月才会打一个电话给他。

今天突然给他打电话，倒是有些奇怪。

接通电话，严亦疏喊了一声爸以后，那边传来严贺归的声音。

“最近怎么样？”

严贺归向来说话调子都是刻板冷淡的。他在部队里身居高位，和儿子说话的时候也带着一股领导的腔调——这一点上，靳振国就显得亲切多了。

严亦疏母亲在他很小的时候就去世了，严贺归多年也没有再娶。

“挺好的。”严亦疏回答。

“嗯。听你靳叔叔的话，和靳岑好好相处。知道吗？”

严贺归没什么当慈父的经验，像下命令一样和严亦疏说着话。

“知道。”严亦疏也刻板地回复。

他们父子之间的交流很少，就算是在川城的时候，也很难得见上几面。

这通关心电话很快就结束了。

严亦疏在小阳台站了一会儿，透了透气。

来北城这几个月，他已经去靳家吃了无数次饭，与严贺归和他那恍如上下级的相处模式不同，靳家既温馨又幸福。

无论是那位身体不好，但是很亲切的阿姨脸上洋溢的笑容，还是靳振国对靳岑不自觉流露出来的骄傲，都是那样的自然。

严亦疏从小就聪明。在他的记忆里，一开始拿第一名，是因为只有这样严贺归才会抽出空来参加他的家长会，还会摸着他的头表扬他。

后来，他第一名拿得多了，严贺归就把这件事当成了理所当然。

不知道从什么时候开始，这份写着第一的成绩单发过去，变成了他们之间唯一的交流。

而他也渐渐地，不再渴望用成绩换来严贺归的目光。

严亦疏被这突如其来的电话弄得心情有些阴郁。他从口袋里掏出糖盒，推开盖子，用一只手用力拍在盒盖上，啪的一声，一颗糖弹出来，落在他的口中。

一次成功，让他感到心情好一些，嘴角上扬。

房间里徐易平嘈杂喧闹的叫喊声隐隐传来，到他这里，好像已经是另一个世界一般。

靳家。

“好不容易回来一趟，多喝一点。”靳母把熬好的鸡汤盛出一碗，端给靳岑。

穿得很家居的妇人气质清雅，虽然身上缠绕着挥不去的病气，但是并不会显得非常虚弱。

靳岑闻到母亲身上那股淡淡的中药味，皱了皱眉。

“您怎么又喝药了？”

岑谷雨笑了：“你这孩子，鼻子这么灵。”

她把鸡汤往靳岑面前推了推：“不过是换季照常去抓了副方子喝而已，不妨事。”

靳岑在母亲面前向来是不会推拒的，把鸡汤端起来喝了。

岑谷雨看着面容沉静喝着汤的靳岑，脸上的笑容不自觉地冒了出来。

她虽然从小身体不好，生靳岑的时候又留下了病根，但是她觉得自己一直很幸福。年轻的时候有靳振国爱她护她，现在又有这样一个出色的儿子为她着想，她觉得人生没有什么不满足的。

若说这个世界上有谁最了解靳岑，那一定是他的母亲。

岑谷雨不像靳振国那样好糊弄，一张成绩单就能相信自己儿子德智体美劳全面发展。

她知道自己这儿子是心里主意多的，也知道靳岑并不像他表现出来得那样乖巧，但是她从来不会去说破。

因为靳岑总是希望她能在所有人面前脸上有光，希望妇人间的闲言碎语不会伤害到她一丝一毫，他从小表现出来的这些成熟和稳重，都让她一边欣慰满足，一边心疼。

本该是小男孩又皮又闹的时候，靳岑却衣衫干净地站在一旁。

别人家长来接的时候，他也会乖巧地主动打招呼。

谁不说靳家儿子养得好，夸她教子有方？

可她却心疼靳岑不能像别人家孩子一样肆意玩耍。

所以，在靳岑提出要在学校附近住的时候，她说服了靳振国，满足了靳岑的要求。

就算这样，靳岑还是每个星期都会回来一趟看她。

岑谷雨想起这些，心里就又酸又甜。想起和靳振国聊天的时候，说的事情，她在心里叹了口气。

严家小孩来了也有几个月了，也不知道靳岑有没有和人家好好相处。在他们年轻的时候，靳振国、严贺归、她和徐书迪是很好的朋友。谁知道，时间的车轮碾得这样快。一下子两家人的小孩都已经长得这么大了。

徐书迪，那个在她记忆里灿烂爱笑的女孩，也已经走了这么多年。本来严贺归就是不苟言笑的性格，想来书迪走以后更加不会开口了。

也不知道严古板和他们谈完以后有没有给小孩打电话。

岑谷雨看着靳岑把汤喝完，对儿子笑了笑。

“和亦疏相处得怎么样？”

靳岑抬起头，看向母亲。

“可不要敷衍我哦。”岑谷雨朝靳岑眨了眨眼，“下次我会亲自问亦疏的。”

靳岑想起白天那个跟在他后面一扭一扭的小妲己，嘴角忍不住抿出浅浅的笑。

“挺好的。”

“真的吗？”岑谷雨看着靳岑。

靳岑点了点头，“真的。今天还一起去图书馆了。”

岑谷雨有些惊讶，自己儿子还会去图书馆？

这些用来哄骗靳振国的理由，她可一次都没信过。

靳岑像是想起了什么的样子，眼神里都带上了笑意。看他这样子，岑谷雨有些相信他话里的真实度了。不管怎么样，多接触就是好事。

她拍了拍靳岑的背，说：“下次回家，带亦疏来吃饭。一个人在北城到底是孤单的，你要多帮助他，知道吗？”

靳岑已经听岑谷雨和靳振国说这番话不知道多少遍了。

他“嗯”了一声。

严亦疏能叫父母如此放心不下，说明他的事可能确实有所隐情。

靳岑和母亲说了一会儿话，上楼去了。

他拿出手机，看见严亦疏的微信。脑海里不自觉地浮出严亦疏长长的刘海，一双被遮住些许的眼睛，和压出浅痕的鼻梁。如今被岑谷雨再一次嘱咐完，严亦疏的形象上又添了几分神秘悲惨的氛围。

一个形单影只，埋头学习的小可怜。

想到严亦疏那皱巴巴，洗了不知道多少次的T恤，靳岑都忍不住有些动摇自己对严亦疏的那点怀疑。

他点开了下载不久的贝壳英语软件。

做完一篇精读以后，他分享到了和严亦疏的聊天框里。

徐易平家。

严亦疏消散了几分心头的郁气，潇洒不羁的疏哥向来不会为这种事情困顿超过十分钟。

正当他打算重新回到房间里，手机里弹出了靳岑的微信私聊。

靳岑：分享链接“贝壳英语精读打卡 DAY1，英国首相……”

严亦疏愣了一下。

发错人了？

靳岑晚上还在软件上精读英语？

他有些摸不着头脑。

没等两秒钟，那边又发了消息过来。

靳岑：一起打卡一百天怎么样？

严亦疏把手机待机，再打开。

聊天页面上这行字一点没变。

徐易平嘴里那个高岭之花靳岑和自己手机里这个是不是同名同姓啊？

他震惊了。

是这个邀请他一起英语打卡一百天的靳岑吗？

他还问自己怎么样？

严亦疏真想回复，不怎么样。

最近到底怎么回事，先是严贺归主动打电话关心他，又是靳岑把他拉进他的朋友圈送温暖，严亦疏恍惚中感觉自己是个需要人疼爱的小可怜。

严亦疏揣着手机走回了房间里。

他真的很想假装看不见靳岑的消息。

在心里挣扎了许久之后，严亦疏忍辱负重地下载了贝壳英语。

“你在干什么？”徐易平好不容易等到严亦疏回来，凑过来看他的手机屏幕。

“怎么全是英文单词，看得我眼晕。”

严亦疏一目十行地扫过这篇英语资料，快速点击完成，分享给了靳岑。

SHU：分享链接“贝壳英语精读打卡 DAY1，英国首相……”

SHU：好。

严亦疏本来以为，这就结束了。徐易平没兴趣看英文单词，已经转过头继续看电脑，他也打算继续玩游戏了。

这时候靳岑又发了信息过来。

靳岑：这篇文章我看了三分钟，你只用了一分半。

靳岑：亦疏同学，不愧是英语满分啊。

“自作自受，你这能怪得了谁？”

许青嘲笑的声音从手机里传来：“或者你也可以现在就去告诉人家，我都是装的，我一点都不热爱学习，别逼着我看书了。”

严亦疏跷着腿躺在吊椅里，翻了个许青看不见的白眼，“你能不能少说一点废话。”

许青冷哼一声：“不然你和我换换啊，我很乐意。”

“约你一起英语精读打卡一百天，周末相约图书馆你也乐意？”

“哎，你不是说了吗，那帅哥也是和你一样装的。我看人家顶多就是试探一下你，拿你逗乐呢，别太看得起自己了。”许青不以为意。

许青话音刚落，严亦疏还没来得及反驳，他就接着说道：“如果你实在是不乐意，拒绝他不就好了，人家难不成还巴巴地要和你一起学习啊……”

严亦疏尴尬地抿了抿唇，“事情都已经发生了，那我能怎么办？”

许青幸灾乐祸地说：“顺其自然咯，说不定哪一天人家就撞破你真面目了，到时候再说呗。”

就知道问许青也问不出什么解决方法，严亦疏心里烦躁，挂掉了许青的电话，又坐在吊椅上沉思人生许久。

最后他发现，好像确实也只能顺其自然了。

严亦疏漫无目的地随意翻着手机，翻到了那天自己偷拍靳岑的两张照片。

不算特别清晰的照片依旧掩盖不住男生那夺目的帅气。

他看了几分钟，在心里说服自己，不就是学个习吗，这对于他来说可算是最简单的事情了。

此时北城的夜色已经很深。

严亦疏这些天过得忙碌丰富，比不上在川城的时候那么有滋有味，但是也别有一番趣味。

他难得觉得自己真的像个高中生，需要为学习和朋友担忧，需要想方设法跑出去上会儿网，偶尔还要在别人面前卖傻装乖。

严亦疏咂摸了一下这青少年的烦恼，觉得味道一般，但勉强能算种人生体验。

他叹息一声，决定认命。

洗漱完毕，严亦疏就钻进被子里睡觉去了。

说到底，无论初中时期在川城作为地头蛇，严亦疏玩得多潇洒，摆出一副多成熟的架子，他到底是一个十几岁的少年。他的生活不用为生计烦忧，也从未遇到过天灾人祸，所以无论遇到何种境地，都能一觉睡过去了结。

一觉睡到天光光。

北城交织错杂的交通网随着日光渐起，从打盹中醒来，高速运转的城市日复一日地重复着机械的工作。小区楼下的包子铺已经开摊卖早点了，周末还在加班的白领们步履匆匆地走过，手上拿着攒钱买下的最新款手机，拎着一袋素菜包子，在挤地铁的时候囫囵吞下。

被少年睡过去的可以肆意挥霍的时光，对于很多人来说，全是不能丢掉分毫的金钱，比如四点钟就起来的包子铺老板，比如想要全勤奖的员工。

像严亦疏这样的少年，或者像靳岑这样的少年，人生中还没有这样那样的烦恼。

在家属大院里，秋菊最美的那方院子，就是靳岑的家。

岑谷雨一早便起来侍弄花草，她把一院子的活儿都干完，感觉有稍许疲惫。

今日万里晴空，阳光灿烂，是难得的好天气。

她眯眼看了看天空，再看了看手表，已经十点过半了。

她走去厨房，把一小锅小米粥热上，她吩咐保姆去叫家里那两个睡得昏天黑地的一大一小吃饭。

小米粥热好，再端到餐厅放温，靳岑和靳振国才难得像对父子一样，一起睡眼惺忪地走了下来。

靳岑在人前向来是注意形象的。熨得平整的衬衫、合身的校服裤，以及随身携带着的木调的香水，全是他那点儿不予言表的小表现。就算是在陈毅、祁杨面前，他都会在房间里把自己整理好了再出现。

只有在家里，他才会这样头发不梳，穿着睡衣趿着拖鞋就下楼。

靳家的做饭大权向来是岑谷雨一手把控，早餐万年不变，是以五谷杂粮为主的粥，以及一碟小菜，偶尔会有红薯、玉米。靳岑和靳振国吃了这些年，一开始还有些苦不堪言，后来也渐渐认命了。

岑谷雨在靳家的地位向来是金字塔尖的，她决定的早餐，自然没人敢提出异议。

吃早饭的时候，靳振国喝酒太多的事又被岑谷雨拿出来批评。

靳振国嗜酒，早些年在工作场合上喝太多了，人到中年难免有“三高”之类的毛病，岑谷雨言令禁止他再过度饮酒，家里酒柜更是管得死死的。

谁知道昨天他喝多了些，又被岑谷雨撞了个正着。

身居高位的靳振国此时哪有在外的一身架子，被岑谷雨训得蔫头巴脑，时不时就看上靳岑一眼，希望儿子能够救他。

靳岑只是淡定地吃着自己的早餐，全然无视老爹投来的求助眼神。

岑谷雨把养生经拉长了给靳振国念叨完了一遍，又把目光看向靳岑。

靳岑手一顿，背脊都不自觉挺直了些。

“听祁杨说，这次你校运会跑了第一名？”岑谷雨目光里透着些满意，“就该这样，年纪轻轻哪里来的满身陈朽气，天天待在教室里学，也给学成木头人了。不要害怕出风头，就去做，什么年纪就做什么事，参加校运会多好啊！以后都是回忆。”

靳岑捏着筷子，知道肯定是祁杨早一天回来，大嘴巴地把这些事情和岑谷雨讲了，他在心里默默地记了祁杨一次。

岑谷雨又笑道：“祁杨还给我瞧了你跑步的视频，那加油词写得真不错。”

靳岑在心里默默地给祁杨画上了死亡大叉。

“你后面的那是亦疏吧？跑得也挺快的，有你爸和严叔叔当年的风采。”

靳振国适时地冷哼一声，“严贺归哪里跑得过我！”

岑谷雨瞪他一眼：“你除了跑步，哪里比得过人家了？”

靳岑想到自己被严亦疏期中考试压了一头，和靳振国一起默然无语，安静喝粥。

在家里无非就是陪岑谷雨弄弄花草，聊聊天。

下午三点刚过，祁杨和陈毅就已经收拾好东西来找靳岑了。

两人站在靳家院子门口，朝靳岑使劲挥手，面有菜色，一看就是回家以后被折腾得不轻。

岑谷雨送靳岑出门，瞧见祁杨陈毅两个，不免又嘱咐几句。

“别老是吃外卖知道吗？”

三人安静地听了几句，又听岑谷雨说：“你们和靳岑玩得好，阿姨要这小子多照顾照顾亦疏，也不知道他是不是阳奉阴违。”

她神情认真地说道：“小杨、小毅，你们可要听阿姨的话。”

陈毅赶紧点头：“知道的谷雨阿姨，星期六我们还一起去了图书馆呢！”

即使是像陈毅、祁杨这样小时候难管的角色，到了岑谷雨这里也都变成了软脚虾。

三人听完训，终于踏上了回学校的路途。

出了大院，祁杨和陈毅两个人一下子就垮掉了。

“累死我了，我妈给我弄了个十全大补汤，我再不出来真的要爆体而亡了……”陈毅摸着肚子，一脸心有余悸，“听说我进了化学竞赛班，恨不得给我吃脑白金。”

望子成龙，天下家长都是一般心思，就连家里管得较松的祁杨都不例外，他也是一言难尽的表情。

靳岑看了眼祁杨。

那阴森森的眼神看得祁杨浑身起鸡皮疙瘩。

他赶紧摆手：“别看我，别看我，阿姨有多厉害你又不是不知道，我要是不交出点什么怎么过关啊？”

“老大，你下次可别让我一个人回来了，简直太恐怖了！”

三家的妈妈坐在一起，和三堂会审一样，把祁杨里外剖开，询问了个干净。

靳岑三人踏上了返回基地的归途，严亦疏则悠然转醒。

又是一觉睡到了下午，他打着哈欠坐起身，第一件事就是捞过手机。

微信里又被消息填得满满当当。

竞赛班的分班表早就已经出来了，现在微信群都拉好了。群里老师发了下星期的上课资料，不少同学正在踊跃讨论。

而那个刚成立不久的“北一 F4”微信群也冒出了几条新消息。

陈毅：小严老师，明天中午一起吃饭呀！

吃饭。

严亦疏摸了摸肚子，瘪得不行了。

他迅速去刷牙洗脸，去厨房泡了个泡面。

他没理陈毅的消息，把客厅电视打开，选了部电影，边吃边看了起来。

严亦疏决定装死。

反正明天一下课就立刻回来，这样他们应该就不会再特意来找他了吧？

星期天剩下的这一段周末时间对于严亦疏来说依旧是闲散可以随意支配的，不像许多学生一样要用来补作业。他的作业向来是在学校里就已经完成了。

他吃饱喝足，舒服地躺在沙发上，打开手机。

他登录了另一个微信号，叫上徐易平，打算玩会儿《王者荣耀》。

徐易平说自己组了个车队，刚好缺一个人。

五排的王者车队，两个星耀三个王者，严亦疏的段位最高。

严亦疏玩游戏向来不喜欢说话，他一般都是把队内的麦克风关掉。

但是这不代表别人不说话。

一楼抢了个达摩，名字叫“看你爹干吗”。

严亦疏隐隐嗅到了不靠谱的味道。

徐易平给他抢了诸葛亮，严亦疏欣然接受，游戏加载完毕。

那个“看你爹干吗”开始说话。

“宋郁你这车队行不行，怎么都是些我不认识的人？”

声音略有一些耳熟。

徐易平给严亦疏微信私聊。

难平：疏哥，这是我们实中的车队。

那个被“看你爹干吗”提到的人也开口了。

“陈毅你别叨叨，给一个车位都不错了，不然滚回你们一中去。”

嗯？陈毅？

严亦疏手顿了顿。

“噢哟，宋郁这小子，口气大得很，下次别求岑哥带你飞。”

“笑死人，你是靳岑吗？岑哥是大腿，你又不是！”

那个叫宋郁的男生口气嘲讽：“谁抱谁大腿啊！”

陈毅气死了。

他坐在客厅的沙发上，靳岑和祁杨居然都拒绝了他的游戏邀请，害他不得不在其他人里寻找。宋郁小时候是跟在他屁股后混的，现在去了实中以后越发出息了，居然除了靳岑谁都瞧不上。

如果不是宋郁游戏打得好，还有点旧交情，谁愿意和北实验的人扯上半毛钱关系啊！

陈毅哼哼唧唧地操作着自己的角色。

陈毅以前和宋郁的车队也玩过几次，他那些大概的成员ID陈毅都还有些眼熟，但是今天这几个却没啥印象。特别是那个叫“一棵树”的，更是见都没见过。

他抱着怀疑的心态，开始了这局游戏。

陈毅一开始还想着要好好秀一秀操作，把宋郁那小子的脸给打肿的。

谁知道当他准备开始秀的时候，有人已经秀上了。

“Triple Kill！”

那个羽扇纶巾的诸葛亮，武陵仙君的皮肤，被“一棵树”玩出了一副肃杀之气。

对面反蓝三人组被“一棵树”单枪匹马干掉了。

然后眼见着这局势一马奔腾，“一棵树”开始了自己的个人独秀。

都是王者局了，谁还没点操作技术？

能这样在血雨腥风中来去自如的，不是真的牛，就是把自己这个角色玩得滚瓜烂熟了。

严亦疏在知道队伍里有个陈毅以后，不仅没有萌生退意，反而战意大起。他现在都还记得那天在图书馆旁边的餐馆里，就是陈毅让他不得不饱受菜鸡之苦的。

就算是现在陈毅不知道“一棵树”是谁，但是这种隐晦地秀已经让他颇感爽快。

严亦疏阴恻恻地看着屏幕。

达摩被围殴，救还是不救？大招在手的“一棵树”飘飘然离去。

等到达摩被殴死，再飘飘然回来，顺手收下几颗“人头”。

爽。

严亦疏快乐了。

陈毅脸青了。

水晶破裂，游戏结束。

胜利的画面出现在陈毅的手机屏幕上，但是他没有感觉到任何游戏胜利的快感。

他想起刚刚“一棵树”见死不救还收人头的云淡风轻，就气得牙根直痒痒。

他点开“一棵树”的资料页面。

川城第十诸葛亮。

陈毅牙疼了。

不行，好像打不过啊？

队内语音里传来宋郁幸灾乐祸的嘲笑声：“呵呵，我们易平随便一朋友都这么牛。”

陈毅哪能就这样被宋郁嘲笑。

他立刻拿着手机跑上楼，敲开了靳岑的门。

靳岑不知道在干什么，皱眉看了他一眼。

陈毅把手机递给他，把麦克风关掉，拜托道：“老大，宋郁那小子嘲笑我们电子竞技水平！”

靳岑不为所动。

他淡然戳破：“是嘲笑你吧？别擅自加上一个们。”

陈毅立刻摆出一副两眼泪汪汪的架势：“老大，帮我这一次吧！我这辈子都给你做牛做马！”

靳岑无语。他接过陈毅的手机，那边在问还来不来。

陈毅手疾眼快地摁开麦克风，叫道：“来来来！”

然后他再次把麦克风关掉。

见靳岑好像愿意帮他，陈毅站在靳岑身后，哼哼地说：“那个叫一棵树的，不知道什么来头，我刚刚看了一眼，川城第十诸葛亮，居然抢我人头！”

靳岑看了眼那个 ID，没说什么。

很快，匹配成功，进了游戏。

陈毅盯着屏幕，看见对面禁掉诸葛亮这个英雄的时候，发出了快活的笑声。

“嘿嘿！让这小子狂！”

严亦疏眯了眯眼。他看着被禁掉的诸葛亮头像，在手机上敲了敲，心里想在陈毅面前秀一秀的冲动越来越强烈。

他也懒得管抢打野位置会不会引发队里的争执了。

点击露娜，锁下，紫霞仙子皮肤用上。

你疏哥，马上就来给你表演一个“月下无限连”。

8

说句实话，陈毅曾经也是苦练过露娜的。

谁不想在敌方阵营里来去自如，潇洒飘逸收割人头。

可惜梦想很美好，现实很残忍。

陈毅在惨死无数次，被队友痛骂无数次以后，不得不放弃了自己这个梦想。

此刻进入游戏，看着“一棵树”锁下露娜，陈毅捏着拳头哼哼唧唧了起来。

“别吵。”靳岑皱眉。

他最烦打游戏的时候有人在他旁边碎嘴了。

靳岑反手选了一个貂蝉。

宋郁队伍里立刻有人发了一串省略号。

宋郁的嘲笑声也冒了出来：“你行不行啊陈毅，不要硬秀！”

靳岑自然是不会理会的。

陈毅的英雄和皮肤都很全，特别是这种热门的女英雄，基本上出一个皮肤买一个。

游戏加载完毕，进入游戏画面以后，陈毅在靳岑身后惊叫了一声。

“我们好像遇到主播车队了。”

确实，对面的几个 ID 有点眼熟。

靳岑玩了这么久游戏，主播也不是没遇到过，他十分淡定地上线收兵。

宋郁在语音里开始排兵布阵，介绍起对面的主播玩法之类，靳岑也一概懒得听。

“看蓝看蓝，肯定在反……”宋郁语气严肃。

“一棵树”风骚地清理完一片野怪，直接进草，果然对面的人在反蓝。

只见露娜身姿飘逸，走位风骚，直接把蓝惩打掉了，靳岑操纵着角色过去，顺手收掉了对面过来反蓝的“人头”。

“哇，老大牛！抢他‘人头’！”

陈毅兴奋激动得直握拳。

收获一个助攻的严亦疏微微皱眉，怎么感觉好像不是陈毅在玩啊？

说是对面是主播车队，宋郁和徐易平以及另一个实中的同学还没在语音里商量出什么方案，貂蝉和露娜就已经和对面杀上了。

你来我往，互秀走位。

露娜身姿轻盈，杀了个八进八出，然后收获了一堆助攻。

人头嘛，自然全部都落在了貂蝉手里。

严亦疏不爽地“啧”了一声，看着那个挂在秋千上晃荡的女人。

这肯定不是陈毅在玩，吃了什么仙丹能让人突然开悟啊？一下子提高好几个段位。

宋郁倒是反应过来了，在对内语音里大声嚷嚷：“陈毅你这个不要脸的家伙，是不是找场外援助了？是不是岑哥在玩游戏！”

“有种让岑哥帮你玩游戏，有种你开语音说话啊！”

靳岑？

严亦疏眯起眼，那个昨天下午带着他冲塔自杀的靳岑？

泥人还有三分火气呢，当他严亦疏是什么逗趣的小白兔吗？明明玩得这么好，那天居然还带着他尝试一百零八种菜鸡“死法”？

一会儿冲塔死，一会儿闪现送“人头”的，严亦疏和靳岑打的那几局游戏，感觉自己一下回到了青铜水平。

严亦疏更不爽了。

他冷哼一声，直起身子，认真地盯着游戏画面。

休想再从他手上抢走一个“人头”！

原本宋郁他们设想的被虐的状况并没有发生。

“一棵树”和陈毅搬来的救兵靳岑显然都是比他们意识操作都高几阶的素

人大神了，居然能顶着主播车队的压力继续秀。

特别是“一棵树”，居然真的拿到了几次二杀三杀。

靳岑也没那么幼稚一直黏着他抢人头，他自己带穿中路，杀得对面的中单只能抱团。

也许是对面的主播队华而不实，并没有那么可怕，到最后几乎变成了他们这边压倒性的优势。

“一棵树”秀得简直是眼花缭乱，在泉水里面各种操作，马上就要五杀。

徐易平看得心潮澎湃，忍不住为严亦疏加油呐喊。

“疏哥！牛！五杀五杀五杀！”

那混杂着游戏背景音乐的喊声被外放出来，传进靳岑的耳朵里。

靳岑一个滑步，最后一个“人头”被他收下。

露娜和貂蝉，两位王者峡谷里又美又危险的女人，肩并肩地站在一起，地上全是“尸体”。

徐易平的呐喊卡在了喉咙里。

一时之间居然没有人去攻击水晶，只有小兵和炮车敬职敬业地输出着。

“一棵树”的五杀被貂蝉断掉了。

严亦疏拿着手机，微笑。

再微笑。

水晶破裂，光芒四射。

游戏跳到结算画面，严亦疏压过貂蝉一点点，拿到了 MVP，貂蝉的击杀数也没有露娜多，但是严亦疏心情非常差。

最后貂蝉一直跟在他身边放二技能，不就是为了抢人头吗？

没想到靳岑是这样一个卑劣无耻的人！

严亦疏气得头顶都要冒烟了。

退出后回到组队，宋郁笑哈哈地准备打圆场。

就看见徐易平带来的那个朋友在队内聊天里发言了。

一棵树：来单挑。

一棵树：玩貂蝉那个。

很凶。

靳岑抢了人头，心情不错。

他把手机还给陈毅，朝他扬了扬下巴："去单挑吧。"

陈毅干咳了一声："老大，人家指明了要玩貂蝉那个……"

靳岑拍了拍他的头，语气自然："那不就是你吗？"

他推着陈毅的背，把满脸愁容的陈毅给推出门去，"咔嚓"一声落了锁。

"老大……救命啊……"

队内聊天"一棵树"还在发消息。

一棵树：刚刚抢人头不是很爽吗？

一棵树：现在怕什么？

陈毅截图发给靳岑，附上无数个大哭表情。

靳岑拿出手机，打开王者荣耀。

其实他最后并没有想要抢这个一棵树的五杀，实在是最后听到有人喊了句"疏哥"，最近对这个字太敏感了，一个走神就把技能按了。

现在想想，人家也许只是在叫"树哥"。

靳岑脑海里浮现出昨天那个跟在他身后呆呆愣愣的小妲己，和今天风骚超神的露娜一对比，摇了摇头。

他找到陈毅的游戏ID，点进战绩里，看到了"一棵树"。

点开资料，"一棵树"没有隐藏战绩，胜率很高，几乎把把都是MVP。

川城第十诸葛亮……

这个定位就有些巧了。

靳岑看着这个ID思考了一会儿，发了个好友请求过去。

严亦疏在队内聊天嘲讽了半天，最后"看你爹干吗"居然主动退队逃之夭夭了。

严亦疏收到徐易平劝说的私聊，气得一口气喝了一袋酸奶。

看他明天回学校不给陈毅来个化学十八套卷子做做。

正当他在脑海里计划着如何运用"小严老师"的威严整治一番陈毅的时候，游戏里弹出了好友请求。

玩家"半斤山"请求添加你为好友。

半斤山？

谁啊？

严亦疏皱眉，怎么还和自己的名字这么像？

他看了眼备注，里面写着："我是刚刚的貂蝉，来单挑。"

靳岑！

严亦疏拿着手机，思考了两秒，在通过和不通过之间犹豫着。可是他刚刚才在队内聊天放下豪言，此刻人家真的来了却不同意，好像有点说不过去吧？

严亦疏龇牙吸了口冷气。

不管了，反正这个微信号他们都没有，不会看出来他是谁的！

严亦疏一狠心，点了通过。

刚通过，单挑邀请就弹了出来。

严亦疏进到单挑里，听见对面开了麦。

系统内置的语音系统有些卡顿，电流声滋滋地传过来，也不能掩盖那深沉磁性好听的男声。

"不好意思，刚刚不是故意要抢你五杀的。"

男生的声音经过电流的模糊，带着几分不明显的笑意，咬字干脆，字正腔圆。

严亦疏之前听靳岑讲话，大多都是靳岑端着腔调的时候，如今突然听到靳岑在生活里本来讲话的声音，一下有些愣神，不像在学校里那么正经，靳岑此刻的声音慵懒放松，就像咖啡馆里午后放的大提琴，非常好听。

一下子弄得严亦疏有点恍惚。

他揉了揉自己的耳垂，刚刚还汹涌的怒气被靳岑这句道歉全数化解。

严亦疏没有开语音，只是在公屏回了消息。

一棵树：没事。

严亦疏听见靳岑有些含糊的声音。

"我给你杀回来吧。"

"不还手。"

严亦疏捧着手机，感觉脸有点红。

他耸了耸鼻子，发了一串省略号过去。

一棵树：不用了……

他听见耳边传来靳岑的一声轻笑。

星期一上午的最后一节课是政治。

伴随着政治老师"实践是检验真理的唯一标准"的讲课声，严亦疏的下巴撞到了桌面。

他迷糊地睁开眼，发现还在上课，又挣扎着睡了过去。

昨晚和靳岑在王者的世界里偶遇之后，他兴奋得有些睡不着，先是和许青聊了很久，又忍不住自己上线玩了几把，一时就玩过了头。

今天上午前几堂课都不能睡，严亦疏撑不住了终于在政治课上昏睡了过去。

趴在桌子上，梦里隐约浮现出一个男生的身影。

“来打《王者荣耀》吗？”

那个人沉声问道。

梦里的严亦疏朝那个人看去，开心地说：“好！”

然后那个男生掏出了一本五年高考三年模拟。

啪，放在了桌子上。

……

“严亦疏？醒醒，醒醒！”

有人在拍他的肩膀。

严亦疏挣扎着嘟囔：“不做，我不做题，滚啊……”

吴石磊一脸蒙地看着那个埋头在臂弯里睡觉，眼镜都要掉下来的男生，嘴里不停地呓语着。

“不打卡……”

“不去图书馆……”

他舔了舔唇，吓得五官都挤成了一团。

这年级第一的生活也太惨了吧？是有多么水深火热才能在睡觉的时候都不忘记反抗啊！

下课铃已经打完了一遍，门口处陈毅半个身子都要探了进来。

“同学，帮忙叫一下严亦疏！”

吴石磊只好再次拍了拍严亦疏的背。

“严亦疏，下课了！”

“别睡了！”

下课两个字仿佛唤醒睡美人的那个吻，一下子拨动了严亦疏脑海里的那根神经。

他一下子弹起身，揉着眼睛问道：“什么，下课了？”

严亦疏清醒过来第一件事，就是先把自己的眼镜扶正，绝对不能把眼睛露出来。第二件事是才是环顾四周，发现确实讲台上已经没有了老师的踪影，同学们也纷纷收拾东西离开了座位。

“嗯，下课铃都打完了。还有门口有人找你。”吴石磊看着同桌白得过分的皮肤上压出来的红色睡痕，和一对黑眼圈，眼神里充满了同情。

每天熬夜学习，难怪自己赶不上他啊。

严亦疏丝毫不知道刚刚梦中无意识的对于靳岑这几天学习邀约的反抗给自己的同桌造成了什么样的误解，他睡眼惺忪地往门口看去，看见了朝他挥手的杨毅。

昨天打游戏之前在微信群里看到的那条消息，适时地从他脑海里蹦了出来。

——“明天中午一起吃饭”。

他，把这茬给彻底忘掉了。

三班的门口站了三个男生，最有名气的莫过于靳岑和祁杨。一个是之前称霸多年的学神，长得帅，家境好，除了不苟言笑、过于优等生以外好像没有什么缺点，现在又多了个体育好的优点，已经重新成为北城一中女生们讨论的焦点人物；另一个则是北城一中的“校霸”，成绩也不错，痞帅痞帅的，可以说是另一种风云人物的代表。

虽然陈毅本人并没有那么受关注，但是他的知名度也不低，毕竟他的两位朋友都实在是太过有名了。

这样的三个人站在门口等他，效果不亚于道明寺、花泽类站在班级门口等杉菜。

而被等的那位“杉菜姑娘”此刻受到了全班同学的注视。

就连吴石磊都凑到严亦疏的旁边，小声说：“你认识靳岑他们啊？难道你也是二字团的？”

严亦疏把头垂得很低，小声回复道：“什么二字团，没听说过。”

吴石磊和做间谍一样凑在他耳边说：“就是他们三个啊，名字都是两个字，所以他们叫二字团。”

严亦疏翻了个吴石磊看不见的白眼。

他推开吴石磊的脑袋，语气里带着些叹息和怜悯：“我是三个字的，看来是没办法加入他们了。”

严亦疏拎着书包走出去，只感觉如芒在背。

就连三班这种学霸班的女生都用热切的目光盯着门口。

靳岑站在三班门口的走廊上，白衬衫整洁平整，校服裤妥帖合身。旁边站了个脸上带笑的祁杨，撑着墙壁，确实有那么点痞气。

这阵势，再加上自己这人设。

可不就是偶像剧吗？

严亦疏觉得现在那些女生脑海里大概已经响起了热血高校的音乐，或者是流星花园。

他走到陈毅身旁，听见陈毅热情地和他打招呼。

“小严老师！中午好！”

严亦疏点头回应。

“中午好。”

“今天吃啥啊？干锅、烤肉、湘菜、川菜……”陈毅跟在严亦疏旁边，非常亲切，“小严老师第一天跟我们一起吃饭，也不知道你喜欢吃什么。不过既然你是从川城来的，应该很能吃辣吧？”

严亦疏看着靳岑那挺得直板的背影，男生的白衬衫下隐约可见一点肉色，衬衫很薄，但靳岑好像不怕冷的样子，只穿了单衣。

那背脊像是劲朗俊秀的竹节，撑起了宽阔的肩，有种说不出的蓬勃少年气质。

衣角擦过，木调冷香飘来三分。

严亦疏有些出神。

他耳畔是陈毅的絮絮叨叨，走廊上一直有人在看到这前所未见的四人组合然后出声惊叹，但是严亦疏的眼里只有走在前面的靳岑。

靳岑的形象在他这里至今都是模糊的，由三两片段组成，是掠过的剪影。唯独靳岑的背影，他看过许多次，每一次都看得这样分明。

从教学楼一直走到校门口，陈毅和祁杨还没有决定好要吃什么。

四人在校门口站了一会儿，最后决定带严亦疏去学校附近一家非常好吃的粉丝店。

店面不大，开了很久，此刻已经乌泱泱挤满了学生。

四人点了餐，只能带走。

他们从喧闹嘈杂的后门挤出来，时间还早。手上拎着的外卖全是汤汤水水，又不好走多了路，最后只能打道回府，回学校去。

综合楼废弃的教室，第一次迎来了严亦疏这位新访客。

把桌子拼起来，外卖放上去，四个人开始吃午饭。

“小严老师，你之前中午都是怎么吃饭啊？”陈毅嗦着粉问。

严亦疏面上不流露，在心里冷笑一声。

自然是舒舒服服回家吃。

他坐在咯得屁股疼的椅子上，露出了一个有些苦涩的笑容。

“一个人吃。”

“没事儿，以后就和我们一块吃了哈！”陈毅吃得酣畅淋漓，“下次带你去我们那儿，叫靳岑做饭给你吃。”

“靳岑做饭可好吃了！”

靳岑正在往外挑葱花，闻言动作一顿。

他看了陈毅一眼，目光凛然。

陈毅缩了缩腿，干咳了两声，“我做我做，我做饭也挺好吃的。”

几个人吃饭，难免会聊天。

主要还是以陈毅和祁杨两个人八卦拌嘴为主，靳岑一直一脸高冷地吃着粉，而严亦疏扮演着自己不善交际的书呆子的形象，只是听着。

陈毅说昨天打“王者”的时候宋郁嘲讽他，以前也要管他叫一声哥的小子现在都爬到他头上去了。又说到实中的人怎么嚣张啦，又去哪里快活……

越说越百无禁忌，全然忘记了自己老大在别人面前还有个优等生的外壳。

最后还是祁杨觉得有些不对，捏了他一把，陈毅才反应过来。

他看着低头安静吃粉，鼻尖冒出了些小汗珠的严亦疏，尴尬地笑了。

“哈哈，这些都是我们无聊的时候听的，我们肯定都还是以学习为主的。”

严亦疏其实听得很起劲。

陈毅话里的很多人徐易平都和他八卦过，两方印证，不少精彩的故事就有骨有肉了。

但他自然不能表现出来对八卦的喜爱，只能抬起头对三人羞涩地一笑。

“挺有趣的，你们继续讲吧。”

陈毅挠头，嘿嘿了两声，也没真的继续讲下去。

气氛略微凝滞之下，大家把粉吃完，收拾好了外卖垃圾，又不知道该干些什么了。

午后的阳光透过玻璃窗户洒进教室里，分割出明暗光影。

秋日的红叶层层叠叠地在风中飘荡，卷起落下，在草坪上铺满了厚厚一层。

这样的美景，这样的闲散午后，陈毅又发出了他的游戏邀请。

“我们来打《王者荣耀》吧！”

严亦疏差点一口气提不上来。

他真的是怕了从陈毅嘴里听到这四个字了，图书馆那天的死去活来他还记忆犹新！

看见本来没什么表情的靳岑挑了挑眉，一副有些兴趣的样子，严亦疏赶紧摆手。

“不了吧。”

陈毅、靳岑、祁杨三人看着他，等待他的拒绝理由。

严亦疏被看得心里有些发毛。

他在心里迅速检索了一下符合自己人设的理由，然后摆出一副真挚的表情。

“我们要合理利用好碎片时间，现在看一看英语最合适了。”他看向靳岑，笑得很真诚，“你不是说要一起打卡一百天吗？”

严亦疏好像看见，那个泰山崩于前都能面不改色的男生的额头青筋隐现了一下。

靳岑拿出手机，笑得很勉强。

“啊，是啊。打什么游戏啊，大家一起来学习吧。”

陈毅和祁杨一脸不解。

“现在就下载贝壳英语，把今天的文章读完了，分享到群里。”

靳岑看着他俩，眼神里隐隐带着威胁。

严亦疏现在心里已经憋得快不行了，他恨不得立刻出门仰天大笑三声以表自己的畅快之情。

这就叫以其人之道还治其人之身！

他点开今天的精读文章，一目十行地浏览了起来。余光是陈毅和祁杨面如菜色、抓耳挠腮的样子。还有靳岑同样一目十行浏览文章的样子。

严亦疏心里此刻只有一个字——爽！

要死一起死，才是真的痛快。

午后的阳光很慵懒，严亦疏不知不觉就趴在桌子上睡了过去。

陈毅和祁杨两个人拿椅子连起来搭了躺着的床，熟门熟路地躺下睡了。

只有靳岑没有睡。

窗外又吹过一阵风，卷走了树上的不少叶子。北城的秋日复一日地深了，天气也渐渐凉了起来。

靳岑身体好，不觉得很冷，但是严亦疏看起来却有些冷。

他半张脸都缩在自己的臂弯里，蜷成了一小团。

靳岑靠在窗边看向那个少年。

安静无话的时候，身上那呆板的气质好像就烟消云散了。

他走过去，靠近了些。

眼镜被严亦疏睡得掉了一半，刘海也睡撇了，露出了他半张脸。英气的眉毛，眼尾上挑的眼睛，闭上的时候睫毛扫在眼睑上，很长，不是很密。

眼角的小痣此刻也显得格外安宁。

高挺的鼻梁上还留着浅粉色的眼镜压痕，没有了眼镜，显得轮廓更加俊朗立体，是一张比平时夺目耀眼很多的脸。

靳岑看见严亦疏在梦里也下意识地蹙起了眉，啧了一声，一副很不耐烦的样子，身上带了些，他从未看见的懒散和锐利。

靳岑看着严亦疏的睡颜，静静地思考了一会儿。

然后拿出手机，慢条斯理地拍了一张。

时间一点一点地走过。

住宿生的起床铃响起，远远从宿舍楼传来，陈毅打着哈欠坐了起来，看向祁杨。

祁杨也揉着眼坐起来。

如果不是因为迁就严亦疏，他们中午肯定就回去了。

但是这次还没有整理他们的房子，怕把严亦疏带过去让他看到一些不该看的东西，所以他们也就没有回去。

睡得腰酸背痛的陈毅和祁杨正忙着伸展身体，没人关注到严亦疏那一角。

严亦疏好像是续上了上午最后一节课那一觉，睡得昏昏沉沉。

铃声、椅子的摩擦声、陈毅和祁杨的哈欠声，他一概都听不见。

靳岑坐在他旁边的桌子上，把手机反扣在桌面，弯下腰去看他。

男生的眼镜不知道什么时候被扶了上去，好好地架在他的鼻梁上。

靳岑听见男生的低语。

“老子……五杀……”

破碎支离的呓语传到他的耳朵里，几乎只剩下了气音。

可是靳岑却感觉自己没听错。

他忍不住，压弯了嘴角。

靳岑伸手敲了敲桌子，严亦疏的眉头却蹙得更紧了。

“醒醒。”

靳岑的声音传到严亦疏大脑里，处理转译完毕，像是广播一样播放了出来。

像上帝突然发声，严亦疏所有的记忆片段里同时出现了靳岑低沉、磁性，还带着些笑意的声音。

严亦疏悠悠睁开了眼睛。那双狭长的双眼此刻被黑框眼镜遮去了大半，靳岑看不清那睫毛扫过眼尾时的一点温柔。

严亦疏下意识地摸了摸自己的眼镜。

还好，好好地架在自己的鼻梁上。

然后，他先是看到了靳岑撑在桌子上的五指，修长、匀称、骨节分明。

然后是男生线条流畅有力的手臂，压出一道浅褶的衬衫，还有逆着光，深邃俊朗的那张脸。

“醒了？”

靳岑声音平静地问道。

他看着他，眼神好似和平常一样没有波澜，又藏着些严亦疏看不懂的情绪。

此刻的靳岑，肩上落下玻璃窗户分割的光。

和那日在沸点见到的一个侧影一样，身上带着诱人探寻的神秘感。

严亦疏掐了下自己的掌心。

他在心里告诫自己。

不行，一定不能落入贝壳英语一百天打卡发起人的陷阱。

9

靳岑三人找严亦疏吃了几天饭，班里的同学也都慢慢地习惯了。

但是习惯，只代表他们不会再因为看见班门口有三个人等严亦疏而大惊小怪，他们的八卦热情，还是一直没有消退。

一个转学过来，在北城无依无靠，没有根基，平日里独来独往的书呆子，是怎么做到和那么多人想搭关系都搭不上的靳岑三人玩到一起的呢？

难道是因为年级第一和第二的惺惺相惜？

再加上严亦疏本人就小有话题度，这件事情一时之间成为北城一中高一年级热门的八卦之一。

而物理竞赛班的同学，则有幸得见八卦中心的那两人坐同桌的场景。

物理竞赛班设在星期四的最后一节课，这节课本来是高一的兴趣活动课，学生可以自由选择比如音乐、美术、文学鉴赏等方面的兴趣课程来上，但是一、二、三班的同学多半都涌入了竞赛班里。

物理竞赛班的教室在物理实验室，偌大的教室里坐满了人。

严亦疏顶着不少人的目光，坐在靳岑的旁边。和靳岑吃了几天饭，严亦疏也不好说自己和人家不熟了，只能硬着头皮成了同桌。

还好上课的时候老师讲得比较密集比较快，所有人都集中精力去听老师讲课，严亦疏也装作一副认真听课的模样，就当自己身边是个萝卜白菜。

“已知小车的初速度是x……经过了……求……”

沈越站在讲台上，快速地往黑板上誊抄着题目。

最后一笔落下，他转过身，巡视了一下讲台下坐着的四十位同学。然后笑着点出了两个名字。

“靳岑、严亦疏两位同学，上来解答一下吧。”

瞬间，所有人都转头看向靳岑和严亦疏。

严亦疏把头埋得很低，按着笔的手攥紧了。

他听见身旁靳岑推椅子的声音，余光看到那个身影站了起来，只能也跟着站了起来。

身后传来女生的窃窃私语。

“那个就是严亦疏啊……”

“看不见脸，听说长得还可以……”

他扶好自己的眼镜，弯着腰走上讲台。

一人半块黑板，拿起粉笔，严亦疏开始解题。

他写步骤向来是清晰明确的，字迹端正，板书工整，非常美观。沈越拿着教案站在旁边，看得连连点头。

作为一位尽职尽责的人民教师，他看严亦疏自然是哪哪都好，就是这驼背的习惯不太好，显得整个人都没有精气神。

沈越出声提醒：“亦疏啊，年轻人，把背挺直点！”

严亦疏只好把自己故意弓着的背给挺直了。

站在黑板旁的两个男生，此刻的身高差距就没有刚刚那么悬殊了。从后面看上去，其实严亦疏挺直背以后，身板也没有那么瘦弱，肩膀伸展开，身形也十分好看。

虽然还是比靳岑的骨架小许多，但是自有一番清秀精致的美。

粉笔在黑板上擦过的声音不断响起，靳岑那边先停止。

和严亦疏条理清晰、有条不紊的步骤不同，靳岑的过程就简略多了，中间跳了不少步骤。

沈越也教了靳岑半个学期了，批改过不少靳岑的卷子，知道靳岑就是这种做题习惯。

如果不是给他点面子，又或者不想和严亦疏对比太过明显，靳岑可能会直接给他写个最终答案上去。

靳岑写完答案也不着急，抄着手站在讲台上看着严亦疏写题。

男生轻抿着嘴唇，把刘海分出岔来，好顺利地看清黑板，讲台下的同学们看不到，这副有些滑稽的样子却落在了靳岑的眼里。

四股刘海在严亦疏的脸上摆出了两个“人”字，居然也没有显得特别难看。

靳岑无端地有些想笑。

严亦疏沉浸在做题的时候，一般是非常专注的，全然不知旁边还有个人正在看着他。

他落笔写下最后的答案，一版可以用来做成模板的解题过程就这样完成了。

严亦疏很满意地看了看自己的劳动成果，然后下意识地想要去看一下靳岑那边进度，一转头，就撞进靳岑带着笑的目光里。

严亦疏赶紧伸手把自己的刘海给重新扒拉成一道帘子。

“很好，两位同学的答案都是正确的。”

沈越拿着红色的粉笔给两边的板书都打上了红勾。

底下的同学做对的神情骄傲，没做对的自然皱眉拿着自己的过程和严亦疏的进行对比，因为靳岑的实在是不具有参考性。

严亦疏和靳岑回到座位上坐好，刚抬起头，就看见沈越又在靳岑那边的答题过程的红勾上补了一撇。

“但是呢，我们靳岑同学，这个步骤分可能要扣掉一点。”

严亦疏瞄了瞄靳岑，发现男生脸上一副全然不在意的表情。

沈越显然是在借机发挥，敲打靳岑，语气严肃地说：“很多同学都喜欢跳步骤，喜欢心算，觉得这样显得自己很厉害，但是在考试里并不是最后答案写对了就有分的。”

“靳岑同学这次考了年级第二，就是因为他的试卷跳了步骤，丢了很多不该丢的分数，希望大家能引以为戒。”

“再看看严亦疏同学的解题步骤，思路清晰明确，简单易懂，这是老师最喜欢的卷子，大家要多多学习。这也是做题能力中很关键的一部分。”

严亦疏被夸得有些不安，他在心里哀号，这不是给他拉仇恨呢吗？

同学们的注视也就算了，连靳岑都转过头看他了。

靳岑脸色并没有不悦的神色，很平静，用眼神打量着他。

严亦疏的刘海愈发长了，此刻遮住他的眼睛，细碎的发丝间隙可以看见靳岑高挺的鼻梁和薄唇。

此时靳岑的薄唇张开，刻意压低的声音传入他的耳朵里。

“都说眼睛是心灵的窗户……”

严亦疏听着这低沉磁性的声调，眨了眨眼睛。

靳岑的声音里充满了调侃。

“为什么，上帝在你眼睛前面垂了帘子，还不掀开？”

严亦疏下意识地摸了摸自己的刘海，又看了看靳岑，才反应过来靳岑这是在说他的刘海太长了，挡住了眼睛。

严亦疏脑海里闪过一排问号，他的大脑无法处理靳岑突如其来的冷笑话，让他一时有点宕机。

靳岑看着脸上明显闪过茫然神色的男生，漫不经心地敲了敲桌子。

“亦疏同学，刘海这么长，有害视力的。”

严亦疏只能尴尬地啊了一声。

他嗫嚅道：“我回去就剪剪。”

靳岑又意味深长地看了他一眼。

然后他转过头，把教案资料拿出来，没再和严亦疏说话。

严亦疏揪着自己的刘海，心里直哀号。

不就是个刘海吗，怎么这么麻烦啊。

他一边寻思着怎么把这个帘子剪短一点，一边想起小时候看过一本忘记是谁写的儿童小说，里面有个女生自卑敏感，就一直留着长长的刘海，留到遮住脸，最后差点变成鬼片。

他想到自己如果把刘海放下来遮住脸，突然出现在靳岑面前，把他吓一大跳……

这种幼稚的画面在严亦疏的脑海里一闪而过。

严亦疏吹了口气，把刘海吹起来，又落下。

耳畔好像还残留着靳岑的声音。

学习的时间过得说慢不慢，溜溜达达，一个星期也就过去了。

星期五中午，严亦疏已经习惯了和靳岑三人一起吃饭。

他们的小基地收拾完毕，现在都是把饭带回去吃。

严亦疏作为加入时间较短的外来物种，在他们三个人的房子里还有些放不开手脚，拘谨地坐在餐桌旁吃饭。为防止星期六靳岑又说什么去图书馆，他先发制人，告诉大家自己周末有事，不能陪他们去图书馆了。

其实这几个人里也没有人真的想去图书馆学习，靳岑那次也不过只是想找个机会试探一下严亦疏罢了，自然顺坡下驴。

靳岑对自己的试探结果已经有了初步的判断，他看着那个坐在餐桌旁缩成一团的男生，没说什么。

虽然严亦疏确实装得很好，让他有一瞬间都真的相信他是一个单纯热爱学习的好学生了，但是那些严亦疏不自觉流露出来的微表情和小动作还是出卖了他。

比如说……

那个扶眼镜的动作。

他不是为了能看得清楚，而是要把镜框摆放在遮住眼角的位置。

还有，那个熟练遮着屏幕玩手机的动作，以及玩手机时下意识想后仰跷腿的惯性动作，都落在了靳岑眼里。

越是这样有所怀疑，靳岑越是难得地升起幼稚的冲动，想要逗逗这个男生。

他垂了垂眼，突然说道："不去图书馆，那星期天有空的时候来我们这儿一起做作业吧。陈毅做完以后应该会有很多疑惑想要你解答的。"

陈毅突然听到自己的名字，无所谓地嗯了一声，表示自己没意见。

祁杨感觉有点奇怪，但是并没有出声反对。

他看了看靳岑，又看了看严亦疏。

总感觉岑哥好像是故意的啊？

严亦疏自然也能感觉得出来靳岑的刻意，但是他的人设在这里，总不好强硬拒绝吧。只能模模糊糊地答应着，说有时间就来。

终于熬过星期五的下午，同学们像从牢狱里出来的犯人一样，激动地投向周末的怀抱。

告别靳岑三人，严亦疏飞快地骑单车回家。

徐易平早就和他约好了，今天要去一家新开的店玩。

而靳岑三人则是慢悠悠地走回去。

祁杨等到严亦疏不在了，终于找到机会开口问。

"岑哥，我怎么感觉你对小严老师很奇怪啊？"

陈毅咬着串，嘟囔道："怎么奇怪了？"

祁杨皱眉："岑哥什么时候这么热爱学习了，还要小严老师来基地做作业。"

他问道："岑哥，你是在试探什么吗？"

"试探什么，我感觉小严老师人不错啊！"陈毅吞下肉串，回应道。

"这个星期相处下来，虽然人有点内向吧，但是还是挺好的，比宋郁可爱多了，而且照顾小严老师是谷雨阿姨的命令，你敢不听？"

“岑哥，你可别为难小严老师啊。”陈毅叫道。

靳岑脚步停住。

他对祁杨和陈毅比了个嘘声的动作。

“我什么时候不热爱学习了？”

他语调漫不经心中带了点不容置喙的威严。

祁杨只能点头。

“是是是，岑哥，你最热爱学习了。”

“我们都相信，以上行为出自你的本心。”

他赶紧转移话题，“听说今天有个新店开业？”

陈毅听到这儿，一下子来兴趣了，眼睛闪亮地抬起头。

“没错没错，今晚 NIGHT 开业！好多好吃的！我们去看看吧！”

“据说 NIGHT 这家音乐餐厅音响超好。”

“岑哥岑哥，新店开业，我们也去玩玩吧。”

陈毅扒着靳岑，一阵嗷嗷叫。

靳岑不知道想到了什么，脸上神色转了转，又带上些浅淡的笑意。

“那就去吧。”

“行，那我去预订。”

祁杨点头，庆幸自己成功把话题转开了。

秋天的凉意扑面而来，严亦疏从家里出门，紧了紧身上的外套。黑色丝质衬衫外面是一件廓形灰色长风衣，衬得严亦疏身姿清隽，更显成熟。

严亦疏回去理了刘海，特意叫理发师给他烫了个四六分的“M”形刘海，露出他英气的眉和一双狭长的凤眼。

徐易平和他先去吃了点东西，才进到这家新开的音乐餐厅 NIGHT 里。

今天开业，非常热闹，严亦疏和徐易平没有预订，随便找了两个座位，进去以后温度一下就升上去了，外套穿不住，严亦疏把衣服脱掉存进柜子里，随手解开了衬衫的两颗扣子，露出了里面精致的锁骨。

梦幻的灯光下，明灭的光影流转，每个人的面孔都暧昧不清。

严亦疏四处看了看，没看见什么熟悉的身影。

身边的女生窸窸窣窣耳语了一会儿，派了个代表过来。

“你好，一个人呀？”

看起来可爱极了，笑起来还有两颗小虎牙。

严亦疏看了一眼，很可爱的小姑娘。

他对那个女生笑了笑，然后两个人就开心地聊了起来。

一下子就被忽视的徐易平，看了看无比招展显眼的严亦疏，叹了口气。

这小子，在川城的时候就创下过一晚被十几个人要微信的纪录，现在看来魅力只增不减。

他就寂寞咯，惨惨戚戚。

不过严亦疏也就是聊一聊，没见他哪次真的约人，每次出去都是纯粹享受这种别人追捧他，喜欢他，问他要微信的快感罢了。

所以徐易平也没太嫉妒。

就是不知道严亦疏这小子要是动真格的会喜欢什么样的？

他不自觉地耸了耸肩膀，反正肯定和他没有关系。

那边严亦疏和人家聊了半天，把小女生哄得直乐，就在人家以为可以要到微信的时候，又四两拨千斤地给人家拒绝了。

听着严亦疏那不疾不徐，非常有礼貌的拒绝，徐易平叹了口气。他把脸凑过去，妄图吸引一下小美女的注意力，结果人家失落得看都没再看这边一眼就走了。

“干什么啊，你不要难道不能介绍给我吗？”

严亦疏瞥他一眼，嘲讽道：“你的脸那么大，如果对人家有那么一点吸引力，能看不见你吗？”

他心情颇“好”地干了一杯。

震耳欲聋的音乐声好似能把每天充斥在脑海中的所有烦心事全部洗净，此刻只剩下了享乐的狂欢和放纵。

身上的压力在这一刻都变得轻飘飘的。

十二点马上就要来了。

灯光愈来愈暗。

“我去跳舞，你随意。”严亦疏拿起手机，离开了座位。

舞台处已经挤满了人，大家随着音乐小幅度地扭动着身子，等待着零点的来临。

严亦疏如鱼得水地挤进去，各种香水的味道混杂在一起。

谁也不认识谁，谁也不会在意谁。

倒计时开始。

舞台的地板也晃动了起来。

十二点的那一刻，灯光灭了。

音乐突然暂停。

寂静了一秒以后，一道追光灯打下，音乐炸响。

属于夜晚的狂欢，如约而至。

每个人都有属于自己的解压方法，严亦疏也不例外。

跳舞的时候严亦疏可以忘记自己是谁，忘记自己要干什么……

荷尔蒙随着血液弥散开，让他整个人都十分兴奋。

旁边挤了一群人围成了一个小圈子，起哄一样把人拉到中间去跳，严亦疏被误抓过去，也不扭捏，直接大大方方地在中间跳了起来，得到了所有人的欢呼喝彩。

严亦疏和那群人乐成一团，玩得非常开心，全然没有注意到在台下的角落里，有一双眼睛正在看着他。

有些人天生在人群里就是耀眼的那个，比如靳岑，比如此刻的严亦疏。

靳岑靠在沙发上，目光追随着那个舞台上时隐时现的身影。

耳边陈毅和祁杨正在划拳。

“一只小蜜蜂啊，飞在花虫中啊，你一拳，我一拳——”

“哈哈哈哈祁杨，上，就是那个下垂眼美女，去去去，快去要微信！”

靳岑眼里的笑意越来越浓。他想起严亦疏平日里那塌塌的裤脚，故意留长的刘海，还有装傻充愣的表情。

这一切，都和现在舞台上的那个男生形成了鲜明的对比。

从刚进 NIGHT 到现在，靳岑已经观察了很久。

他向来是一个谋定而后动的人，刚看见那个穿着黑色丝质衬衫，还架着一副金边眼镜的男生的时候，他并没有立刻上去。

而是坐在座位上，不紧不慢地看着这个人的一举一动。

看着他掏出了一个和自己丢的糖盒一模一样的不锈钢方块，看着他熟练地把玩，看着他和女生聊天，笑得一副多情又风流的模样。

而陈毅和祁杨的目光扫过，却完全没有发现。

因为他们不曾看过严亦疏眼镜掉下来，刘海拨开以后的样子，自然想象不到那个“小严老师”会出现在这里。

这真是有意思极了。

靳岑感觉自己已经很久没有遇到过这样有意思的事情了。

他心里好像在被猫爪子不停地挠，细细地痒着。明明被骗了这么多天，自己居然没有一点生气恼怒的情绪。

他甚至感觉自己全身的细胞都开始叫嚣起来，那股拆穿那个伪装的少年，让他尴尬、呆愣、下不来台，然后露出烦恼神色的欲望越来越强烈。

靳岑努力让自己平静。

陈毅和祁杨已经出发去要美女微信了，此刻只剩下他一个人。

靳岑张开手臂，眯着眼看着舞台。

陷入了一段沉思。

音乐高潮过后，进入了中场休息的一小段平和期。

跳得气喘吁吁的严亦疏缓下动作，却没有下场。

他随着节奏平缓自己的呼吸，拨了拨有些湿的刘海，和那群人用目光交流着。

舞台上有人下场，自然就有人上来。那群人下去休息了，严亦疏的周围又被新面孔填上。他也不在意，只是静静地等待着下一波音乐的来临。

他出来玩向来都是玩一次性的，只图放松享受，不留个人信息，随缘会遇上些什么玩伴。

一阵干冰喷出，场中弥漫着白雾，朦胧好似幻境。

“Put your hands up！”

尖叫声和鼓点声炸开，耳膜都震得嗡嗡作响。

严亦疏蹦得扭头甩脑，眼前的灯光全都糊成一片，他脑海中那些什么英语打卡呀、图书馆呀、物理竞赛啊、靳岑啊……全部都被甩在了脑后。

正当他蹦得起劲的时候，突然撞到了一个人的怀里。

浑浊的空气中，那股冷调的木香突然盈满了他的口鼻，像一阵雨冲刷过后，天变初亮的早晨时的味道，浅浅淡淡的，却无处不在。

这个味道很熟悉。

他皱了皱眉，第一反应是谁这么不得劲，不蹦还跑到中央来？

他往后再退了一步，那个宽阔的胸膛依旧还在。

气氛一时之间有点凝固。

他耸了耸鼻子，感觉好像有个熟悉的目光在盯着自己。

是谁？

严亦疏突然有些不好的预感。

他缓缓地转过头。

一张格外帅气的脸庞映入他的眼帘。

这张脸的主人他很熟悉。

应该说是，太熟悉了。

这个站在他身后的人，可不就是中午还一起吃饭的靳岑吗？

靳岑穿着黑色背心，外面一件夹克，军绿色迷彩的冲锋裤，长靴。

男生肩宽腿长，身姿挺拔利落，自有一股说不出的精神气。就算是歪着头站着，不是端端正正的站姿，也让人觉得他没有放松，看起来充满了力量。

靳岑长得很好看，但这种好看带了侵略感，有些锋利——无论是瘦削的下颌线条，还是高挺的鼻梁。他就算站在舞台中央，也沾染不上喧闹和暧昧的气息。

靳岑专注地看着他。

严亦疏眨了眨眼。

他退后一步，自欺欺人地闭上眼，又睁开。

靳岑还是站在原地，一动未动。

此时周围震耳欲聋的音乐声都不能传入严亦疏耳朵里分毫，旁边异样的目光也不能引起他的注意，严亦疏的眼睛里此时只有靳岑的身影。

心脏的跳动声在此刻显得格外明显，“怦、怦、怦”一声比一声激烈。

——真的是靳岑。

他脑海里有很多话想说，但是哪一句都说不出口。

我是谁？

我在哪？

我在干什么？

严亦疏从来没有想过，被拆穿的这一幕会这么快地来临。他总以为，这件事情迟早还要等几个月，或者永远都不用面对。

可是下午他们还在一起聊过天，对“好好学习”各自发表了自己的见解，晚上他就和人家在这相遇了。

就在他恍惚、大脑死机，恨不得立刻在脚下掘一个洞立马消失的时候，靳岑的声音在他耳边响起。

“你跳得很好。”

靳岑的神色居然还有几分认真。

严亦疏无语凝噎地张了张嘴。

他露出一个可怜的、干巴巴的笑容来，欲哭无泪地回复。

“呃……你也不错……”

靳岑对他露出了一个与平日里截然不同的笑容。

如果说严亦疏平常把自己包得严严实实，害怕别人看见他内里的模样，那靳岑也比他好不了多少。

那个笑容戏谑、调侃、带了点看穿以后的得意，与常日里不苟言笑，成绩优异，品行端正的靳岑好似不是一个人。

靳岑的眼神扫过他的额头，漫不经心地说：“亦疏同学，上帝在你眼前遮的帘子，终于掀开了？”

严亦疏真想从这里瞬间消失。

他很少有过这样窘迫不知所措的时候，还是面对靳岑。

靳岑身上那股正直气渐渐隐匿，蔫坏的痞气上来的时候，好像变了一个人似的。他拉过严亦疏，手掌抓住严亦疏的手腕。

“还跳吗？”

靳岑问道，拉长了声调。

严亦疏只想溜之大吉，哪里还有心思跳啊，他把头摇和拨浪鼓一样。

可是靳岑却不想这样就放过严亦疏。

他看着那个刚刚还活力四射的男生，此刻下意识地又回到了在学校里的伪装状态，有点说不出来的好笑。

“这才来，就走啊？”靳岑拉着严亦疏的手举起来。

“来！”

刚好此时的音乐渐入高潮。

靳岑此时的心情无比愉悦，出口的声调都是上扬的。

舞台上的音乐声震耳欲聋，谁都不会去在意别人说了什么。

只有严亦疏听见，靳岑对他说："小严老师，继续！"

继续你个头。

严亦疏用力地挣了一下，惊讶地发现靳岑的手劲居然大到自己挣不开的地步。

他就像被靳岑锁在了原地一样。

事情到了这个地步，严亦疏该震惊也震惊了，该尴尬也尴尬了，在自己的主场上，他到底还是原来那个性格。

他见挣脱不开，干脆也就破罐子破摔了。

"靳岑同学，一起来啊？"

他挑了挑眉，咬着牙向那个眉眼都写着"我心情很好"的男生发出了邀请。

正当他以为靳岑会就此罢休的时候，那个看起来非常"根正苗红"的男生居然真的举着他的手跳了起来。

属于少年的肆意和张扬，这一刻才在靳岑的身上展现得淋漓尽致。和靳岑身上那种超脱年龄的成熟一起，变成了一杯又涩又香的烈酒。

严亦疏余光看去，跳舞的靳岑气质发生了微妙的转变，却更加有魅力。如果说那天的一瞥已经让他记忆犹新的话，那现在这个男生让他看到了全新的一面。

当他们随着节奏舞动起来，一瞬间好像能把刚刚那个尴尬的相遇给忘到脑后，只享受这一刻的狂欢。

靳岑也是老手了，玩起来一点都不拘谨，他看了严亦疏一眼，嘴角出了一个弧度，带出了脸上浅浅的酒窝。

但是他们总不可能一直跳下去。

节奏渐弱，又到了缓和的间奏。

严亦疏感觉自己快要跳岔气了。他扶着腰，喘了几口气，发现自己的另一只手还被某人拽着。

温热的、有些黏腻的触感，锁在他的手腕上。

他指了指厕所的方向，对靳岑说。

"我们出去说吧？"

靳岑看了看他，眯起眼想了一会儿，点头同意了。

当他的手放开严亦疏的时候，白皙的皮肤上已经留下了浅浅的红印子。

严亦疏收回自己的手腕，背着靳岑揉了揉，龇牙咧嘴了一番。这靳岑，是吃菠菜长大的吗，力气这么大。

从舞台到厕所，要穿越人海。

严亦疏低头用手挡着脸，生怕如果靳岑带了陈毅和祁杨一起来，再被他们看见。

厕所旁边有个紧急通道，靳岑和严亦疏走过去，身边终于安静了下来。

靳岑插着兜，在明亮的灯光下细细地打量着严亦疏。

做了发型打扮以后的严亦疏，就像破茧而出的蝶，张开尾巴的孔雀，成为白天鹅的丑小鸭，无论是给人的感觉，还是气质仪态，都全然不同了。

靳岑用拇指按了按食指的第一指节，指骨啪的一声响。

严亦疏瞄了一眼靳岑的手，心里想，这家伙不会是要约出来打他吧？

两个人站在相对寂静的紧急通道里，一时之间谁也没有说话。

靳岑安静的时候很像一匹狼，眼神慑人，姿态虽然漫不经心，但是好像下一秒就要捕捉猎物一般。

终于，靳岑开口说话了。

“挺巧啊。”

严亦疏在心里回复。

可不是吗，转身遇见你，你就在那里，巧得很呢。

他没说话，用鼻音“嗯”了一声。

要说什么，别告诉陈毅、祁杨，别告诉靳振国，要不然严贺归会知道？可是他又有什么资格来要求靳岑不告诉别人这些呢。

严亦疏心里有些说不出来的烦躁。

靳岑突然低低地笑了一声。

“我不会告诉别人的。”

严亦疏吓了一跳。

这人会读心术吗？

他抬眼看向靳岑，发现靳岑看向他的眼神里虽然戏谑，却没有恶意。

靳岑一只手揣在裤兜里，另一只手伸向他。

“重新认识一下吧，我是靳岑。”

严亦疏神情复杂地看着他，把手伸过去，握住了靳岑的手。

靳岑的手掌比他大一些。

更烫。

他突然想到，好像靳岑在外面的样子也是装的。

那他干吗要害怕靳岑啊？

严亦疏忽然就底气足了起来。

他用力地握了一下靳岑的手，不甘示弱地拉长了音调。

“我是严亦疏。”

靳岑放开他的手，看着他，对他说：“小严老师，以后……请多关照啊。”

内场传来的音乐声隐约可听，烟味弥散开，男生身上那股木调冷香此刻只能绰约闻到一点。

靳岑站在他面前，就像一把开了刃的绝世好刀一般，涔着寒光，危险却诱人。

第二章

少年不识愁滋味

10

紧急通道处的风都好像静止了。

严亦疏的心提到了嗓子眼，好像下一秒就要蹦出来。

他抬了抬自己的金边眼镜。

“都是兄弟，谈什么照顾不照顾的。”

严亦疏低着头，赶紧扯个大旗应付道。

靳岑抬起手，看了看腕表。

“两点了。”他报时间，“我带陈毅、祁杨先走，你也早点回去。”

严亦疏心里一松，这人终于要走了。

他赶紧点头，“路上小心。”

可能是语气太过喜悦，靳岑目光幽暗地看着他：“你很期待我走？”

严亦疏没想到靳岑会这样反问，他赶紧解释道：“不是，岑哥，好像你比我小，算了，就这么叫吧。”

他皱眉，看着靳岑认真道：“你不觉得我们现在很尴尬吗？不觉得需要一点独处的时间来收拾一下自己的情绪吗？”

他企图用坦诚相待来化解自己和靳岑之间这窒息的氛围。

“虽然说我是装的，是欺骗了你一下。但那也是没办法，是不？你自己应该也是有心得体会的，我们何苦为难彼此嘛。”

严亦疏说完以后，不管有没有说服靳岑，反正是把自己给说服了。

他长舒了一口气，觉得自己在某种程度上已经找回了场子。

作为一个比靳岑大将近一年的哥哥，他应该包容这种小孩子。

是吧？

严亦疏在心里对自己说。

靳岑看着他，半晌没出声，最后“嗤”的一声笑了出来。

“星期六来我家吃饭，小严老师，我妈的邀约，你可不能拒绝。”

严亦疏痛苦地点了点头。

靳岑插着兜转身要走。

走到一半，他又回过了身。

“那个一棵树，是你吧？”

严亦疏愣了一下。

这不是他的游戏ID吗？

靳岑应该只和他玩了一把游戏啊。

这又是从哪里看出来的？

他张嘴还想否认，就听见靳岑语气肯定地说：“真的是你啊。”

严亦疏在心里翻了个白眼，靳岑是不是全名里有个福尔摩斯啊，这都能发现。

最大的马甲都掉了，严亦疏也不在乎《王者荣耀》的ID被不被人知道了。

严亦疏烦躁地摆摆手：“是我，怎么样？”

“嗯……”

靳岑慢条斯理地拿出了手机。

他打开微信，递过去一个二维码。

“这是我常用的微信。”

严亦疏觉得自己好像那种经历了万千险阻，好不容易和公主修成正果的王子，结果人家告诉自己“其实我是公主的侍女，你通过考验了”。

严亦疏想着，是不是要谢谢岑哥赏自己一个朋友圈的好友席位呢。

他只好拿出手机，扫了靳岑的微信码。

“我这个微信就是常用的，打游戏的那个号不用。”

为了防止产生误会，严亦疏还解释了一下。

扫码出来，微信个人名片那里出现了一个名字。

“半斤山”。

这个名字实在是和他的游戏名太对仗了。

严亦疏皱了皱眉，下意识地问道：“你为什么要叫半斤山？”

靳岑一边通过他的好友请求，一边漫不经心地反问道：“那你为什么要叫一棵树？”

这是什么弱智的对话。

严亦疏干咳了一声，决定赶紧结束这个话题。

靳岑低笑一声，说："我没有抄袭你的名字，这纯粹就是个巧合。"

他意有所指地看了严亦疏一眼，又说："换句话来说，这就是缘分。"

他说完以后，终于揣着兜走了。

看着靳岑的背影一点点消失在视线里，严亦疏终于松了口气。

他缓缓吐出那口憋了许久的浊气，靠着紧急通道的墙壁休息了一会儿，感觉全身的力气回来了，才准备往外走。

手机里弹出来自"半斤山"的消息。

半斤山：走了。

半斤山：你出来吧。

啧，还挺贴心。

严亦疏挑了挑眉，心里的火气被压下去一点。

SHU：嗯。

他把手机收起来，走回自己和徐易平的座位。

徐易平正在百无聊赖地趴着，看起来有些愁云惨淡，见到他立马挥了挥手。

"疏哥，你总算是回来了！"

他一副有苦要诉的可怜模样。

严亦疏坐到座位上，拿起杯子。

耳边徐易平已经开始向自己倾诉："刚刚我可真够倒霉的……"

他说着说着，发现严亦疏的脸色好像不对，像是刚大战了一场格外疲惫。他身上的气场也很压抑，隐约有种暴风雨过后的凝滞感。

"疏哥，你咋了？"徐易平小心翼翼地问道。

严亦疏幽幽地说："你记得我上次和你说过的熟人吗？"

徐易平张大了嘴，小鸡啄米般点了点头。

"记得记得，你不会是又遇上了熟人吧？"

严亦疏嘴角拉出一个冷笑："没错，这次还撞他身上了。"

"我花了半个小时跟他解释我怎么在这，累死我了。"

徐易平被他简单一句话勾勒出的这样一个惊心动魄的故事吸引了注意力，听得都忘了自己差点被人打的事情了。

喝完杯子里的水，严亦疏直起身。

"走吧，没心情玩了。"

徐易平还在一边划十字架一边感叹道："我说，我们兄弟俩最近真的是有点倒霉啊？是不是水逆啊？"

严亦疏去取了外套，和徐易平一起走出了 NIGHT。

此时夜已经很深了，街道空旷，除了来接人的的士和黑车司机，就是三两成群的年轻人。

秋风从街道上刮过，吹得严亦疏一阵寒战。

他拿出手机想叫一辆车，点开微信，严亦疏正打算点出打车的微信小程序，就看见"半斤山"又给他发送了消息。

半斤山：分享链接，"贝壳英语文章精读打卡……金融危机是否引起全球动荡？"

半斤山：小严老师。

半斤山：记得学习哦。

这人还有完没完了！

他龇着牙，举起拳头恨不得穿过屏幕能揍上靳岑那张帅脸。

严亦疏让自己努力忽略这烦人的骚扰信息，叫了车，先把徐易平送了回去，然后再让司机送自己回去。

好不容易回到家，打开门，严亦疏躺倒在沙发上。

举起手机。

北一 F4 微信群消息——

靳岑：分享链接，"贝壳英语文章精读打卡……金融危机是否引起全球动荡？"

靳岑：打卡。

陈毅：分享链接，"贝壳英语文章精读打卡……金融危机是否引起全球动荡？"

陈毅：打卡！

祁杨：打卡！

严亦疏深呼吸一口气。

他点开贝壳英语软件，把那篇精读迅速做完，分享到群里。

然后忍辱负重地按下两个字。

SHU：打卡！

严亦疏本来以为"掉马"以后他就可以高枕无忧，不用再受靳岑那时不时邀请学习的骚扰了——但是从靳岑坚持不懈的打卡行为来看，确实是他想得太多了。

靳岑不仅没有放弃他的打卡计划，回去以后还号召了其他两个人一起学习。

严亦疏叹了一口气，把手机放下，调了个闹钟。

读一篇英语也就算了，最害怕的事情是靳岑还让他去图书馆，这真的能把他给折磨死。

还有一件关键的事情。

——靳岑和他说，谷雨阿姨明天叫他去吃饭呢。

一想到要去靳家吃饭，严亦疏整个人就头晕脑涨。

若要说严亦疏怕谁，那他还真说不出来，但勉强要算一个怕的种类的话，那大概就是那种温柔体贴关心你，让你不得不服从她命令的长辈，就比如岑谷雨这类长辈。

几次去靳家吃饭，岑谷雨都对他表现出了十万分的关心，让严亦疏实在是招架不住。

他想到明天还有一场恶战要打，刷牙洗漱过后，换上睡衣不再继续熬夜了。免得让谷雨阿姨看到他的黑眼圈，又是一顿好说。

北城的夜色寂静。

靳岑坐在床上，看了看手机里的照片。

靳岑也说不出来自己为什么会偷拍严亦疏。可能实在是因为今天看见严亦疏跳舞的时候觉得太有趣了，所以才忍不住举起手机拍了两张。

生活无聊久了，难得出现一点有趣的事情，就会吸引他全部的注意力。

“严亦疏。”

靳岑轻声念出了这个名字。

是因为“一树”是亦疏的谐音，所以才取这样一个名字的吗？

他敲了敲手机屏幕，心情不错。

一是他看人的水平并没有下降，这个看起来乖巧老实的书呆子果然如他所料，并不是一个真的不善交际木讷的人。二是，很巧，这个人还很有趣。

有趣到，靳岑脑海里出现了许多逗弄他的点子。

比如这个精读一百天计划、图书馆计划、学习小组计划……

靳岑面上看不出来，肚子里却已经全是坏水。

想到严亦疏要去吃那顿饭，靳岑连回家都变得更有动力了一些。

他满意地阖上眼。

一晚好梦。

靳家的院子到了中午阳光洒下的时候，一院的花朵都沐浴在金色的光芒里，看起来摇曳生姿，分外美丽。

菊花清淡的香气飘进客厅，岑谷雨插上今天刚摘的花束，迎接客人的到来。

严亦疏和靳岑一起走进门。

他们本来没有约着一起来，但是巧的是，居然在地铁上遇到了。

严亦疏想到靳岑昨天说的那句他们有缘分，看着在茫茫地铁站台遇见的靳岑，都有些怀疑自己是不是真的“水逆”了。不过既然已经在地铁站台上遇到了，总不能扭头就回去吧？

所以，严亦疏只好和靳岑一起一路这样尴尬地回来了。

走进客厅，严亦疏就看见那位身上带着淡淡中药味的清丽夫人朝他迎了过来。

“小疏来啦，是和阿岑一起来的吗？”她端着一碗还热乎的黑芝麻糊，放在餐桌上，“快来，阿姨自己打了新鲜的芝麻糊，喝了暖胃。”

严亦疏看了看那碗黑漆漆的东西，胃抽搐了一下。

为了追求原生态自然，岑谷雨打这些五谷杂粮不喜欢放糖，就算是她肯放点糖，也起不了多大的调味作用。

总而言之，这些粗粮糊糊的味道，一般都是很一言难尽的。

严亦疏最无法反抗这样的热情，他只好拿起那碗还是温热的芝麻糊，一口吞下去。和南方黑芝麻糊饮品不同，这种直接用芝麻打出来的糊糊里有很多残渣和粗粒，喝下去简直就像吞沙子，严亦疏喝这样一大口，差点呛死自己。

靳岑目光同情地看他一眼，给他递了一瓶水，放在桌子上。

岑谷雨又去厨房里端了一碗出来。

她招呼着靳岑：“阿岑，快过来，你也喝一碗！”

靳岑在这个家里已经被摧残了不知道多少年了，别说是这种黑芝麻糊，那种各种豆子放在一起打的糊，他都喝得下去。

靳岑面不改色地喝着碗里的芝麻糊，听见岑谷雨问严亦疏：“好喝吗？”

严亦疏忍着想哭的冲动，给岑谷雨竖起了大拇指。

“阿姨做得真好喝。”

靳岑忍住笑意，用碗遮住脸上的笑意，小严老师的演技，真是很不错。

严亦疏和靳岑一进来，就被岑谷雨伺候了一碗黑芝麻糊，喝完以后肚子已经饱了三分。

这会儿岑谷雨正在做午饭，花旗参乌鸡汤的味道从厨房飘散过来，提醒着他们等下还有鸡汤要喝。

在这种情况下，严亦疏先是用矿泉水清了清喉咙，又四处张望，企图找机会逃跑。

“阿姨，你这院子里的花真好看，上次来的时候好像开的不是这些啊？”

严亦疏带着乖巧的笑容，溜溜达达地走到岑谷雨旁边，首先企图卖乖。

岑谷雨最喜欢听别人和她讨论自己种的这些宝贝花草，立刻眉开眼笑，和严亦疏聊了起来，还带着他去花园里面认种类。

严亦疏在旁边神色认真地听着，时不时还“适当”提出些问题，抛砖引玉，让岑谷雨能够进一步发挥。

两个人聊了许久，岑谷雨才反应过来自己还没做饭。

而严亦疏和靳岑肚子里的黑芝麻糊也差不多消化完了。

“哎呀，看阿姨这个记性，和你聊聊就忘记汤还炖着，菜也没炒。”岑谷雨赶紧回到厨房，“你们两个先去逛一逛，一会儿我喊你们吃饭。”

严亦疏和靳岑站在客厅里面面相觑。

靳岑对他说：“去我房间，还是出去走走？”

严亦疏看了眼外面高挂的日头，皱了皱眉：“去你房间吧。”

昨天那一幕还残存在脑海里，以至于严亦疏走在靳岑身后的时候，都还有些说不出的紧张。

他来了靳家好几次，但是都没有去过靳岑的房间。

因为以前和靳岑可以说约等于不认识，所以他们俩自然不会做出这种让彼此尴尬的事情。虽然说现在也不算是太熟悉，但至少能算是认识了。

靳岑的房间在二楼，南向，采光很好。

推开门进去，里面干净整洁，有一面很大的书柜，上面摆满了书。

这不太像一个高一男生的卧室。

其实靳岑回来住的时间不多，大多数时候都是岑谷雨帮他整理的，所以这间房间可谓是一点秘密都没有。

两个人一个人坐在床上，一个人坐在椅子上，相顾无言。

靳岑拿出手机，提议道："打'王者'吧。"

严亦疏摸了摸鼻子，也知道这是最好的选择了。

男生之间没事干，不像女生还能随便找个八卦由头聊起来，最常干的事情还是打游戏。

他打开《王者荣耀》，把今日的各种例行奖励领取完，接到了来自靳岑的排位邀请。

他进了房间，清了清嗓子，问道："你玩什么啊？"

靳岑随意道："我都行。"

严亦疏想起上次和靳岑一起玩的那次，确实靳岑操作挺强的。

他心里冒出了点期待，说："那我走中了。"

希望这一把，靳岑能够疯狂带队，他就能舒服躺赢。

游戏匹配成功，严亦疏按照习惯抢了个诸葛亮。

靳岑轻笑一声："川城第十诸葛亮，疏哥很强啊。"

严亦疏呵呵一声，眼看着靳岑紧接着锁了露娜。

这是什么心理，要给他秀一手露娜吗？

严亦疏回击："岑哥也很牛嘛，要给我上演露娜教学吗？"

靳岑语气沉稳淡定地说："要我给你看我露娜的战绩吗？"

说完，他就在队伍里秀了一下。

0 场。

胜率百分之零。

匹配到的路人队友发消息。

倪爱我吗：这露娜稳不稳啊？

严亦疏被噎得说不出话，他在心里安慰自己，大概是靳岑想秀一下白板大神露娜吧。

结果靳岑好像看穿了他的想法一样。

靳岑面不改色，只是叹了口气："那天和你玩了一把以后，我去买了个露娜，现在我连英雄技能还都认不全呢。"

他语气凝重诚恳，"小严老师，这把要靠你了，加油！"

严亦疏："我想，退出游戏了。"

11

严亦疏坚信，靳岑作为一个男人，一个大神，是不会轻易地做出故意戏弄他这种卑劣的事情。

但是，游戏开局以后，严亦疏发现自己错了。

你见过一个在野区想要一起打野怪，结果打着打着野怪们就散步回家的露娜吗？也许你见过，也许这种露娜有很多，但是……

严亦疏看见顶着“半斤山”的 ID，在野区慢悠悠地刷野怪的那个露娜，还是愤怒了。

“你在干什么啊？”他气得啧了一声，“靳岑，你再不打这个蓝给我了。”

靳岑脸色冷酷，话语更冷酷：“你凭什么抢打野第一个蓝？”

严亦疏疯狂磨牙：“你这个蓝再不打对面都要给你反掉了！还打野猪！你不会，能不能乖乖地打啊，不要飘来飘去了！”

靳岑仿佛是为了印证严亦疏说的，在他话音一落下的时候，就放跑了一只野怪。

队友也无语了。

倪爱我吗：露娜好好打。

严亦疏看着靳岑那磕碜的露娜操作，问道：“不是吧，你真不会啊？”

靳岑语气淡淡道：“不会啊。”

严亦疏有点崩溃。

靳岑怎么和自己想得不太一样呢？

难道不苟言笑、高岭之花、冷若寒冰，那种拽得不行的大哥形象之下，不应该是高超的技巧，绝佳的人品吗？

怎么……怎么这么无赖啊！

严亦疏不知道靳岑小时候曾经对祁杨和陈毅做过些什么，如果他知道的话，大概对靳岑的印象就会有所改观了。

这事让陈毅和祁杨回忆起来，那大概就是一部血泪史。

靳岑，这样一个冰雪可爱，看起来很正经的小朋友，居然拿着奥数书和巧克力，放在他们的面前。

做对奥数题，吃一块巧克力。

做错奥数题，暴揍一顿。

没做对题还想吃巧克力的，疯狂暴揍一顿。

小小年纪的靳岑站在那里，皱一皱眉，陈毅和祁杨都会下意识地捂住屁股。

立威之早，立威之深，他们俩这辈子都忘不了。

现在想起来，靳岑那哪里是在教育小朋友好好学习，分明是在驯狗啊！

而且巧克力还是他们自己用零花钱买的。

有些人表面上看着高冷严肃，其实底子里蔫儿坏，无时无刻不在冒黑水。说的就是靳岑这种人。

和严亦疏假装三好学生不一样，靳岑才是“装乖”装得最成功的那个。

老师以为他品学优良，热爱学习，靳振国以为他一身正气，根正苗红，就连宋郁那群实中的人都以为靳岑高冷拽酷，出淤泥而不染。

只有陈毅和祁杨知道，这些都是假的。

真正的靳岑……

永远比你想象中更可怕。

比如现在，严亦疏就亲身感受着，来自靳岑的恶意。

“岑哥……求求你，别死了……”

有什么比自己一秀四，还残血逃脱以后，崩溃地发现队友都死光了更绝望的呢？

这个露娜，简直像河流里的那片叶子，飘啊，飘啊——死了。

靳岑神情冰冷，硬邦邦地解释道：“失误，失误。”

失误个屁！

严亦疏声音都颤了。

队友此刻已经在聊天框骂了起来。

倪爱我吗：诸葛亮能不能管管你女朋友！

倪爱我吗：玩个屁啊露娜！

等等什么叫“诸葛亮能不能管管你女朋友”？

请问，诸葛亮，是他吧？

被骂的，是靳岑吧？

靳岑和他怎么就男女朋友了？

严亦疏嘶了一口冷气，听见靳岑一本正经地解释道。

“他以为我们这是情侣名呢。”

一棵树，半斤山，确实有些像情侣名。

但是全世界用“量词+名词”做ID的人不是多了去了，难道全世界都是情侣名啊？严亦疏气得恨不得转身把队友给杀了。

不想再看到这个队友说些什么更加刺激的话，严亦疏问靳岑。

“诸葛亮你总会玩吧？”

说话的时候他咬牙切齿，恨不得在每个音节上都表达出自己的愤怒来。

靳岑神色依旧平静，他点了点头：“会玩啊。”

“那我们俩换一下，不然真的要输了。”

靳岑把手机递过去，两个人交换了角色。

他看了一眼低头玩游戏的严亦疏，神色认真，虽然恢复了黑框眼镜和齐刘海的发型，依旧是塌塌的裤脚，但是已经无法掩盖他身上的傲气和锐气了。

靳岑死是死了很多次，但是该出的装备还是出了。

严亦疏接手以后，一句话都不说，直接操纵着角色开始大开杀戒。

以为这边毫无还手之力的对面玩家也有点上头，在泉水门口一堆残血守着想等小兵上来，结果露娜复活以后一改之前连招都用不出来的菜鸟水平，开始在人群里飘来飘去。

“一杀。”

“二杀。”

系统的提示不断响起。

“五杀！”

对面被吓到了，发了个问号在公屏里。

严亦疏看见队友发消息。

倪爱我吗：缺心眼诸葛。

倪爱我吗：刚刚就该拿你女朋友手机玩了。

倪爱我吗：害老子打得这么憋屈。

请骂我“女朋友”，骂我干什么？

这局用时四十分钟的游戏最后以严亦疏和靳岑的胜利告一段落。

苦苦挣扎了四十分钟的严亦疏想起自己开游戏时的畅想，在心里默默地给了自己一巴掌。

叫你欠。

叫你和他打游戏。

楼下传来岑谷雨的声音。

“饭好了，快下来吃饭吧！”

靳岑很自然地站起身来。

“去吃饭吧，小严老师。”

靳岑脸上毫无愧意，看起来一点都不像一个坑了队友导致别人被骂的罪魁祸首。他依旧保持着那看起来凛然正气的表情，毫不犹豫地往楼下走。

严亦疏待在原地看了靳岑一会儿，觉得此刻面前男生那疏离中带点冷漠，冷漠中带点高傲，高傲里又带点正气的气质真的是天衣无缝。

靳岑回过头，朝他皱了皱眉，疑惑他为什么不走时，那震慑人的大佬气场也十分逼真。

严亦疏知道自己为什么能被靳岑看破了。

他引以为傲的演技，在靳岑这里根本就不算什么。

“靳门弄斧”了啊！

靳岑和严亦疏坐在岑谷雨旁边，一人一碗鸡汤端着喝。

岑谷雨用满意的眼神打量着两个少年，就像在打量自己养得壮实过年能卖个好价钱的小猪崽子。

她给两人夹了些菜，然后对严亦疏说。

“小疏啊，靳岑在学校里有照顾你吗？要是这小子欺负你，你记得和阿姨讲，阿姨教训他！”

严亦疏眯着眼乖巧地笑了：“没有没有，靳岑很照顾我的。”

岑谷雨又教育靳岑：“你不要老是耍滑头，知道吗？”

靳岑点头，“嗯”了一声，十分淡定自若，一点都不像刚刚才坑了严亦疏一把的人。

岑谷雨又是一人一句问话，这顿家常饭吃了足足一个小时才结束。

两个人吃得肚子浑圆，好不容易才走出了靳家院子。

靳岑和严亦疏一前一后走在林间的小路上。

午后的阳光斜斜地洒在走道上，树影细碎，照在严亦疏的衬衫上，落下了层叠的光斑。

下午还长，严亦疏在脑海里盘算着要去哪里玩，是去找徐易平，还是回家睡觉的时候，靳岑又说话了。

男生此时的声音又变成了之前严亦疏所熟悉的低沉。

“严亦疏，我们去打游戏怎么样？”

严亦疏转过头，靳岑的脸在光斑下融出了毛茸茸的边缘，男生的睫毛上仿佛都落着光。

靳岑看着严亦疏，先是皱了皱眉，然后用那种令所有女生都受不了的大提琴般低沉磁性的腔调说：“走吧，我带你‘吃鸡’。”

严亦疏握了握拳。

靳岑看他犹豫的样子，走到他的旁边。

靳岑的声音带着点午后吃饱喝足以后的慵懒，平淡地解释：“刚刚的露娜是逗你玩呢，我很强的。”

他接过严亦疏手上拎着的袋子，里面是岑谷雨做的一堆甜点和各种五谷杂粮，轻轻拍了拍严亦疏的背，“走吧。”

靳岑拎着东西往前走。少年的背脊挺得很直，拎着东西的手肘线条充满了力量感，看起来带着一种让人不自觉就安静下来的信服力。

这个背影一如之前严亦疏每次看见的那样，很吸引人。

严亦疏在心里发誓。

最后一次，我就信他这最后一次！

他深呼吸一口气，跟了上去。

严亦疏打开电脑，游戏界面弹出来的时候，他都还有些不敢置信。

靳岑在他旁边坐着，登录自己的游戏账号。

严亦疏通过靳岑的好友申请，两个人进了游戏房间。严亦疏和靳岑的游戏角色都是女的，严亦疏的角色穿得一身富贵，而靳岑则是一个普通的新人游戏装扮。

“开始？”严亦疏问道。

“开吧。”

靳岑靠着电竞椅，一只手拿着鼠标，一只手撑着头，慵懒地看着电脑屏幕。

看到严亦疏的上线提醒，徐易平兴冲冲地给他发了微信。

难平：疏哥！我看到你在玩“吃鸡”了！来一起啊！

严亦疏皱了皱眉。

他侧头问靳岑："我有一个朋友要来，一起吗？"

靳岑淡淡地说："随便。"

严亦疏想了想，如果靳岑这个游戏账号被徐易平认出来岂不是完蛋？现在还是小心为上。于是他拒绝了徐易平，和靳岑加载进游戏。惯例互殴了几拳以后，他们坐上了飞机。

"跳哪？"严亦疏问道。

靳岑说："机场。"

严亦疏没什么异议，他跳哪都一样。

刚落地，严亦疏就看见一把 M416，他颇为满意，这枪他用的时间最久了，谁知道站在他旁边的靳岑已经抢先把枪捡了起来。

靳岑的手闲闲地搭在键盘上，清脆地敲打着，他看着屏幕，砰一声就开枪了。

战队击杀数加一。

严亦疏本来还想争一争这把枪，看到这个场景，心想，行吧，这把你来带飞。

他默默地换了个方向，打算自己先捡一波装备，谁知道他动了，身边的靳岑也跟着动了。

严亦疏压下心里的疑惑，又跑远了一些，还特意选了一个不一样的方向，但是那个穿得很朴素的光头女角色又跟了上来。

严亦疏眯了眯眼睛。

靳岑这是想干什么啊？

严亦疏跑进房子里，他看到地上躺了一个医疗包，严亦疏赶紧捡起来，靳岑就站在旁边，一动不动，没抢。换了间屋子，严亦疏又捡起一个三级头，靳岑跟过去，但还是没抢。

就像点了自动跟随一样，严亦疏被靳岑跟得浑身发毛，他忍不住看了看靳岑。

靳岑看着屏幕，神情专注，也不像是走神的样子，那他为什么一直跟着他呢？而且除了一开始抢了他一把枪，什么东西都不捡？严亦疏不知道这个人心里又在打什么小九九，只好自己小心提防地捡着装备。

这把严亦疏的运气不错，又捡了把好枪，这次靳岑连枪也不抢了，就在他旁边站着。

严亦疏被他搞得丈二和尚摸不着头脑，只好自己先把枪配好。就在他专心配枪的时候，耳边又传来砰砰砰几声枪响。

严亦疏抬眼一看，靳岑居然又杀人了。

靳岑不知道什么时候走到了窗户边，默不作声地把人给狙死了。严亦疏看着靳岑的击杀数，再看看自己的零蛋，起了好胜心。他决定先不捡了，打一波再说。

严亦疏也进入了作战状态。

他找了个不错的观察点视角，看到远处的山坡上有人在动，严亦疏下意识地眯起眼，把瞄准镜对准那边，正想开枪。

“砰——”

游戏弹出提示。

“您的队友 jc11111 使用 M416 击倒了玩家 u8u9h89”。

又是靳岑。

严亦疏稳了稳心神，告诉自己没事，靳岑不过是快他一步，只要把这个人补掉，人头还是自己的。

他的子弹还没出膛，又是一声枪响，那人死了。

靳岑杀完人，手指松开键盘，用拇指压了压食指的指节，清脆的一声响。

他对严亦疏说：“去舔包？”

语气云淡风轻，好像刚刚只是踩倒了一棵小草。

严亦疏张了张嘴，脸上全是一言难尽的神色。

靳岑这是在干吗呢？他怎么觉得靳岑这是故意的啊？

不过死都死了，不去“舔包”可惜了些。虽然人不是自己杀的，严亦疏有些不爽，但还是跟着靳岑去“舔包”了。搜刮了好几个医疗包，枪也满配了，严亦疏觉得自己这装备铁定要赢，他斗志满满地起身，决定去大开杀戒的时候，就看见旁边的光头女角色蹲在地上，啥都没捡。

不是来“舔包”吗？怎么只有自己一个人在“舔”呢？

严亦疏瞬间觉得自己身上的装备都变味道了。

靳岑看严亦疏起身了，也操纵着自己的角色站起身。

光头穿得很朴素的女角色跟在穿着小裙子戴着红领巾的角色旁边，好像大小姐身边的保镖，亦步亦趋地跟着严亦疏，一副保驾护航的模样。

遇神杀神，遇佛杀佛，为严亦疏不停开路。

眼见着靳岑的击杀数不停上涨，严亦疏拎着自己无处发挥的枪，有点头疼。

严亦疏觉得自己的游戏技术已经很不错了，没想到在抢人头方面他真的比不过靳岑。靳岑的人头数量越来越多，他还依旧是个鸭蛋。

不是靳岑在他没发现的时候就把人干掉了，就是在他一枪没打死的时候给补了一枪，总之，靳岑和严亦疏一路杀进了决赛圈，严亦疏居然还一个人都没杀成。

严亦疏不爽极了，他啧了一声："靳岑，你能不能不要跟在我旁边？"

靳岑声音略带一些不解地"嗯"了一声。

他往严亦疏的反方向走了几步。

这几步，还真的就是几步而已。现在这个毒圈已经缩得很小，他们也没有往其他地方走的选择了。在小房子里，严亦疏和靳岑一人守着一个窗口。

从远处的山坡上下来了一队，严亦疏想着自己怎么样都一定要杀人，他瞄准了一个，自信地一枪甩出去，倒下一人。

击杀数终于跳到了"1"。

严亦疏玩这个游戏这么久，什么时候会为了杀一个人而开心过？但是这局游戏玩到现在，他看着这个击杀数产生了些淡淡的感动之情。

靳岑不知道跑去哪儿了，居然没有来和他抢这个人头，严亦疏庆幸地想着，打算把这队其他几个人也杀了。他抬起枪，看见山坡上的树后一阵烟雾，远处的枪声密密麻麻，然后他的画面突然变成了"大吉大利，今晚吃鸡"。

等等？

这就"吃鸡"了？

他看着队伍统计栏里靳岑的击杀数又飙升了三个。

这局游戏，队伍总击杀数十五个，他一个，靳岑十四个。

虽然赢了，还赢得很干脆、利落……但是严亦疏呆呆地坐在电脑前，感觉游戏体验极差。

他转头看向靳岑，靳岑也在看他。

屋里的灯光昏暗，电脑屏幕幽幽的荧光照在靳岑的脸上，分割出了明暗的界限，靳岑的睫毛在暗处也能看见，又浓又密，睁眼的时候轻轻扫过眼睑处，看起来很安静。

严亦疏被膈应得难受，那个数字"1"在他心里不上不下了半天，最后他忍不住问靳岑。

"你干吗抢我'人头'？"

靳岑闻言有些奇怪地看了他一眼。

“抢你‘人头’？”他语气自然地说，“没有啊，我在带你‘吃鸡’。”

严亦疏回想了一下游戏过程，确实是除了开局抢了一把枪，剩下的时间靳岑虽然跟在他的旁边，但是却没有去抢其他的资源，只是不停地在“杀人”……

如果把他的角色换成一个新手妹子，估计谁看了都要说是带妹“吃鸡”。

只有严亦疏自己知道，靳岑绝对不是在带他“吃鸡”这么简单。明明有好几个人他都已经打残了，但最后都是靳岑给补掉的，这不是抢他人头是干什么？

可是毕竟已经赢了，而且还几乎是躺着一路赢。

严亦疏迎着靳岑“怎么，我做错了什么吗”的目光，只好把自己的话憋回了肚子里。

他一甩鼠标，连《绝地求生》都不想玩了。

靳岑这人确实是太阴险了。

严亦疏在脑子里思考了好几个游戏，都是要团队合作的，靳岑都有戏弄他的机会。

可是不从哪里找回一点场子，严亦疏又有点说不出的不甘心。

他看着靳岑悠闲的侧影，磨了磨后槽牙。

他心中突然浮现出一个大胆的想法。

“靳岑，要不然我们来玩斗地主吧？”

“所以，你们玩了三个小时斗地主？”

许青不可思议地在电话里叫道。

严亦疏抬起脚，整个人窝在沙发里，颇为舒爽地“嗯”了一声。

“我玩出了两个春天，让他输得血本无归。”

许青沉默一会儿，赞叹道：“疏哥，鬼才，你真是个鬼才。”

严亦疏想起今天下午，靳岑同意打斗地主的时候，脸色还十分淡定，到最后居然露出了些不常见的菜色，他回忆了下那个场景，心情更加明朗了。

“那哥们儿到底叫什么啊？”许青好奇，“能不能给我推个微信啊？”

“你不想让他抢你‘人头’，没事，我很欢迎，带我‘吃鸡’也不错啊！”

严亦疏听到许青那羡慕的语气，颇为不屑地“啧”了一声。

“推微信是不可能的，名字也是不能告诉的。”

“那总得给我个代号吧，我总不能一直那哥们儿那帅哥地叫吧。”

严亦疏想到靳岑的微信名，说道："叫大山吧，一座险恶的大山。"

许青也不计较叫些什么，他噢了一声，问道："那这个山哥，是不是准备发展成为自己人啦？"

严亦疏叹了口气："我有病啊，干吗找虐？"

他拿起桌上的薯片，扔了一片进嘴里，嚼吧嚼吧，对未来进行了一下设想。

"混得半熟不熟，当个普通朋友过两年呗，反正我高二说不定就出国了。"严亦疏说。

许青拉长了声调："啊——疏哥，你还想着出国啊，不是严叔叔让你在北城高考吗？"

严亦疏想到这茬，眸光暗了暗。

他不想继续谈这个话题，回避道："再说吧。"

靳岑三人的基地。

靳岑回到房子里的时候，陈毅和祁杨都在，正准备出门。

陈毅在鞋架里像翻牌子一样选择今天出门要穿的球鞋，他正纠结着，靳岑就推门进来了。

"岑哥，回来啦？和小严老师吃饭吃得咋样，谷雨阿姨又做什么黑暗料理了？"

他说着说着，发现靳岑的脸色有些不好，黑得仿佛能滴出墨汁的脸上，写了四个大字"我不高兴"。

陈毅愣住了，选择球鞋的手顿在了半空中。

"你们要出门？"靳岑声音平静，一点波澜都没有。

祁杨和陈毅对视一眼，然后朝靳岑点了点头："呃，准备出门去打球……"

靳岑脱鞋进屋，用不可推拒的语气说道："先别去，陪我斗地主。"

他回头看了眼满脸问号的两人，皱了皱眉。

"一小时一百，过来，斗地主，打完你们再去。"

客厅、茶几、沙发上，陈毅、祁杨、靳岑分坐三端。

陈毅、祁杨两个人的身前一人放了一张红钞票。

他们一脸茫然地拿着牌，看着对面皱眉的靳岑，气氛有点说不出的沉重。

靳岑是地主，他先出了顺子，然后出了飞机，再走了两个炸。

就这样简简单单的春天了。

陈毅和祁杨都没有机会出牌，他们看着靳岑，被岑哥的运气给吓到了。

一人一百让他们来接受幸运女神的羞辱吗？

靳岑又摸了一把牌。

他面色沉重，像是在思考什么的样子。他手上的牌还是很好，那就说明对面两个人的牌必定又不好了。

那还打什么？

靳岑本来是想回来练练牌技的，结果发现对着这两个人自己的牌技毫无上升空间。

他抿了抿嘴，把牌放到桌上。

他看了眼祁杨和陈毅，语气中带着嫌弃，“你们俩老家非洲的吧？”

说完，拿起手机上楼了。

留下莫名被攻击的陈毅和祁杨在客厅面面相觑。

靳岑回到房间，锁上门。打开欢乐斗地主的软件，领了三千豆。他抿了抿嘴，脑海中闪过严亦疏下午赢牌以后得意的脸，点开了初级场。

但是没过多久，他就把自己的豆输光了。

靳岑不敢置信地看着自己破产的画面。

游戏提示他，今天再送他三千豆。

靳岑面色沉重地再次点进初级场。

直到深夜，斗地主欢乐的声音依然在靳岑的房间里响起，经久不息。

12

上学的时间总是枯燥无味的，等到靳岑能够和严亦疏在牌场上平分秋色的时候，北城一中的学生终于盼来了秋游。

月考过后，严亦疏又一次出名了。

原因自然是他居然再次夺得了年级第一，而靳岑被他踢到了第二。

但是这次他虽然拿了第一，却没有上次那样具有含金量，因为这次第二名的靳岑在历史和政治上都只考了个八十分，放在普通班里算得上不错，但是放在重点班那就是很一般的水平。

靳岑这两科发挥一般，还能咬着严亦疏的分数拿到第二，是因为他的物理和化学拿了双满分，也是这两个科目里唯一的满分。

一时之间所有人的目光都聚焦在了这两个人身上。

大家都纷纷猜想如果这两个人高二同时选理科，那么谁能拿第一呢？

这个话题迅速和秋游成为两大热门话题。

而八卦的两位主人公，也在大家的注视之下变得越来越熟。

三班门口靳岑三人等严亦疏吃中午饭的场景，大家都已经见怪不怪了。

作为整个北城一中唯一知道严亦疏底细的人，靳岑表现得十分云淡风轻。他一如之前，和严亦疏保持学霸之间互相欣赏的关系，大多数时候别人见到靳岑和严亦疏在一块，都是在讨论问题或者一起学习，而他们在物理竞赛班里也组队成为师徒，虽然沈越很希望靳岑和严亦疏能各自带一个徒弟。

至于这两人谁是师傅谁是徒弟，那只有他们自己知道了。

在学校的贴吧里，靳岑和严亦疏的名字捆绑出现的频率也越来越高。

比如说“第一第二又一起出现了！速速围观！”

点进帖子，里面放了一张高糊的偷拍照，里面是两个男生坐在教室里，一人拿了一本厚厚的书在看。

下面各路人士进来回复，纷纷对于学神课后还在一起自习看书的行为表示惊叹。

当事人则波澜不惊地看着书后面的手机，手指飞速地在手机上敲打着，非常认真地打着游戏。

靳岑和严亦疏虽然没有和对方明说，但是他们却默契地互相配合，瞒过了陈毅和祁杨的眼睛。

严亦疏本着和靳岑得过且过，友善相处的心态，慢慢地发现靳岑这人做朋友好像还行。

在这半个月的时间里，严亦疏和靳岑玩了不少回游戏，虽然一开始靳岑逗了他几把，但后来正经玩了，严亦疏发现靳岑真的厉害。他们俩打配合，一路连胜，这个赛季他的星星直接冲上了以前从来没有到过的高度。

游戏，就是迅速使两个陌生少年破冰的第一步。

现在，他们已经会自己私底下开黑了。

看着这俩孩子“越玩越好”，靳振国和岑谷雨也十分高兴，对于严亦疏和靳岑一起去图书馆、参加竞赛班，他们十分欣慰。

一切好像都稳定了下来。

秋风吹了一个月，北城的红叶几乎都要落光了，隐隐可以嗅到冬天的味道。

北城一中的秋游终于到来了。

星期五秋游，地点欢乐谷。虽然这里已经是北城的青少年们去了不知道多少次的地方了，但是只要能出去放风，大家都还是满怀期待的。

秋游之前人心浮动，谁都没心思学习。老师也懒得自讨没趣，星期四的下午也没拖堂，早早地就放大家走了。

晚上七点，靳岑三人的基地门铃被按响。

陈毅和祁杨玩得正嗨，老大不情愿地去开门，一打开门就看见站在门口的严亦疏。

严亦疏穿着红色卫衣，简单的款式，依旧是黑框眼镜。刘海上次剪过以后现在只到眼皮的位置，比之前清爽了很多，但还是看不清楚那双眼睛。

自从陈毅自认为和严亦疏熟了，就开始着手提高小严老师的穿搭品位，这件红卫衣也是他给选的。

看着门口看起来比之前清秀很多的小严老师，陈毅在心里满意地点点头，想着下次得给小严老师再换副眼镜才行。

他的目光逡巡到严亦疏手中提的一大袋零食，立刻哇哇叫了起来。

“小严老师，这就客气了，拿这么多零食来啊？”

严亦疏对他露出一个略微有点不好意思的笑容，问道：“靳岑呢？”

陈毅指了指二楼：“岑哥在楼上呢，小严老师你找他啊？”

严亦疏点了点头：“嗯，找他讨论一道物理竞赛习题。”

陈毅露出敬佩的表情：“不愧是小严老师啊，明天秋游今天都还在学习。”

严亦疏放下手中的零食，又朝他笑了笑，然后上了楼。

靳岑房间的门轻掩着，严亦疏背着书包，推开门进去，看见靳岑躺在床上玩手机。房间里开了暖气，靳岑只穿了一件黑色背心，露出肌肉线条优美的手臂，听到他进门的声音，抬起头闲闲地瞥了他一眼。

“来了？”靳岑从床上坐起来，直起背，却没下来。

靳岑看向那个穿红色卫衣的少年，看见了他白皙的后颈。

严亦疏迅速地把门反锁，刚刚还挂在脸上的乖巧表情一下子就不见了，再转过身，已经是一张带着些傲气的俊秀脸庞。

他把眼镜取掉，放在桌子上，拿出手机。

“快点来排了。”

今天是赛季末最后一天，严亦疏打算和靳岑一起冲分。

自从靳岑和严亦疏开始一起打游戏，祁杨和陈毅就被靳岑打入了冷宫。

“一棵树”的横空出世，也在陈毅、祁杨心里成了一个无法破解的谜团。

首先这个“一棵树”据说是实中那边的，但是去问实中的朋友，又没人知道他是谁，“一棵树”平常和他们一起开黑，不加他们不开麦，一副神秘世外高人的样子，弄得他们非常好奇。

再加上这个 ID 和靳岑网名相似，陈毅还偷偷和严亦疏说过，靳岑不会是和“一棵树”在搞网恋吧？严亦疏听到以后额角青筋直跳，下一次陈毅死皮赖脸和他们一起玩的时候，他就把陈毅的所有“人头”都抢了个干净。

虽然共处一室，但是严亦疏和靳岑向来都是保持着距离，给彼此私人空间。

严亦疏寻了个离靳岑最远的角落坐下，两个人开了游戏。

这一打就是几个小时。

陈毅和祁杨俩人都把最难的关卡打通关了，他们揉着肩站起来，发现小严老师还没有从靳岑的房间里出来。

陈毅喝了一口饮料，惊叹：“岑哥这么热爱学习，不可能吧？”

祁杨看了他一眼，抢过他的饮料喝了几口：“关你屁事呢，玩你的吧。”

陈毅拿着手柄，叹气道：“岑哥这样搞得我们很有压力的！”

他想了想，又神神秘秘地凑到祁杨旁边，问道：“你觉得这次期末考试岑哥和小严老师谁能拿第一啊？”

祁杨干咳了一声。

“怎么，你要打赌吗？”

陈毅伸手比了个“一”，嘴角挂着自信的微笑：“赌，就赌一个月的袜子。”

祁杨想到自己堆了一盆子的袜子，有点心动。

“再加一个月！”

陈毅看他还犹豫，立刻加码。

祁杨一拍大腿：“赌了！”

陈毅抢先说：“我赌小严老师！”

祁杨冷笑：“放屁，绝对是岑哥，岑哥这次化学物理双满分，他就是嫌政治历史字太多不乐意写，期末考认真一点绝对第一名。”

陈毅拿出一张草稿纸，兴冲冲地把赌约写下来。

“二〇……年，陈毅和祁杨以两个月袜子清洗为赌注……”

陈毅正写着，突然听到楼梯处传来靳岑的声音。

他立刻把手中的草稿纸藏到身后，和祁杨抬起头，对靳岑露出心虚的笑容。

“岑哥，怎，怎么了？”

靳岑看起来有点头疼，他单手叉着腰，神色纠结。

“你们谁有多的被子？”

陈毅和祁杨有些奇怪，但是也没多想，陈毅说道：“好像上次我妈在客房放了一床备用的空调被。”

靳岑“嗯”了一声，朝他们挥了挥手，示意他们继续，转身上楼了。

陈毅心有余悸地吐出一口气，把那张赌约拿出来，继续写。

他写完以后才后知后觉地感觉到不对。

“等等，岑哥要被子干什么？”

祁杨张了张嘴：“那个……小严老师？”

“小严老师？”

陈毅满脸惊恐，爪子都僵掉了。

靳岑感觉自己十几年的人生里还没有遇到过这么困难的事情，他从空房间的柜子里拿出一床被子，抱着走回了自己的房间。

房间的角落里蜷着一个人。

摘下了眼镜的严亦疏不知道什么时候睡了过去，脸色苍白，挂着两个很大的黑眼圈，看起来非常疲惫。靳岑看着他，烦躁地啧了一声。

游戏打着打着，“一棵树”就飘了起来，自己冲到了对面的人群里去，靳岑本来还以为是严亦疏的网断了，结果抬头一看，那个男生已经歪着头睡了过去，手指却还按在手机上没有松开。

他拼命赢了这场游戏，时不时还要操作一下严亦疏的角色，以免系统判定他消极游戏。

靳岑看着严亦疏平静的睡颜，有点不知所措。

房间里暖气开得很足，严亦疏穿着红色卫衣，袖子挽到了手肘处，宽松的卫衣显得他手臂很细，皮肤白到能看见青色的血管。黑色的碎发垂了几缕在他的脸上，随着呼吸时不时地被吹起来几根。

严亦疏在他面前已经懒得伪装了，进来就把眼镜摘掉了，一双好看的眼睛紧闭着，睫毛在眼睑处拉出了长长的阴影。

睡着的严亦疏不像之前在外面那样嚣张、锐意，也不像在学校里那样木讷乖巧，男生五官精致，嘴唇微抿，常年不见光的脸很白，此刻因为屋内的暖气涌起红潮，看起来像涂了两坨腮红没有抹开似的。

靳岑不知道该怎么处理，他看着严亦疏，啧了一声，把那床被子直接盖在他的身上，一下子严亦疏整个人就被盖没了。

靳岑抓了下头，又弯下腰，扒拉了一下，把严亦疏的脸露了出来。

刚刚被遮住呼吸困难的男生脸上露出了不爽的神色，在梦中不知道梦到了些什么，蹙眉嘟囔了几句。

靳岑蹲着，看着严亦疏。

他的脑海里好像有两个小人在打架。

一个说，管那么多，直接叫醒他不就得了？一个说，让他睡吧，这儿又不缺一个睡觉的地方。

如果是陈毅和祁杨在这里睡着，靳岑肯定毫不犹豫直接一脚过去把他们踹醒了。

但这是严亦疏。

不仅没有熟到那个程度，而且还有岑谷雨和靳振国两座大靠山。

靳岑把手放在严亦疏的眼睛上面，扫了扫，试图唤醒他。

因为靠近了，严亦疏这次嘟囔的声音清晰地传到了靳岑的耳朵里。

“靳岑……别烦我……”

靳岑动作一僵。

男生的声音带着浓浓的倦意，叫靳岑的时候那点不爽也软软的，没什么力气，与其说是斥责，不如说是在撒娇。

即使和严亦疏玩了半个月的游戏，靳岑也从来没有看见过这样的严亦疏。

看着这样的严亦疏，靳岑上手不是，干看着也不是，他蹲得腿都要麻了，想到最后，干脆不管三七二十一，直接把裹着被子的严亦疏捞了起来。

男生抱着比看起来有分量多了，入手沉甸甸的，靳岑的手很稳，从房间角落到床边也就几步路的事情，严亦疏也没有感觉自己被抱了起来。

他在梦中还很不耐烦的样子，一直小声嚷嚷着什么。

靳岑从来没有这样抱过其他人，他感觉这比部队里的负重训练难不知道多少倍，就这么几步路，都让他忐忑不已。

把严亦疏放在自己的床上，男生好像是感觉到自己被颠了一下，又骂了一句。

“都说了别吵我……”

当了雷锋还要被凶的靳岑看着那一坨茧一样的东西，四肢僵硬地走出了房间。

房门关上，他靠着墙，目光幽暗。

他考虑了一下今天晚上睡客房还是睡沙发，正烦躁的时候，一抬头，就看见楼梯转角处有两个探头探脑的人。

这不就是讨论了半天准备上来看看情况的陈毅和祁杨。

他们看着脸色阴沉的靳岑，尴尬地呵呵道：“老大，真巧啊，真巧。”

靳岑见他们上来了，深呼吸一口气，指了指自己的房间。

“严亦疏在里面睡着了，你们想个办法，把他给弄醒，或者弄到客房去。”

还没等陈毅和祁杨说话，他又皱眉挥手：“等等。”

他转身重新走进房间，拿起桌面上的眼镜，把它稳当地架在了男生的脸上，还特意把刘海拨下来一点，才打开房门走出去。

“去吧。”靳岑挥了挥手。

陈毅吞了口口水，小心翼翼地提议：“要不然，就让小严老师睡一会儿，说不定他一会儿自己就醒了呢？”

靳岑一想到自己的床上躺了个人，就浑身难受。

他扯了扯自己的背心，感觉身上又热又痒，好像有无数蚂蚁在爬一样。

“随便吧，我先去洗个澡，你们看着他。”

祁杨和陈毅点头，正准备开门进去，又被靳岑喝止。

“别动，就在门口等着。”

陈毅和祁杨的步伐僵在半路。

这句话脱口而出，说完以后靳岑自己都觉得有些奇怪。

他也不解释，直接转身往浴室走，一边走一边在心里骂了一声。

严亦疏这小子可真会挑地方睡。

他暴躁地推开浴室的门，直接拧开冷水淋下。

严亦疏睁开眼，看见了一片陌生的天花板。

他的脑袋又沉又重，后脑勺仿佛有针在扎，一片刺痛。倏忽从昏沉的梦里醒来，眼前还是模糊，直愣愣睁了好几秒，才勉强对上焦。

他看了看四周，发现自己还在靳岑的房间里，就是从角落里挪到了靳岑的床上。

那床厚厚的空调被把他整个人裹得严严实实，汗濡湿了衣服，黏腻的感觉让他非常难受。

严亦疏挣扎着从床上坐了起来，克服了头重脚轻的眩晕感，掀开被子下了床。

他从桌子上拿过手机，看了眼时间，发现时间过去了差不多一个小时多，屏幕上绰约照出他的影子，已经戴上了眼镜。

这是靳岑给他戴上的？

还有些不清楚的意识慢慢出现在严亦疏的脑海里。

这人可真够心大的，万一他转个身眼镜不就压烂了？严亦疏下意识地想到。

严亦疏揉了揉额头，只感觉涨痛得厉害。喉咙发痒、口干舌燥、很想喝水。

他赤脚踩着地板，打开了靳岑的房间门。

刚往外走，严亦疏就被吓了一跳。

门口两个人搬了椅子坐着，地上摆了一地零食，见他出门，陈毅和祁杨与他互相对视，气氛一时之间有些尴尬。

陈毅和祁杨仿佛两尊门神一样坐在靳岑的门前，在玩游戏。

见他出来，陈毅一边操作手机一边和他打招呼。

“小严老师，醒啦？”

这是个什么情况。

严亦疏有点蒙。

他看了看陈毅和祁杨，又看了看四周，皱眉问到。

“靳岑呢？”

祁杨叼着棒棒糖，指了指浴室的方向：“老大去洗澡了，还没出来呢。”

陈毅配合地点头。

那袋零食是严亦疏今天带过来的，没多久就已经被这俩人吃得是七七八八了。

严亦疏有些搞不懂现在是个什么情况，他揪了揪衣角，问道：“那你们呢？为什么要堵在门口？”

陈毅听他这么问，脸上也露出疑惑的神色，仿佛在思考自己为什么要在靳岑的门口坐着，很快他就给出了答案。

“岑哥说让我们在这里看着你。”陈毅回答道。

“小严老师，你怎么能和老大讨论物理讨论到睡过去啊？”

“是不是学习太累了？要不然今晚就在这里睡吧，反正明天去秋游嘛。”

面对着陈毅那一连串的问题，严亦疏有点扛不住。

他想到自己居然玩游戏玩着玩着在靳岑房间里睡了过去，脸上有些发烫，幸好没睡多久就被热醒了，不然今天晚上这事情真的还有些难办。

严亦疏顾不上被汗打湿的衣服粘在身上的难受，朝陈毅和祁杨露出一个尴尬又窘迫的笑容，“不了不了，是我太累了，打扰你们了。我现在就回去。”

说完，他就做出一副要走的样子，准备下楼。

“诶诶诶，小严老师，你就这么走了，我们和老大怎么交代啊？”

陈毅赶紧拦住他。

严亦疏脚步一顿，无奈地看着那一地的零食包装袋残骸，心里盘算着怎么突破陈毅和祁杨的这个关卡出去。

他实在是不想在这样的情况下见靳岑，这多尴尬啊。

就在严亦疏准备突围的时候，走廊上传来拖鞋摩擦地板的声音。

他转过头，看见用毛巾擦着头发走过来的靳岑。

靳岑刚刚洗完澡出来，没吹头，只是用毛巾揉了几把，脸上还带着阴晴不定的思索神色，水珠顺着他的下颌角往下流，从宽阔的肩膀流下去，一直流到黑色的背心里。

男生身上还带着些水雾气，那张眉目深邃的脸上也还沾着些水珠，有一种带着生活气息、显得亲切又暧昧的英俊。

靳岑看见站在楼梯口和陈毅祁杨一起看向他的严亦疏，先是扫过男生的脸。

刚睡醒不久的严亦疏脸上还带着些红晕和难以掩盖的起床气，虽然依旧装得和以前一样木讷乖巧，但是眼神里那烦躁的味道还是暴露了他此刻的心情。

靳岑和严亦疏对视了几秒，在心里不爽地想，让这小子睡床居然还不感谢他？

还瞪？

靳岑看着严亦疏那刘海下蹙起的眉。

以为自己戴个眼镜别人就看不出来他在想什么了？

刚想开口，严亦疏就朝靳岑展颜一笑，脸上带着感激的神色，在靳岑的眼里好像变脸似的。

严亦疏端着十足做作的语气，对靳岑说：“谢谢你了，不好意思，我刚刚居然睡过去了。那我们下次再聊那个题目吧？我先回去了。”

靳岑打量了一下严亦疏，慢条斯理地点了点头。

“那道压轴题，我的思路还不是很清晰。”他看着严亦疏说，“小严老师，拜托你好好想一想了。”

严亦疏尴尬地呵呵笑了几声，朝陈毅和祁杨挥手再见，转身就要往楼下走。

陈毅看着严亦疏喊道：“小严老师，明天秋游和我们一起玩呗？”

“在下车的地方等你！”

严亦疏敷衍地点了点头，迅速下楼。

靳岑床上那股淡淡的冷调木香，和那张似笑非笑的俊脸一起，晃得他有些眼花。

他摸了摸口袋，手机还放在里面，应该没有落下什么东西。

他推开门走出去，深呼吸几下，等电梯上来。

电梯内装潢不错，四面都是镜子，上面雕着阴刻的繁复花纹，严亦疏站在镜子前看了眼自己，脸上还有一丝绯红，看起来像刚刚从大山里出来的淳朴少年。

他“啧”了一声，摘掉自己的眼镜揣进兜里，把刘海往旁边撇了撇。

走出居民楼，严亦疏揣着兜往自己住的小区走。

靳岑三人住的小区和严亦疏住的小区隔得不算太远，都在学校附近，过两个路口就到了。

严亦疏把手机掏出来，先是给许青发了一串省略号过去。

在等待许青回复的过程中，他心里烦躁难挨。

严亦疏作为一个热血方刚的少年，这样猝然睡在另一个人的床上，难免有一些躁动的情绪。

他突然想起靳岑健美的身材，想到自己略微有些单薄的身板，严亦疏有些酸溜溜的。

莫非靳岑没事还去健身房？一个高一生至于吗？

他摩挲一下手指。

穿过路口，街角有一家小小的便利店还亮着光。

他把卫衣的兜帽戴上，揣着手往便利店走。

深秋的北城夜晚风飒飒地吹，冷意从脖颈那宽松的领口直钻心窝，严亦疏在睡时出了一身汗，此刻全部被冷意逼了回去，非常难受。

严亦疏不自觉地打了几个抖，他赶紧走到店里。

他买了杯热饮想暖暖身子，想吃块糖也许能好点，就在兜里摸那个糖盒。

今天的裤子有不少口袋，严亦疏一个个摸过去，都没有摸到糖盒。

那个不锈钢的糖盒放在口袋里却不明显，他一直带着。按理来说，这裤子口袋这么深，不该掉出来。

严亦疏没摸到糖盒，只好在店里随便买了一盒。

摸着质感稀烂手感也差的小糖盒，严亦疏心情更加不好了。

他咂摸着变了味道的薄荷糖，想到自己刚刚在靳岑床上醒来，皱了皱眉。

是不是掉在靳岑床上了？

他龇了龇牙，觉得稍微有些尴尬。

不过要是掉在靳岑那儿，也算是物归原主了。

想来靳岑那天给他抛一包零食过去，不想让他知道，应该现在也不会再戳破这件事。

就是不知道他那个糖盒是哪里买的，他已经习惯它的存在了，即便不吃糖，他也时常拿在手里把玩。

严亦疏这样想着，穿过了风卷着落叶呜呜响的寂静街道，往自己小区走去。

靳岑看着自己门口那一地的垃圾，不爽极了，他先看着祁杨和陈毅把地给弄干净了，才转身进自己的房间。

床上那床新的空调被卷成一团堆在角落里。

想到刚刚严亦疏还盖着那床被子在那儿睡觉，靳岑下意识产生了些难明的奇怪情绪。

他叉着腰走过去，把被子抱起来，准备扔洗衣机里。

就在他准备往外走的时候，有一个东西从被子里漏出来，掉到了地上。

砰一声，靳岑往声音传来的方向看去，是一个不锈钢四方形状的精致小糖盒。

靳岑下意识地皱起眉。

目光往桌面逡巡一圈，果然上面已经放了一个同款一模一样的。

这是他之前不见的那个？

那天他确实看到严亦疏用来着。

没想到这盒薄荷糖兜兜转转，又回到了他这里。

靳岑把被子重新扔回床上，弯腰捡起了那个糖盒。

已经用了有一段时间的糖盒上有一些微不可见的小擦痕，在被子里裹了那么久，还带着些微温的暖意。

靳岑把它握在手里，摩挲了一下，然后把它摆在桌子上崭新的同款糖盒旁边。

房间里洒下橘色的灯光，在那两个小巧的小糖盒四方的边缘上凝出一点光。

靳岑看着，沉默了很久。

他似乎是想到了些什么，把那个旧的收进了柜子里。

13

严亦疏难得睡了一个好觉。

他穿上校服外套，背着自己的运动品牌大书包，在里面装了一书包的零食，晃晃荡荡地骑车去了学校。

此时高一年级和高二年级的学生已经准备排队了，每条长龙前都举了一个牌子，说明这是哪个班的队伍。

校门口被学生们挤得水泄不通，严亦疏穿过熙熙攘攘的人群，眯着眼找自己的班级。今天天气很好，阳光洒下来，居然也有几分燥意。

等严亦疏找到自己班的队伍的时候，高一（3）班已经开始上车了。

同学们激动得仿佛关了很久终于能出来放风的犯人一般，叽叽喳喳地聊着天，互相交换着零食，讨论上车以后要坐在哪里。

严亦疏排在队伍的最末尾，等到他上车的时候，大巴上早就已经坐满了人。

没有和班里的任何人约好在车上一起坐的严亦疏和另几个迟到的同学尴尬地被老师安排在路边，大巴载着满满当当的一车人开始行驶，嗡鸣过后，汽油味和路上扫起的烟尘扑面而来，那几个迟到的同学赶紧掩面，瘪着嘴一脸不高兴。

严亦疏倒是无所谓，他坐哪里都可以，揣着兜站在一边，等补位的大巴开过来。

老师又从旁边的班级带来了一批落下的同学，一脸难办地安抚着这些脱离了班级惴惴不安的小孩们。

严亦疏站在里面，低着头，毫不起眼。

等待无疑是漫长而焦急的，特别是每个班的大巴依次开走，落下的同学们一点点地被凑集过来，补位的大巴却迟迟没到，大家望着马路，时不时发出一声抱怨的叹气声。

严亦疏看了眼手机，“北一 F4”的群静悄悄的，没有人在里面发消息。

靳岑他们已经上车了吗?

他皱了皱眉，感觉有些奇怪。

大巴姗姗来迟，终于慢吞吞地开到了这群被班级遗弃的小可怜旁边。

人群爆发出一阵不小的欢呼声，大家立刻把包背起来，精神抖擞准备上车。

就在这个时候，路口那边走过来三个人。

根据电视剧和小说里的定律，主人公总是最后出场。从路口不急不缓走过来的人中，穿着白衬衫、校服毛衣开衫和校服裤，面容冷峻的男生身上就有这样一股引人注目的气质，和旁边背了大包的同伴不同，男生什么都没带，手揣在兜里，一副闲适慵懒的模样，脸上好像还带着一丝困意。

是靳岑。

严亦疏看着靳岑和他身边的陈毅祁杨，并不意外。

估计是起晚了，还刚好压着最后一班补位车的点来了。

严亦疏在心里有些后悔地想，自己应该再睡一会儿的，白白在路边吃了这么多的灰。

和平常看起来根红苗正的形象不同，今天的靳岑带了点困意的慵懒，在女生群里引发了一阵不小的讨论声。

她们几乎没有看过靳岑的这副模样，所以都感到十分稀奇。显然，这副样子的靳岑显得更加帅气吸引人，气质和脸终于相符了。甚至还有女生掏出手机想要偷拍几张。

被目光注视着的靳岑撩起眼皮，闲闲地扫过准备登车的人群，在里面准确地捕捉到了自己要找的对象。

那个低着头，装鹌鹑的男生，那个蜷着背想要降低自己存在感的背影。

靳岑眯了眯眼。

昨天严亦疏走后，他再躺回自己的床上，翻来覆去就是睡不着，大脑神经莫名兴奋。

靳岑的睡眠质量向来不错，这一次失眠，可以说非常难受。

今天早上祁杨和陈毅叫了他很久，才成功地把这位失眠以后暴躁非常的大爷从床上弄起来。这也是他们迟到了这么久的原因。

靳岑是带着满腔火气来的，但是他无从解释为什么严亦疏只是在他床上躺了一个多小时就能让他失眠，也不知道从哪里去发泄自己这一腔难言的躁意，连装都懒得在同学和老师面前装一下了。

看着那个站在人群中的男生，靳岑直接抬起腿走过去。

随着靳岑的靠近，准备登车的人群就像摩西分海一样分开了，还让出了一条道给靳岑，让靳岑能顺利地走到严亦疏的旁边。

严亦疏本来已经收回了目光，继续低着头扮鹌鹑了，却感觉自己被人注视的感觉越来越明显。

他心里大概能想到是陈毅带着祁杨和靳岑过来了，也没有太惊讶，只是平常地抬起头，谁知道入目不是陈毅那张总是带着笑意的脸，而是靳岑那张眉目深邃英俊的酷哥脸。那张平常总是端出一幅优等生高岭之花模样的脸上，此刻因为不爽的情绪紧蹙着眉，嘴角也抿成一条直线，每个五官都传达着“我不高兴”的讯号。

严亦疏倏忽看见靳岑，怔了一下。

靳岑在他旁边站定以后，陈毅和祁杨才走了过来。

刚刚还一个人寂寥站着的严亦疏，此刻却好像成为人群中的主角，身边挤了三个高个子的男生，有些局促。

车门打开，那些同学还不忘回头看着，不舍这八卦现场，推推挨挨地上了车。

严亦疏被靳岑盯得有些发毛，他朝靳岑扯出一个属于“小严老师”的乖巧羞涩笑容，和他点头算打了个招呼。

靳岑看着他，却没有说话，也没有点头回应。

前面的人上完了，轮到了严亦疏，严亦疏背着包上了车，走到了后排的座位准备坐下，后面的靳岑依旧保持着那副慵懒困倦，但是又很不爽的样子，坠在严亦疏的后面。

严亦疏刚坐下，正准备把包都放上面的行李架上，身边的座位上就落下了一道阴影。

属于靳岑那股淡淡的苦涩清冷的木调香味盈满严亦疏的周围。

靳岑弯腰，站在外面的座位旁，把手伸到严亦疏的面前。

严亦疏疑惑地看着那宽阔的手掌，又看了看自己怀里的书包，才反应过来靳岑是要帮他放包。

他迟疑了一下，把零食和电子产品拿出来，把包递给了靳岑。

靳岑很高，他这样弯着腰，在狭窄的环境里令人很有压迫感。

男生一言不发地把严亦疏的包放好，然后在他旁边坐了下来。

严亦疏看了眼左右，发现陈毅和祁杨还在放东西，应该不会听到他们说话，于是他压低了声音和靳岑说话。

“你干吗？”严亦疏小声地在靳岑的耳边问道，却被靳岑的皱眉给打断了。

靳岑眯着眼看了他一霎，又收回了目光，嘴角压下，不爽地“啧”了一声。

男生烦躁和困意满满的声音传到严亦疏的耳边。

“别吵，我要睡觉。”

可能是因为没睡好，靳岑的声音比平时沙哑了几分。

严亦疏被靳岑这句堵得莫名其妙。

他也不是什么有耐心的人，见靳岑不想和他说话，也懒得自讨没趣，直接转头拿出手机看了起来。完全不记得自己昨天在靳岑房间睡着的严亦疏，只觉得今天的靳岑非常奇怪。

靳岑听着身边的男生平稳的呼吸声，在喧闹的车里，这一处小小的角落显得格外寂静。

陈毅和祁杨知道靳岑今天没睡好在闹起床气，也都不敢过来和靳岑搭话。

靳岑闭着眼睛，听着严亦疏玩手机时不时响起的敲手机屏幕的声音，感觉整个人莫名就平静了下来。

他昨天晚上一共没睡着几个小时，现在实在是太困了。

他让严亦疏别说话，严亦疏就真的一句话都没有再和靳岑说。

大巴开得很慢，北城上班时间的恐怖路况堵得车子只能走走停停，严亦疏不晕车，他侧着身子，对着窗户那边打游戏。

一局游戏打得又臭又长，不幸遇到演员的严亦疏靠着自己的技术带着队伍四打五，苦苦支撑了将近半个多小时，最后终于抓住机会一波赢了下来。

在车上打游戏总归还是会有些难受的，玩了一盘以后严亦疏也不想继续玩了，他把手机按灭，靠在椅背上，也想眯着眼休息一会儿。

就在他坐好，准备闭上眼睛的时候，旁边那个说让他不要吵的男生突然往严亦疏这边靠了过来。

严亦疏抬眼看去。

靳岑闭着眼睛，在梦里也隐隐蹙着眉头，不知道在做什么梦，但看起来不太愉快，脸色难看得很。这样的男生就像一把出鞘的好刀一样，整个人身上都散发着凌厉又危险的气息。

看起来有些凶，但是也英俊莫名。

严亦疏一时之间忘记自己也打算小憩一会儿的事情，盯着靳岑就出了神。

睡着的靳岑此刻可以给他肆意观赏，不用收敛自己脸上的表情，严亦疏细细欣赏着这张格外俊的脸，就连刚刚靳岑莫名其妙的行为此刻都变得可爱了几分。

他看着靳岑性感的薄唇，在心里啧啧感叹，就靳岑这唇，不知道有多少女生会发出号叫。

就在他想着要不要偷拍一下靳岑，然后把他的五官拆开成单份卖出去赚点小钱的时候，靳岑的头随着车骤停的颠簸往下一垂。

靳岑睡得有些深，这样大的颠簸都没醒，只是皱了皱眉。

严亦疏却僵硬地抬起头，颈窝处传来温热的呼吸，靳岑的头实实在在靠在了严亦疏的肩膀上。

大巴重新启动，驶入隧道。

窗外光亮消失的那一瞬间，窗户上映出了车内微弱的黄色灯光，和模糊的靠在一起的白色影子，隐约能看出来是两个少年的白衬衫。

严亦疏耳机里的歌曲突然跳停，车内聊天的窸窸窣窣的声音好像也消失不见了。

亦如此刻他的脑海里，一片空白。

严亦疏坐在大巴的椅子上，深深地感受到了什么叫作大气都不敢出一声。

他僵直着背，拿着手机，目光呆滞地望着前排的椅子背。

椅背的塑料封皮里面是治疗男性疾病的广告，一个穿着白大褂，看起来一身正气的男人对着他竖起大拇指，露出了光可鉴人的一口白牙。红色加粗的标语上写着“尿频、尿急、尿不尽，就来北城泌尿医院”，几个大字在严亦疏眼前不停地晃着。

严亦疏感觉到肩膀上靠着的那个脑袋动了一下。

终于要醒了吗?

他的心里浮出了些期待，恨不得下一秒那个脑袋就从自己的肩膀上挪开。

谁知道靳岑只是在他的肩膀上找了个更加舒服的角度，丝毫没有要醒来的意思。

从北城一中到欢乐谷，有将近两个小时的路程，此时已经开了一半的路，那些原本还在车上闹腾的学生们此刻安静了不少，很多人都睡了过去。

伴着或长或短的鼾声，和零食包装袋窸窸窣窣的声音，严亦疏看着车窗外那越来越远的市中心的街景，陷入了无限的纠结中。

把肩膀挪开，只需要一秒钟的时间，是一个简单到不能再简单的动作。

但是为什么感觉此刻压在他肩膀上的不是靳岑的脑袋，而是一块巨石？严亦疏感觉自己的肩膀被禁锢住了，一动都不能动。

他犹豫了许久，最后放弃了挣扎。

他靠着椅背，大脑放空，呆呆地看着车外的风景，等待靳岑醒来或者到达目的地。

欢乐谷建在北城郊区的一座山上，这几年不断扩建，面积非常大。

大巴载着北城一中的同学们盘旋而上，导游也开启了广播喇叭，叫醒各位睡着的同学们。

“同学们，还有十分钟我们就要抵达目的地北城欢乐谷了，大家带好随身物品，切记不要把贵重物品放在车上……”

劣质喇叭传出的声音分贝极大，吱吱的电流声间杂在导游那一大长串注意事项里面，刺耳尖锐，非常扰人清梦。

靳岑就是被喇叭的噪声给吵醒的。

他做了个非常光怪陆离的梦，梦里有一个戴着黑框眼镜，看起来木讷呆板的少年，和无边无际的练习册、试卷。他和那个少年被关在一间房子里，一起做题目，只有正确率高的那个才能逃出去。

被吵醒的时候，他正在和那个人对刷奥数题，正做到压轴题，就被那刺耳的电流声带回了现实的世界里。

靳岑闭着眼，虽然已经从梦里醒来，但是还有一些未尽的梦里的意识在脑海中作祟，总感觉自己还有题没做完。他不爽地皱了皱眉，伸出手想要去摸笔，手在空中探了几下，最后居然摸到了一个温热的物体。

手上的温度让他一下子清醒过来。

靳岑睁开眼，突兀的光亮让他下意识地眯了眯眼，视线清晰起来后，他首先看见的是前座椅子背上的医院广告。

简单粗暴的红色广告字体得到了他一秒的注意力，马上，他就发现自己好像靠在了另一个人的肩膀上。

靳岑几乎是一瞬间坐了起来。

他睡久了，脖子有些发僵，酸涩非常，但是这丝毫没有影响他迅速的动作。

靳岑与严亦疏四目相对，两人之间气氛有些诡异的尴尬。

靳岑先看见了男生被他压出褶皱的衣领，然后是他看起来有些说不出的紧张和郁闷，一脸欲言又止的表情，目光里甚至带着些谴责。

想到自己居然靠着严亦疏的肩膀睡了一路，靳岑那向来做什么事情都波澜不惊的内心此刻泛起了涟漪，以至于他连自己刚刚半睡半醒的时候下意识抓到了什么都没有去注意。

严亦疏看了看醒来以后脸色阴沉，气场暴躁的靳岑，又看了看这位大佬的左手。

如果他不是出现了幻觉的话……

靳岑抓着的，是他的手腕吧？

严亦疏有些蒙，手腕上那炽热的温度源源不断地传来。严亦疏只感觉自己那一块皮肤好像要被烧着了。

他看着没有察觉到任何不对的靳岑，忍不住开口提醒。

“那个……能放手了吗？”

他迎着靳岑的目光，艰难地指了指自己的手腕：“快下车了，就别抓着我了吧？”

靳岑随着他指的方向看去。

他的手掌抓着的，不是梦里答题的笔，而是一截纤细的手腕，此刻因为他用力握紧而泛出了淡淡的粉色。

靳岑人生中很少感觉到尴尬，因为通常都是他让别人感觉到尴尬。但是此时此刻，他的心情确实只能用尴尬两个字来形容。

他反应过来以后，仿佛手里握着一块刚从炉子里拿出来的炭一样撒开了手，立刻把手收了回来。

严亦疏也把手缩回去，两只手抱着包，假装自己不存在。

靳岑低咳了一声。

他心里难得出现了些真正的歉意，声音放低，对那个望着车窗装作看风景的男生说道："不好意思。"

严亦疏本来也没想和靳岑计较些什么，只是挥了挥手，表示自己不在意。

大巴稳稳当当地驶入游乐园的停车场。

北城欢乐谷投资颇大，停车场建得也很有气势，半山腰上的一大块空地，用来跑马估计都没问题。

之前出发早的班级此时早就已经到了，在大门处排队，而这一车因为班级车辆满座被挤出来的同学也要回到本班去集合。

见到自己的同学们已经先行一步，坐在车上的学生都开始不安起来。有不少和自己朋友分开的更是已经把东西拿好了，准备一开车门就冲下去。

严亦疏对此却毫无感觉。

他坐在座位上，如坐针毡，只希望能让靳岑和他快点到一个开阔一点的地方，不用挤在这样一个狭小的空间里，互相分享彼此的尴尬。

祁杨和陈毅坐在他们前面，此刻扒着座椅转过头和他们讲话。

"到了到了，小严老师，你就别回班了，我们四个一起玩！"

陈毅手里还拿着一袋薯片，语气兴奋。

严亦疏闷闷地"嗯"了一声，表示自己没有意见。

陈毅偷偷瞄了一眼今天起床气格外恐怖的靳岑，发现那个早上恨不得下一秒就炸掉联合国的男生，身上那暴戾的气息已经平复了下去，取而代之的居然是，一种说不出来的，尴尬和烦躁并存的感觉。

他瞟了一眼靳岑，又瞟了一眼面无表情的小严老师，脑袋上顶了一个大大的问号。

难道老大刚刚因为起床气误伤了小严老师？

所以老大现在很后悔？

陈毅脑补着，转了回去。

不过他和靳岑当了这么多年朋友，自然知道什么该问什么不该问，就这种情况，陈毅就算是再好奇，也不会傻到开口去询问，最多在心里八卦一下。

车停好后，带队老师讲了集合时间，就允许大家去找班级排队了。

一大车人立刻争先恐后地挤进了排队进园的人群里。

“北一 F4”坠在队伍的最末端。

陈毅和祁杨拿着欢乐谷的园区地图，开始商量起了游玩路线。

“云霄飞车、海盗船、垂直过山车这些热门项目又远人又多，等下过去就是排队，这样直接过去玩一天都玩不了几个。”陈毅热情地分析着，“我觉得我们可以先去鬼屋，鬼屋在惊叫谷，离大门比较近，鬼屋后面有大摆锤，那些去坐过山车的就不会和我们抢了……”

祁杨也是来过欢乐谷几次的，他非常赞同地点了点头：“今年鬼屋换新主题了，去年是鬼校，今年是吸血古堡，我还没去过呢。”

“听说还蛮刺激的，老大，小严老师，你们觉得呢？”

被点名的两个人完全没有进入秋游的状态里。

隔着半米，一言不发的两人此刻处于一种与外界隔离的胶着状态中，空气中弥漫着只有两个人闻得到的尴尬气氛，所以两个人都在用出神让自己好受一点。

突然被叫到名字，两人居然同时下意识地开口回答。

严亦疏虽然尴尬但还不忘演戏，说的是：“你们觉得好，我都可以。”

靳岑则是尴尬到完全懒得装样子，直接用平常和陈毅祁杨相处的模式回答了一句。

“随便。”

男生的声音低沉磁性，冷冽中带了点烦躁，好听且具有侵略性，在喧闹的环境里依旧不会被掩盖，甚至引起了隔壁排队的几个女生的注意。

看着这样不加掩饰的靳岑，祁杨和陈毅对视一眼，打着哈哈对严亦疏说道：“岑哥昨晚没睡好，心情有点不好，小严老师不要介意哈！”

严亦疏自然是露出谅解的神色，对他们笑了笑。

十点左右，作为北城一中来鬼屋的第一批人，F4 准备入场了。

在阴暗的预备室里，工作人员给四人发驱鬼令。

“拿着这个，遇到鬼害怕的时候亮出来，就可以避免他和你们的肢体接触。”工作人员介绍到。

陈毅一听，连连摆手。

“用不着用不着，我们都不怕！”

他说完，看了一眼旁边在这种幽暗灯光里显得脸色冷清惨白的小严老师，心念一转，又收回了自己的话，对工作人员干咳一声，说道："算了，给我们一个吧。"

十块钱一个的驱鬼令就是一块小小的铁牌子，陈毅拿到手以后就把它转手交给了旁边的严亦疏。

"小严老师，你拿着，等下怕就亮出来。"

严亦疏眨了眨眼，有点无语。

川城所有质量高一点的鬼屋他都去过，还有几个鬼屋的工作人员都记得他，就是因为他每次进鬼屋太像逛街，到处挑挑拣拣点评道具，严重影响和他同一批的游客的鬼屋体验。

现在陈毅居然要给他驱鬼令?

唉。

严亦疏只能接着。

四人一队的鬼屋探险小组被工作人员带到入口。

阴森森的半圆形入口要弯腰进入，里面闪着幽暗的红光，仿佛还有阴风吹过。

"祝各位探险家旅途愉快，切记不能殴打鬼屋内的扮演人员。"

工作人员对他们温柔一笑，把预备室的门关上了。

陈毅身先士卒，走在最前面，祁杨跟在他后面，而严亦疏和靳岑在队尾。

要弯着腰才能通过的通道有些长度，一进去就是一个拐弯。

陈毅和祁杨过了拐弯，一下子就不见了人影。

严亦疏让自己努力从刚刚尴尬的情绪中脱离出来，好好享受一下鬼屋的旅程，就在他准备集中注意力玩游戏的时候，就听到前面传来一声惨叫。

"啊啊啊！拿开你的爪子！别抓老子！滚啊！"

是陈毅的声音。

严亦疏看了看手里的驱鬼令，觉得自己大概需要把这东西还给陈毅。

身后那股清苦冷涩的木香味逼近，靳岑的声音落到他的耳边。

"往前走。"

男生的声音在密闭的环境里格外清晰。

严亦疏转过头，昏暗的灯光下他只能勉强看清靳岑的样子，男生好像插着口袋，表情有些说不出来的勉强，似乎还有些难言的害羞?

什么情况?

严亦疏眨了眨眼，又听见靳岑说：“不恐怖，别听陈毅鬼叫。”

男生好像是咬了咬牙，努力地干巴巴挤出了最后几个字。

他说：“反正我在你后面。”

甬道内的阴风穿堂刮过，严亦疏的皮肤上攀上了些寒意，可他却有点怔神。

14

天知道靳岑为了憋出这几个字费了多少力气。他说完以后，在心里长舒了一口气，别扭地看着前面表情明显有点惊讶的严亦疏，觉得自己已经为刚刚在车上的行为做出了补偿。

严亦疏迟疑了两秒，低咳了一声。

他看了眼前面的通道，闪着红光的拐角处静悄悄的，陈毅和祁杨已经消失不见了。

他犹豫了一下，对靳岑说道：“其实我在川城的时候还有个别称。”

靳岑听见那个看起来瘦弱纤细的少年说。

“我叫‘鬼屋杀手’。”

鬼屋里的风一时都停住了。

靳岑脸上的表情空白了一瞬。

严亦疏看见靳岑吃瘪的样子，在心里偷偷地笑了一下，然后转身往前走。

通道拐角处红光幽幽，严亦疏走过去，感觉自己的腿被什么东西拉了一下。他淡定地低头往下看，发现是机械的鬼手在抓他的裤腿。

严亦疏抖了抖腿，把那鬼手从自己的裤腿上抖掉，发现那个机械手的指头歪歪扭扭，还有一个指节就只剩下几根线连着，马上就要分家的样子。想到刚刚陈毅的惨叫，严亦疏在心里不禁升腾起一个不好的设想，这该不会是给陈毅踩成这样的吧？

他朝后面的靳岑挥了挥手，看着那人插着兜一脸别扭地走过来，对他低声道：“我们和陈毅他们保持点距离，免得等下出去算赔偿把我们算上。”

靳岑无语地瞥了一眼那个负伤还在坚持工作的机械手，绕开那个触发机制。

眼前那个晒个太阳都摇摇晃晃要晕倒的男生像是在逛菜市场一样，用挑剔的目光打量着这个鬼屋里的布置，还有心情计算赔偿的问题。

他在口袋里的手忍不住拨了拨薄荷糖盒的盖子。

啧，早知道刚才不说了。

真够尴尬的。

走过通道，就来到了一片较为空旷的前厅。

中世纪古堡的布置，四面挂满了带着诡异微笑的人像，中间是一个通体漆黑的棺材，被挪开了一半，里面好像有一条向下的地道。

走近一些，那条地道里隐隐传来极其惨烈的叫喊声。

令人毛骨悚然的背景音乐突然在空旷的大厅里响起，四面的墙壁出现暗门，四个穿着沾满鲜血的白衣的女鬼披着头发出现，齐齐向靳岑和严亦疏这里逼近。

这四个女鬼走得不算快，一边走一边还往前扑棱，像小学的时候玩蒙眼抓人的时候不敢走快的样子，主要突出那份想要抓住人的心急如焚。

严亦疏非常谅解地和她们挥了挥手。

“各位姐姐们，休息一下，我们自己进去。”

四位鬼小姐齐齐愣了一下。

严亦疏看起来非常闲适，看不出丝毫的紧张恐惧或者是故作淡定，他走进那个棺材下面的通道，还不忘转身招呼一下靳岑。

“走吧，别耽误时间，下一波人马上就要进来了。”

这条通道做得像是那种密道，两边点的是火把，地上铺了很多白骨，踩起来咔嚓咔嚓响。

在静谧的密道里，这种声音就显得格外清脆响亮。

通道入口传来呜呜的哭泣声，大概是那四位鬼姐姐还在努力工作。

靳岑看着前面男生那闲庭漫步的样子，心里那诡异的躁动和别扭不知道什么时候消散了几分。

宽大的校服外套和裤子在风的吹动下鼓起来，露出有些惨白的手臂和脚踝。想到那天严亦疏的样子，靳岑发觉这段时间不知不觉又被严亦疏的这幅具有欺骗性外表给带偏了，居然会认为这人怕鬼屋。

都怪陈毅。

他在心里不停地转换着念头，完全没有在意周围的环境和气氛。

严亦疏和靳岑一路走得平静淡定，中途出来吓人的鬼们全都无功而返，而陈毅和祁杨的声音也越来越大，终于，他们在这条小路的尽头相遇了。

陈毅一个一米八多的汉子，那小麦色的皮肤此刻都煞白煞白的，看起来像丢了魂一样。

他听见有人踩着白骨走过来的声音，先是吓得浑身一个激灵，然后才颤巍巍地转过头。

看见是严亦疏和靳岑，他整个人像脱力了一样往旁边的祁杨身上倒过去，祁杨猝不及防，一个趔趄，差点和墙壁边上沾满灰尘的盔甲来个贴面吻。

“你发什么神经病啊陈毅！”祁杨嫌弃地把陈毅推开。

“老大，小严老师！你们终于来了！”陈毅也没在意祁杨推他，看着那两个脸色正常走过来的人发出了一声号叫。

通道尽头是一个插满了玫瑰花的浴缸，玫瑰花间缠绕着无数森森白骨，浴缸里面是血红色的水，泡着一具穿着已经腐烂的华服的骨架。

除此之外，浴缸后面有一扇生锈的铁门，上面印着很多个手掌印，仿佛是有人在死之前大力地想要推门逃走却被困死在了里面一样。

陈毅指着这幅诡异的场景欲哭无泪地向靳岑和严亦疏诉苦。

“这里好像出不去，咋办啊！”

严亦疏看着腿已经软了的陈毅，叹了口气。

他拍了拍陈毅的肩膀，把手里的那个驱鬼令还给了他。

“别怕啊，我们是社会主义的接班人，要坚信唯物主义，懂吗？”

陈毅拿着那个小小的牌子，看着身上散发着一股可靠气质的严亦疏，重重地点了点头。

靳岑没眼看地转过头去，打量了一下这个环境。

他直接走到那个泡在浴缸里的骨架旁边，蹙着眉头拎起骨架胸腔里的一团黑色棉絮一样的东西，从里面掏出了一个钥匙。

那个棉絮的手感有些恶心，靳岑也不愿意这玩意儿在手上多停留一秒钟，直接往旁边一甩，啪叽黏在了陈毅的手臂上。

“啊！什么东西！”

陈毅捂着手臂惊声尖叫跳了起来。

目睹了全过程的严亦疏和祁杨目光复杂地看着陈毅，这场景比浴缸里的骨头可来得有冲击力多了。

靳岑拿着钥匙过去把那扇铁门打开，咔嚓一声，门锁转动，门缓缓开启。

就在门打开的那一瞬间，通道内的光一下子全都灭掉了。

大家陷入了一片黑暗的房间里，一时间没有人讲话，就连呼吸声都是微弱的。

严亦疏见多了鬼屋里这样营造气氛，心里一点没有惊慌，默默等待着下一关卡的场景出现。陈毅却受不了这种漆黑的环境，四处摸索着想要得到一点依靠，他抓到靳岑的手臂，还没来得及确认抓住的人是谁，就被靳岑大力地甩开了。

靳岑的声音像是咬牙切齿着说出来的。

“陈毅，别瞎摸。”

陈毅有一秒的委屈，他只好答应道：“好吧，老大。”

说完以后，他还是觉得不安心，过了几秒，又忍不住问。

“小严老师，我可以抓着你的手吗？”

严亦疏突然被问，愣了一下。在他还没思考出结果的时候，旁边有人已经代替他给出了答案。

还是靳岑的声音。

这次他的声音更加阴沉，语气更加恐怖。

“你是幼儿吗？要牵妈妈的手过马路？”

“再矫情，留下来在这浴缸里泡澡吧。”

陈毅在黑暗里一脸蒙。

他被骂得有点眩晕，心里不解地想为啥自己牵老大要被老大骂，牵小严老师还要被老大骂？

他在心里偷偷想不会是老大其实也害怕，所以在虚张声势吧？

陈毅晕乎乎地看着前方，灯闪烁了几下，诡异的背景音乐戛然而止，房间里的灯突然亮起，一群姿态各异的穿着中世纪华服的鬼站在铁门开启的通道里面，和他们面面相觑。

两方都没有动。

陈毅吓得心都提到了嗓子眼，生怕那群鬼冲过来，甚至都做好了大打出手的准备。

就在气氛紧张的一刻，陈毅听到了旁边小严老师淡定的声音。

那个穿着宽松校服外套和裤子，戴着黑框眼镜的男生扶了扶自己的眼镜，对鬼们露出了一个亲切友好的笑容，和他们打了个招呼。

“嗨。”

一趟四十分钟的鬼屋之旅，历经多个关卡，四人终于走到了尽头。

进去的时候陈毅信心满满，出去的时候蔫头巴脑，整个人骨头都没了，像一条蛇一样攀在祁杨的肩上。

他提起力气，看了一眼不知道什么时候走到最前面的严亦疏，心里满是羞愧。

在他看来本应该被保护的小严老师居然在这趟鬼屋之旅中摇身一变，成了那个最淡定的人，一路闲庭信步，时不时还和扮演鬼的人员来些互动，陈毅看得目瞪口呆。

鬼屋尽头是一扇白色的门，门上面有绿色的紧急出口标识，陈毅哆哆嗦嗦地伸出手，想要率先逃离这个地方，他推开门，刚想提起点力气往前走，又被吓了一跳。

推门而入，映入眼帘的是一个供奉着很多人头的灵堂，上面密密匝匝地摆着牌位，看起来非常瘆人。

严亦疏看着吓得要撅过去了的陈毅，叹了口气。

“下次别带他来了。”严亦疏同情地说道，“这鬼屋布置得还挺用心的，最后还要再吓一吓人。”

祁杨之前自己来过欢乐谷的鬼屋，但没有和陈毅一起来过，不然这次怎么可能同意陈毅来鬼屋的提议。在场的其他三个人，最后要扶着陈毅的不还是他吗？祁杨嫌弃地把陈毅拉起来，拖着往外走。

这一次从出口出去，就真的是结束了。

工作人员收回他们的驱鬼令，并且询问他们要不要拍合照。

“来一张吧，纪念一下。”工作人员劝说道，“看你们几位都挺大胆的，特别是这个小哥，一点事都没有。”

他们在监控室里看的时候，都被严亦疏全程淡定的姿态折服了。看见过在鬼屋里不害怕的，但是这种喜欢和鬼互动的可不多。

四个人谁也不差钱，最后也就站在一起，来了一张非常标准的旅客纪念照。

照片洗出来，夹在欢乐谷的专用相册里，人手一份，全都塞在了严亦疏的大包里。

陈毅走出鬼屋，看着外面明亮开阔的世界，深深吸了一口气，语气欣慰又幸福。

他非常诚挚地感叹道："我希望世界永远不要出现丧尸。"

祁杨在旁边冷笑一声："是啊，不然到时候你都分不清自己是被丧尸咬死的，还是被吓死的。"

严亦疏推了推眼镜："听工作人员说下一次是末日丧尸的主题，我打算再来一次。"

陈毅吞了下口水，目光敬仰地看向小严老师，只觉得那个平常看起来瘦弱的身板此刻有万丈高。

靳岑看着陈毅一脸钦佩的表情，莫名有些不爽。

他拇指按了按中指的指节，啪一声脆响。

"老大，你怎么了？"祁杨最会察言观色，立刻看出来靳岑好像有点心情不好。

靳岑看了眼游乐园小卖部的方向，说："买水。"

于是一行人往小卖部走去。

走到半途，陈毅突然捂住了肚子，"不行！我有点肚子疼！"

他急得直跺脚，问道："你们有没有纸巾？"

祁杨和靳岑都没带包，口袋里自然也不会有纸巾，只有严亦疏在包里翻了翻，翻出了一包纸巾。

陈毅拿着纸巾几乎是脚下带风一样跑去了厕所，祁杨啧了一声，正要跟着靳岑和严亦疏往小卖部走，摸了摸口袋发现陈毅的手机还在他这里。

他无语地叹了口气，只好跟上去，免得等下陈毅联系不到人。

这下去小卖部的队伍只剩下靳岑和严亦疏了。

"我去买水，你喝什么？"严亦疏看了眼小卖部，"或者你还要买点什么？"

靳岑目光复杂地看了严亦疏几秒，说道："口香糖，还有可乐。"

严亦疏逛完鬼屋心情很好，没有察觉到靳岑那复杂的目光，他点了点头，朝靳岑挥挥手，自己往小卖部走去。

男生背着一个黑色的耐克运动书包，肩带调得很短，两根带子在手臂旁不停晃悠，看起来土土的，就这样看，怎么都想不到他内里是一个那样的人。

严亦疏能观察出他在想些什么，这不奇怪。

但是严亦疏下意识体贴的做法，让靳岑看到了他以往为人处世的一角。

靳岑不禁想象，严亦疏在川城的时候，那样一张脸，又有高智商和高情商，多半是混得风生水起的。

他心里莫名有些犯痒。

靳岑远远看到严亦疏在往这边走。

男生手里拎了一个欢乐谷园区特制的塑料袋，上面是欢乐谷的吉祥物，随着男生的步伐一晃一晃的。

此时将近十一点，日头正好，阳光洒下来，把他照得浑身在发光。

从严亦疏的视角看过去，靳岑也是这样。

有些人，就算是站在垃圾桶旁边，也显得清冷孤傲，那个穿着北城一中校服外套的男生挽起袖子，露出线条利落充满力量感的手臂，身条极好，肩宽腿长，校服裤也是刚刚好，不会太紧太松，硬生生给他穿出了一种品牌运动裤的高级感。

男生的侧脸十分优越，鼻梁高挺，唇峰处有个小小的唇珠，看起来薄情又性感。

严亦疏看着靳岑慵懒地一只手揣着兜，往自己这边不紧不慢地走过来。

两个人在道路中途的长椅处相遇。

两人对视一眼，又故作淡定地恢复了刚刚的神色。

严亦疏从袋子里拿出一罐冰可乐放到靳岑的身旁，又拿了一盒薄荷味的口香糖放过去。

咔嚓。

是靳岑单手拉开可乐易拉罐拉环的声音。

气泡滋滋地往外冒，在阳光下泛着些金色的磷光。

“等下去玩什么？”严亦疏没话找话道。

靳岑低头呷了一口可乐，冰凉的液体入口，滚入胃里，消散了几分燥意。

“看他们。”靳岑回复。

严亦疏“嗯”了一声，自己也把可乐打开，端着喝了几口。

他看着热闹非常的游乐园，笑道：“其实我没怎么来过这种大的游乐园。”

靳岑看向严亦疏，眼神平静。

严亦疏想起自己在川城的时候。

他有些怀念地说：“在川城的时候，我们每次秋游都会一起出去玩。五六个人去烧烤、旅游，反而是这种常去的地方我们没怎么去过。”

他看了眼靳岑，调侃道：“你们这么乖吗，秋游都不逃跑？”

靳岑盯着严亦疏，回答：“因为你在。”

他看着严亦疏，用眼神表达他的言下之意——因为你在，我们没跑。

他赶紧干咳了一声，左顾右盼地看陈毅和祁杨的身影。

靳岑捏了捏可乐的罐子，一阵咔嚓的脆响。

严亦疏的耳边传来靳岑的声音，语气带了些调侃。

“我们寒假去日本玩，你可以和我们一起。”

严亦疏愣了一下，眨了眨眼睛。

靳岑把可乐放在长凳上，伸了个懒腰。

他拖长了声调，意有所指地对严亦疏说：“免得我妈又说没在北城照顾好你，让你想家了。”

严亦疏感觉自己的耳朵有些热。

偏偏靳岑还在不紧不慢地追问：“小严老师，来吗？嗯？”

严亦疏赶紧拿着可乐站起来。他心里暗骂自己，太久没有出去活动了，居然被靳岑搞得这样坐立不安，简直是大失水准。

严亦疏深呼吸一口气，强撑起自己的架子，用尽量淡定的语气对靳岑回答。

“行啊，岑哥要我来，我肯定来。”

靳岑支着下巴，看着那个戴着黑框眼镜，留着傻傻的刘海，脸上却露出一副玩味表情的男生，点了点头。

“那我很期待。”靳岑语气悠悠。

严亦疏也露出一个非常自然的笑容，对靳岑说道：“我也是。”

阳光漏过树叶，在长凳上洒下细碎的光斑。

陈毅和祁杨从厕所往这边走，远远看见那一坐一立的两个男生。

在这个场景里，格外和谐，又好看。

15

秋游日，北城欢乐谷，天气晴。

下午四点，离集合时间还有半个小时，“北一 F4”已经坐在了游乐园门口的甜品店里。

经历过大摆锤、垂直过山车、连环过山车等高刺激项目的洗礼后，除了靳岑以外的三个人都有些发虚，靠在椅子上喝着甜品店里的天价饮料，气氛很安静。

十一月过了一半，天气愈发冷了，严亦疏缩在校服外套里，回许青的微信。

青青草原：疏疏宝贝我来陪你过生日吧？

青青草原：我已经看起十二月八号飞北城的票了，感动吗？

严亦疏下意识皱了皱眉，快速地敲着手机屏幕，回复。

SHU：别来。

SHU：算我求你。

十二月九号是严亦疏的生日，作为一个生在冬日的射手座，严亦疏以前在川城每一年生日活动都非常丰富，几乎都是狂欢个两天。

但许青怎么会有飞来北城给他过生日这么恐怖的想法？严亦疏总觉得这件事味道怪怪的，毕竟许青可是连护肤水都要偷他的用的人。

青青草原：切。

青青草原：还不让我来。

青青草原：难道你在北城瞎搞不想让我看见？

严亦疏无语。

在北城瞎搞？在北城参加《变形计》还差不多。

他回想了一下这几个月在北城的日子，发现自己大概属于被改造成功的那一类，他这一期的节目标题都取好了——“浪荡少年苦海回头，奋发向上成为年级第一”。

再加上他的脸，收视率应该不错。

和许青聊了几句，那边虽然没有再提起生日的时候飞过来看他的茬，但是以严亦疏对许青的了解，这个人多半没有打消这个念头，他只能在心里把这件事记下，免得到时候许青突然过来，他没有准备。

陈毅和祁杨在一旁玩游戏，靳岑在玩手机。

男生跷着腿，低着头认真地看着屏幕，睫毛垂在眼睑处，嘴唇抿成一条直线，看起来颇有几分拒人千里之外的冷漠。

在玩啥呢？

严亦疏装作起身上厕所的样子，往那边瞄了一眼。

靳岑的屏幕上居然是斗地主的游戏界面。

严亦疏有点尴尬，又坐回去，拿起那杯甜得发齁的猕猴桃汁喝了两口，咂咂嘴，感觉自己好像生吞了两口糖浆。

自从那次靳岑和他斗地主输得破产了好几次以后，靳岑就开始练起了斗地主，现在牌技和他可谓是平分秋色，时不时还能赢他几把。

但这人好胜心怎么没有体现在学习上呢?

严亦疏想到自己这次月考又拿了第一，感觉有点“压力山大”。

本来他这次月考是放了水的，没想到靳岑比他更狠，两科文科直接就随便考了，丝毫不顾虑自己的成绩。

时间很快就到了四点半。

此刻游乐园里的光线已经昏暗了起来，夕阳烧得烂漫瑰丽，把远处的天都映得通红。

穿着北城一中校服的学生们三三两两地往大门口走去，有不少头上戴着游乐园里卖的恶魔犄角或者爱心发箍，手上抱着买来的纪念品。

这种充满了青春气息的场景里，混入了四个两手空空的人。

严亦疏背上的运动包里已经空了，只放着在鬼屋拍的照片，带来的零食也已经吃得一干二净。他们什么纪念品都没买，甚至陈毅已经有点哈欠连天，想要赶紧回去睡觉了。

严亦疏手机震动了一下，是徐易平发来了消息。

难平：疏哥，你们回学校了吗?

难平：今天晚上去打台球吧。

严亦疏看见消息，迟疑了两秒，回复了一个“好”过去。

他已经有很久没有打过台球了。

看今天陈毅他们这个样子，应该不会再出去活动了吧?

如他所料，上了大巴车以后，陈毅倒头就睡了过去，祁杨也打起了盹儿。

靳岑倒是精神，他们对视一眼，发现彼此都没有困意，就一起打了几把排位。

大巴车走走停停，严亦疏打得有些晕。

一盘结束，他按灭手机，把头靠在椅背上，打了个长长的哈欠。

“累了?”靳岑见他不玩了，也把手机收起来，声音平淡地问道。

“有点。”严亦疏揉了揉眼睛，语气慵懒，“回去好好休息。”

“嗯。”靳岑阖上眼，简单地回应。

倦意像潮水一样席卷了整车的人，玩了一天的年轻人此刻难免疲惫，纷纷睡了过去。

严亦疏本来只想闭着眼睛休息一下，一不小心也陷入梦境。

等他再睁开眼，车已经停在了学校门口。

此时北城的天已经完全黑了。

“小严老师，再见！”陈毅睡眼惺忪地和他挥手告别。

严亦疏背着包，和他们点头告别，回学校骑上自己的单车，赶回家里。

换了身行头，匆匆弄了个发型，严亦疏变身北城这个大都市里一名帅气的潮流小子，打车去到徐易平说的台球馆。

严亦疏穿了一件黑色的卫衣，外面是军绿色的工装外套，一条水洗破洞牛仔裤，蹬了一双椰子鞋。他的一双腿又细又直，在川城的时候不知道惹多少小姑娘羡慕嫉妒。

台球馆在商业大厦里，旁边还有一家桌游店，连在一起。

坐电梯上去的时候，严亦疏看了眼镜子里的自己。

梳成三七分的黑色短发，顺刘海因为没时间打理，细碎地垂在脸颊旁。严亦疏伸出手拨了拨自己的刘海，镜子里可以看见他的尾指上戴了个银质的戒指，中间有个圆形的缺口。

严亦疏给自己这赶工出来的造型打了个不上不下的七分。

推开台球馆的门，里面还算宽阔，装修是公路风，墙壁的架子上还挂着单车。

徐易平占了个落地窗旁边的台子，见他过来，和他招手。

“疏哥，这里！”

这种台球馆不像川城那种学校旁边的地下室里乱糟糟的，这里面的人有年轻学生，有来团建的上班族，一片和谐。

严亦疏走过去，接过徐易平递过来的球杆，随手开了一球。

许久没玩，严亦疏有些手生，但是这一杆还是撞了两个球入袋。

他斜靠在台球桌旁，拿起涩粉块抹了抹，弯下腰继续打。

男生的手不算太大，但是五指纤长，骨节分明，皮肤白皙，握着球杆的时候，在灯光的照耀下有一种冷淡的感觉。

严亦疏以前常玩，肌肉记忆还在，姿势是标准的，而且还有属于他自己的个人习惯，给人的视觉感受就和旁边那些偶尔过来放松一下的上班族不一样。

随着一个接一个的球入袋，旁边桌的女生群里响起了小小的惊呼声。

那些本来想趁着这个团建机会大展身手吸引一下妹子的男同胞，脸都黑了一半。

他们有一些是体态不好，年纪轻轻发福严重，看起来很油腻；有一些经常去健身房，穿着紧身的衬衫，撑出那明显的胸肌和肱二头肌。但是无论是哪一种，对于这些女性来说，都没有那个落地窗的台球桌旁的男生更有吸引力。

独属于这个年纪男生的少年气和严亦疏身上那特殊的成熟气息混杂在一起，遥遥看过去，就让人有一种想要探究的神秘感。

更何况，那个看起来十分厉害的男生还长着一张精致俊秀的脸。

这对于哪一个年龄段的女人来说，都有着非常致命的吸引力。

严亦疏连进了五六个球，最后断在了一个角度刁钻的边角位球上。

他也没什么不爽，直起腰，把球杆递回给徐易平。

徐易平苦恼地看了眼台球桌，发现哪颗球都不太好打。

徐易平叹了口气，一边绕着桌子走，一边和严亦疏抱怨："今天我是出来陪你，不然就和他们一起去别的场子了。"

严亦疏抬眼看了一下周围，他有些不爽，不禁怀念起川城的地下台球厅——至少不会入几个球就被人像观赏珍稀动物一样围着看。

他往嘴里扔了一粒柠檬糖，酸涩的味道立刻弥漫开来，侵占了整个口腔。

他含着糖，还没等外面那层糖衣化开，徐易平就走了过来。

"怎么了？"

严亦疏被酸得有点口齿不清地问道。

徐易平拿着手机对着他，指了指屏幕。

"宋郁说想见你，就是和我一起玩《王者荣耀》的那个。"

严亦疏眯了眯眼，想从自己的脑袋里搜罗出一点印象。

"不见。"

他果断拒绝。

说着，他又危险地看着徐易平，问道："你没把我的名字告诉他吧？"

徐易平赶紧摇头。

"没有没有，他只知道你的游戏 ID，还知道你是我朋友。"

"嗯。"

严亦疏努力地把这颗糖吃了一半，最后还是受不住这个酸味，把糖吐掉了。

徐易平又在手机上敲敲打打，过了几秒抬起头，语气急促。

“唉！金一楠他们打起来了！”

“金一楠？”

严亦疏总感觉这个名字在哪里听过。

徐易平比画着解释：“是我们实中和凌旭阳那一群人玩在一起的，算了，凌旭阳你也不知道，反正就是和靳岑他们不对付的那群人，我们实中的少爷团。”

严亦疏听到靳岑的名字，下意识地蹙起眉，终于从脑海里搜刮出一点对于这个人的印象——好像陈毅骂过他，说什么骚扰他妹妹之类。

“他们是被打的，还是打人的？”严亦疏插着手，慢条斯理地问道。

徐易平一脸八卦的兴奋，在群里疯狂搜罗消息。

“好像是被打的！”

“就在这附近诶！”

“被打你还这么兴奋？”

徐易平语气十分斗志昂扬：“当然了，这样子我就可以挤掉金一楠上位了啊。走！疏哥！我们赶紧去落井下石！”

“落井下石？”

徐易平摩拳擦掌：“是啊，我到时候出去先是解救这个胖子，然后把他的惨状记录下来，看他以后在我面前怎么抬头！”

“走走走！”

徐易平兴奋地结完账，拉着严亦疏就往金一楠发的定位走。

夜色下的北城繁华多情。

严亦疏不知道为什么，自己就被徐易平拉着参与进了北城实验中学的恩怨情仇里，明明他连一中的都没有参与过。

金一楠在群里发的定位是商厦旁边的一家水吧，据说这胖子今天脱离他的小团体一个人出门，结果刚好被逮到了。总之，大概是作恶多端，惨遭报应。

水吧的后街没几盏路灯，非常寂静，黝黑的路口处一排共享单车倒在地上，残破不堪。

徐易平和严亦疏走到后街拐角的路口，往前看过去，隐隐约约听到里面有一声惨叫。

金一楠的定位就是这里了。

“要不然怎么说科技改变生活呢？”徐易平啧啧感叹，“以前我们打架哪里来得及喊人啊，现在一个共享位置发出去多方便，比报警还管用。”

“行了，你快点去吧。”严亦疏无语地摆了摆手。

“不行喊一声，我进去帮你。”

“放心，我以谈判为主，谁要帮他打架啊。”徐易平非常自信地往里面走。

严亦疏不知道里面是个什么情况，跟着徐易平往前走了几步，能够隐约看到前面的场景。

那种血腥的暴力斗殴画面并没有出现，好像就是两个人站着，一个人坐在地上，被绑了起来。

那两个站着的人手上也没有拿刀或者什么攻击性武器，看起来挺平和的。

甚至还有点眼熟。

严亦疏皱眉，心头一跳。

那个正在弯腰说什么的人怎么长得那么像陈毅？

不会吧？

联想到陈毅说过的要弄金一楠的话，严亦疏心里对那个与陈毅有七八分相似的侧影更加确认了。

这也太赶趟了。

“徐易平！等等！”

严亦疏喊住往前走的男生。

“疏哥，咋了？放心，我看这前面挺安全的，好像是已经打完了。”

严亦疏看了眼巷口，静悄悄的，没有人。

“我先走了，你等下不要说我今天和你在一起。那个堵人的是我化学竞赛班的同学，我怕他认出我。”

“这么巧？”徐易平瞪大了眼睛，“这种打架堵人的还能进化学竞赛班？”

严亦疏无语地看他一眼。

“行了，记住了啊，我先走了。”

“那好，疏哥拜拜，等我搞完了再约你。”徐易平和他挥手道别。

严亦疏怕陈毅看过来，赶紧转身往巷子外面走。

走了没几步路，他又忍不住回头看了一眼。

那里绰约看见的模糊场景里，好像只有三个人。

靳岑呢？

严亦疏眯起眼，仔细地辨认着。

走过去的是徐易平，弯腰训人的是陈毅，直着腰的应该是祁杨……

唯独不见那两个人的老大。

难道这是陈毅和祁杨的私自行动？严亦疏在心里狐疑地想道。

就在他准备再次转身的时候，身后突然传来踩到落叶的咔嚓声。

有人。

严亦疏下意识地直起背，攥紧拳头，随时准备转身打架。

就在他呼吸凝滞的几秒钟，一顶帽子扣在了他的头上。

光被挡住了几分，视线一片昏暗。

严亦疏闻到了那股熟悉的，冷淡苦涩的木香味。

他有点僵硬地转过身，看见了靳岑的脸。

男生穿着黑色的夹克，冲锋裤，马丁靴。看起来身姿挺拔利落，在昏暗的路灯下，像沉默隽永的影子，身上带着锋利寒冷的气息。

靳岑的脸被灯光分割成了明暗两边，在唇峰处留下界限，显得英俊又神秘。

男生手里拿着一罐打开的可乐，气泡正滋滋地往外冒。

他低头，漫不经心地看了严亦疏一眼。

语气轻佻。

“小严老师，真巧啊。”

夜色浓重，气氛幽静。闻着那浅淡的木香，严亦疏感觉自己的心跳都停了一拍。

严亦疏下意识地摸了摸被扣在自己脑袋上的帽子，眼神闪躲地看着靳岑，回复道。

“还行啊岑哥，一般巧，一般巧。”

他捏着帽檐，紧张地摩挲了几下，让自己恢复平静。他心上有些不解，靳岑干吗一过来就给他扣一顶帽子？

靳岑睨了他一眼，好像是看出了他的想法，一只手拿着可乐，另一只手指了指巷子里面。

男生语气调侃地说道：“小严老师，我怕你被发现，给你做个伪装。”

严亦疏想到那边还有祁杨和陈毅，不禁把帽子压得更低了些。

“那岑哥，我就不打扰你们办事了……”严亦疏把声音放得很低，害怕引起巷子里面的人的注意。

靳岑闲闲地“嗯”了一声。

他朝里面看了看，又问道：“刚进去的那个是你朋友？”

语调平平，听不出太多询问的意味，倒有一种“如果不是你朋友，就一起揍了”的潜藏语境在里面。

“对，我朋友，你们可别算上他啊。”严亦疏赶紧给徐易平解释，“这小子过去落井下石的。”

靳岑听到这话，嘴角带上了些不明显的笑意。

他用打量的眼神上上下下把严亦疏看了几遍，才漫不经心地说道：“我们可是好学生，又不是黑社会。”

“你知道我们今天来找金一楠干什么吗？”

靳岑把最后一口可乐喝完，伸手一抛，易拉罐以一个优美的弧度落入了不远处的垃圾车里。

严亦疏腹诽，找金一楠能干什么，揍人呗，还真当自己是什么善类吗？

严亦疏听见靳岑涔着寒意的声音，说出口的两个字干脆又有力度，掷地有声。

“劝学。”

劝学？

严亦疏愣了愣。

这俩字从靳岑的嘴里说出来，威力堪比鬼故事。

想到陈毅和他说过靳岑小时候的故事，严亦疏大概能想到这个劝学是个怎么劝法。如果不是陈毅和祁杨在，他都有点想去见识一下岑哥的风采。

严亦疏看着靳岑，不禁脑补了几秒靳岑教育人的拽样，啧，看不到还有点可惜。

“那也不打扰你们劝学了，岑哥，行动顺利。”

严亦疏语气可惜地和靳岑再见，说完依依不舍地往外面走，走了一段距离，才想起来这帽子还没有还给靳岑。

他回头往刚刚站的方向看，靳岑已经背对他走远了，只能看见一个模糊又绰约的背影。

那人好像是插着兜，走路的时候背挺得很直，但是让人感觉就是没有平时正经。好像是在夜色里巡视领地的猎豹，浑身都散发着一股懒散但是危险的味道。

严亦疏回头这刹那，都忍不住在心里咂摸了一下这巷口的风景，就这破烂简陋的环境，因为靳岑的气场，变得像是在拍电影一般和谐又高级。

严亦疏把帽子从脑袋上摘下来，是一顶纯黑的鸭舌帽，帽檐上串了三个环。

岑哥也会搞些明星同款啊？

严亦疏在心里啧了一声，又把帽子戴上。

他走出巷子，打车去了徐易平家，发了微信给徐易平，开了把游戏等他过来。

等待的时间并不算太长，徐易平很快就带着夜色的凉意回了家。

他看起来神色非常奇怪，有点茫然，又有些钦佩，脚步发软地走到严亦疏旁边坐下。

严亦疏戴着帽子，一只手在操作鼠标，另一只手撑着下颌，见他过来，稍微侧过脸看向他，问道："怎么，落井下石成功了吗？"

徐易平像是整个人都被重新洗礼了一番，他神志恍惚地点了点头，又摇了摇头，居然都没有注意到严亦疏突然多了一顶帽子。

严亦疏心下也有些好奇靳岑他们会对这个金一楠怎么"劝学"，他装作不在意地随口问道："什么情况？"

这话问出口，徐易平足足沉默了三秒。

他才凝重地开口："靳岑太可怕了。"

严亦疏眨了眨眼，握着鼠标的手一僵。

徐易平用不可置信的语气说道："为什么会有人堵人不是为了打架？而是让人背书？"

徐易平的脑海里闪过刚刚看见的那一幕。

巷子深处，金一楠穿着他的耐克卫衣，OW 名牌裤子和一双 AJ 球鞋，被五花大绑地捆成一个粽子，只能跪在地上，身上沾满了灰，看起来是蛮凄惨的。

但是徐易平肉眼看过去，基本上看不见金一楠身上有任何伤痕。

而那两个站在金一楠面前的男生，也没有动刀动棍棒，站在前面的那个男生手上居然拿了一本高中语文书。

徐易平过去的时候，金一楠正在背《离骚》，一句"长太息以掩涕兮，哀民生之多艰"磕磕绊绊背了半天都背不顺溜，那张肥肉纵横的脸上全是绝望。

徐易平本来要交涉的话全部都被噎在了嘴里。

这和他想象的不一样啊?

后面发生的事情就更加吊诡了。

没过多久，那个他传闻中听过很多次的靳岑就来了。

和传闻里的高岭之花、傲气凌人的优等生做派不同，靳岑走过来的时候，看起来更像是那种一个人能干掉一群人的老大，如果在他手臂上左边文一条青龙右边文一条白虎估计都不会显得奇怪拙劣。

偏偏这样一个人，走过来以后，悠悠开口问出的第一句话是：

“语文考完了吗？”

徐易平听得满脑子问号。

那个拿着语文书的男生则回头，一脸鄙夷地回复：“考完了，零分。”

啊?

徐易平看了一眼恨不得引颈自刎的金一楠，又看了眼那个传说中的靳岑，感觉自己好像来到了什么异世界。

靳岑靠着墙，语气冷淡地吩咐：“那别考了，直接带回去。”

“我去和金叔叔说，这个周末金一楠和我们一起学习。”

金一楠听得浑身发抖，用自己仅有的那点力气怒吼：“靳岑！你这是剥夺我人身自由！”

靳岑不急不缓地直起身子。

“今天在这里偶遇了你，金叔叔大概不会想知道这件事情吧？”

“嗯？”

金一楠那小眼睛滴溜滴溜转。

“期中考语文考了一百二十分，刚才问你的语文题都是卷子上的，结果你一道都答不出来——这种事情，金叔叔大概也不会想知道吧？”

靳岑叹了口气。

“没打你没骂你，就捆了你一下，身上的灰还是你自己扑腾的。”

“一楠，我们都是一个大院里长大的。”他走近了些，弯下腰，对金一楠笑了笑，“劝你好好学习，是为了你好啊。”

回忆到这里，连徐易平都忍不住有些牙疼。

他浑身一个激灵，对严亦疏感叹道：“这也太绝了，我宁愿被揍一顿！”

严亦疏默默地把帽子再压低了一些。

徐易平摇了摇头，试图让自己从这段可怕的回忆中脱离出来。

他抱着手臂，语气里还带着后怕。

“那个靳岑还让我做个见证！说什么以免金一楠回去以后胡说八道。唉，我真恨自己跑去多管闲事。”

严亦疏不知道说什么，他伸出手，拍了拍徐易平的背，面露同情。

徐易平自顾自在那抖了半天，才缓过劲来。

他回过头，想问一下严亦疏靳岑在学校里的事情，突然发现自己朋友的头上多了顶帽子。

他疑惑地问道：“疏哥，你这帽子哪里来的，刚刚你还去买了顶帽子吗？”

严亦疏干咳了一声，把帽子从脑袋上摘下来，放到一边。

他面色自然地解释道：“有人掉的。”

徐易平哦了一声，转过头去。

严亦疏看了眼帽子，在心里烦躁地直骂人。

靳岑这帽子怎么拿回来了啊？

真是惹祸精！

徐易平又转过来，朝他期待地眨巴眨巴眼睛。

“疏哥……这帽子还挺好看，给我戴下试试？”

严亦疏沉默了。

他默默地把帽子递过去，看见徐易平把帽子戴上，在漆黑的电脑显示屏上打量自己。

“疏哥，看我戴这个怎么样？帅吗？”

帅是挺帅的。

严亦疏在心里叹了口气。

就是这帽子是靳岑的，怕他知道以后把你头砍下来当球踢。

16

金一楠事件在实中的圈子里掀起了轩然大波。

据前线记者兼事件的目击者徐易平发回来的报道，金一楠经过了一个周末，仿佛被塞进了教改所一样，回来以后整个人不仅瘦了，在语文课老师点名背诵古诗词的时候居然都能够流利地背出来。

不仅如此，之后接连一周，金一楠都呈现出了好好学习、天天向上的精神风貌，看得金一楠的班主任连连惊叹，打电话给金家父母夸奖了一番。

金家父母听闻此消息，拎着礼物就去找靳振国和岑谷雨了。

“真的要谢谢你家靳岑啊！”

“没错没错，如果不是小岑肯带我们家那个顽劣的孩子一起学习，我们都不知道怎么办才好！”

就这样，本来是一桩恶行斗殴事件，结果在金家父母恨不得做面锦旗送给靳家的一片欢欣中落下尾声。

改过自新后在学校里夹着尾巴做人的金一楠，也被凌旭阳那群人认为是“叛变”，大家都开始有意无意地疏离这个人。

徐易平，一位来北城不久，扎根不深的预备成员，抓住这次机会成功上位，挤入以凌旭阳为首的核心圈子。

在这个无聊的深秋，这桩八卦一时之间成了不知道多少人的饭后闲谈的话题。

而靳岑和他的小伙伴，也以更加恐怖的“教导主任”面貌出现在了那群少爷的面前。

他们也咬牙切齿，想去告靳岑一状，明明靳岑也不是乖乖的就没出去玩过啊？

可惜靳岑经此一役，在家长圈子里的形象可是有如华佗扁鹊一般，分分钟能把自家小孩的厌学症给治好。

靳岑就像一位占领了道德高地的大反派一样，让人恨得牙痒痒，又无可奈何。

这些事情，陈毅和祁杨自然是不会和严亦疏说的。他们在严亦疏面前，依旧是表现出一副普通高中少年的样子，殊不知严亦疏其实什么都知道。

有徐易平这个大喇叭在这里，严亦疏想不知道都不行。

徐易平也听说了他在学校和靳岑三人一起吃饭的事情，追问了严亦疏许久，最后被严亦疏以“其实不熟”“装装样子”糊弄了过去。

秋天渐渐走到尽头，十二月踏着寒风来了。

北城一中道路两旁的树此刻叶子都掉得差不多了，光秃秃的枝干在校园里显得岑寂又郁郁，学生们裹着学校的大棉袄来往穿梭，下课愿意出去走一走的人少之又少。

虽然会有心思活络的学生在大棉袄里穿自己的衣服，露出一个带着潮牌的帽子，以彰显自己的时尚品位，但是严亦疏肯定只能穿最简单普通的校服，还要想方设法怎么才能更土一点。

他的黑框眼镜万年不变地架在鼻梁上，时间久了，严亦疏都有些怀疑自己那漂亮的鼻梁会被压塌。

而严亦疏的生日也在悄无声息地临近。

这是来北城以后严亦疏过的第一个生日，在北城地界知道的人并不多。

徐易平虽然说张罗着要给严亦疏搞个生日聚会，但是被严亦疏严词拒绝了。十二月临近期末考，还有竞赛班的考试要准备，严亦疏实在是不想惹出什么事情来。

今年的十二月九号刚好是星期六。

星期五早上，雾霾严重。一中里一片白茫茫的世界，走在楼梯间都像是穿梭在云间一样，格外的冷。严亦疏在走廊打了水，冷得瑟瑟发抖，赶紧回到班里坐下。

早读还未开始，班里的同学有些在自习，有些在吃早餐聊天，氛围还比较松散活跃。

吴石磊从门外风风火火地进来，身上裹着学校的大棉袄，手里拎着一个包装得非常少女，和他全身气质格格不入的盒子，在班门口就用眼神打量了一圈，最后锁定在了严亦疏的身上。

严亦疏刚打开保温杯的盖子准备喝水，就被这眼神盯得浑身发毛。

他和吴石磊对视了两秒。

吴石磊作为严亦疏在这个班里唯一的朋友，当然是他自己封的，和严亦疏坐了两个月的同桌，自然也是知道严亦疏生日的。

这也是让严亦疏心里感觉不妙的原因。

他紧张地握住杯子，就看见吴石磊像发射的导弹一样冲了过来，哐啷一声在他的桌子前砸了个响。

这个瘦高个，皮肤黝黑的体育委员对严亦疏露出了一个非常灿烂的笑容，然后用恨不得一层楼都能听到的分贝说——

“严亦疏同学，提前祝你明天生日快乐！”

严亦疏被这一嗓子震得脑袋都木了。

他拿着保温杯的手僵在原地，半晌嗓子里发不出任何声音。

而那个包装得特别粉嫩的盒子也被吴石磊放在了他的桌子上。

吴石磊这一嗓子不知道惊起了多少鸟雀，一时之间班里和严亦疏认识的不认识的同学全都围了过来。

“严亦疏，你明天生日啊？怎么不早点说！”

“哎呀，我都没有准备礼物……”

“严亦疏，你弄不弄生日派对啊？要请我去啊！”

这一嗓子的威力之大，连刚刚上楼的靳岑三人都受到了波及。

听到不远处传来的讨论声，陈毅皱了皱眉。

“啧，是哪个缺心眼说的啊？”

“我们还要给小严老师弄惊喜派对呢！不能和我们的时间冲撞了啊。”他咕哝着。

陈毅作为严亦疏在化学竞赛班带了一整期的徒弟，在这三人里，看起来是对严亦疏最上心的一个，从大半个月前就说起了严亦疏的生日，还说小严老师在北城过得第一个生日一定要弄得有纪念意义。

这几天他们没和严亦疏一起吃饭，就是因为在准备给严亦疏布置生日派对的东西。

说到这个，陈毅难得再次提醒了一下靳岑。

“老大，你千万要记得给小严老师准备礼物啊。”

靳岑是一个不爱形式主义的人，逢年过节或者是生日，他看起来都比较平淡，给陈毅和祁杨的礼物向来都很敷衍，基本就是缺啥买啥，或者直接转账。

靳岑听到陈毅的吩咐，脚步顿了顿。

他轻轻抿了抿嘴，语气带了点烦躁地说道：“知道了。”

陈毅不放心地看了靳岑一眼，在“北一 F4”的群里发了一条消息，告诉严亦疏今天中午一起吃饭。

上午的课一上完，严亦疏立刻被同学们热情的生日祝福轰炸得整个人要晕厥过去了。

下课铃一响，他几乎是落荒而逃。

而这一切的罪魁祸首吴石磊还一副做了好事的模样，看着严亦疏嘻嘻笑，差点把严亦疏气得呕血。

严亦疏难得感觉自己在靳岑三人旁边呼吸到了自由的空气。

因为基地布置了晚上的生日派对，所以“北一 F4”今天是在饭堂吃的饭。

吃饭途中，陈毅自然是提起了今晚去基地的事情。严亦疏本来已经拒绝了徐易平，今晚也没什么安排，再看着陈毅那诚恳的表情，不太忍心拒绝，就答应了下来。

虽然说和陈毅成为师徒是出于靳岑的刻意为之，但是陈毅这人做朋友其实挺不错的。这两个月相处下来，严亦疏其实还挺喜欢和陈毅、祁杨他们相处。

饭吃到一半，陈毅想起来自己还有东西没买，拉着祁杨溜了，饭桌前只剩下了靳岑和严亦疏。

他们坐在饭堂很偏僻的角落里。

“吃完了吗？”靳岑问道。

严亦疏本来胃口就不太好，扒了半天饭，闻言赶紧端着盘子站起来，把饭倒掉。

两个人揣着手在寒风里走了一段路，去了综合楼的废弃教室。这里甚至都没有暖气，学生们愈发不爱往这块来了。

他们翻窗进去，把窗帘拉上，找了个死角位置，靳岑从兜里掏出了自己的糖盒。

“吃吗？”他把糖盒往前递了递。

严亦疏像是终于回到水里的鱼一样，自在地抖了抖身子，呼出了一口长长的浊气。

他点了点头，靳岑便从糖盒里抖了一颗薄荷糖出来，递给了严亦疏。

薄荷糖在舌尖打着旋儿，刺激的薄荷味冲开，让大脑短暂地清醒了几秒。

严亦疏吃糖不喜欢含着一点一点嚼，糖片只在他嘴里停留了一会儿便被咬开吞了下去。

他看着靳岑手里的那个糖盒，突然问道：“你这个糖盒不是自带的吧，是什么牌子的？还挺好看的。”

靳岑撩起眼皮，懒散地看了他一眼。

这个糖盒是旅游地精品店里卖的纪念品，他也不知道国内能不能买得到。

看靳岑这个表情，严亦疏就知道他不知道。

他摆了摆手，随意道：“没事，就是觉得挺酷的，那什么，用这么酷的盒子装薄荷糖，铁汉柔情……”

严亦疏说完自己在心里瘪了下嘴，这说的什么乱七八糟的啊……

靳岑没有接话。

他看了看自己的手中的糖盒，眼神里闪过几分思索。

星期五下午的最后一节课按惯例是班会。

陈毅和靳岑找借口提前溜出去给严亦疏的生日派对做最后的准备。

靳岑其实没怎么参与派对布置，陈毅也不知道他为什么要跟回来。而他只是自顾自地走回了自己的房间。

靳岑房间的桌子上摆了一个非常朴素的盒子，深蓝色，上面有竖条的纹路，是靳岑能找到的最低调的礼物盒了。

打开盒子，里面已经放了些东西。

如果让陈毅来看，一定会无语。因为里面有一本王后雄数学，有一个运动手环，看起来完全不像是送给一个类型的人的礼物。

靳岑看着盒子思索了一会儿。

他先是打开抽屉，从里面拿出了一个小巧的糖盒——是之前被严亦疏捡到用过一段时间的那个。

他看着那个糖盒，脸上闪过几分莫名的纠结神色。

靳岑思索了半天，从角落里搜出来一把瑞士军刀，在糖盒的底部很不熟练地刻了个什么东西，然后把糖盒扔了进去。

糖盒没入其他礼物里，看起来毫不起眼，靳岑看着盒子又沉思了一会儿。

这一次靳岑走到衣柜旁，摸索了半天，拿出一个黑色的鸭舌帽，是那次给严亦疏戴过一次又还回来的帽子，这帽子其实靳岑不怎么戴，他犹豫了一下，也塞了进去。

这次满满当当的盒子终于被盖上了。

靳岑看着那个盒子，心跳居然有些加快，他从小到大还从没这么认真给兄弟准备过礼物，有种不知道能不能交满分答卷的紧张感。

他烦躁地抓了抓头，又在房间里叉着腰转了几圈。

楼下传来陈毅大声打电话的声音：“哎哎，好！到楼下了是吧？”

严亦疏要来了。

靳岑走回桌子前，端起那个盒子，四肢僵硬地往门口移动。

像个关节很久没擦油的机器人一样。

严亦疏按门铃的时候，深呼吸了一口气。

他什么大风大浪没有经历过，此刻却有点恐惧踏进这间来过不知道多少次的屋子。

主要是他真的不知道陈毅能干出什么匪夷所思的事情来，希望靳岑能拉着这人一点。

门在他屏住呼吸的时候被打开了，随着陈毅的脸一起出现的是喷涌而出的各色彩带，在空中飘飘扬扬地落下。陈毅和祁杨一人拿了一个巨大的礼花筒，喷出来的分量有点惊人，有一瞬间，严亦疏感觉自己眼前除了彩带看不到别的东西了。

看着被彩带埋没的严亦疏，陈毅尴尬地咳了一声。

“哎呀，哎呀，好像买大了一点。”

他赶紧伸手去帮严亦疏掸彩带。

靳岑站在最后面，看见彩带落在严亦疏的头上，那个人下意识地皱起眉，又很快松开。

“行了，快进来吧。”靳岑说道。

他看着陈毅还想伸手往严亦疏身上挥，一脚踢过去，把陈毅往前踢得踉跄了几步。

陈毅委屈地转头看向他，靳岑蹙眉沉声道：“人家自己没手啊。”

严亦疏跟着走进去，这才看到客厅此时的样子。

电视旁边的墙壁上挂了“HAPPY BIRTHDAY”字样的金色字母气球，然后到处还黏着那种黑白双色聚会必备的气球，看起来陈毅是想给严亦疏打造一个紧跟潮流的生日派对。

这种派对自然少不了几层的生日蛋糕、香槟，还有成堆的礼物盒。

严亦疏站在客厅里，感觉浑身都不适应极了。

最令人瞩目的是贴在字母气球两边的闪着金光的对联。

一边写着“书山有路勤为径”，一边写着“学海无涯苦作舟”，横批“小严老师辛苦了”。

严亦疏一脸蒙。

与两端明显是买回来的书法体对联不同，那个横批字写得实在是不敢恭维，一看就是陈毅自己写了贴上去的。

知道的是严亦疏在过生日，不知道还以为这里在开谢师宴呢。

靳岑也是此刻才看见陈毅还搞了这玩意儿上去，脸刷一下黑了一半。祁杨在旁边干咳了一声，表示自己没拉住。

陈毅拉着严亦疏去欣赏自己布置的生日派对，生日气球搭配喜庆的对联，以及陈毅精心为严亦疏准备的潮牌美衣和美鞋，严亦疏被陈毅塞了一手礼物，只能听着陈毅“小严老师你底子不差要好好打扮”的劝言，连连点头。

陈毅甚至还摩拳擦掌，想给严亦疏来个生日形象大改造，严亦疏一听，那不是要把他扒一层皮吗？赶紧抱着那堆礼物落荒而逃，步伐巧妙地转到了靳岑那边。

靳岑正靠在礼物台那里思索着什么，见严亦疏过来，看了他一眼，以为他是来要礼物的。

严亦疏抱着陈毅给的十几个礼物袋，看起来像一颗行走的圣诞树。

男生踱步到他旁边，就停下了，还有意无意地往他旁边挤了挤。

这是在暗示什么吗？

靳岑看着陈毅礼物的盛况，再想到自己那一个盒子，心里有点说不出来的焦躁，他目光扫过礼物堆里自己的那份，又看了眼严亦疏，那个伸手去拿礼物的动作迟迟都做不出来。靳岑脑补了一大堆，殊不知严亦疏只是想来他这里避一避陈毅的风头。

靳岑其实一直都记得严亦疏的生日。

他本来就是一个记忆力很好的人，只要有什么东西他上心去记了，那就不会忘记。

但是在他这十几年的人生里面，实在是缺乏送礼物的经验。

从小到大基本上都是别人上赶着送他礼物，他收礼物都懒得收，更别说送。

能想到送严亦疏一个运动手环，已经是他思考的极限了。

谁知道把运动手环放到盒子里，看起来空荡荡的，寒碜得过分。

再看看陈毅和祁杨准备的礼物，一会儿衣服一会儿鞋子，祁杨还搞了个什么电子阅读书，靳岑难得产生了自己应该多给人家送点东西的危机感。

可是他在自己房间里搜刮了半天，也就搜出了几本数学练习册，全部都扔盒子里去了。

严亦疏在他旁边，一件一件地把陈毅的礼物放下来。弯腰的时候眼镜落下去一些，露出了眼睛，睫毛纤长，轻轻颤动着。

靳岑在旁边僵硬地站了半天，最后终于伸手从桌子上把自己的礼物盒捞了过来。

他像夹娃娃机那个机械臂一样，迅速地往下一抓，然后把东西扔给了严亦疏。

严亦疏怀里突然砸过来一个盒子。

他好不容易把陈毅的礼物从自己身上像卸货一样卸下来，又揣了一个新的进怀里。他抬起头，入目是靳岑那张此刻表情略有点凝滞的酷哥脸。

严亦疏居然还从那张脸上看到了一点不寻常的紧张。

靳岑在紧张？

他眨了眨眼。

严亦疏被这个现象弄得惊奇又有一点想笑。

他看了看自己怀里的盒子，又看了眼靳岑，小声调侃道："送我的？"

靳岑听到男生声音里的笑意，居然耳郭都开始发热了，他撇过头去，干咳了一声，点了点头。

严亦疏用只有他和靳岑能听到的声音说道："岑哥，怎么送人东西总喜欢用砸的呢？体育节那次也是，这次也是，不怕把我砸死啊？"

严亦疏还戴着那副黑框眼镜，留着傻傻的顺刘海，背对着陈毅和祁杨，却趁着靳岑这一秒的紧张，露出了自己以往张牙舞爪的嚣张气息来。

他看着靳岑的耳朵渐渐染上红色，得意地在心里直哼哼。

啧，还是不禁逗。

这样想着，严亦疏就想把礼物盒打开。

靳岑的余光一直瞄着严亦疏的动作，看见严亦疏的手在开盒子，赶紧低声喝止。

"回去再看。"

严亦疏的动作停顿在半路。

他低着头，看着盒子，忍不住扑哧一声笑了出来。

"行，听岑哥的。"

他抬起头，因为手上有靳岑的把柄，便肆无忌惮地用眼神把靳岑的脸扫了一遍，看得靳岑在他面前待不住了，烦躁地抓了抓头，啧了一声走开了。

靳岑急匆匆地开了阳台门出去，隐约看见手上好像亮起了一点银光。

八点钟，陈毅打开了电视的家庭 KTV 模式，准备为严亦疏献唱一首。

祁杨立刻面无表情地用纸巾塞住耳朵。

“老师啊老师！你像我兄长诶诶诶——”

“老师啊老师！像老朋友一样——”

严亦疏刚刚还在调侃靳岑，立刻就被这魔音贯耳的歌声洗涤了灵魂。

他看了眼祁杨，祁杨耳朵里堵着纸巾，向他微笑了一下，还举起香槟向他遥空敬了敬酒。

严亦疏在“老师啊老师——你是我学习的榜样”的哄叫中向祁杨勉强地点头致意，歌曲一结束，他就小跑去了阳台，把玻璃门关上。

客厅里面陈毅唱嗨了，现在在对祁杨唱“兄弟抱一抱”，两个人无暇看这边的情况。

靳岑装得有点烦了，他看了看出来透气的严亦疏，靠着阳台的栏杆问道：“你什么时候告诉他们？”

严亦疏叹了口气：“不知道，顺其自然吧。”

话音落下，阳台处一阵风吹过来，把客厅里传来的喧闹声又吹远了一些。

两个人一时之间谁也没说话。

靳岑用拇指按了按自己的食指指节，突然说道：“生日快乐。”

靳岑的声音在夜色里像是松枝上落下的雪，有木头陈年的稳重，也有雪的岑冷，尾音向下，摩挲过严亦疏的耳膜，好像又带着微不可闻的温柔。

严亦疏心里有一根弦被轻轻撩了一下。

他看向靳岑。

靳岑穿着黑色高领毛衣，身材利落挺拔，手臂搭在栏杆上，气质极好。

严亦疏情不自禁地问道：“你是几月份生日？”

“八月。”靳岑回答道。

严亦疏在心里算了算，比自己小了快一年啊。

“听说学校要改革，下学期就分文理了。”靳岑顿了顿，说道。

“你选理？”严亦疏挑眉。

“嗯。”靳岑毫不犹豫地点了点头。

严亦疏笑了一下。

“那我们下个学期可能就同班了。”

这句话说出来，在他心里轻轻敲了一下。一种名为期待的情绪不自觉地升腾起来。

就在气氛中弥漫着说不清的小尴尬的时候，严亦疏兜里的手机疯狂震动了起来。

他皱了皱眉，把手机掏出来，发现是许青给他打电话。

不久前许青对他说的话浮现在脑海里，严亦疏心上那点期待立刻化为乌有，全部都被不好的预感所替代。

他硬着头皮接通了许青的电话。

电话那边是许青捏着嗓子细细的声音。

“疏宝贝，你猜猜我在哪？”

严亦疏想把手机给扔到楼下去。

没等严亦疏回答，那边许青就已经自己给出了答案。

“我在你家门口哦。”

“徐易平告诉我你家地址了，我机都没让你接，直接自己过来了，我的寿星宝贝感不感动啊？”

寿星宝贝想把自己和手机一起从楼上扔下去。

严亦疏脸色铁青，对着手机咬牙切齿。

“许青你给我在门口待着别乱跑，我现在就回来。”

靳岑被严亦疏倏忽变化的脸色弄得有点怔神。

“怎么了？”他沉声问道。

严亦疏从牙缝里龇出一口凉气。

“我有个川城的朋友过来了，我要去安排一下他。”

靳岑看严亦疏的表情，大概能想到发生了什么事。

他只来得及“嗯”了一声，就看见严亦疏风风火火地跑了出去。

“小严老师，去哪里呀？蛋糕还没切呢！”陈毅唱歌唱到一半，看严亦疏那奔跑的身影，用话筒叫道。

“有点事，等会儿我就回来！”严亦疏来不及解释，穿上鞋就出门了。

被严亦疏这突如其来的行动弄得呆住的陈毅，转头看向悠悠从阳台走出来的靳岑。

“老大，小严老师咋了？”

靳岑看他一眼，回答：“他家里来人了，回去一趟。”

陈毅瞪圆眼睛，在脑海里转了一圈，惊恐地张开了嘴。

“小严老师家里有人？他有女朋友？”

陈毅下巴都要掉到地上去了，他握着手中的话筒，喃喃道：“那是不是不应该和我们过生日啊。”

靳岑无语地拿起桌子上的点心一把塞到陈毅的嘴里。

陈毅被噎得说不出话来，他捂着嘴到处去找水了，靳岑感觉身边清静了不少。

他在手机里翻了翻，找到之前靳振国给他发的严亦疏的住址，发现就在不远处的隔壁小区。他把还没切过的蛋糕重新装回盒子里，再把礼物拾掇到一个大袋子里，拿着东西准备出门。

“咳咳，咳！老大，你又去哪啊？”陈毅奄奄一息地问道。

靳岑打开门，拎着东西走出去。

男生略微不耐烦的声音传到屋子里。

“废话，给他把东西送过去，还让人再跑一趟吗？你们赶紧搞卫生，那个丑得要死的对联快点给我撕掉。”

祁杨看了眼陈毅，又看了眼门口已经消失不见的靳岑，一脸欲言又止。

17

严亦疏赶回自己家小区，急匆匆地坐上电梯，门一打开，就看见一个人蹲在他家门口。

许青皮肤很白，看起来还很滑嫩，穿着粉红色的卫衣，水洗蓝的破洞牛仔裤，和一件白色外套，扒着腿，听到电梯的声音，他巴巴地抬起头。

许青长了一副很有欺骗性的乖宝宝的模样，下垂的小狗眼更是看起来无辜又可怜。

严亦疏看见这个场景就开始脑袋疼。

许青看着他，声音拖长着说：“疏疏，你来啦。”

严亦疏从口袋里掏出钥匙，揉着额角绕过许青就想开门。

许青突然站起来，从背后递出一个巴掌大小的蛋糕切件，上面插了一根音乐蜡烛，此刻开始奏响起了充满杂音的生日快乐歌。

“祝你生日快乐，祝你生日快乐！生日快乐！疏疏，祝你早日发财！”许青端着那小小的蛋糕，嬉皮笑脸地在严亦疏面前唱道。

“疏疏，感动吗，想流泪吗？准备好，我要开始录小视频了！”许青一只手把蛋糕放在严亦疏面前，另一只手已经在掏手机了。

“录你个头，别让我帮你买今晚滚回川城的飞机票！”严亦疏看了一眼明显是楼下面包店买的拿破仑切件和音乐蜡烛，气得牙疼。

“哎呀，人家过来帮你庆祝生日，怎么还不领情啊。”

许青紧紧地跟在严亦疏后面。

“疏疏啊，你今天这个打扮，是和学校的人在一起吧？”他也不在意严亦疏嫌弃自己的拿破仑切件，直接一口咬上去，“你别说，你这个打扮还蛮有那种感觉的哦，就是职业套装、黑框眼镜，但是里面穿……”

“吃的都堵不上你的嘴！”严亦疏把那块蛋糕直接糊到了许青的脸上。

门被打开了，许青就背了一个小包，显然是过来打算全部吃穿住行都让严亦疏负责的。

他走进严亦疏家里，摸着自己全是蛋糕的脸，直奔洗手间。

“严亦疏！你洗面奶怎么用的这个啊！有没有我爱用的那个牛奶的？”

严亦疏在客房收拾，听到许青还对他的护肤品挑三拣四，深呼吸了一口气。

冷静，冷静。

他的客房从来没有人住过，东西都没收拾，许青这样突然来，弄得严亦疏有点手忙脚乱。

许青在厕所洗脸洗到一半，听到有门铃响。

严亦疏正在套被子，不耐烦出去，直接吼了一声。

“许青，去开门！”

许青拍了拍自己的脸，惊喜道：“我的外卖这么快就来啦！”

严亦疏无语地把被子一掸，许青这人典型不会亏待自己，人还在外面关着呢，就先把外卖点上了。

许青从飞机上下来只吃了一块小蛋糕，此刻正饥肠辘辘呢，像是饿狼扑食一样冲到了门口，把门打开。

门一开，他就呆住了。

啊。

门口站着一个大帅哥。

黑色高领毛衣，机车皮外套，冲锋裤。肩宽、腰窄、腿长，身条极顺。最关键是那张眉目深邃英俊的脸，眉骨和鼻梁长得很好，眉毛浓密英气，鼻梁高挺，眼睛的双眼皮开得很薄，睫毛却很浓密，看着人的时候让人感觉时而深情，时而凉薄。

那帅哥手上拎着两大袋子东西，一边是蛋糕盒，一边鼓鼓囊囊不知道装了些什么。

寸头帅哥瞥了许青一眼，许青的腿立刻就有些软了。

“帅，帅哥，东西给我吧。辛苦了哈，我给你个五星好评！”

许青伸手就想去接蛋糕。

帅哥却理都没理他，只是朝门里面看了一眼。

面无表情的帅哥嘴里蹦出来几个冷冰冰的字。

“严亦疏呢？”

啊？

许青眨了眨眼，感情不是他叫的蛋糕店外卖啊。

许青尴尬地咳嗽一声，朝里面喊：“疏疏，有人找你，快出来！”

严亦疏的声音从里面遥遥传来。

“谁找我，许青，你别骗我我告诉你。”

等待严亦疏过来的时候，许青忍不住一眼又一眼地打量那个站在门口的酷哥。

他联想到严亦疏和他说的那个帅哥，在心里嘀咕，这难道就是那位跟严亦疏作对的帅哥？

严亦疏刚给许青弄好客房，打算先回靳岑那边给个交代，烦躁地走到门口，一眼就看见了站在楼道里的靳岑。

他愣了愣。

“靳岑？你怎么来了？”

他扫了扫靳岑手上那俩袋子，有些不好意思地问道：“你都给我拿过来了？”

靳岑看了他一眼，又看了许青一眼，发现严亦疏那个北城的朋友居然盯着自己在看。

不知道为什么，他心里莫名其妙好像安心了些。

“嗯，不用你再跑一趟了。”

靳岑把手上的东西递过去。

严亦疏这下是真的过意不去了，人家用心给他弄生日派对，他中途跑路不说，还要人家给他把礼物和蛋糕送过来。

严亦疏提着东西，对靳岑露出了一个灿烂的笑来："谢谢你啊，也替我谢谢陈毅、祁杨。"

回到家以后严亦疏已经摘了眼镜，为了方便把刘海也卡了上去，此刻一张俊脸全数暴露在空气中，笑起来好像桃花盛开一样好看，靳岑看得晃了神。

"不用谢。"

靳岑在没人注意的时候不自觉地按了按自己的食指指节。

他看了看脸上笑意犹存的严亦疏，又再次说道："祝你生日快乐。"

严亦疏在许青面前被靳岑这样祝福，弄得有点羞窘，他感觉许青炽热的眼神正锁在他身上，好像要把他的后背烧出一个洞来。

"谢谢，路上小心。"

严亦疏和靳岑说再见。

靳岑"嗯"了一声，没说什么，很干脆地转头走了。

刚好电梯上来，是许青点的蛋糕外卖到了。

许青拎着自己叫的蛋糕，和严亦疏一起走进房间。

严亦疏脑海里还回荡着靳岑刚刚在楼梯间看着他的样子，还有那句"生日快乐"，脑子里有些晕乎乎的。

许青则是放下蛋糕，拿起严亦疏沙发上的宜家萝卜玩偶指着严亦疏一声大喊。

"坦白从宽抗拒从严！你和这个帅哥发展到怎么样的革命友谊了！你的心是不是已经背叛了我们川城帮……"

严亦疏无语地抽了抽嘴角。

"我们现在属于刚刚认识好吗？朋友都勉强！"

许青不可置信地嚷嚷："怎么可能！朋友都勉强，大帅哥还会纡尊降贵给你跑腿送蛋糕，严亦疏，你撒谎不眨眼！"

严亦疏把靳岑送过来的蛋糕盒子打开，和许青的蛋糕一起摆在桌子上，两个大蛋糕看起来做工都很精致好吃，但是估计很难吃完。

许青已经不关心自己叫的蛋糕卖相怎么样了，他一来北城就看见自己兄弟发生了这么惊天动地的事情，恨不得立刻分享给严亦疏在川城的所有朋友听。

严亦疏看他那抓耳挠腮难受的样子，自己心里也乱糟糟的，不知道怎么解释。

他对靳岑一直都有点说不出的别扭，一开始认识他的时候彼此都很看不上对方，现在骤然关系被拉近，他说不准他们之间到底是什么。

是朋友了吗？也许。

但是离死党应该还有一段距离吧？

长得好的人在哪个圈子里都是受欢迎的，严亦疏之所以混得那么开，和他的脸脱不了关系，只需稍作想象，严亦疏就能预估到靳岑的受欢迎程度肯定不低于他。

他啧了一声，又把那包礼物打开。

忽略陈毅送的衣服鞋子不说，那个被挤在角落的可怜盒子获得了严亦疏的全部注意力。

是靳岑给的时候还有点紧张的礼物盒。

见严亦疏要拆礼物了，许青立刻就蹭了过来。

“噢哟，疏，这是那个帅哥送的礼物啊？快看看！”

严亦疏收礼物的时候还有心情调侃靳岑，等到自己要拆礼物了，莫名心里也打起了小鼓点。

他轻轻掀开了礼物盒的盖子。

一下就看到了一本书。

“呃……王后雄？”许青念到。

他把厚厚的练习册从盒子里面拿出来。

“你这帅哥也太直男了吧，这送的是什么玩意啊？”许青一脸蒙地看着练习册。

严亦疏干咳了一声，他拨弄了一下，又拿出来一个帽子，是上次靳岑给他戴过的。

为什么会塞进来？因为他夸了一句帽子好看吗？

严亦疏有点迷。

再翻，里面还有一个挺贵的运动手环，这个还没拆包装，是最新款。

许青看到这个，终于舒了口气。

“这酷哥也是会送正常礼物的啊。”

最后，只剩下了一个银质的，四方小巧的糖盒。

严亦疏趁着许青研究运动手环，悄悄把糖盒放进了口袋里。

他若无其事地说道：“我去上个厕所。”

“上个厕所和我报告什么？”许青不以为意。

严亦疏进了厕所，把马桶盖放下来，坐在上面，从口袋里掏出了那个糖盒。

不是新的，上面有些划痕，是自己之前捡到的那个。

严亦疏把糖盒在手里转了转，看见底下好像刻了个什么东西。

他把底面朝上，放到眼前仔细地看。

发现，那上面歪歪扭扭，很不熟练地刻了像是树一样的形状。

虽然划痕不连续，中间断了几次，但是严亦疏能看出来，那是一棵树。

十二点的钟声敲响，严亦疏正式迈入十七岁。

他坐在床上回复各种朋友给他发的生日祝福，许青躺在他旁边摊肚皮，一会儿打一个饱嗝。

那两个蛋糕严亦疏和许青吃了几口就觉得太腻了，受不住又点了烧烤吃，吃得两个人撑得不能动弹。

本来许青还说今晚要严亦疏带他领略一下北城夜晚的独特风情，现在也走不动路了。

许青回想了一下那帅哥的模样，支着头凑近了严亦疏，好奇地问道：“你和这帅哥具体怎么回事，快给我详细说说呗。”

他之前从严亦疏那里听到都是些片段，而且严亦疏连帅哥的名字都不肯告诉他，这反而弄得他更加心痒难耐了。

严亦疏玩着手机，听见许青那充满了浓浓好奇心的问话，脑海中不由自主地浮现出了和靳岑两人认识的过程，以及后面发生的事情，他干咳了一声，心里其实还是有一点想倾诉的，半推半就地讲了起来。

这一讲就是一个钟头。

严亦疏把自己讲得昏昏欲睡，许青却越听越兴奋。

“这是什么，这就是缘分啊！”

他用咏叹调式的语气对严亦疏感叹。

“严亦疏，你不可以放弃这么好一个拓展朋友圈帅哥资源的机会，你想象一下，如果这样的大帅哥到了我们的圈子，那蜂拥来跪拜我们的弟弟妹妹会呈几何倍增啊！”

严亦疏困得眼皮都耷拉下去了，他强撑着精神回复许青：“我就没主动找过别人当朋友，没经验……”

许青一听，立刻摩拳擦掌。

“这有什么，小疏有困难，小青来帮忙。”

许青先是用尽量平静的语气问道：“帅哥名字几个字的啊？”

严亦疏下意识地回答道：“俩……”

许青又问：“叫啥啊？”

严亦疏快睡死过去了。睡过去之前，一句很轻的喃喃声传入了许青的耳朵里。

“叫靳岑……”

许青舔了舔唇，先是猫在严亦疏旁边，确认他睡着了，然后偷偷拿起严亦疏的手机。

密码果然还是万年不变的 521209，自恋狂魔。

他解锁开严亦疏的手机，点开微信，瞪大了眼睛在上面寻找这两个读音的名字，往下拉了一页，“靳岑”这个联系人就落入了他的眼中。

啧，手到擒来。

许青记下靳岑的微信号，把严亦疏的手机放好在他的床头，帮严亦疏关好灯和门，走回了客房。

他激动地双手直颤抖，用自己的微信搜索到这个叫“靳岑”的联系人，发送了好友申请过去。

备注：严亦疏川城来的那个朋友。

他举着手机等了大概五分钟，好友申请就通过了。

微信提醒他“你已经添加了靳岑，现在可以开始聊天了”。

许青主动发了个打招呼的表情包过去，然后他直奔正题。

青青草原：帅哥！星期六晚上我和疏疏去沸点，请你！来吗？

靳岑刚洗完澡出来，他一只手用毛巾擦着头发，一只手拿着手机，看着微信的聊天界面沉思了半晌。

陈毅和祁杨都已经回屋睡觉了，基地里静悄悄的。

靳岑敲了个字过去。

靳岑：嗯

十二月九号，严亦疏十七岁的第一天，就带着吵吵嚷嚷的许青来了沸点。

星期六的晚上店里人很多，不过十点钟就已经满座，店里放着几首节奏没那么激烈的曲子，但是已经有人在中央的台子上跳了起来。

许青用他那双探照灯一样的眼睛四处搜寻着帅哥美女。

严亦疏今天穿了件黑色的卫衣，没戴眼镜，头发用发胶竖起，露出了光洁的额头。

男生的眼睛低垂着，卫衣袖子遮到手掌，露出纤细白皙骨节分明的手指，正拿着手机在玩。睫毛纤长，不算浓密，配上狭长上挑的眼型，看起来矜傲又清贵。

许青沉浸在这充满了荷尔蒙的海洋里。与严亦疏那种带着疏离感的好看不同，许青长了一张比较乖巧的脸，笑起来还有两个小酒窝，看上去温和无害。

他余光瞄到隔壁桌的女生过来了，立刻警惕地扒住了严亦疏的手臂。

正在玩手机的严亦疏突然被许青像树袋熊一样挂在了身上，从牙缝里龇出一口凉气。

“给老子放开。”

“哦哟，疏哥，有妹子来了咯。”许青小声说，“装个样子。”

他一边说着，一边看着那个已经快到跟前的女生，露出了一个甜甜的笑，咧了一嘴小白牙。

那女生看看许青，又看看那个穿黑衣服的清俊帅哥，咬了咬牙，还是坚持说出了自己的来意。

“那个帅哥你好……”

她话犹犹豫豫说了一半，就被许青抢先了。

“找我呀？”他眨巴眨巴自己的大眼睛，“什么事呀美女？”

女生发现那个被抱着手臂的帅哥一副我自岿然不动的样子，继续冷漠地玩着手机，刚刚鼓起的那点勇气也烟消云散了，她只好扣了扣手机壳，喏喏地说了句没事，转身走了。

许青见女生走了，长舒了一口气。

严亦疏抬头看了眼女生的背影，又看了眼许青紧张的神色，有点无语。

“你可以去自己的场，出门左转走到尽头不送。”严亦疏把许青的手拉开，嫌弃道，“非要和我挤一块，别人会误会我审美水平的。”

许青摸了摸鼻子，有点心虚。

他本来是打算到处去看一眼的，但是现在可不行，约了人的。

他频频往入口方向看。

严亦疏玩手机玩腻了，拿起了杯子，却发现自己这兄弟脖子扭得都快要折了。

他狐疑地了看了许青一眼，顺着许青看的方向看过去。

“你看门口干吗？”严亦疏问道。

许青干笑：“呵呵，没看什么呀。”

严亦疏看他笑得闪烁，感觉这人准没干什么好事，但是他也懒得管许青到底做了什么，初中那几年许青也没少干坏事，也没一次成功的。

今天生日，严鹤归按照惯例给他打了钱，说了句生日快乐。

严亦疏也没想着自己这父亲能多温暖了，收了钱该干啥该干啥，快乐地逛着淘宝。

就在他购物的时候，耳边传来了许青小小的惊呼声。

“哇，疏疏快看！”

严亦疏撩起眼皮，勉为其难地分了点注意力过去。

就那么一眼，他就愣住了。

许青指着的方向，走过来一个肩宽腿长的男生，看起来非常眼熟。

寸头，剑眉，酷哥脸，也穿了一件黑色卫衣，下面是牛仔裤，一双白色的绿尾阿迪，看起来非常普通的年轻男生打扮，却被他穿出了T台模特的高级感。

人走过来的时候，旁边几桌的女生的眼神全部都黏在了他的身上。

严亦疏看着那帅哥，手里拿的手机差点掉了。

靳岑怎么来了？

他看一眼坐在旁边的许青，这人居然在热情地向靳岑挥手。

“这里坐，这里坐！”

严亦疏被许青弄得浑身鸡皮疙瘩都起来了，偏偏靳岑还真的走到了他们这桌。

两个人的目光相汇，一个看脸，一个却在看衣服。

看脸的是严亦疏，看衣服的是靳岑。

靳岑的目光在严亦疏身上的黑色卫衣上停顿了几秒，然后和向他招手的许青点了点头。

严亦疏皱眉，一张俊脸上挂满了疑惑。

“你怎么来了？”他问道。

许青在旁边嘿嘿地笑，理直气壮地说：“我约的啊！”

靳岑听到这话，居然还“嗯”了一声。

严亦疏一时间脑海里产生了许多不可置信的茫然情绪，他看了看许青，又看了看靳岑，在心里骂道，这两人什么时候暗度陈仓的？

许青这小子，牛大发了啊！

严亦疏不知道自己这一刹那冲进脑海里的愤怒从何而来，但是在看见靳岑往里面走，还在他和许青中间坐下的时候，他脑海里产生了马上把许青打包扔回川城的想法。

靳岑是一个人来的。

严亦疏和许青定的是四人座，三个人坐还是绰绰有余的，但是不知道为什么靳岑坐下来以后，严亦疏却感觉有点挤。

店里的空气里飘浮着浓郁的香水味，闻起来有些刺鼻，烟味时不时从旁边飘来，呼吸之间都是浑浊的。

而靳岑身上有一股清爽的沐浴乳的味道。

刚洗过澡吗？严亦疏下意识地想。

他感觉总有些若有若无的视线黏在他的身上。

沐浴乳的味道混杂着靳岑身上那股冷郁的木头味，严亦疏已经很熟悉这种味道了，在他自己都没发现的情况下，他心里那点对许青和靳岑私下联系的不爽也被渐渐安抚了下来。

他伸手拨了拨自己掉在耳边的一缕头发，卫衣的袖子落到了手肘处，露出了他的手腕。

一个黑色的运动手环戴在他的手上，极简的款式，金属屏幕切边看起来很有科技感，此刻只有一盏蓝色的呼吸灯闪烁着，很适合今天严亦疏的一身装扮。

靳岑的声音在他耳边响起。

“好看。”

男生的声音传入他的耳朵里，刮起一阵酥麻的风。

严亦疏心跳空了一拍，才反应过来靳岑应该是在说这个手环。

他转过头，对靳岑说：“谢谢你的礼物，我很喜欢。”

靳岑看着他，没说话。

严亦疏发现许青不知道什么时候坐到了他的斜对面，靳岑背对着他，看不见许青那夸张的动作。

许青指着舞台，疯狂挥手示意。

严亦疏喉咙很痒，他发出的声音是自己都没想到的沙哑。

“吃糖吗？”他问靳岑。

他一直嫌弃烟味难闻，不知道为什么，此刻突然涌上一股想抽烟的冲动，话语在喉头滚动一番，最后以向靳岑讨要薄荷糖告终。

虽然他没问靳岑，但是他知道，靳岑这随身带的糖盒，多半是戒烟用的。

靳岑点了点头，从口袋里拿出糖盒。

靳岑把薄荷糖倒在他的手里，男生垂着眼，在昏暗的灯光里英俊又冷漠，身上还有一股说不出来的漫不经心的痞气。

严亦疏捏住那小小的糖片，努力稳住心神。

严亦疏不希望自己在任何地方输阵，学习上、玩乐上……甚至是，这种友情上。

靳岑下颌线利落干净，看起来很有力量感。

严亦疏和他同时把薄荷糖放入嘴里。

靳岑眯着眼，靠在沙发背上。沸点里到处都是扭动的躯体、浑浊的空气，唯独这片小小的角落是那样安静干净。

严亦疏喉间的燥热被薄荷糖的清凉压了下来，与此同时，燃起的却是他那股说不出道不明，想要和靳岑关系更好的欲望。

18

靳岑一点一点靠近那个眯着眼朝他笑的男生。

随着时间的推移，店里的气氛愈发躁动起来，严亦疏吃完了糖坐在他的旁边，迷离晦暗的灯光在他的脸上不停变化。

严亦疏身上有一股淡淡的麝香味，好像还有点柠檬味。靳岑仔细看着他，能看见男生眼角那颗棕色的小痣，睫毛垂下后，那颗痣便若隐若现。

许青不知道什么时候已经不在了，座位上只有两个人。

严亦疏看着靳岑，若有所思。他大概能想到许青是怎么把靳岑约来的，在川城的时候他们彼此之间都没少干这种损事。人生得意须尽欢，一直都是他和川城的朋友所奉行的准则。

严亦疏看着此刻的靳岑。

只要他来了，就已经足够了。

严亦疏向来不是做事拖沓犹豫的人。

他在北城装乖太久，如果不是许青的出现，他都要记不得自己以前的雷厉风行了。

"岑哥，今天和我穿的是同款卫衣啊？"

他眯眼盯着严亦疏，面不改色地反问："不可以吗，小严老师？"

靳岑看起来并没有什么异样。

严亦疏凑近到靳岑的面前，他哑声对靳岑说："岑哥，我会以为你想和我做好朋友。"

他说这话的时候，眼神里带着钩子，既有示好，又有些挑衅的语气。那颗淡棕色的小痣随着严亦疏的笑，几乎飞了起来，飘飘摇摇地晃过了靳岑的眼睛。

见他没有说话，严亦疏也不着急。

开弓没有回头箭，既然他已经选择了主动出击，就不会往回缩。

严亦疏摩挲了一下手里的糖盒，凹下去的划痕让他心里的坚定更盛。

他脑海中的想法转了几个弯，最后说道："要不然，我们赌一赌这次期末考？"

严亦疏用一种胜券在握的语气和靳岑说："只要我还是第一，岑哥就做我在北城的靠山怎么样？反正靳叔叔让你多照顾照顾我。"

靳岑依旧没有回应。

他只是仔细地观察着严亦疏。

从男生上挑的眼尾，到纤长的睫毛，再到那颗小痣。

他在心里确定，自己没有一丝一毫的反感。

靳岑停滞的时间太长，长到努力让自己平静的严亦疏都有一些动摇了。

他已经和靳岑认识了将近一个学期了，但是依旧不敢说和他很熟。

严亦疏又开始有些怀疑自己是不是操之过急。

就在他皱眉准备找个台阶下的时候，靳岑说话了。

男生看着他，神色平静中带了点危险的意味。

“用不着。”

用不着？

用不着什么？严亦疏一瞬间心里冒出了很多想法，用不着期末考试打赌，用不着和他做朋友，还是……

靳岑站了起来。

靳岑很高，因为身材好气场强，居高往下看的时候具有极强的压迫力，看得严亦疏心中陡然一跳。

这是要直接走人了？严亦疏在心里有些懊恼地想。

谁知道，就在下一秒，靳岑拽住了严亦疏的手。

男生的手很热，手掌很大，圈住严亦疏的手腕，力道十足。

靳岑拽着严亦疏离开了座位。

穿过熙攘的走道，路过尖叫声乐声沸沸扬扬的舞台，金色的彩带从舞台上飘过来，飘到了靳岑的肩膀上。

好像落着光一般。

一路疾走，俩人走到了安全通道背后，靳岑把门关上。

他俯下身，看着脸上明显有点反应不过来的严亦疏，露出了一个少见的笑容。

男生很少笑，所以笑起来就像冰山融雪一般，窸窸窣窣的树梢落下了柔软的水滴，全部都化在了严亦疏的眼里。

他对严亦疏说：“用不着，我们已经是朋友了，以后在北城，我罩着你。”

许青星期天下午的飞机，飞回川城。

他此次来北城，兴致勃勃地来，心满意足地走。走之前还可劲地在和手机里新勾搭到的北城小伙伴们聊天，聊得那叫一个热火朝天。

严亦疏送他到机场大厅，看到他恋恋不舍地回头，无语地推着许青往前走。

“行了行了，别看了。”

许青那天很有眼力见地在靳岑过来以后就溜走玩去了，所以也没有看见靳岑和严亦疏后来发生了什么，但是他知道肯定有故事。

许青对严亦疏眨眼："你那个酷哥，怎么样，是不是大功告成？"

严亦疏也不知道昨天许青去哪里厮混了，总之昨天晚上他回去的时候许青还没回，后来他倒头就睡。第二天中午醒过来，许青已经收拾好东西准备走了，他们还真没有时间对此进行交流沟通。当然，严亦疏也不会把细节和许青说就是了。

见严亦疏顿了顿，没有立刻进行反驳，许青就知道这事多半是成了。

他一脸意味深长的笑容，拍了拍严亦疏的肩膀。

"疏疏，第一次单独行动，好好和帅哥相处！"

严亦疏被许青这样教育，翻了个白眼，赶紧把人往安检口推。

"走吧你！"

"下次再来找你玩！"

许青走几步，又朝他挥了挥手。

严亦疏在心里嗤笑一声，来找他玩，那可真是不一定。

看着许青走远，严亦疏拿出手机，靳岑给他发了消息。

半斤山：我在3号门这里。

半斤山：送完了就出来。

严亦疏磨磨蹭蹭地拿着手机在原地转了一圈，最后还是转身向3号门走去。

确定不用考试比赛就做好朋友的第一天，严亦疏和靳岑隔了一个晚上以后终于要见面一起玩耍了。

靳岑会主动来机场找他，有些出乎严亦疏的意料。

机场大厅里人来人往，周末的下午繁忙而有序。人流穿梭间，三号门的旁边有一个少年站着不动。

格外显眼。

男生剃了寸头，眉眼冷漠英俊，骨相长得极好，经得起别人一而再再而三地去观赏。他穿着深蓝色的牛仔外套，里面是白色的卫衣，下面一条深蓝色的牛仔裤，寻常少年的打扮，但是因为肩宽腿长，身材好，所以显得格外清爽帅气。

男生手上没有拉行李箱，像是在等人。

等人的场景很常见，帅哥等人就不常见了。不少人路过还要回头看一眼，眼神探究，估计脑海里想着是谁能让这位帅哥等呢。

作为被等的那个人，严亦疏心里居然有点难言的小得意。

他迎着周围人时不时扫过去的目光走到靳岑旁边。

今天他来送许青，穿得也很简单，迷彩外套和裤子，不会过分起眼。

靳岑见他过来，抬起头，把一只耳朵里的耳机取下来放进兜里。

他抬了抬眼皮，闲闲地问道："去哪里？"

这可真是一个好问题。

星期日，北城万里无云，是个好天气。这样的好天气最适合爬山、踏青、逛公园。但是这三样靳岑和严亦疏显然都不会考虑。

严亦疏想了半天，也只能想出去打游戏这种日常操作来。

倒是靳岑想了一会儿，好像心里有了答案。

他拦了辆出租，说了一个严亦疏没听过的地名。

严亦疏跟着他上了车，也没说什么，反正靳岑总不可能把他卖了。

两个男生一起坐在后排。

出租车司机是个热情好客的，以为他们是来北城玩的小青年，操着一口浓浓北城口音的普通话给他们介绍北城的各种景点。

严亦疏和靳岑一人一边，中间隔了条楚汉河界，谁也没越过去。

如果不是一起上的车，别人还以为这俩是拼车的陌生人呢。

靳岑下意识地看了一眼严亦疏。

男生正若无其事地直视着正前方，一副"我在发呆"的放空样。

靳岑打车来的地方是一个艺术创意园区，看起来人流量不太大的样子。里面有一些轰趴馆、拳击馆和文身店。

严亦疏和靳岑在园区门口下车，步行往里面走。

园区设计的是工厂风，铁质的厂房上贴了很多海报，看起来有不少乐队来这边做过现场。其中一栋楼有很多人进出，穿着各种朋克重金属的衣服，里面的音乐震耳欲聋，大概是有派对活动。

靳岑走到一处拳击馆旁边停下。

拳击馆装修得很酷，没有那种用来揽客的"充一年送半年"的大字报，简简单单的企业图标浮雕嵌在大门上，旁边只贴了一些设计感很强的海报，半个字宣传都没有，看起来颇有爱来不爱的高冷味。

门口处有穿着黑背心运动裤的人正在蹲着抽烟。

烟雾缭绕之间，那人抬起头看了一眼，发现是俩少年打扮的年轻人，又不感兴趣地低下头去。

靳岑熟稔地推开门走进去。

严亦疏在川城的时候曾经也有过一段时间吼着要去健身，也确实坚持过一段时间，但是像打拳这种高运动量的活动，他和他的朋友们没有一个人去尝试过，虽然心里还是向往的，但是严亦疏这种只会点三脚猫功夫的瘦弱身板确实撑不住。

见靳岑带他来拳馆，严亦疏不禁在心里紧张期待地打起了小鼓。

拳馆里面灯光很明亮，不会有压抑的感觉，空间也很宽敞。

一个像老板一样的男人走过来，嘴里好像在嚼口香糖，朝靳岑招了招手。

“哟，靳小朋友来了，还带了同学啊？”

男人看起来年纪应该有二十七八岁，身材极好，穿着黑色的紧身短袖，勾勒出一身优美又具有力量感的肌肉线条。

靳岑看见他，点了点头，打了个招呼。

他向严亦疏介绍：“这是齐老板。”

男人笑着朝严亦疏挥手：“小朋友，叫我齐叔就好。”

严亦疏再怎么在自己地界里横行霸道，到了比自己大十岁的男人面前，也就是一头幼狼，还是没怎么发育好的那种。他努力地撑着背脊，不让自己露怯，也朝男人笑了笑。

“我叫严亦疏。”

“小严同学第一次来啊？以前接触过吗？”齐叔吊儿郎当地嚼着口香糖，看起来没有半点做生意的正经样。

“没。”严亦疏回答道，“但我还挺感兴趣的。”

靳岑打断了两个人的对话。

“你先过来和我换衣服。”他对严亦疏说。

严亦疏只好跟着靳岑往前走。更衣室在不远处，男女分两端。

走进更衣室，有不少光着膀子的男人在里面换衣服，空气里飘浮着汗水的味道，有些浑浊。

靳岑带着严亦疏走到最里面，开了一个柜子，拿出了自己放在这里的衣服。

他一般都会放两套衣服在这里，刚好拿一套给严亦疏穿。

他抛了一套给严亦疏，自己已经开始动作自然地脱起了衣服。

严亦疏瞥了靳岑一眼。

他双手举过头，衣服还在手肘处，被他单手勾了下来，甩进了柜子里。

男生看起来冷漠高傲，又带了点一切都在掌握中的漫不经心。

严亦疏捏着衣服，僵在了原地。

这人凭什么？学习成绩好也就算了，身材还能这么好？

19

严亦疏张望着看了看更衣室的两边，留下一句“我去上个厕所”就飞快地溜走了。

靳岑正在套背心，他只是套个衣服的工夫，严亦疏已经没影了。

跑得还挺快。

靳岑把黑背心套上，换上一条运动裤，还从柜子里摸出了一瓶香水，在自己的颈间和手腕间喷了一点。

他套上护腕，简单活动了一下身子，远远看见厕所那边走过来一个人。

严亦疏好像是真的不爱运动。

靳岑备用的两套衣服都是清一色的黑背心、运动裤，穿在靳岑身上合适，穿在严亦疏身上就显得有些宽松。

严亦疏露出两条手臂，真的是白到晃眼，细细的，只有不太明显的肌肉轮廓。黑色紧身背心穿在他身上，勾勒出瘦长的腰线，单看这一块，竟然有一些朦胧的中性美感。

严亦疏没戴眼镜，刘海也很正常地梳成了三七分，一张俊秀好看的脸毫无伪装地暴露出来。

严亦疏下意识地对着靳岑不自然地眨了眨眼。

那双上挑的眼睛睫毛湿漉漉的，好像是刚刚才洗过脸，比起平常多了几分慵懒的味道。背心肩带下的锁骨窝凹下去一个半圆的浅浅弧度，灯光照耀下，盛着几颗小水珠。

看着严亦疏走过来，靳岑不禁皱起了眉头。

他目光扫过严亦疏像竹竿一样的身材，语气非常不满地问道：“你们川城就你这样的都能混得下去，不被打死？”

显然，靳岑在大院里的话语权，首先还是通过暴力打出来的。

严亦疏无辜地看着靳岑：“我的小弟们能打啊。”

靳岑的喉结滚了滚，发出了一声冷笑。

“你还能有小弟？”

严亦疏其实心里也对自己这种白斩鸡的身材有点不自信，但是他自然不会表现出来，听见靳岑这语气，立刻挺直了背。

“怎么没有？去川城打听一下，疏哥的名号到哪都好用。”严亦疏像开了屏的孔雀一样，矜傲地仰着脖子朝靳岑炫耀道。

靳岑打量了一下严亦疏这副样子，憋住自己的笑意，点了点头。

“行。”

“疏哥，换好了出去做热身了。”他语气调侃。

严亦疏被靳岑这种“不和小朋友计较”的态度弄得龇了龇牙。

真是让人火大！迟早有一天要把靳岑弄去川城感受一下他的地位。

严亦疏这样想着，跟着靳岑走出更衣室。

靳岑显然是这里的熟客，可能还和老板有点交情，直接带着严亦疏去了一间小的训练室。

打开灯，里面静悄悄的。

靳岑拖了两张垫子出来，摆在地上。

“先做拉伸吧。”靳岑转了转腰。

靳岑肩宽腿长，肌肉又练得恰到好处，不会有逾越年龄的突兀感，一身利落少年的气质。

严亦疏在旁边看着，刚刚还在想着怎么给靳岑展示一下属于疏哥的实力，这一秒却想掏出手机拍一张给许青看一看。

靳岑先做一遍热身动作给严亦疏看，这样一个好像下一秒就要扛枪去爆头的男人，柔韧性也非常好，劈个叉也是“刷”地一下就下去一大半。

“你来试试。”靳岑做完一组热身，皮肤上泛起了细密的小汗珠。

严亦疏看别人做的时候还能鼓掌惊叹一下，轮到自己的瞬间就想临阵脱逃。

他从小柔韧性就不太好，以前初中的时候也不是没有为了装酷练过跆拳道，然而练了几个月就不去了，实在是拉筋拉得他想死。

他犹犹豫豫地走到垫子上，做起了热身。

前面的那些也都还好，唯独最后的劈叉让他有点崩溃。

弓字步他做起来都有点酸，真的劈下去的时候，严亦疏的腰在空中摇摇晃晃，一个叉才劈了一个“大”字，就卡住不动了。

靳岑看着这一幕，简直要笑喷了。

严亦疏还龇牙咧嘴一副我能继续的样子，狠下心要继续把这个叉给劈下去。

“行了，你这样容易弄伤韧带。”靳岑出言阻止他。

严亦疏闻言如释重负，赶紧把腿并起来，只觉得两只脚都不是自己的了。

热身完，靳岑开始教严亦疏一些基本的动作。

严亦疏学这些悟性还是很高的，他跟着靳岑做了几轮，摆的姿势就有模有样了。

若是寻常教练，说不定也就让严亦疏通过了，但是靳岑显然要求更加严格一点。他走过去，贴住严亦疏的腰，摆正他的手臂。

“是这个高度。”他和严亦疏说。

严亦疏被靳岑这个姿势抬着手臂，严亦疏的手臂不自觉就往下坠了一点。

靳岑立刻拎着严亦疏的手臂摆回刚刚的位置。

他再次把严亦疏的姿势摆好以后，像弹射一样地离开了严亦疏的旁边。

练习室里一整面镜子映照出此刻的场景，严亦疏摆出出拳的姿势，站在原地，后面靳岑正在背着手看着他，中间隔了几米远。

“刚才教你的几个姿势，每个姿势都站半个钟头。”靳岑吩咐道，声音有些沙哑。

严亦疏蒙了。

他的手臂已经开始发麻泛酸，如果真这样站，明天估计都抬不起手来了。

等等，难道他们不是来拳馆增进刚建立的友情的吗，这怎么像是有仇呢？严亦疏看着镜子里的靳岑，在心里不解地想道。

靳岑又自己做了几组热身，他转了转手腕，打开练习室的门就要出去。

啊？

严亦疏还没来得及想清楚，已经下意识地出声叫住了靳岑。

“靳岑，你去干吗？”

靳岑听见身后男生的声音，急促里带了些不解。

他已经站在了门口，背对着严亦疏，语气平静淡定地说：“我去打拳，你好好练习，加油。”

说完，就开门走出去了。

哐一声，练习室的门被关上了。

严亦疏一脸蒙地看着门口。

靳岑这什么操作？把他一个人扔这里了？

严亦疏立刻把自己刚刚摆的姿势卸下来，使劲甩甩手臂。开玩笑，他又不是真的来受罪的。靳岑是不是脑子有问题啊？

严亦疏在心里暗骂了几声。

他在练习室里气得转了几圈，又疯狂踢腿甩手，把自己折腾了一会儿，还是忍不住扒着练习室的门，打开了条缝往外看。

拳击台那边好像开始打比赛了。

热闹喧哗间，许多人走过去观看，听讨论的程度，应该是打比赛的人比较有名。

是靳岑吗？

严亦疏还在气头上，心里又很想去看一看靳岑打拳的样子。

他纠结了一会儿，最后还是鬼鬼祟祟地出了练习室，向人群中摸过去，在里面找了个不起眼的位置站着。周围都是又高又壮的肌肉男，他从一个缝隙看台子，感觉自己已经被挡得严严实实，非常安心。

拳击台的两边选手正在做准备。

一边是刚刚看见的老板大叔，另一边是靳岑。

靳岑正在调整自己的拳击手套，一只手绑着另一只手的手套，牙齿上还咬着一只。

他的动作看起来非常帅气，像一头蓄势待发的猎豹一样。

上场之前，靳岑扫了一眼台下。

眼神漫不经心却有些说不出的凶狠，像是在寻找自己的猎物一般。

严亦疏把手机悄悄举起来，对准拳击台。

比赛马上开始了。

台上的少年频频获得台下一片喝彩，耳边传来那些肌肉男的讨论声，严亦疏发现靳岑在这个拳馆里面居然还挺有名气，是个高手。

听到这些话，严亦疏的心里瞬间不复刚才的气愤，一片美滋滋。与有荣焉的自豪感让他不禁挺直了背脊，虽然说他是个菜鸡，但是靳岑牛啊。

欣赏了岑哥打拳的拳馆之行十分快乐，严亦疏食髓知味，一下子爱上了这项活动。接连两个星期，他都会在周末跟着靳岑去拳馆活动。

月底的最后几天，北城下了今年冬天的第一场雪，不算大，浅浅地铺了一层，很快就融化了，使天气愈发寒冷起来。

严亦疏去拳馆，一是欣赏靳岑打拳，二是锻炼一下自己的体魄。他想得挺美好，结果却并不尽如人意，星期六过去弄了一身大汗，严亦疏又不肯在那里面的澡堂洗澡，因为里面没隔间，要和一群肌肉猛男坦诚相见。结果回去的路上吹了冷风，给自己活生生弄病了。

十二月月底，朔风愈演愈烈。刀子般的风刮过人的面颊，掀起地上的沙土，弄得严亦疏更是呼吸困难。

他戴着口罩，穿着学校的大棉袄，裹得像熊一样来到学校。

现在他也不骑自行车上学了，宁愿绕点远路坐一站地铁，因为骑自行车的时候风吹得真的是脑袋痛。

期末考前的最后一次月考，在十二月月底如期举行。

考完两天，就可以放元旦假了，大家紧张之余难免心思浮动。

走在走廊里，教室已经清空摆成了考场规格。因为北城一中今年改革，高一下学期就文理分科了，所以期末考也采用了合卷的形式，文综一科，理综一科，方便同学们参考。

而月考作为期末考前的最后一战，在下个学期的分班考试成绩里占得分量还是不小的，更何况这次月考也模拟了合卷形式，好让大家有个过渡。

可能是为了提起紧张的学习氛围，学校这次的考场座位是按成绩排的，上一次月考严亦疏考了第一，所以座位在一班的第一位。

班级外面不少同学还在复习，走廊里偶尔传来讨论的低语声。

严亦疏困顿地走进一班。

他一生病就没胃口，早餐就随便吃了点。

从小到大，严亦疏生病都能不吃药就不吃药，一是嫌弃药的味道，二是觉得麻烦。他其实也不怎么生病，发烧了睡几天就过去了，能喝板蓝根都是给自己面子了，更别说去医院了。

能活蹦乱跳活到今天，严亦疏也实属是有本事。

手机在裤兜里不停地震。

严亦疏正坐在座位上发呆。离考试开始还有半个多小时，大家都在临时抱佛脚地看书，只有他的桌面干干净净，只有一个笔袋和准考证，连瓶水都没有。

教室里开了暖气，没多久，严亦疏就感觉有些热了。

他把大棉袄脱掉，脸不知道什么时候染上了一片不自然的红晕。

生病使严亦疏的思维有些发钝，他后知后觉地拿起手机看了一眼，发现是靳岑给他发消息。

半斤山：吃早饭了吗?

半斤山：我在粥店，给你带一点。

半斤山：严亦疏?

星期六打完拳回家躺了一晚，第二天严亦疏都没发现自己生病了，还和靳岑打游戏打到半夜，直到他的鼻子堵到不能呼吸，有些晕乎乎的时候，他才和靳岑说了一句好像感冒了。

说完以后严亦疏就下线睡觉，靳岑却有些懊恼，觉得自己不该任由严亦疏这样一身汗回去的。

靳岑昨天都没怎么睡好觉，今天一大早就绕去粥店给严亦疏买粥了。谁知道严亦疏一生病就待机，早上手机都不看一眼，靳岑买粥的时候他已经在课室里坐定了。

这会儿才看见靳岑的消息，严亦疏大脑重启，慢悠悠地运转起来。

他拿着手机，一个字一个字戳着给靳岑回复。

字打了一半，教室门就被打开了。

走廊里的冷风被带进来，作为靠着门口坐的第一排的第一个，严亦疏首当其冲，被风吹得一个激灵。

走进来的人大冬天里也没穿学校很丑却很保暖的棉袄，依旧是校服外套，里面套了件圆领卫衣，看起来神情不善。

是靳岑。

靳岑手上提了很多东西，有外卖盒装着的粥，还有一个白色的塑料袋，上面写着药房的名字。

靳岑向来是踩点到学校，这次提早了半个小时，倒是有点出奇。

班里已经有不少同学入座了。一个班排三十个人，能考进年级前三十的没有人不认识靳岑这号人物，大家都有些好奇地往教室前面看。

靳岑停在门口，看着那个趴在桌子上，戴着口罩驾着眼镜，基本上看不清脸的男生，心里烧起了一股无名的火。

严亦疏是生活白痴吗？他看了眼男生的桌子，居然连瓶水都没有。

严亦疏看见是靳岑来了，又把手机放下。

他有气无力地把手抬起来，朝靳岑挥了挥，算是打招呼了。

靳岑对着严亦疏冷声道："给我坐起来。"

严亦疏有点怔愣地抬起头，下意识慢慢地把腰板挺直。

桌面空出来，靳岑这才把东西往上面放。他打开外卖的盒子，熬得软烂的咸骨粥还是热的，香味一下子在班里蔓延了开来。

不少同学为了复习没怎么吃早饭就来了班里，这下是真的所有人都在往门口那一处看了。

严亦疏也顾不得其他人的眼光了，现在他只感觉胃里一阵咕噜咕噜的响，饿意瞬间就侵占了大脑。

严亦疏捏起勺子，对靳岑说了句谢谢，开始小口喝粥。

靳岑特意打车来的学校，粥是温的，刚好入口。

看着男生把口罩扒下一半，鼓着腮帮子吃东西的样子，靳岑也不好开口继续再说什么。这副样子的严亦疏他还没见过，看起来不像以前装出来的乖巧，是真的有点呆呆的。

他在心里叹了一口气，帮严亦疏把药丸弄好，用自己的水杯给严亦疏去接水。

看着靳岑走路带风地出去，围观群众立刻小声讨论了起来。

"这是怎么回事？"

"靳岑在照顾严亦疏？"

"我的天，传闻不会是真的吧？"

没讨论几秒钟，靳岑又回来了。

门被他迅速带上，以免冷风吹进来，靳岑把水杯放在严亦疏的桌角，看着专心致志喝粥的男生，无奈道："喝完粥把药吃了。"

"不吃药。"严亦疏脑袋里一片混沌，唯有这条原则至高无上。

靳岑龇了龇牙，俯下身去，在严亦疏的耳朵旁边说："吃不吃？"

他的语气本来就冷，刻意压低以后更是沁着冰渣子，严亦疏天然地感受到了威胁。

但他向来不吃威胁这一套。

疏哥是谁，在川城有谁能让疏哥吃药的？

他冷哼一声，继续喝粥，理都不带理一下靳岑。

还挺牛！靳岑看着生病以后气焰格外高的严亦疏，气得牙痒痒。他拿着药，要不是在班里，估计会直接捏着严亦疏的下巴给他塞进去。

就在他还想说严亦疏几句的时候，监考老师拿着卷子进来了。

教室里全是咸骨粥的香味，老师闻到以后下意识地皱了皱眉头，本来想好好说一下在课室里吃早餐的学生，结果一看是年级第一在吃，干咳了一声，变成了温声提醒。

"考试马上就要开始了，同学们赶紧把与考试无关的物品放出去啊。带手机的，都给我关机放进书包里，不然就给我交到讲台上来。咳咳，那个喝粥的同学，赶紧喝完准备考试了。"

靳岑烦躁地啧了一声，只好走回了自己的座位。

第一场考试是语文。

严亦疏喝完粥身上舒服了很多，意识也没有刚才那么混沌了。他把粥拿去外面垃圾桶扔了，走回教室，拧开靳岑给的杯子喝了一口水。

靳岑的杯子是膳魔师和星巴克的联名款，纯黑色，只有一个很不起眼的星巴克标。

他趁着考试还没开始，提起一点精神，转过身，扒着椅背看向靳岑。

靳岑正靠着椅背，目光晦暗，见他突然转过来，扬了扬眉。

严亦疏可能是意识到自己刚刚态度不好，露出了一个有些讨好的笑容，对靳岑说道："岑哥，谢谢啦。"

教室里暖气开得很足，男生的脸红扑扑的，口罩掉了一半，眼镜上还有一层雾。因为生病，声音也变得又轻又哑，叫人听了提不起劲生气。

靳岑却不吃这一套。

他看着严亦疏，学着他刚才那样也冷哼一声。

“吃药。”

两个字硬邦邦的，语气毫无转圜的余地。

闻言严亦疏立刻趴回了自己的桌子上，留给靳岑一个非常坚毅的背影。

考试很快就开始了。

语文考试无疑是漫长的，严亦疏强撑着精神把卷子写完，连作文都是刚刚写过八百字就收手了，甚至都没有检查第二遍，直接下巴一磕，睡了过去。

此时班里大半人作文都才刚开了一个头呢，看见年级第一已经做完了，还开始睡起觉来，气氛都变得紧张了许多。

监考老师时不时扫过严亦疏的桌子，甚至还耐不住，起身去他前面看了一眼，确认严亦疏已经把作文写完了，才放心地走回去。

严亦疏睡得很熟。

靳岑作为年级第二，就坐在严亦疏的后面。

他一边做卷子，一边时不时地抬头看一眼严亦疏的情况。

就在他作文写了一半的时候，发现只穿了校服外套，还不要命地露出一截脚踝的严亦疏好像在颤抖。

冷了吧？靳岑在心里冷笑一声。

真是活该。

他把目光垂下，继续写了几个字，又忍不住抬起头。

男生好像是真的有点冷，紧紧地缩成了一小团。

靳岑蹙眉看了严亦疏好几秒，最后还是把笔放下，半弯起了腰。

靳岑突如其来起身的动作一时之间让整个考场都静止了两秒。监考老师对一班考场里的学生很放心，基本上不担心有人会作弊，所以正在优哉游哉地看报纸。感觉班里气氛好像有些不对，他抬起头一眼就看见那个年级第二的靳岑。

男生一副没有和老师通报就要离开座位的样子，让他疑惑地皱起了眉。

监考老师还没来得及出声询问，靳岑就顶着全班考生注视的目光，伸手拿起了严亦疏挂在椅背上的校服大棉袄。

把棉袄拿到手以后，靳岑没有坐下。他不紧不慢地把棉袄抖开，然后弯腰前倾，给那个睡熟的男生披了上去。然后他面色自然淡定地坐了下来，继续做卷子，好像只是弯腰捡了个橡皮擦一样。

这个动作持续不超过五分钟，却让全班做卷子的节奏都被打乱了。

监考老师眨了眨眼睛。

班级里的其他同学也眨了眨眼睛。

可能是因为靳岑的动作太过自然，监考老师居然也没说什么，他看了看继续淡定做卷子的靳岑，又看了看睡得舒服的严亦疏，在心里惊讶地想，这年级第一和第二关系挺好的啊？

语文考试还在继续。时间滴滴答答地走过。

高一（1）班的考场里，只有一个人的内心平静又安宁。

那就是盖着大棉袄，睡得舒舒服服，还打了小呼噜的严亦疏。

第三章 成长痛

20

严亦疏是被考试还有十五分钟结束的广播声惊醒的。

他做了一个冒着浓郁咸骨粥香味的美梦，醒来以后还在忍不住砸嘴，迷迷瞪瞪地看了一眼周围，发现自己还在考试。

他直起身子，盖在身上的大棉袄随着他的动作滑落。

严亦疏从刚睡醒的恍惚中慢慢清醒过来，小小地舒展了一下身体，把卷子检查了一遍，确认自己的所有信息都填写完整以后，便靠着椅背开始发呆。

睡了一觉，他感觉浑身都好受许多，至少头没有早上来的时候那么胀了。

桌角上还放着靳岑的保温杯，和透明小袋子里的药丸。

记忆开始慢慢往他的脑袋里涌。

严亦疏抱着自己的大棉袄校服，捏了捏棉袄肥肥的袖子。他从口袋里抽出纸巾，把鼻子捂住，脸上出现了一丝没人察觉的怔愣和惊讶。

靳岑去给他买粥，还让他吃药？严亦疏一边擤鼻涕，一边在脑海里回放靳岑拎着粥进来的画面。面无表情的酷哥手里拎着粥还有药，画面有点莫名的可笑。

再想到陈毅之前说靳岑做饭很好吃，严亦疏不禁暗搓搓脑补起了靳岑那副不沾人间烟火气的学霸模样，穿着围裙做饭的场景……

严亦疏病还没好，借着晕乎乎的劲就开始做起梦来。

这美好的场景还没脑补几秒，就收卷子了。

刺耳的考试结束铃响起，整个一班考场已经没有人在动笔。大家其实都已经写完卷子很久了，最多也是检查检查遗漏和错误。一空闲下来，就有不少人盯着前面的小角落看，只不过严亦疏没有发现而已。

每一排的第一个收问卷，最后一个收答题卡，这是一中考试的惯例。

严亦疏站起来，把自己的答题卡叠好放在桌子的右上角，拿起问卷往身后收。

一转身，就看见后座的靳岑正端坐着，用一种说不出来的眼神在打量他。看得严亦疏还怪不好意思的。

他拿起靳岑桌上的问卷，朝他眨了眨眼，然后继续往后收卷子。

收着收着，严亦疏发现好像不太对。

怎么班里那么多人的目光都盯着自己看呢？

难道刚刚睡觉醒来以后没注意，把眼镜睡歪了？严亦疏下意识地扶了扶眼镜，发现眼镜是正的。而且他还戴着口罩，一整张脸都遮得差不多了，没道理这么多人盯着他看啊。

抱着疑惑的心情，严亦疏把问卷收完理好，交到讲台上。

然后他更加惊讶了。

因为就连监考老师都用一种意味深长的目光多看了他几眼。

自己睡着的时候发生了什么？

严亦疏莫名其妙地回到座位上。坐下来时，他依然能感受到那些若有若无打探过来的视线，搞得他有点如坐针毡，周身氛围好像都变得奇怪了。

监考老师理完卷子，宣布大家可以离开考场了，一瞬间考场里就响起了不小的攀谈声。

桌椅摩擦的声音接连响起，严亦疏拿着水杯站起身，靳岑已经走到了他的旁边。

“走吧，去吃饭。”靳岑目光掠过他的手，发现严亦疏故意没拿药，他皱了皱眉，伸手把他桌面上的透明小袋子揣进了裤兜里。

严亦疏抱着水杯站在他旁边，点了点头，两个人丝毫没有要对答案的意思，一起往外面走。

俩人走出一班，陈毅和祁杨也恰好走出自己的考场。

他们分别在二班和三班考试，离得也不远。

陈毅考场收卷快，现在他连手机都已经开机了，拿在手里玩，见到靳岑和严亦疏出来，朝他们挥挥手。

“老大，小严老师！”

严亦疏和靳岑走过去，陈毅的目光在严亦疏的口罩和水杯上顿了一下，语气惊讶地问道：“小严老师，你生病了啊？”

“嗯。”严亦疏的鼻子堵得厉害，喉咙也疼，不太想说话。

陈毅发现严亦疏手上拿的是靳岑的杯子，在心里有些欣慰地想，老大居然会照顾人了。

今天靳岑没和他们一起上学，难道就是为了照顾小严老师？

他心里欣慰的同时又有些酸溜溜的，自己和祁杨这么多年，都没见老大多关心过一下，不过他们也不怎么生病，皮实得很。

“那咱们今天中午吃清淡一点。”陈毅提议。

祁杨点了点头：“我们小区附近新开了一家粤菜馆子还挺好吃的，今天去吃那个吧。”

由于上午只有语文一科考试，十一点半就放学了，吃饭的空余时间还是很多的。

一行人往粤菜馆子走。

走在半路，习惯刷学校贴吧的陈毅看见了一个帖子。

“今天上午高一（1）班考场惊天八卦，不点吃亏！”

老大他们的考场？

陈毅没多想，顺手就点了进去，没想到，却看见了意外的内容。

1楼：楼主是一班考场的一名小考生！第一次和大佬们在一个考场里考试！本来以为这种学神考场气氛应该很紧张，我都做好了被学神们的光辉照耀的准备了。结果！结果！我们的年级第一好像是生病了，然后某位知名超级学神，居然拎着粥走进来了，还放在了年级第一的桌子上！

2楼：楼主快上后续！

3楼：楼主太谦虚了，能在一班考试的都是大学霸啊。

4楼：楼主太激动了，刚出考场答案都没对就来发帖子，继续说继续说！这位超级知名学霸，大家都知道的，初中也是北一的！楼主已经瞻仰他的光辉三年了，真真是个牛人。除了学习啥都不搞，固定小团体，来去如风，神秘如影。总之，是个传说。楼主从来没听说过这位对谁这么好过，这位身边从来只有两个跟班，再无其他好友，无数校花学霸等碰壁，均未得到友好反馈。到高中已经都没什么人敢去尝试了。

就这样一个人，居然给年级第一带粥喝。

5楼：这个传说中的人物我知道，初中我也瞻仰了他好久呜呜呜！楼主快说，卡这里急死人了！

6 楼：继续打字！年级第一好像是生病太难受，做卷子做得飞快，我还在写文常的时候，他已经把作文写完了，离考试结束还有一个多小时吧，把我吓得四肢发软，差点以为自己要写不完卷子了。

年级第一写完就睡了……

然后关键来了，我们的传说，居然站起来，拿起了年级第一的棉袄，

给睡着的年级第一盖了上去……

羡慕了。

7 楼：年级第一是不是长得乖乖的戴眼镜的？

陈毅看到这里，迷茫地揉了揉眼睛。

他看帖子的时候走得稍微慢了些，落在了其他几人的后面。

他看了看老大和小严老师的背影，好像和平常也没什么区别啊？这个帖子里的人真的是老大和小严老师？

他忍不住杵了一下祁杨。祁杨被他撞了一下，皱眉回头，低声道："干吗？"

陈毅把手机递给他，示意他看帖子。祁杨拿过手机，粗略地扫了一眼帖子，脸上出现了和陈毅相同的神情，也用同样不可置信的眼神看了看靳岑和严亦疏的背影，然后和陈毅面面相觑，无语了一阵。

要说和靳岑相处最久，最了解他的无疑就是这两个人了。

在他们这么多年和靳岑的相处里，生病能得到靳岑这样温柔照顾的，估计只有他妈。

其他人……靳岑才不管他们死活呢。

一顿清淡的午饭就在四人各怀鬼胎的缄默中度过。

严亦疏和靳岑吃饭是不爱说话的，陈毅倒是显得有些反常，时不时就扫一眼那俩人，一副欲言又止有话想问的模样。

靳岑懒得搭理他，权当接收不到陈毅的暗示，只是吃自己的饭。

严亦疏却觉得奇怪。

他今天在考场被人盯，现在还要被陈毅和祁杨打量，怎么想都有些不对劲。

回到靳岑三人的基地里，陈毅和祁杨回房间休息了，严亦疏先是按照惯例回了趟客房，再开门溜到了靳岑的房间里。

他轻轻打开靳岑的门进去，这个事他已经非常熟悉了，一点声音都不会

发出。

他进去的时候，靳岑正在看手机。

一察觉到严亦疏进来，靳岑立刻就把手机待机，抬起头看着他，摆出一副泰然自若的神色。依旧是那张眉目冷淡，拒人千里的酷脸，可惜嘴角那点未尽的笑意还是暴露了他的好心情。

看见靳岑这副样子，严亦疏瞬间有一种全世界都知道只有自己被蒙在鼓里的奇怪感觉。但他也不会主动去问靳岑，心想去看看贴吧论坛，怎么样都能找出马脚来。

严亦疏心里盘算着，走到靳岑的床旁边坐下，又忍不住打了个喷嚏。

靳岑脸上的笑意立刻消失了。

他直起身子，从兜里掏出装药丸的透明袋子，举到严亦疏面前。

“吃药。”靳岑对严亦疏说。

严亦疏正掏手机去看贴吧呢，哪有心情吃药，立刻摇头拒绝。

他来靳岑的房间一般会习惯性地先把眼镜摘了放在书桌上，此刻露出一双因为发热有些泛红的眼睛，睫毛沾了些生理性的泪水，湿漉漉的，看起来有点可怜。

可是做出来的行为就不太可怜了，跷着腿，裤子往上提，露出了一截雪白的脚踝。他也不在乎，回来也没换双长袜，只是自顾自地刷着贴吧。

很快，一个飘在首页的热帖就引起了他的注意。

高一（1）班考场的惊天八卦？严亦疏在心里默念道。

什么玩意儿，怎么自己不知道？

他点进去，还没来得及看内容，一片阴影就罩在了他的头上。

是靳岑。

“真不吃？”靳岑又重复问了一遍。

严亦疏本来性格就倔，被他这么一激，就跟打仗似的，已经不是吃药的问题了，事关男人不低头的尊严。

他头也不抬，以表坚定，后鼻音浓重的声音说了一句：“不吃。”

八卦贴浏览到靳岑拿着粥走了进来，严亦疏的手机就被收走了。

而抽走他手机的那个人手里拿着药。

靳岑看着他，冷笑了一声，把手机放进了自己的口袋里。

严亦疏脑子里还盘旋着刚刚的八卦贴，立刻叫道：“你干什么啊靳岑，快还给我！”

靳岑恍若未闻，转身拿起桌上的一颗药丸，在严亦疏看不见的时候把药捏在手里，然后快步走到严亦疏身边。

他一只手扣住严亦疏的手腕，另一只手突然掀起床上的被子，一下把严亦疏裹在了里面，他力气大得吓人，严亦疏试着挣脱了一下，却动都动不了，只有小脸露在外面，他惊恐地看着靳岑。靳岑上前一步，将一团被窝推到墙边，用膝盖顶着他，一只手扣住严亦疏的下巴，令他动弹不得，然后硬生生把严亦疏的嘴巴掰开了，那粒药丸就这样被塞了进去。

药丸没什么滋味。

严亦疏脑子里本来就晕乎乎的，看着靳岑生气时的眉眼，他不知道为什么突然就没有继续反抗下去的力气了。

靳岑发现自己自从和严亦疏混在一起以后，底线总是因为这个人无限退让。

比如说，给人带早餐、盖衣服。

又比如说……喂严亦疏吃药。

月考持续了两天，考试的时间总是过得很快。靳岑坐在严亦疏的后面，和严亦疏一样做卷子做得飞快，往往离考试结束还有很久就已经做完了。

剩下的时间，往往就是严亦疏睡觉，靳岑盯着他的后脑勺发呆。

男生分明是个桀骜不驯的性子，偏偏长了一个很乖的后脑勺。头发一点都不刺，乖顺地贴在脑袋上，偶尔还会因为没梳好头翘起一绺头发。

用靳岑的眼光来看，就是后脑勺都有着不俗的演技。

考试这两天有靳岑盯着吃药，严亦疏的病好了大半。但是病去如抽丝，他现在还是一副虚弱的游魂样，时不时还要拿出纸巾擤一擤鼻涕。

最后一门英语考完，就连一班考场里的学生都松了一口气。

不少人目送年级第一和第二离开课室，脸上露出了没有看到更多劲爆八卦的不满足感。

因为第一天语文考试靳岑不符合他人设的惊人举动，据说现在北城贴吧里面已经聚集了不少人关注这件事。

扛着病体半夜不睡的严亦疏更是用自己的小号马甲把这些帖子都浏览了一遍，自己看自己的八卦，颇有众人皆醉我独醒的酣畅淋漓之感。

靳岑也看到了那天的八卦帖，不过他没有继续关注后续。

因为他还有更重要的事情要烦恼。

天不怕地不怕，这个世界上仿佛没有任何事情能够难倒他的靳岑同学，看着自己前面这位抱着保温水杯，以一副要无赖的样子趴在他的椅子上的“年级第一”，他毫无办法。

他总觉得严亦疏这次生病自己也要负一定责任，但是由于靳岑是第一次照顾人，有些时候也是别扭得很。

他第一次给严亦疏喂了药以后，这人好像就上瘾了，每次要吃药的时间就来他房间里一瘫，一副你不喂我不吃的咸鱼样，弄得他很是头大。

严亦疏起身去上了个厕所，一走出洗手间，就被恰好出房间的陈毅给揪住了。

“小严老师，明晚和我们一起去跨年吧？”

陈毅眼睛亮闪闪的：“我们带你去感受一下，那里跨年的氛围特别好！”

靳岑三人往年元旦跨年夜都是在外面过的，今年唯一的变数就是多了一个严亦疏。陈毅自己觉得和严亦疏认识这半个多学期，已经足够让严亦疏踏入他们真正的生活圈了，所以渐渐不再在严亦疏面前避着什么了。

严亦疏哪有心思听陈毅介绍这个，嗯啊地敷衍了两句，陈毅还以为他兴致不高想要拒绝。

“哎呀，小严老师，我们也就跨年晚上去，反正刚考完试嘛！”

陈毅向他双手合十，请求道：“去呗去呗，‘北一 F4’少一个人多没乐趣啊。”

他在心里一番挣扎，最后还是点头答应了。

“那小严老师明天早点过来，我给你弄个造型。”陈毅成功劝说，心情好极了，他好像已经看见了严亦疏改变自己，成为时尚弄潮儿的那一幕了。

等严亦疏走了，靳岑下来去冰箱拿饮料，陈毅还连珠炮地向靳岑炫耀了一番自己劝动严亦疏的丰功伟绩。

靳岑此时拿了可乐，走之前回过头看了一眼陈毅，想到严亦疏的装乖演技居然能骗陈毅这么久，不禁眼神有些复杂。

陈毅不解：“老大，干啥这样看我？”

靳岑喝了口可乐，看了看陈毅手里拿的啤酒，语气怜悯：“还是喝点牛奶吧，我觉得你的大脑还可以再发育一下。”

祁杨不知道什么时候坐在沙发上的，他看了一眼靳岑，眼神也带着些深意，慢悠悠地跟上一句：“没错。”

突然被嘲讽的陈毅带着满脑子问号，冥思苦想了一晚上，不过第二天就把这件事抛在了脑后。

严亦疏是下午四五点来的基地。

一来，陈毅就把他拉去做造型了。

晚上七点，“北一 F4”准备出发，陈毅就带着严亦疏从房间里走了出来。

严亦疏穿着陈毅搭配的一身潮牌，看上去比在学校里扎眼许多，唯独那副黑框眼镜在严亦疏的誓死不屈之下没有取下来，倒不至于完全暴露。

祁杨看着严亦疏若有所思，却没说什么。

跨年夜的步行街往往爆满，他们一行人过去的时候路上已经是人满为患了，路边也换上了新一年的数字灯，不少人在旁边拍照。

这还是严亦疏第一次正式以“小严老师”的身份和他们一起出去玩，而不是私底下偷偷和知根知底的靳岑出去，还有点不习惯。

他不住地扶着自己的眼镜，生怕有人把他给认出来。

店里换上了迎新年的装扮，到处都挂着连缀的小灯泡，男男女女走来走去，热闹非凡。

严亦疏跟着靳岑三人走进店里，还要时刻注意自己的面部表情，一定要表露出那种第一次来的惊讶和好奇，以免露馅。

不远处乐队准备开始表演，正在试音。这个乐队叫“刺背”，在北城颇有名气。键盘是个一头黑色长发的小姐姐，长相冷艳，身材火辣，是陈毅的梦中女神。

一看见女神，陈毅点单都顾不上，狼嚎着挤去前排拍照了。

祁杨和这里的老板挺熟，他一进来就被叫去聊天，还没回来。

一时之间座位上只剩下了靳岑和严亦疏。

不知道是在外面吹了冷风，还是自己有些感冒，“阿嚏！”严亦疏连打了几个喷嚏，一时间脑子有些飘飘然，本着绝对不能感冒的想法他赶紧喝了几口柠檬水。

靳岑靠着沙发，跷着二郎腿，“你没事吧？”

靳岑此刻哪有学校里那副腰板挺直的三好学生样子。

寸头剑眉的男生一只手放在下颌边，一只手在点单的平板上滑动，闲闲看了严亦疏一眼，然后默默按了几下可乐后面的加号按钮。

严亦疏皱皱眉：“小事。”

“那就好，不过疏哥装得挺像啊。”

严亦疏龇牙，恨不得翻白眼。

“你想我露馅啊？”

靳岑恍若未闻，只是继续点可乐。

他是发现了，严亦疏这个人就不能惯着，一惯着就翘尾巴无法无天的。

靳岑在心里暗暗想道，今天一定要把严亦疏给治服了。

看到靳岑嘴角恶作剧的笑容，严亦疏有点气急，挤到了靳岑旁边想夺过点单的平板电脑，就在准备动手的时候，一个女生站到了他们旁边。

女生穿着黑色吊带裙，长得挺好看的，清纯类型。

有陌生人过来，气氛一瞬间有点凝滞。

女生看着他们，眼神先是锁在严亦疏身上，后来在靳岑随着严亦疏的眼神抬起头的时候又闪烁了一下，脸上因为靳岑浮现出了惊艳的神色。

看着这个场景，靳岑下意识地皱了皱眉。

他在这种场合被搭讪是再常见不过的事情了，但是……靳岑捏紧了平板电脑，感觉事情走向大概会不太一样。

走过来的女生胆子显然比较大，旁边有靳岑这样一个气场冰冷的人都能神色自若地说话。

她先是朝严亦疏露出了一个甜甜的笑容，然后用亲切熟稔的语气说：“好久不见，真的是你！”

严亦疏茫然地看着她。

啥?

和他打招呼呢?

女生迎着严亦疏“你是谁我认识你吗”的不解神色，硬是咬着牙把自己的话说完了。

“上次我在沸点和你聊过呀，白殊小哥哥。你换了副眼镜戴，我差点没认出来。”

女生攥着自己的小手，脸粉扑扑的。

“上次都没有和你要微信，这次又遇见了……”

她一双大眼睛扑闪扑闪地朝严亦疏放着光。

白殊？

听到女生的话，严亦疏大脑卡机了一秒，才反应过来这是自己在川城的朋友的名字。

他在心里轰隆一个响雷，震得地动山摇。

他好像确实在沸点用这名字和一个女生聊过天！这都能再遇到吗？北城是不是只有米粒这么大啊？

女生攥着手机大胆道："咱们这么有缘分，不加微信，去我们那坐坐总可以吧？"

严亦疏看着女生手指的隔壁桌，心想八成是玩了真心话大冒险，也不好再拒绝，绅士地说："美女邀请，自然奉陪。"

话音刚落，女生就抓住严亦疏的胳膊直奔隔壁桌，完全没有理会一旁的靳岑。

严亦疏刚在隔壁桌坐下，就听拉着自己过来的女生问了句："你有没有你旁边那个帅哥的微信啊？"

严亦疏眨眨眼，坐在对面的另一个女生接着问道："对啊对啊，说一下微信号吧。"

严亦疏看着手上的可乐，敢情这人叫自己过来完全是因为看上了靳岑？

这小子真是艳福不浅呢，严亦疏禁不住有些酸溜溜，自己在川城要自己微信的人可谓是源源不绝，现在可倒好，他本着多一事不如少一事的原则，开口道："他啊，没有。"

几个女生的眼睛瞬间暗了下去，坐在旁边的男生说："一起出来玩，能没有微信？你们可别被骗了，我看他就是人家一小弟，别为难人家了，这年头儿，当小弟多不容易呢。"

男生的话听在严亦疏的耳朵里格外刺耳，不知是感冒让脑子晕乎乎，还是刚才靳岑挑衅的话，让原本不想理会他们的严亦疏反驳道："我不是他小弟！"

"那你就说他的微信号是多少？"几个人起哄道。

严亦疏被吵吵闹闹的几人弄得头疼，想着即使这几个女生申请好友，靳岑也是不会同意的，他翻了翻微信通讯录，给几个人看，说："这个。"

一直在原地等严亦疏的靳岑，没有等到他人，反而是等到了几个"好友申请"。

他看着手机屏幕微微皱眉，又抬头看向在隔壁桌谈笑风生的严亦疏，他说说笑笑就算了，还莫名其妙地出卖了自己的私人微信。

不爽。

靳岑不明白为什么严亦疏这么轻易地就把自己的私人微信给了别人，要是那个用来应付父母的账号或许他还能理解，但严亦疏分明说的是自己的私人微信，还把自己晾在一边。

严亦疏嘴角上扬一次，靳岑的脸色就黑一度。

直到严亦疏余光瞄到靳岑黑如锅盖的神色，僵硬地朝女生笑了笑示意自己要回去了。

完蛋了。常在河边走哪有不湿鞋，人生倒霉事十之八九。

这不赶巧，今年最后一天，他就是踩着尾巴倒霉迎接新年的第一人。

21

严亦疏见多了大场面，临危不惧，反应极快。

他迅速回到靳岑的桌子旁，不料混沌的脑子却让自己一下扑到了靳岑身上。

靳岑被他撞得手一抖，不小心把自己无聊一直点加号的可乐下了单。

靳岑的目光投在了挂在他手臂上的严亦疏身上。

严亦疏被这充斥着恐怖气息的目光弄得浑身一抖，迅速松开靳岑的手臂，坐到了一边。

“还知道回来？”靳岑看着他，慢条斯理地把平板待机，放在桌子上。

刺背热身已经完毕，第一首曲子是他们的成名曲《白日梦》，绚烂诡谲的音符不断跳动，不少人围在舞台前，跟着乐队的演奏一起挥手。

热闹熙攘的环境里，靳岑和严亦疏所在的位置可以算得上是独一份的寂静。

严亦疏闪躲着靳岑的目光，捂住腮帮子，一副牙疼模样，解释道：“知道知道，岑哥，我错了。”

靳岑眼神像刀子一样划过严亦疏的身上。

严亦疏感受到了危险的气息，只敢用余光瞥着靳岑，小心劝解道：“人嘛，要绅士点，对不对？”

靳岑没有回答他。

男生只是从果盘里捞起一块橙子，不紧不慢地把皮掀起一角，递给严亦疏。

严亦疏被靳岑这突然递给他水果的动作弄得一愣。

他接过靳岑递过去的橙子，就着掀起皮的那一角把果肉吃下了。

怎么，靳岑这是不生气了？

严亦疏忍不住又偷偷地去瞄靳岑。

靳岑这人属于闷骚型。有大标志的潮牌衣服不穿，烂大街的款式不穿，总是挑一些低调的，基本上一眼望过去，很难辨认出他穿了什么牌子的衣服。但是偏偏又搭配得好看符合气质，又酷又帅，很惹眼。

靳岑出门很少戴配饰，顶天了戴一顶帽子或者一块表。今天他手上戴了和严亦疏同款的运动手环，尾指上还有一枚低调的菱形缺口戒指。

严亦疏也有一枚类似的戒指，那天晚上在巷子里遇到靳岑的时候就戴着。

靳岑身上的香水味道好像有点细微的变化。之前的味道有些厚重的苦，现在却多了雪松轻盈的味道，让人感觉比之前柔和了一些。

可是此刻靳岑身上那弥漫开来的冷气把这点柔和冲得一干二净。

靳岑始终没有说话。

他只是动手又给严亦疏剥了一瓣橙子。

严亦疏心中忐忑不安。他左瞄右瞄，想找点援军来，只看见舞台那边的人群里好像有陈毅的影子，祁杨却没找到。

舞台上《白日梦》这首歌唱到高潮，歌词有一句“贪恋你如贪恋白日梦，叫人溺死在其中”，格外声嘶力竭，听得严亦疏心惊肉跳。

服务员在人群狂欢中灵巧地穿梭，把靳岑刚刚手抖下单的一堆可乐送了过来。

严亦疏嚼了嚼口中的橙子，果肉挤出甜甜的汁液，他吞下去，转过头，撞进了靳岑幽暗的目光里。

靳岑拿起一罐可乐递给严亦疏。

他对严亦疏语气平静地说：“来。”

得。

严亦疏知道这事还没过去。

其实他有点头晕，比起可乐他更想喝杯柠檬水，他硬着头皮接过靳岑的可乐，两个人一人一罐，好像下一秒就要桃园结义一样。

严亦疏端着可乐，两个人好像较劲似的喝了好几罐。

严亦疏感觉，靳岑绝对是想整自己。

明明没有喝酒，严亦疏却觉得自己有点晕，可乐还有这种功效？

靳岑一副我挺好的表情，面色沉稳，全然没有一点可乐喝多涨肚的样子。

祁杨从老板那里聊完天回来，看到的就是两个人对着拼可乐的这一幕。

他脚步一顿，看着桌子的可乐罐，不禁数了数。

这得多少罐可乐啊？

祁杨震惊地眨了眨眼，又看向还在喝的两个人。

这不会等下喝进医院吧？

严亦疏努力维持着清醒的意识，看见祁杨，立刻拿起可乐，和祁杨打了声招呼。

祁杨走过来，不敢置信地问道："你们喝可乐？"

严亦疏立刻面色天真地点了点头。

祁杨又去看靳岑，语气小心翼翼地说："岑哥，这样欺负小严老师，不太好吧？"

谁知道这话音一落，就招来了靳岑的一声冷笑。

"呵。"

男生的声音具有极强的穿透力，在嘈杂喧闹的环境里也清晰可闻。

一声冷笑，弄得祁杨有点蒙，严亦疏则是抱着沙发上的抱枕又往外坐了一点。

"我欺负他？"靳岑撩了撩眼皮，问道。

"没有没有。"严亦疏求生意识极强，赶紧帮靳岑解释。

就算是严亦疏骗了大家，岑哥不至于吧。

祁杨百思不得其解。

刺背的表演时间是一个小时，陈毅看完表演过来，脸都红了，大喘着粗气，一副为爱痴狂的样子。他走回座位，开口就要和所有人号叫刺背的现场有多棒，他的女神有多辣，却发现这里的氛围有些不对。

祁杨看见他，拼命给他使眼色。

陈毅正在兴头上，被祁杨的眼色弄得一盆冷水泼下来，醒了一半。他放慢自己的脚步，走到祁杨旁边坐下，就看见了诡异的一幕。

桌上已经摆了不少空罐子。

但是，没喝完的更多。

严亦疏的脸上泛起了潮红，嘴唇更是滴血般得鲜艳，五官明媚至极，一副黑框眼镜完全掩盖不了的好看。

看得陈毅一愣。

他张了张嘴，感觉此刻黑发红唇的小严老师并不比刚刚在舞台上的女神逊色多少。

严亦疏正在出题。

他的大脑飞速运转，嘴皮子上下碰撞，一道物理题就秃噜出来了。

“在任意给点温度 T 下，单位波长黑体热辐射功率最大……假定地球与太阳以及人体……由此可以估算出太阳表演的温度均为多少，地球表面的温度均为多少？”

啊？

啥玩意儿？

陈毅听得晕晕乎乎，他迷茫地和祁杨对视一眼，在祁杨的脸上看见了无奈的表情。

祁杨在这里坐了半个小时，已经听靳岑和严亦疏互相问了数十道物理、化学、数学问题，以及若干古诗接龙，严亦疏目前以一道题的优势小胜靳岑。

靳岑物理好，他甚至没有用上纸笔，心算了一会儿就给出了正确答案。

严亦疏不爽极了，他此刻已经把自己刚刚被美女搭讪的事情忘在了脑后，脑袋里面只剩下了要赢过靳岑这一个念头。

跨年夜，北城的高中生大半都跑出来玩了，而实中的那群少爷团更是如此。跨年这几天他们已经潇洒了好久，各种局都搞了不少，以凌旭阳为首的小团体更是在街上扫过好几次了。

凌旭阳这人自命不凡，不顾靳岑的意见，自封为靳岑的头号敌人，向来喜欢散播靳岑的坏话。他身边一直有人给他传递靳岑的情报，但是由于靳岑的行踪过于飘忽，他很少能够捕捉到靳岑。今晚他本来在另一个地方玩，但听到了靳岑在这一带出没的消息，立刻带着自己的一帮小弟浩浩荡荡地往这里来。

他来得晚，也没定座位，却毫不心虚，直接往靳岑这里走。

凌旭阳也说不清自己要找靳岑干什么，总之一上头，意气风发地来了。

七八个男生是一个小团体，踢掉金一楠以后，各个都个子高大，也都长得还行，北城实验把他们叫作“实中男模队”，往靳岑几个人的面前一站，有那么点味道。

凌旭阳抱着手，正盘算搞一个帅气的出场，就看见靳岑正在和一个人对峙着。

他在旁边咳嗽一声，想要引起这几个人的注意力。

陈毅、祁杨和靳岑的眼神却全都黏在严亦疏身上。

刚刚靳岑才给严亦疏出了一道非常难的题目，严亦疏正在皱着眉头解题。陈毅自然是在旁边为自己的小严老师默默地加油鼓劲，而祁杨则是愈发感觉世界的奇怪，在严亦疏到底是个什么人的怪圈里纠结，根本无暇顾及其他。

这让“实中男模队”有点尴尬。

加入“男模队”不久的徐易平是被硬拉过来凑数的，他站在队尾无所事事地偷瞄有没有漂亮小姐姐，一回头，看见了一张熟悉的脸。

这不是疏哥吗！

他向来嘴比脑子还快，想法还没全呢，声音先到了。

“疏哥！”

叫完这一声，他蔫了。

徐易平瑟缩了一下。

“实中男模队”全都盯着他，就连陈毅和祁杨都盯了过来。

完了。

疏哥和他说不能在别人面前暴露他身份的！

“疏哥？什么时候北城多了这么一个哥了？”凌旭阳眯起眼，看着沙发上没有看过来的人中间的生面孔，大摇大摆地走近了一点。

其他北城实验的人也跟着走近了一点。

一时之间，严亦疏他们的位置被北城实验的人团团围住。

陈毅和祁杨看着这突然复杂的情况，不知道该做些什么。他们对视了一眼，又看了看旁边还沉浸在“竞赛问答”里无法自拔的两人，选择了沉默。

所有人都在等这位“疏哥”说话。

疏哥满脸潮红，呼吸急促，好像在紧张。

突然，他双眸一亮。

大家屏住呼吸，这是要自我介绍了？

只听疏哥大叫一声：“靳岑！你这题出的就是错的，这个条件根本得不出解！你必须要把定义域换了，不然没有实根的！”

所有北城实验的人都愣住了。

徐易平捂住脸，悄悄退后了两步。

严亦疏拆穿了靳岑的骗局，脸上洋溢着得意的笑，他拿起一罐可乐递给靳岑，对着靳岑说：“快喝！”

然后靳岑在众目睽睽之下，接过可乐喝了。

凌旭阳眨了眨眼。

北城实验的人也都眨了眨眼。

这是他们认识的靳岑吗？

他们在干什么？

这是怎么一回事？

只听严亦疏的声音再次响起。

“靳岑你听好，现有 25ml 的 KI 溶液，用酸化的 10ml，0.500mol/L 的 KO3 溶液处理……析出的单质碘用 0.1000molL 的……求原 KI 溶液的物质量浓度……”

男生显然已经非常兴奋，眉眼间都闪烁着“看你这次怎么办”的得意，说出来的一大串更是听得人有一种置身于化学课的既视感。

周围热闹嘈杂迷离暧昧的气息在这里全然不见。

北城实验的一行人脸上都浮现出怀疑人生的表情。

凌旭阳咽了下口水，刚刚还拽得不可一世的表情瑟缩了一下。

他揪住准备溜走的徐易平，小声问道：“等等，你那个疏哥，什么路数？”

徐易平嗅到了将功补过的气息，他立刻竖起自己的大拇指。

“学神！牛！北城一中的年级第一，就是把靳岑踹下去的那个严亦疏！”

凌旭阳一听，这人有印象啊！

徐易平又趁机给严亦疏编人设：“我这个朋友，就是热爱学习！我看靳岑就是遇到对手了！”

凌旭阳脑海里刚刚那串题目已经消失得差不多了，他站在旁边，人家知识竞赛火热着，他一下子有一种学渣见到学霸产生的天然畏惧心理，虽然说他一般会把这种学霸打趴下，但是显然靳岑这三个人不太好打。

凌旭阳从小不仅学习被靳岑打压，打架还是被靳岑按着打。好不容易想领多几个人来挑衅，占领气势上的优势，结果人家压根没带搭理他的。

这让他很不是滋味。

倒是这个严亦疏有那么点要打趴靳岑的意思。

凌旭阳心里的小算盘打起来，他搂过徐易平的肩膀，往严亦疏那里飘了个眼神。

“阿平，你这疏哥，咱们能不能发展发展啊？”

祁杨耳尖，听到了凌旭阳的问话。

他看了看对着靳岑肆无忌惮的严亦疏，和脸上毫无不舒服的靳岑，在心里看清楚了些门道。凌旭阳要发展严亦疏？

他在心里一声叹息。

那靳岑估计会把他发展到十八层地狱去吧？

严亦疏也不清楚自己喝了多少罐可乐，但是自己的头是越来越晕。

脑海中，无数公式和定理伴随着靳岑的脸一起天旋地转，不知道从哪个角落还冒出了一点徐易平的声音来，他迷迷糊糊地看着前面，试图让自己的视线对焦，却屡次失败。

震耳欲聋的背景音乐此刻都隔了一层纱似的让人听不真切，严亦疏感觉自己陷在了泡沫堆里，时刻都要坠下去似的。

他嗅到了身边一点熟悉的气味，不由自主地挨了过去。

凌旭阳一行人才走了没多久，还是被祁杨打发走的。知识问答竞赛随着严亦疏意识的模糊也落下了帷幕，晚上十一点多，马上就跨年了，周围的气氛格外浓烈，刺背乐队也重新回到了台上准备为跨年唱一首新歌。

严亦疏的头搁在靳岑的肩上，他闻着那股熟悉的松枝沉木的安神香气，睫毛轻轻颤了颤，然后非常安静地闭着眼睛一句话都不说，好像是睡了过去一样。

陈毅看着严亦疏，放低了声调，小心翼翼地问道：“小严老师……这是喝可乐喝醉了？”

靳岑感觉到脖颈处男生潮热的气息，他皱了皱眉头，才意识到对方的不对劲。

他赶紧伸手摸了摸严亦疏的额头，有些发热，还好只是低烧，他拿起自己的外套把严亦疏包了起来。

“先让他睡一会吧。”靳岑道。

陈毅看着严亦疏搭在靳岑肩膀上的头，目光里不由自主地透出几分钦佩。

小严老师还是牛，敢直接往老大的肩膀上倒，要是这是换一个人，估计头都已经落地了。

严亦疏靠在靳岑的肩膀上，找了几个舒服的角度，又嫌弃自己的眼镜碍事，用手扒拉了一下，把眼镜推开了。

黑框眼镜从男生的脸上跌下去，落在了靳岑的腿上。

严亦疏轻哼了一声，声音很小，只有靳岑才能听得见。他余光瞄了一眼靠在自己肩上的男生，心里觉得自己今天有点过分了，都没发现对方发着烧，但是他的心情以自己都没有发现的速度好了起来。

发烧的感觉让严亦疏昏沉之余难免难受。他好似觉得这样靠着不舒服，揉着额头又挣扎着起身。今天陈毅只是给他换了一身衣服，并没有弄造型，他还留着平常在学校里的顺刘海，齐耳的黑色短发。因为这里的暖气开得很足，严亦疏又发着烧，他出的汗已经把刘海濡湿了，侧分着贴在额头上，露出了平常不见天日的眉毛。

男生皮肤很白，发烧以后泛着红晕，更显得肤质细腻。一双上挑的凤眼半眯着，纤长的睫毛垂下，光影间隙里拉出长长的影子来。

那双眸子睨过陈毅和祁杨，带着些漫不经心和高傲，眼尾泛着红，小痣落在上面，像是要随着倏忽起落的睫毛飞起来了似的。

十足的矜贵、绻丽、慑人。

若说平日里严亦疏给人的感觉是呆板的清秀，那么此刻就是能压住全场的美。“美”这个词用在男生的身上恰如其分，他突然展现出动人心魄的美，就像夜里盛开的昙花，给人极强的视觉冲击力。

严亦疏语气里带着困倦和懒散，调子却是不容置喙的命令姿态。

“你们傻坐着干什么？酒都不会喝？”

陈毅已经看呆了，桌子上放的明明是可乐。

他直愣愣地盯着那个与平时判若两人的小严老师，忍不住伸手在自己的眼前挥了挥，害怕自己是在做梦。

严亦疏看着陈毅，支着下巴，突然轻笑了一声。

男生的声音不像靳岑那样低沉，质感更像是上好的绸缎，声音入耳，亲昵甜美。

“靳岑，你怎么教的，小弟这么呆可不行啊。”

小弟？呆？

陈毅茫然地舔了舔唇，说自己呢？

严亦疏看起来一点都不像是发烧了。

他举手投足都很有章法，他甚至伸出手，往靳岑的口袋里摸。

严亦疏从靳岑的裤兜里摸出了糖盒，打开以后倒了一颗薄荷糖出来，看着下巴快要掉到地上去的陈毅，露出了一副充满兴味的表情。

“嘿，靳岑的小弟，叫什么名字？”

开始说胡话了。

店里灯光扑朔，不停变换的霓虹灯光下，座位处的光线明明暗暗。严亦疏身处这样的光线里，却没有半分的不协调，身上的气质反而显得更加神秘诱人。

靳岑端坐一边，面色淡定，和陈毅甚至是有所料想的祁杨比起来，可谓是云淡风轻。

陈毅被这样的严亦疏吓到，有点手足无措。

他知道严亦疏是发烧了，却还是下意识认真紧张地回复道：“我，我叫陈毅。”

祁杨移开目光，不忍直视。

严亦疏朝陈毅那里勾了勾手，拿起一罐可乐递给陈毅，笑道：“来，来喝酒。”

靳岑坐在他旁边，一声不吭，突然伸手截过了严亦疏要递给陈毅的可乐。

严亦疏转过头，看向他的目光嗔怪埋怨，又带了几分迷茫。

靳岑的手绕过了男生的背，按住了男生的肩膀。

他拿起可乐抬起头，喉结滚动，弧线优美。可乐顺着唇角滑落下来一点，在那张眉目冷淡英俊的脸上显得格外性感。

靳岑的声音压得很低，说道：“我陪你喝。”

严亦疏看着靳岑。他的双眸映出了靳岑的影子，因为发烧泛着水气的眸子本该黯淡，此刻却像风中摇曳的烛火，格外明亮。

他看着靳岑，笑容又不自觉地深了几分。

“哟，大帅哥。”

靳岑伸出手，轻轻盖住了他的眼睛。他侧身在他的耳边，语气慵懒又性感。

刺背乐队的新歌刚好唱到高潮。新歌名字叫《永无岛》，高潮一句不似以往歇斯底里的风格，唱腔极尽缠绵。据传不唱情歌的主唱眼神看过身后那个爱的人，呢喃道——你是我的永无岛，永无岛上不天亮。

22

“五！”

“四！”

“三！”

“二！”

“一！”

烟花随着新年的到来一起炸响。北城最繁华热闹的江边步行街，街角的大屏幕上倒数的数字跳动，无数人站在一起倒数，最后一秒跳过，新的一年到来了。

严亦疏靠在靳岑的肩上，双眼蒙眬迷茫，一副快要睡过去了的模样。他扯着靳岑的手臂，咂了咂嘴，语气迷糊地问道：“这是……跨年了吗？”

靳岑的手机正在不停地震动，无数人给他发来了新年祝福，虽然他哪条都不会回复。他没有去查看这些新年祝福，听到严亦疏的问话，他轻轻地“嗯”了一声。

严亦疏睡意上头，此刻已经困得有些睁不开眼了。

他脑海里仅存的清醒意识让他对靳岑呢喃出了一句“新年快乐”。

此刻，周围是最沸腾的时候。香槟塔处四溢的液体和飘散的彩带，以及无数年轻人的欢声笑语让这里充斥着节日的热烈氛围，十二点一过，新年活动也正式开始了，进场时每人手腕上都有的纸圈上的编号就是为了这个活动而设置。

穿着晚礼服的小姐姐在台上宣布今晚的幸运数字，编号有这个数字的人都可以上台参加活动。

“第一个数字，9！”

随着大屏幕的滚动，台下立刻一片哗然，大家都在查看自己纸圈上的数字。

靳岑坐在沙发上，有不少女生明着暗着扫过那个气质出众的帅哥，想要看他有没有抽中。

他长了一张不温柔的脸。如果他挑眉冷声让人滚蛋，或者是站在人群之外，姿态疏离冷漠，大概都没有人会感到惊讶。可是此刻，这张脸上却难得地露出了堪称温柔的神色，明暗闪烁的灯光下，男生的侧脸时不时就会融入黑暗里，但是他唇角那抹浅浅的笑，却让他整个人格外柔和，这样不常见的景象，把陈毅和祁杨都看呆了。

他听到严亦疏呢喃的那句新年快乐，也回复了一句。

“新年快乐，小严老师。”

严亦疏头一歪，彻底睡了过去。

睡过去的男生呼吸很安稳，在这样嘈杂的环境里，自成一派安宁。

靳岑看了眼正热闹的舞台，皱了皱眉。

“走吧。”他对陈毅和祁杨说，“该回去了。”

祁杨坐在一边，还没把新世界的丰富内容消化完，一脸噎住的表情。

陈毅不比祁杨，他还沉浸在“天呢，小严老师居然有这样一面”的震惊里。

靳岑叫来服务员埋单，他虽然年纪小，但是积蓄不少，这晚的消费也能轻松承担。结完账，他扶着严亦疏往外走。

严亦疏睡得迷迷糊糊又被吵醒，此刻倒是恢复了几分清醒。

他感觉自己被靳岑搀着，挣扎着睁开眼睛，对焦不上的画面和几个重影叠在一起，看得他一阵晕眩。

“散，散场了？”严亦疏问道。

其实这才十二点多，不少人才涌进这家店里，远远没到散场的时间，但是靳岑却点点头，为严亦疏按开了电梯门。

刚刚的画面涌进严亦疏的脑海，信息量有些爆炸，严亦疏晕乎乎地转动着大脑，那些迅速掠过的记忆片段让他大概摸清楚了刚刚到底发生了什么事。

严亦疏在心里不敢置信地又回想了一遍。

知识问答竞赛。

徐易平出现。

他倒下。

然后……然后他对陈毅干了些啥？

他立刻把眼睛一闭，往靳岑身上一靠，果断装死。

凌晨一点，一行人回到了基地里。

严亦疏在的士上又睡了一觉。这次他睡得很熟，下车的时候整个人都倒在了靳岑的身上。

陈毅虽然有一肚子话想问自己的小严老师，但还是没有打扰严亦疏睡觉。主要是靳岑非常自然地架起了严亦疏，男生靠在靳岑的背上，被背上了楼。

回到基地，打开客厅的灯，照亮了三张神色各异的脸，而严亦疏由于埋头在靳岑的背上，只能看到脑袋上的“呆毛”。

靳岑很淡定，他对陈毅和祁杨抛下一句“有什么事明天再说”，就背着严亦疏往客房去了。

陈毅和祁杨在客厅里面面相觑，陈毅更是一脸“我要憋得炸了”的表情，祁杨看到陈毅的表情，赶紧摆手道：“别问我，我也不知道，明天问当事人。”

祁杨脚底抹油，火速溜走了。

陈毅站在客厅里，他茫然地揪了揪衣服，又搓了搓头，最后从冰箱里拿了一瓶奶，狠狠地插上吸管。他一边嗦着奶，一边往楼上走，脚步极重，一副苦大仇深的表情，好像在思索什么极难的压轴题。

客房里，柔软的被子迎来了酣睡的人。

严亦疏被靳岑放在床上，动作间轻轻地哼了一声，却没醒来。或许是他不想面对陈毅和祁杨的心情太过强烈，一觉睡得很沉。

靳岑站在床边，没有开灯。

窗户有一半窗帘没拉，月色从窗外倾泻而入，洒在床沿，银色的皎洁月光波光粼粼，温柔又宁静，男生站在床边，影子落在月光下，斜斜一道。

靳岑看了严亦疏一会儿，突然脸上泛起了笑意。

睡梦中的严亦疏眉头蹙起来，可能是刚才放下他时碰醒了，他非常不开心地睁开了眼睛。一睁眼，就看见了靳岑似笑非笑的脸。

严亦疏的起床气发到一半又缩了回去，下意识就把眼睛闭上，打算继续装死。

“小严老师，刚刚可不是这样啊？”

靳岑语气慢条斯理，又带了几分恶趣味的调侃。

“我还等着你教我怎么教小弟呢。”

严亦疏紧闭着眼睛，打算把装死这项伟大事业进行到底。

靳岑低声笑了出来。

他凑到严亦疏的耳边，声音轻轻地问道：“疏哥，别装死啊。”

疏哥认命地睁开眼。

“岑哥，我都发烧了，你还整我啊。”

男生并没有因为严亦疏的告饶而改变自己的语气，他只是继续说道："没有，你那个川城的朋友反应挺快，帮你兜住了。你还是年级第一，学神疏哥。"

严亦疏怎么听靳岑这话味道都觉得奇怪，他打哈哈道："哪里哪里，岑哥只是不屑和我比而已嘛。"

靳岑眯起眼："不屑？谁说的？"

严亦疏果断两眼一闭，开始新一轮的装死。

靳岑看着严亦疏这副"我是死人不要打扰我"的样子，笑出声，他摇了摇头，把被子给严亦疏盖上，打开门出去了。

翌日。

陈毅昨晚回房间以后好一阵冥思苦想，最后得出了一个"小严老师"大概也和岑哥一样在别人面前装好学生的结论，他第一个下楼，就是为了蹲住严亦疏，以防他溜之大吉。

严亦疏下楼的时候，客厅里已经坐了两个人了。

客厅的餐桌上摆着牛排，香味从厨房一阵阵地传来，祁杨和陈毅坐在餐桌上，看他下来，脸上露出了不一样的神色。

陈毅觉得自己被欺骗了，心里总觉得自己应该发火，但是对着严亦疏的脸，他又发不出火。也许是因为这半个学期已经习惯了对小严老师要温柔一点，他现在看见严亦疏就下意识地想要小声说话。

但是他一想到严亦疏昨天晚上的那个样子，又感觉自己真的像个傻子一样，明明小严老师牛得很，他还觉得人家是小绵羊，也不知道在别人眼里看了有多好笑。

憋屈。

太憋屈了。

严亦疏下来一看见陈毅，就做贼心虚地干咳了一声。

因为他昨天暴露了，今天干脆就没有戴眼镜，直接裸着脸下楼了，露出了那双好看的凤眼。

坐到餐桌上，严亦疏看着陈毅，十分诚恳地双手合十。

"对不起，陈毅，小严老师对不起你。"

陈毅没想到严亦疏一下来就和他道歉，立刻手足无措了起来，他本来也不是真的生气，立刻气势已经泄了一半。

“啊，没，没这么严重！”陈毅摆着手说。

严亦疏叹了口气。

他不戴眼镜，恢复了自己在川城的模样，看起来和靳岑一行人更像是“同类”了。外表精致帅气，气质也好，往那一坐，自带光芒。

“其实，我也不想这样的。”

他看着陈毅，露出一个有些苦涩的笑容。

帅哥卖惨，格外动人。

陈毅一下子就被严亦疏的表情震住了。

随着严亦疏痛苦的表情，属于他的故事就此开始。

幼年母亲离世，从小老爹就冷漠不关心他，只有考好成绩才能博得一点注意的悲惨故事徐徐展开，听得陈毅那叫一个感同身受，他捏紧双拳，听到因为父亲的期望，严亦疏就要离开自己长大的环境和好朋友背井离乡来北城读书，不得不在新环境卖乖的时候，陈毅更是随着皱起眉头，愤愤就是一句：“这不是你的错！”

“我这也是没有办法。”严亦疏目光诚挚地看着陈毅，“我不该骗你们的，现在大家都是朋友了，以后我一定坦诚相待。”

陈毅拍了拍严亦疏的背，摇头道：“小严老师你道什么歉，一日为师终身为师，你永远是我的老师！”

祁杨坐在旁边，看得目瞪口呆。

得，就小严老师这段位，估计也只有老大能降得住了，看看陈毅这小傻子，被哄得一愣一愣的。

严亦疏说起故事来那叫一个引人入胜。他不光演技好，口才也很好，不然在川城的时候怎么做得了大哥？

故事讲到尾声，陈毅已经恨不得抱着严亦疏痛哭了。

祁杨看着陈毅那泪汪汪的表情，下意识地往旁边坐了一点，只感觉浑身鸡皮疙瘩都要起来了。

而此时的靳岑系着围裙，端着肉酱意面从厨房里走了出来。

男生肩宽腿长，穿着灰色的套头卫衣和宽松的运动裤，清爽干净。一张酷脸没什么表情，手上端着的肉酱意粉散发着浓郁的香味，看起来卖相也不错，让人十分有食欲。靳岑看见陈毅的样子眉头一皱。

“干吗呢？”靳岑不爽地问道。

陈毅浑然未觉，还沉浸在小严老师可怜的故事里，他抬起头，对自己老大用露出一副坚毅的表情，语气沉重地说道：“我们以后要对小严老师再好一点！”

还小严老师呢？

祁杨无语了。他余光瞟到严亦疏趁着陈毅转头的时候，换上了一副截然不同的表情，冲着自己老大眨了眨眼睛。

再看自己老大，那不爽的情绪立刻明朗了几分。

靳岑把意面在桌子上放下，伸手解围裙。他卷起袖子，露出线条流畅的手肘，围裙挂在他的身上，掐住有力的腰线。

“老大，小严老师真的很需要第一，这次期末考你可千万不能把小严老师的第一抢走了！”

听到陈毅还在这叨叨，靳岑不爽地啧了一声。

祁杨看不过去，出来转移话题。

“这次期末考好好考啊，我们可是要去日本的，签证都办了。”

他说到这，看了眼严亦疏，问道：“疏哥也一起去吗？”

严亦疏还没回答，靳岑就先开口了。

男生坐在严亦疏的另一侧，自然地拿起严亦疏的盘子帮他盛意面，回答祁杨道：“他去。”

听着那丝毫不把自己当外人的语气，祁杨感觉自己倒像是外人了。

陈毅听到严亦疏也去，立刻拉着严亦疏看起了他找的旅游攻略，一边看还一边宽慰严亦疏。

“没关系，小严老师，寒假就和我们一起出去玩，绝对让你开开心心！我看了这个北海道的酒店，你觉得这个怎么样？我们俩要不要住一间？”

严亦疏正在吃靳岑做的意面，面的味道和卖相一样好，陡然听见陈毅说要和他住一间房，差点一口意面呛出来。

他赶紧挥手，拒绝道：“不用不用。”

陈毅有些失望地噢了一声，问道：“那小严老师和谁一间房，还是我们一人一间房？也不是不可以，有那种庭院式的民宿也挺好看的……”

靳岑把意面往陈毅面前推了推，语气冷冰冰地说道：“吃你的面，严亦疏和我一间。”

陈毅看着靳岑，不敢置信地眨了眨眼。

他老大什么时候会和别人睡一间房了？他嚼了几口面，又反应过来今天靳岑还主动做了饭，这在以前可是谷雨阿姨才有的排面。难道是岑哥早就已经听了小严老师的故事？

他悄悄戳了戳祁杨，小声问：“诶，你觉不觉得岑哥和小严老师的关系现在很好？怎么感觉比我们都更像兄弟一点呢？”

祁杨刚想趁机点拨一下陈毅，又听陈毅说：“这样也挺好的，岑哥别的不说，对朋友是真的好。”

祁杨无语了。

一月份的北城银装素裹。

今年开年便下了一场大雪，天气愈发寒冷起来。北城一中也进入了期末复习的紧张阶段，学校已经停课，开始了学生的自主复习，教学楼静悄悄的。大帘子把冷气阻隔在门外，教室里暖气开得很足，难免催人困意。

严亦疏待在教室里，正在给陈毅和祁杨弄复习的卷子，以往这些是靳岑的工作，现在自然而然地交到了他的手上。

旁边的吴石磊不知道什么时候睡过去的，男生黝黑的脸庞即使到了常年不见阳光的天日也丝毫没有变白的迹象，底下压着一沓押题卷。

期末考在下学期的分班里占了大头，所以大家都很紧张。

如今，北城的中学之间竞争愈发激烈。北城一中虽然还是独占鳌头，但是不乏A大附中这种后起之秀，他们成绩也是一年比一年好。今年北城一中更是提前了文理分科的时间，大家少了半个学期的适应时间，几家欢喜几家愁。像几个重点班自然是欢喜的人居多，不少偏科的人或者早就已经对文理选择有了定论的人，巴不得学校快点分文理。

期末考让学校的学习氛围愈发焦灼了起来。

严亦疏作为年级第一，不知道有多少人来找他借笔记本和课本，甚至还有人想出钱买他的复习资料，但是都被严亦疏一一拒绝了。不是他清高自爱，而是他根本就没有这些东西。在川城的时候他虽然成绩也很好，但是身边的朋友大多数是根本不学习的那种，别说是买复习资料了，考试都不一定乐意到场，他根本就没有这种业务提供。这次给陈毅和祁杨画重点弄资料，还是出于这半个学期欺骗了人家的愧疚感。

严亦疏把资料整理完，相当于自己也复习了一遍。

一上午都是老师在班里答疑的自习课，北城一中向来给学生很高的学习自由度，成绩越好越是如此。同学都会有计划有目的地自主学习，不需要老师推着走。

下课铃打响，严亦疏把自己誊抄工整的资料用回形针分好类，打算去文印店复印两份发给陈毅和祁杨。

陈毅为了这次能考进年级前三十名，可是下了一番苦功夫的，这几天游戏都不打了，每天抱着书，一副头悬梁锥刺股的刻苦模样。

靳岑不用收拾东西，早早就站在了严亦疏的班门口。

“靳岑又来了。”坐在班门口的女生小声对自己的朋友说，“可真是雷打不动啊！”

“要不是疏神是男的……”

破碎的讨论声遥遥传入严亦疏的耳朵里。

这么些天，严亦疏早就已经习惯了，面不改色地走出门口，走之前看了一眼睡得和猪一样的吴石磊，在心里叹了一口气。等下给这人也打一份吧，毕竟也当了这么久同桌了。

靳岑穿着校服外套，里面是一件黑色的加绒卫衣，校裤依旧不紧不松。男生等人的时候没什么表情，睫毛垂着，看不清眼底的神色。

严亦疏走出去，手里拿着那一沓资料。靳岑看他一眼，很自然地把资料从严亦疏的手上接了过去。

女生小小的惊呼声从没关紧的门缝隙里传来，落入了严亦疏和靳岑耳中。

靳岑还没转身，闻言撩起眼皮看过去，把猫在门口偷看的女生吓了一跳。

女生瑟缩了一下，把探出来的身子坐回了椅子上，还顺手关上了门。

严亦疏扶了扶自己的眼镜，温度骤然转换，眼镜片上面凝结了一层雾气，他只能模糊地看见靳岑的影子。

“帮我挡一下。”严亦疏对靳岑说。

靳岑拿着资料，一边看，一边用自己的身体挡住了严亦疏。

男生身上的味道随着冬日寒意的加深愈发冷冽了起来，每次严亦疏闻到都觉得凉飕飕的，能把人从晕乎乎的状态给刺激清醒。

严亦疏在靳岑的遮挡下把眼镜摘下来擦干净，又重新戴上。

“你这是给陈毅和祁杨弄的资料？”靳岑大致地翻阅了严亦疏整理出来的学习资料，问道。

“嗯。”严亦疏脸上浮出些骄傲，“数理化都有，怎么样，还行吧？”

靳岑翻着这沓厚厚的资料，心里有点不是滋味。

他眼神扫过严亦疏白皙的手指，指尖因为天冷冻得通红。

啧，凭什么给那两个小子抄这么多字？

他把资料夹在怀里，假装漫不经心地问道："那我的呢？"

严亦疏那点骄傲的小神情僵在了脸上。

靳岑还要别人给他复习资料？

拿着他资料的靳岑双目直视前方，一副"我不在意我随便问问"的无所谓模样，实际上捏着资料的手默默紧了紧。

严亦疏心上有点好笑，又有点无奈。

他只好回复靳岑："你的我还没弄完。"

靳岑"嗯"了一声，语气淡淡，踩着自己不疾不徐的步伐继续往前走。

陈毅下课以后还去找老师问问题，祁杨在一班等他，靳岑先过来找了严亦疏。四个人在楼梯口汇合。

严亦疏因为心里对骗了陈毅这件事感到有点愧疚，所以这段时间对陈毅都特别好。祁杨是会看眼色的，早就已经默契地把自己的身份搞清楚了，对着严亦疏散发着"没事，我懂，疏哥别管我"的识相气息，严亦疏也与他用眼神达成了一致。

陈毅接过严亦疏的资料，感动地几乎要流下两条像宽面一样的泪痕。

"有了疏哥这份资料，我这次一定能进前三十！"

陈毅现在也喊严亦疏叫疏哥了，主要是不再伪装的严亦疏气场太强，小严老师他已经喊不出口。

"北一 F4"的日本行已经定下，严亦疏的护照也快办好了。最近群里讨论得最多的就是景点和民宿，陈毅学习之余不忘找攻略，找到了不少景色很美的温泉民宿。

一行人走出教学楼，外面正飘着小雪。

雪花飘飘荡荡地落下，道路上有不少学生堆的小雪人，也算是大家紧张备考的时候难得的放松。

严亦疏走在靳岑的旁边，闻着男生身上雪松树枝的香味，耳边是陈毅叽叽喳喳的说话声。

热闹刚好，宁静也刚好。

有一瞬间，他甚至觉得，这样的日子很充实，也很快乐，比在川城的时光更加美好。

原本他心中坚定的高二出国的想法，也开始动摇了。

出学校的路不算长，很快几个人就走到了校门口。

学校外面就算在寒冷冬日里依旧热闹，各类小吃炒饭的摊位摆开一路，有一种人间烟火的温馨和忙碌。

就这样好像也挺好。

严亦疏在心里不自觉地想。

“你想吃烤红薯？”

靳岑的声音淡淡传来。

严亦疏听到问话，才发现自己刚刚发呆的时候看的地方是烤红薯的摊位。

香气一阵阵地从烤红薯的小车上传来，严亦疏肚子里的馋虫瞬间被勾了起来。他没有反驳，点了点头。陈毅听见烤红薯，也咂巴了下嘴，显然很是动心。四个人一起走到烤红薯的小车旁，那里已经站了两位穿着一中校服的同学。

女生戴着毛茸茸的耳罩和手套，站在旁边眼巴巴地看着红薯，卖红薯的大叔用夹子把红薯夹出来放在塑料袋里，递给男生，不忘嘱咐一句“小心别烫到手”。

男生捧着红薯，对女生笑了笑，用手滚着红薯，安抚道：“别急，现在烫，我给你剥。”

陈毅看着这样的场景，酸酸地咂咂嘴，对老板吼道：“大叔，来四个烤红薯！”

靳岑立刻说：“不用，三个就行，我不吃。”

他向来不喜欢吃这些麻烦的东西。

滚烫的红薯被装好递给陈毅，陈毅递给祁杨一个，又递给严亦疏一个。

就付个钱的间隙，再抬起头，陈毅就发现严亦疏手上的红薯已经到了靳岑手上。

他奇怪地眨了眨眼。老大不是不吃吗？

祁杨扯了他一下，“你的那个比较大，和我换一下。”

陈毅号叫一声：“凭什么！自己挑的又反悔！”

陈毅和祁杨在前面因为红薯的大小吵架，后面严亦疏的手上已经多了一个剥好的红薯。

严亦疏捧着红薯，笑得开心。

高冷校霸靳岑干咳一声，提醒严亦疏，“赶紧吃，等下凉了。”

严亦疏吃了一口，红薯软烂甜腻，入口一阵缠绵的香。他把红薯往上递了递，递到靳岑的嘴边。

"岑哥，吃一口。"

靳岑看了一眼前面吵架那两位，迅速地低头在严亦疏递过来的红薯上咬了一口。

"甜吗？"严亦疏问。

男生嚼着红薯，轻轻"嗯"了一声。

严亦疏的声音穿过雪粒和寒风，传到了靳岑的耳朵里。

期末考在北城一中仿佛一片久久不散的阴霾一般，考完那天，不少学生再看天空，都觉得明亮了几分。

严亦疏考完试，没什么感觉，倒是陈毅欣喜若狂，因为严亦疏给他的资料里押中了好几道题，他对自己这次的成绩极有信心。就连平常在七八十名徘徊的祁杨都说感觉不错。

陈毅对高一下学期做了美好的设想："只要祁杨考进前五十名，我们四个说不定就都在一班了。"

基地里乱糟糟的，因为准备去日本，东西堆了一客厅。三个人就陈毅的行李最多，足足两个大箱子，不知道的还以为要去长期定居。

散学典礼一结束，四个人就直接飞去北海道。

严亦疏在走之前，接到了严贺归的电话。严贺归上一个电话还是去年年底给他打的，因为他时常要出任务，又不爱用手机，经常忘记和严亦疏联系。

"今年过年我没时间陪你。"严贺归语气平淡地通知严亦疏，"我已经和你靳叔叔沟通好了，今年你要是愿意留在北城，靳叔叔会照顾你，要是回川城我就让小李去接你，我年三十请假和你吃一顿饭。"

严亦疏早就已经习惯了逢年过节严贺归都不在他身边，现在严贺归这样和他说，他已经毫无感觉了。

从小到大，严贺归对于他来说更像是一个父亲的象征符号。由于他长得既不像父亲也不像母亲，小时候他还对比着照片严肃地分析过自己被调换的可能性。长大了，他在自己身上能看出来父母五官的影子了，严亦疏也不会再做这么幼稚的事情了。

严亦疏无疑是上帝挑选的幸运儿，五官脸型都是挑父母好的继承，所以没有特别像其中的某一方。他的性格倒是更像严贺归，在人情上都比较冷淡，所以怎么都搓不暖这段父子关系。他只是嗯了一声，又回答了严贺归关于他最近学习情况的问题，甚至连自己去日本旅游的行程都没告诉他。

挂掉电话，严亦疏有点怅然，看着落雪的北城，脑海里又想起川城的模样。

说不想念是假的，川城的朋友都在问他什么时候回去，想约他出去玩。

靳岑的微信电话适时地打了进来。

严亦疏接起，听见了靳岑磁性好听的声音。

"去日本的东西收拾好了吗？"

"差不多了。"严亦疏其实东西也不多。

靳岑话音顿了顿，又说："听说，今年你要留在我家过年？"

严亦疏其实还没做决定。

但是听到靳岑声音的一瞬间，他就做了决定。

他轻轻地"嗯"了一声。

靳岑的声音带上了些笑意，听得出他心情不错。

"欢迎你，小严老师。"

期末考试成绩很快就出来了。

这一次出了三个榜单，总科和文理科各一个榜。总科榜上严亦疏依旧稳坐第一，英语以满分的成绩傲视群雄，而理科榜靳岑成功上位，物理、化学双满分，让人瞠目结舌。

陈毅也如愿进入了年级前三十，祁杨考了第四十九名，擦着尾巴进了前五十。

四个人愉快地踏上了旅途。

飞机升上天空，从飞机窗口往下看，北城的一切都显得渺小如同蚂蚁。

严亦疏这才恍然发觉，自己来北城已经这么久了。

那些旧的回忆被时间洗去了些颜色，而如今在他的世界里熠熠生辉的，是旁边靠着椅背闭上眼睛睡觉的男生。他们的膝头盖着飞机提供的薄毯，靳岑的体温比他高，热意源源不断涌到了他的心里。

严亦疏感觉心头很满。快乐的滋味有千百种，在川城的时候，呼朋唤友穿街而过，肆意潇洒，很快乐。

如今，有这样一个人与他肩并肩，踏上一段未知的旅程，也很快乐。

23

靳岑一行人到达位于札幌民宿的时候已经是傍晚了。

黄昏的城市笼罩在一片灿烂的晚霞之中，大雪过后，银装素裹。通往民宿的石子路已经被房主清扫出了过人的通道，道路两旁堆着大小不一的雪人，穿着十分时尚的波点小袄，围着牛仔一般的红领巾，有的戴墨镜，有的戴假发，看起来可爱非常。

房主出来迎接他们，用英语进行沟通。严亦疏是一行人里英语最好的，听这位上了些年纪的房主大叔带着浓浓日本口音的英文还是有些困难，一阵比画过后，连蒙带猜，严亦疏大概明白这是为他们准备好了晚餐的意思。

民宿不算很大，独栋别墅，后面有个小院子，胜在附近有一处温泉汤池，景色也特别好。

一共两间房间，靳岑和严亦疏一间，陈毅和祁杨一间。

把行李安置好以后，一行人也没心思换浴衣，直接下来吃饭了。房东阿姨手艺很好，四碗鲜香的猪骨拉面放在餐桌上，格外可口诱人。

他们只在这里住两晚，逛一逛札幌，就要启程去其他地方，房东做事却非常细致认真，询问他们这两天哪几顿饭要在这里用，好提前去做准备。

来到一个陌生的国度，有这样的房主招待他们，心情都十分愉快轻松。

吃完拉面，几个人收拾东西准备去泡汤。

由于这两天的主要目的不是为了泡温泉，所以大家对于附近这个小汤池没有抱太大期望，到了一看，倒是觉得超出了预期。

汤池里的人不算多，雾气缭绕。

严亦疏脱下浴衣穿着泳裤走进汤池里，靳岑站在池边看着他，手里端着一杯不知道什么时候要来的酒。

“这里特产的梅子酒，喝一点？”靳岑问道。

严亦疏趴在水池边，透过雾气往上看靳岑。从男人一双笔直有力的腿，到泳裤紧绷出的胯部的线条，小腹上排列整齐的腹肌，腰线收窄，劲美有力。

他抬起手接过那杯酒。

梅子酒的味道清冽而甘甜，酒味并不浓重，但是酒精含量不低。这种酒最适合伴着蒸腾升起的雾气一起饮下，有一种怡情怡景的微醺滋味。

靳岑看他趴在池子边喝酒，自己也走入汤池里。

在假山和用来装饰用的假樱花树的掩映下，偶尔飘飘摇摇落下一片叶子。月亮挂在半空，光芒并不算耀眼，但是足以在池子里投影下一汪粼粼的金光。

严亦疏就趴在这汪粼粼的光里，背脊隐没在雾气中，男生白皙的皮肤泛出婴儿般的粉红，从他仰着脖子喝酒的优美喉咙线条上滚落一粒汗珠，跌落在池子里。

“好喝吗？”靳岑问。

酒杯不大，严亦疏几口就喝完了，他感觉有一股热意从小腹灼灼地往上传，倒是挺舒服的。

“好喝。”严亦疏朝他笑。

陈毅的声音透过假山从另一边传来，缝隙中他露出一双眼睛，好奇地往这边看。

“疏哥，你们这边泡的什么感觉啊？”

靳岑翻了他一个白眼，“不都一样的水，还能有什么不一样的感觉。”

陈毅一本正经地回复：“好像你们这边温度高一点，我过来试试！”说着，他就不顾身后祁杨给他使的眼色，利落地从池子里起身往这边来了。

一下子，两个大男生落入汤池里，那粼粼的一汪月光都被搅浑了，什么景致意境都全然消失不见。

靳岑黑着脸站在严亦疏的旁边，陈毅拿着酒咂着嘴喝得起劲，喝多了还试图和严亦疏勾肩搭背。

“多亏了疏哥,不然我这次绝对进不了前三十啊！疏哥就是我的命中福星……”

他的感慨声在池子里不断回响，就和晨会表彰优异同学一样响亮。严亦疏也耐着性子陪陈毅说人生谈情感，两个人说着说着，居然还说起劲了。

靳岑看了一眼祁杨，眼里几乎能沁出冰碴子来。

祁杨颇觉无辜，在旁边连连咳嗽，但依旧无法挽回陈毅在作死的道路上越走越远的决心。

泡到汤池清场，四个人回到民宿。

严亦疏磨磨蹭蹭不肯进房间换衣服，靳岑就抱着手臂在房间门口等着他，最后严亦疏只能低着头走了进去。

房间是日式的榻榻米，地热温度很足，赤着脚走在上面也不会有凉意。

就在此时，陈毅的声音随着敲门声一起传入了两人的耳朵里："老大，疏哥，来放烟花！"

靳岑咬牙切齿地转头，张嘴就想骂一个"滚"字。

还是严亦疏赶在他前面回复道："行，我们马上就出来！"

他从靳岑的身边逃出去，整了整衣服。最近这段时间出于欺骗的愧疚感，他几乎对陈毅是有求必应的，所以就干脆答应了。

但是靳岑显然不这么想。

民宿有个小院，里面种了不少花草，假山池鱼秋千俱全。

陈毅回来的时候特意买了烟花，也不懂这人哪里来的少女情结，居然还有这样浪漫的行程计划。

靳岑和严亦疏走到院子里的时候，祁杨已经在陪着陈毅放烟花了。

严亦疏从陈毅手上拿了几根烟花棒点着，看着插着兜满脸不爽的靳岑，勾着嘴角撞了他一下。

"好了，岑哥，出来玩就要有点仪式感。"

靳岑脸色依旧很臭，拿过严亦疏手中的烟花棒，就这样僵直地举着，让那根烟花棒兀自燃烧。他从小到大都不爱玩这些东西，逢年过节让他放个炮已经是极限了，拿烟花棒傻站着还是头一遭。

严亦疏和靳岑站在樱花树下，冬日的天空很干净，空气里漂浮着雪和树枝的冷冽味道，乍一闻，和靳岑身上的味道有点像。

严亦疏举着烟花棒，学着朋友圈里的人，用烟花棒在空气中画了一个"JC"。

烟火燃烧璀璨，却转眼消亡，那个划出来的缩写在靳岑的眼里停留一瞬便消失不见。

烟花的余烬落在地上消失不见，空气里弥漫的淡淡的硝石味儿也慢慢被风散开。

陈毅和祁杨两个人缩到角落里补习去了，窸窸窣窣的私语声越来越小，最后只剩下了水声。

第二天还要去景点玩，靳岑拉着严亦疏回房间睡觉。

靳岑和严亦疏的房间在二楼，陈毅和祁杨、房东夫妇的房间在一楼，二楼有个楼梯可以通往阁楼，出去是天台，晚上可以看星星。

靳岑和严亦疏都睡不着，两个人拿着枕头上了阁楼。

入了深夜，整栋别墅都很安静，只有院子里树叶簌簌的摇动声。

今天天气很好，天上干净透彻，没有云，能看得见很多星星。

阁楼旁边的小平台有两个躺椅，上面还贴心地准备了毯子和软枕，方便来住的旅客赏月聊天。

两人舒舒服服地躺下，仰望天空。

“也就伺候你了。”严亦疏掏出糖盒，给了靳岑一颗。

薄荷糖带来的清凉感使靳岑更加清醒了，人也跟着兴奋起来。

严亦疏自己也吃了一颗，和靳岑并排躺在天台上看星星。

漆黑的夜幕上星点闪烁，偶尔还有飞机飞过，自然的一切在此刻都那样宁静安稳，靳岑看着严亦疏，突然开口问道：

“什么时候和你那个在北实验的朋友吃个饭。”

严亦疏动作一顿。

和徐易平吃饭？

“怎么，岑哥想请客？”他试探性地问道。

靳岑看着远处连绵的山。

“没什么。”

严亦疏看着男生依旧慵懒的侧颜，心里难得地迟疑了两秒。

这些天靳岑在陈毅和祁杨面前毫不遮掩，今天更是直接在两人面前挑明了他已经占据了“北一 F4”仅次于靳岑的位置。不难看出靳岑也想占据他在自己的朋友圈中的地位。

但是他和靳岑的友情能算得上他的真情实意吗，直到靳岑提出之前，他的脑海里都还没有要把靳岑以更重要的朋友身份介绍给其他朋友认识的想法……他以为靳岑应该也是这样，但是现在看起来，对于这段友情，靳岑比他认真很多。

靳岑感受到了严亦疏的沉默，斜睨了男生一眼。

严亦疏对上他的眼神，心里好像被重物击中了一般。

他还没来得及再思虑周全，就已经下意识地做出了回答。

他说：“好。”

男生的声音在风中不算大，但是靳岑却听得真切。

他知道严亦疏是什么样的人，也知道严亦疏愿意让他进入自己的交际圈意味着什么。在严亦疏这样生活的年轻人圈子里，不乏酒肉朋友，转过头，什么时候玩腻了，散伙简单又不留痕迹。

但他不愿意这样。

靳岑的人生这么多年，好不容易遇上一个能让他感觉这样契合的人，严亦疏和陈毅、祁杨给他的感觉不一样，他们之间更有默契，惺惺相惜。他认准了这个朋友是一辈子的，他做事可能冲动，但绝对认真。

严亦疏被靳岑靠着，男生身上冷淡的木香可靠又沉稳，他闭上了眼睛。

他从未想过，他能从靳岑的身上得到这样的安全感。

从小到大，他身边的朋友分分合合，大家都不乐意谈承诺和未来。

他们吝啬于感情的付出，总是小心地把握着自己付出的尺寸，以让自己享受到更大的欢愉。严亦疏也不例外。

这些年，他看似在川城呼朋唤友，其实真的能够交心的也就几个人。许青算一个，徐易平勉强算半个，还有几个是女生。更多的人和他保持着一定的距离，大家识趣地避免在对方面前暴露太多，以免以后闹崩了太难看。

对于像靳岑、陈毅、祁杨三人这种情感，他其实有些羡慕。

靳岑更不一样些，他在这些人之中，那样独特，那样沉稳，他让他感受到从未有过的安全感。

严亦疏不知道为什么，之前那么多次，靳岑给他的安全感，好像都不及今天晚上靳岑说要见徐易平的时候。这样的靳岑大方、坦荡，他愿意让严亦疏加入他的生活，也想参与严亦疏的生活。靳岑只是这样一句话，就让一直以来，他心里缺的那个缝隙被填得很满。

男生支着椅子，看着他。还是十六岁的少年，眉目虽然冷峻帅气，但是可以看得出属于少年人的青涩。这样的男生，和他不一样，从小生活在温暖充满爱意的环境里，看着他的目光，赤忱又干净。

严亦疏恍惚中，甚至觉得，这个少年的肩膀上好像能挑起很重的一座山。

靳岑看着严亦疏，好像能看懂严亦疏心里在想些什么。

他问道："严亦疏，你想好了，不能反悔。"

严亦疏和他对视了一会儿，忽然笑了出来。

男生展颜的时候好似三月桃花烂漫，上挑的眼尾里盛着潋滟的春光。

严亦疏笑得肆意飞扬，声调拖得很长，他说："岑哥，笑话了。我哪有这么㞞。"

他对靳岑眨了眨眼，"我可是严亦疏。"

靳岑也看着他，笑了。

24

来到日本的第二天，天气很好。

今天雪停了，天空碧蓝如洗，万里无云。“北一 F4”一行人一大早就坐上了前往滑雪场的大巴车，四个人坐在车上，纷纷打起了盹儿。昨天晚上靳岑和严亦疏在天台聊到深夜，陈毅和祁杨也没有睡好。

严亦疏靠着靳岑睡了一小会儿，睁开眼的时候靳岑还没醒。

靳岑就算在大冬天，也坚持不穿羽绒服。一件厚的飞行员外套，里面是加绒的连帽卫衣，此刻他把卫衣的帽子戴上，垂着头在睡觉，只能看见下巴部分的线条。

严亦疏轻轻拉开大巴车的窗帘，此刻大巴已经驶出了城镇的范围，到了滑雪场所在的山头。道路两边的树上都还积着雪，银装素裹的山上偶尔能看见独栋的小平房，清晨的阳光宁静安和，一切都显得格外静谧。

严亦疏去北城以后还没有机会滑雪，这次来北海道，他将要进行他的滑雪初体验。

为了不出丑，严亦疏还专门搜索了些滑雪的攻略帖学习，此刻信心满满，就等着等下拍帅气的小视频了。

大巴在滑雪场的门口停下。靳岑刚睡醒，看着起床气挺重，脸色是黑的，背着自己和严亦疏的包，默默地站在严亦疏的旁边。

滑雪的通行证里是包括了滑雪设备租借的，他们在大厅里把东西领好穿戴好，已经九点钟了。

此刻的太阳比清晨更加炽热了几分，在白茫茫的雪地里格外刺眼。严亦疏戴上护目镜，抓着自己的双板，看着靳岑拿着单板朝他走过来。

滑雪场的单板还挺好看，上面有各种特色涂鸦，不像自己这样的双板单调无趣。

严亦疏目光在靳岑手上的单板上转了一圈，心里暗暗羡慕，心想等下他也要滑单板试试，肯定很炫酷。

此刻滑雪场的人还不太多。他们来的这个滑雪场应该是这附近最大的，有好几条滑雪道，分为新手场、中级场还有高级场。新手场的滑雪道就是直溜的一条，坡度也不太大，不少人站在传送带上往上运，而旁边的中级场更高，有几个小弯，上面也有些大胆尝试的游客。高级场则远在山头那边，仿佛不屑地睥睨着其他两条雪道，上面只有几个人，都是些看起来很专业的滑雪爱好者。

靳岑夹着单板，和严亦疏一起走到入口处。

严亦疏观察了一下其他人，新手模样的人大多一下去就摔倒了，身体重心不稳，多是往后坐。

看他犹豫的模样，靳岑问道："要我帮你吗？"

严亦疏干咳一声，把自己的双板放在地上，踩上去。搭扣扣紧，他笨拙地踩着板，像刚刚学会走路的企鹅一样下到雪地里，身体力行证明自己能行。

靳岑抱着手臂站在他身后，就像滑雪教练看每一个新手进入雪场一样充满兴味地挑起了眉头。

雪场入口就是一个长的斜滑坡，其实挺平缓，但是严亦疏作为新手，根本想象不到在雪地里滑行能有多快。

他只感觉风"唰"地从脸边擦过，自己一个不留神，已经哧溜滑出去了老远。

他想起自己看的滑雪攻略，蹲下身子重心前倾，勉强没有摔倒，可他不知道怎么停下来。

此时雪地里人还不太多，他简直就像是弹射出去的箭一样，根本就没有回头的路。

啊！

严亦疏使劲地把脚上踩着的双板并拢，企图停下来，然后不知道怎么回事，重心不稳，还是倒在了雪地里。

厚厚的滑雪服贴在雪地上，一时之间感觉不到凉意，只觉得身下软绵绵的。严亦疏透过护目镜看到一碧如洗的天空，只觉得蓝得晃眼。

太丢脸了。

对自己的运动能力和肢体协调能力向来很有信心的疏哥，在雪地里像咸鱼一样挣扎了几下，然后可怜又无助地发现自己起不来。

想要起身，滑雪板又会往前溜，严亦疏只能想办法把自己从板子上解救出来。

就在他努力的时候，身后传来了男生磁性低沉的一声笑。

靳岑夹着单板站在他身后，神色间充满了调侃。

“小严老师，要我帮忙吗？”

严亦疏气得牙痒痒。

这种北方人的天然优势简直就是巨大的漏洞！他再次使劲地想要站起来，却怎么都找不到要领，最后只能不情不愿地伸出了手，递给靳岑。

“废话真多，下次去川城，绝对让你迷路迷得哪都不认得。”

靳岑闻言又是一阵笑。

男生脸上阴沉沉的起床气此刻已经完全消散不见，穿在别人身上臃肿的滑雪服在他身上仿佛量身定制一般，显得他精神又帅气。舒展的笑容让他看起来格外耀眼，逆着光，站在雪地里，就像拍杂志一样好看。

靳岑握住严亦疏的手，用力一把把他拉了起来。

严亦疏借着力站起来，还没站稳，直接扑到了靳岑的怀里。

不远处还想过来打个招呼的陈毅一转头就看到了这一幕。

陈毅来日本之前还想教一教小严老师滑雪呢，现在知道“滑雪教学”大概是没有自己什么事了，他的心里莫名一阵悲愤，指着高级滑雪道对祁杨就是一个挑战发起。

“走，杨子，咱们去滑那个！”

祁杨眨了眨眼。

“你确定？”

陈毅撸起袖子，二话不说夹着滑雪板就往那边走了。

他留给祁杨一个格外坚毅的背影，挥了挥手，一副“风萧萧兮易水寒，壮士一去兮不复还”的决绝模样。祁杨无语地在原地看了几秒，不知道这人在自我感动个什么劲，但还是夹着滑板跟了上去，免得等下陈毅摔个脑震荡还没有人扶他。

新手使用的初级滑雪赛道上，迎来了一位新访客。简单教了严亦疏一些滑雪技巧的靳岑站在雪道最后的平坡上，看着那个登上雪道顶的少年。

严亦疏向来是个不服输的性格。

他一学习完，二话不说，直接上雪道准备实战了。

不得不说，严亦疏在运动这方面还是挺有天赋的。他第一次上雪道，平衡掌握得就还可以。滑雪的时候自己感觉到的速度比别人看起来快得多，向下冲的时候刺激的失重感让严亦疏大脑格外兴奋，他感觉自己像是要乘着风飞起来了，一下子就能冲到地平线的尽头。

可惜这条滑雪道上并不是只有他一个人。

更多的新人还是滑得七拐八拐的，明明刚刚还在雪道的另一边，不知怎么滑成了对角线，直接冲着严亦疏这边就扫了过来。

滑雪板侧翻，刮起了一阵雪屑子，严亦疏看着人要撞过来，情急之下想要闪避，结果也摔倒了。

好在那个人并没有直接撞上严亦疏，而是从他下面飞了过去。

严亦疏翻在雪地里，明明可以来一次完美的雪道初体验的，结果还是摔倒了。脸上盖着雪粒，冰冰的，化成了水，难受得很。

“怎么样？”靳岑在看到事故发生的时候就已经往上走了，虽然他们所处的位置在雪道的边角末端，但是也不宜停留，他没有耽误，直接把严亦疏拦腰扶起来，皱着眉问道：“有没有摔到哪里？”

严亦疏从小也是皮糙肉厚到处乱跳的主，不是捧在手心里的玻璃娃娃，他摇了摇头。靠着靳岑努力站稳。

“这人多，带你去别的地方滑。”

靳岑看了看初级雪道，看见那些摔得四仰八叉的新手的时候眉头蹙得更紧了。

靳岑带着严亦疏，到人比较少的中级滑雪道，寻了一个坡度较为平缓的地方，和严亦疏滑了一阵。

严亦疏上手很快，没过多久就能不摔倒完整地从雪道上下来了。

又一次成功征服雪道之后，严亦疏难免心里有点骄傲，朝靳岑眯着眼咧开一个笑。

“岑哥，怎么样，小严老师不赖吧？”

靳岑自从来到滑雪场，自己还没上雪道上滑过一次，倒是当了严亦疏大半天教练。

他嘴角一弯，也把护目镜戴上。

男生拿起滑雪板，踩着雪刃显得更加高了，那慵懒冷淡的眉眼扬起来，就像睡醒了的狮子抖擞了一下毛发，优雅又漫不经心地准备开始捕猎一样。

他把手机递给严亦疏，向来沉稳平静的语气此刻带上了少年的意气风发。

“让你看看岑哥滑雪，小严老师。”

靳岑乘着缆车上了高级滑雪道，严亦疏站在底下等他，目送着靳岑成为远远的小黑点，他的心里居然兴奋地怦怦直跳，好像他自己也上了高级滑道似的。

风顺着雪道向下。

远远的山头，一个踩着单板的少年踏雪而来。

一层又一层的雪浪在他的脚下涌起，弧线优美的“Z”字形滑开，少年看起来游刃有余，转弯时仿佛展翅的雄鹰一般，护目镜下的嘴唇上还有一丝笑容，像极了雪山头的太阳。如果不是他穿着雪场统一的滑雪服，踩着的也是雪场的滑板，估计很多人会以为他是职业选手或者滑雪爱好者。

少年踩着滑板腾起，凌空向下的时候，更是帅气到让人移不开目光。

靳岑此刻就像一把开了刃的绝世好刀，在山谷里凌厉出鞘，引起一阵雪崩呼啸，气势凌人，睥睨无双。

严亦疏看呆了。

哇……

靳岑这人，简直是样样都很棒！

想起自己刚刚在初级滑雪道上颤颤巍巍的糗样，再看看人家靳岑。

严亦疏忍不住揪住了滑雪杖。

不行，靳岑任何一个样子都太犯规了，就这样子，试问哪位青春萌动的少女不心动？

因为靳岑的滑雪秀，高级赛道这边聚集了一小撮人，停下自己的动作在看。他们看着那个滑雪少年直奔自己的朋友，目光随着移过去，那里站着的也是一个俊秀的少年。

为了能清楚地看见靳岑滑雪，严亦疏已经把护目镜摘掉了。

他朝着向他滑来的男生露出了一个格外灿烂的笑容，然后张开双臂兴奋地摇摆。太过兴奋的他重心不稳，哇哇大叫着就要斜斜地倒下去。

靳岑已经朝严亦疏滑了过去，他用手护住严亦疏的头，两个人一起倒在了雪地里。

“北一F4”的日本之行持续了半个多月。旅途总是惊喜、快乐，伴着疲惫的，一行人逛了大半个日本，玩到后面完全已经累趴了，陈毅最后一天更是哀号着在酒店躺了一天，用手机上网玩狼人杀。

到了回国的日子，大家多多少少都买了些东西。严亦疏“马甲”彻底掉干净以后也不遮掩了，这次来专门淘了不少潮牌美衣回去穿，自己带的箱子都装不下，挪了一些到靳岑的箱子里面去。

几个人来的时候兴致勃勃、精神焕发，回去的时候都哈欠连天，严亦疏揉着自己的腰，感觉又酸又痛，这几天一直没能好好休息，随便伸伸手都能听见关节发出一声哀鸣。

由于严亦疏已经决定过年留在北城，严贺归又给他打了一笔钱，靳振国和岑谷雨更是早早就询问过靳岑他们什么时候回来，家里面给严亦疏住的房间都已经收拾出来了，所以这趟日本之旅回去，严亦疏可以直接跟着靳岑回家。

靳岑和严亦疏的座位还是连在一起的。严亦疏喜欢坐靠窗的位置，他缩在最里面，毛毯盖到了脖子那里，连帽衫拉得很紧，只露出了一双眼睛。

他系上安全带，靠着靳岑的肩膀就要开始睡觉。

靳岑却抖了抖肩膀，若有所思地看着严亦疏，一副有话要说的样子。

“怎么了？”严亦疏瓮声瓮气地问道。

靳岑垂了垂眼，伸手摘下了一边耳朵的耳机，说话的声音很平静。

“你朋友，约了吗？”

严亦疏困意满满的大脑被猛地一击。

啊，他忘记这回事了。

严亦疏干咳了两声，闭上眼睛重新把头靠上去：“落地就约，他很闲的，我一叫肯定就出来了。”

靳岑把耳机重新戴上，不置可否地阖上了眼。

飞机穿越云层，从异国的天空上往大洋的那边飞行。严亦疏闭着眼睛，很快就睡了过去，他再睁开眼的时候，飞机已经差不多要降落了。

北城的冬日萧索又冷清。

光秃秃的树干上叶子已经掉光了，灰色的树像是沉默寡言的守卫一样一列列地站在机场外的野地里。

这几天北城天气不是太好，雾霾有些严重，不少人下了飞机就用围巾捂住了口鼻，各个都行色匆匆。

还好他们这班机直接连了廊桥，不用下去吃沙子。

拿完行李，严亦疏在微信找了一下徐易平，说晚上吃饭的事情。那边果然不出他所料，正闲得抠脚呢。一听严亦疏刚回国就要找他吃饭，一秒就回复，一个好字后面跟了一大串感叹号。

徐易平这十几天不是没有人约他，只是他和凌旭阳那群人玩了几次以后就觉得没意思。人家接纳他了，他反而开始不乐意了，嫌弃凌旭阳他们中二病，游戏玩得还烂。

终于能出去活动一下筋骨，徐易平开心地在沙发里伸了个懒腰，伸完以后才看见，严亦疏发过来的“和你吃顿饭”前面，还有一句话。

“今晚我带朋友，和你吃顿饭。”

带朋友？

他的嘴巴，缓慢地张成了一个“O”字形，如果不是双手拿着手机，看起来真的和那副世界名画《呐喊》有几分神似。

什么意思？

严亦疏收到徐易平语音回复的时候正拿着箱子跟在靳岑的身后往机场出口走。靳家已经派了司机过来接他们四个，安排得非常贴心。

靳岑手上拎着绝大部分行李，走路的时候步履带风，看起来非常利落。

他听到一点语音，挑了挑眉。

“你那个朋友？”

严亦疏咂咂嘴说：“和他约了今晚吃饭。”他一只手拎着箱子，一只手敲了两下键盘，回复了徐易平一个“嗯”过去。

陈毅走在旁边，听到这边的动静，探着脑袋往他们这边看，一脸好奇但是又不敢问的神色。这些天他已经很努力地在消化严亦疏的新人设和新身份了，但是一想到自己的老大现在眼里全是严亦疏，自己已经顺位往后排了，他心里还是有些酸涩。

严亦疏，作为年级第一的小严老师，现在身上散发着一股慑人的光辉，这光辉太过刺眼，他不敢直视。

“诶，杨子，你说老大是不是要去见疏哥的朋友啊？”他缩回脑袋，小声对祁杨说道，“要不要提醒老大准备点见面礼什么的？”

祁杨听到这话，无语地朝陈毅扯了扯嘴角，“可以啊，等下我们就去菜市场买两只老母鸡让老大带过去。”

陈毅不禁脑补了一下靳岑提着两只老母鸡，旁边严亦疏戴着花头巾，两个人一起走在回乡的道路上的场景，噗一下没忍住就笑了出声。

祁杨本意是想嘲讽一下陈毅，没想到陈毅听完以后不仅没被嘲讽到，还偷着乐了起来。

他只好梗着气收回了自己的目光，冷漠地戴上耳机继续听歌。

几人坐上机场大巴，从机场开回大院里要一个多小时。严亦疏在飞机上已经睡了一路，现在挺精神的，不停地应付着徐易平发过来的各种疑问。

难平：我要穿得正式一点吗？

难平：这套怎么样，驼色风衣，黑色衬衫，羊毛背心！沉稳！够不够给你撑场？

难平：疏哥，你应该早点跟我说啊，我去多叫几个人，我们疏家军都不在北城，必须要给他一个下马威，免得他欺负你！

严亦疏看着聊天记录，默默地在框里打了一串点。

SHU：不用搞这么多，你人来了就行，吃顿饭认识一下而已。

就算是严亦疏这么说了，徐易平还是完全没有办法平静下来。

他焦躁地在家里走来走去，一会儿想弄个头发，一会儿又想换套衣服，不知道的还以为他是去相亲呢。

等他捯饬好，终于把自己出门的造型弄好的时候，严亦疏和靳岑已经回到大院里了。

陈毅和祁杨下了车，就各回各家各找各妈了，临走之前，他们神色各异地看着来接人的岑谷雨。看得出来精心打扮了一番的岑谷雨亲切地搂着严亦疏的胳膊把他往里带，理都没理自己儿子一下。

陈毅捏了捏祁杨的胳膊，小声道："我看小严老师以后比老大的地位还要高了。"

祁杨看到这一幕，其实心里也有同样的想法，他干咳了一声，搂过陈毅的肩膀，说道："行了，快点走，小心谷雨阿姨等下又叫我们过去喝那些奇怪的东西。"

岑谷雨已经有将近一个月没见到严亦疏了。

摘掉眼镜的男生看起来比前几次来她家的时候样貌更加精致了。一双上挑的凤眼，白皙的皮肤，朝她笑的时候斯文又安静。之前严亦疏喜欢穿不合身的宽松衣服，显得他过于瘦弱了些，现在穿着在日本买的合身的潮牌服，衬得他身条又好又精神帅气。

比起靳岑那冷冰冰硬邦邦的形象，岑谷雨显然更喜欢严亦疏这种好看精致的皮囊，拉着严亦疏问这问那，严亦疏被岑谷雨搂着，几乎没有感受过母亲关怀的他有点手足无措，脸上多了一丝绯红，非常认真地回着话，岑谷雨看了他这副乖巧样子，心里更喜欢了。

她甚至下意识地埋怨了一下严贺归，这么好一儿子不珍惜，要是书迪知道，肯定会伤心的。不过没事，在她这儿，绝对不会让这孩子受一点委屈。

这样想着，她回头目光带着威胁意味地看了自己儿子一眼。

靳岑莫名被自己妈瞪了一眼，手里还拎着俩大箱子，里面几乎都是严亦疏的东西。

他只觉得自己的家庭地位好像在急速下降，原本三个人，他还能排第二，现在估计只能做第三了。至于万年垫底的自然是可怜的大家长靳振国。

两个人放完东西，岑谷雨又拉着严亦疏参观了一下他的房间。这间客房就在靳岑房间的旁边，两个小阳台都是靠着的。

瞧着时间快到和徐易平约着吃晚饭的点了，两人和岑谷雨告别，准备出发去吃饭。

岑谷雨本来还想着大展身手给严亦疏和靳岑弄点吃的补补身子，闻言只好放他们走了。她俨然已经把严亦疏当成了自己第二个儿子，对着靳岑发挥不出来的母爱全部都投在了幼年丧母的严亦疏身上，朝他温柔地招手："小疏早点回来啊，谷雨阿姨给你煮个鸡汤喝。靳岑，照顾好人家，知道吗？"

靳岑无语，他压了压唇，懒懒地哼了一声。

"放心，妈，我把小疏照顾得可好了是不是？"他站在弯腰穿鞋的严亦疏前面朝他笑道。

话音落在严亦疏的耳朵里，他干笑了几声，趁着起身的功夫狠狠踩了靳岑一脚。

靳岑被踩了也不生气，抱着手臂慢悠悠地跟在严亦疏的身后，和岑谷雨挥了挥手，出门去了。

靳家的司机送他们到目的地。大院离商圈不算远，半个多小时就到了。

靳岑和严亦疏下车，微信里徐易平发来定位，说自己已经到了。

他们约的是一家川城的火锅店，地方是徐易平定的。虽然说他不知道严亦疏这位从天而降神一般的新友姓甚名谁喜欢什么，但是总归是在北城认识的，肯定没有川城的人能吃辣。他想着约在火锅店，能从气势上和辣的程度上压倒这位"抢夺"了疏哥的陌生男子。

严亦疏出国那么久，好久没吃火锅了，胃里馋得慌，自然不会反对徐易平的选择。

时值年节，商场里非常火爆，逛街的人很多，几乎每一家味道过得去的店门口都已经排起了长队，而徐易平已经等到了位，足可见他来得有多早了。

靳岑回家也没有特意换衣服，就穿着和严亦疏在日本一起买的衣服。两个人是同款不同色，严亦疏穿的白色，他穿的黑色。一个人穿牛仔外套，一个人穿黑色工装外套，两个人都身高腿长，并肩走在一起，画面非常养眼，回头率极高。

他们走到火锅店门口，严亦疏眯着眼认了认，在靠窗的一桌那里看见了徐易平。

这小子特意用发胶弄了一个大背头，穿着黑色的衬衫，戴了个金边眼镜，严亦疏都怀疑徐易平是不是把自己的装备给偷过去了。

徐易平先是看见了严亦疏。

他一只手拿着菜单，一只手扬了起来，向严亦疏招手。

镜片背后的眼睛滴溜直转，到处找着和严亦疏一起来的人。

当靳岑从严亦疏的背后走出来的时候，徐易平的动作瞬间僵硬了。

他的嘴唇再次缓慢地，张成了一个“O”字形。

寸头。

剑眉。

那双看人的时候漫不经心又渗着冷意的眼睛。

这不是那个把金一楠成功改造的“北城杨永信”，那个严亦疏说“不熟不熟我们不熟”的靳岑吗!

他看了看靳岑，又看了看严亦疏，大脑一片空白。

这就是严亦疏在北城的新兄弟?

靳岑?

他愣了两秒，嚅着嘴唇，一句话都说不出来。

这个世界太玄幻了。

太疯狂了。

这俩人，他们是怎么搞到一起去的?

徐易平震惊之余，脑海迅速检索起了他知道的两个人的交集，最近的一次就是靳岑和严亦疏里进行知识问答竞赛的那天晚上，徐易平还特地问了严亦疏这件事，严亦疏向他解释，是靳岑邀他出去学习，结果出题的时候他好胜心上来……

25

“咳。”徐易平看着向他走过来的两个男生，干咳一声，整了整自己的衣服，下意识地把背挺得笔直。

四人座，严亦疏和靳岑坐在一边，徐易平坐在另一边。

徐易平等严亦疏和靳岑坐下以后，把菜单递过去，语气有点紧张地问道：“我先点了一些，你们看看还有什么想吃的。”

严亦疏看他这尿样，伸手把菜单接过去，不客气地在菜单上加起了东西。

趁着严亦疏点单的工夫，靳岑主动和徐易平打了个招呼。

“你好，我是靳岑。”

男生的脸被火锅升腾起的雾气绰约遮掩了一些，但是依旧能看清那凌厉的眉和冷淡的眼。

徐易平赶紧回应道：“岑哥好岑哥好，你见过我的，我叫徐易平。容易的易，平稳的平。我和严亦疏小学就认识了，算是一起长大的，以后有什么事尽管吩咐我，严亦疏的事就是我的事！”

徐易平巴拉巴拉说了一大串，说完以后去看靳岑的表情。坐在对面的男生听完他的话，脸上居然露出了一个算得上笑的表情，对他颔首，说了一个“好”。

若说徐易平对靳岑最大的印象，大概还是在巷子里遇到靳岑的那天。

他那时候看见的靳岑气场可不一般，站在那和凌旭阳给人的感觉就不是一个档次的，有一种异于普通高中生的压迫感。可是现在靳岑坐在严亦疏旁边，身上的那种压迫感全数收敛了起来，除了偶尔瞥过来一眼的时候能看出来这男生不是一个善茬，其他时候给人的感觉非常平静，甚至还有一点诡异的亲和感。

两个人打完招呼以后，靳岑就侧过脸去看严亦疏点菜，在看到严亦疏点了一大堆的时候微微蹙起了眉头，拍了一下严亦疏的手。

“太多了。等下我妈回去肯定会让你喝汤，你别自己给自己找罪受。”

男生这句话明明是带了些斥责的语气，但是在旁人看起来却一点都不凶。

严亦疏以前在川城的时候都是说一不二的主，他决定的事情根本就没有人会去反驳的，遇上靳岑，他也只能拖长声调“啊”了一声，反过铅笔，用后面的橡皮擦掉了一些刚刚他勾的食物。

徐易平看呆了，这是疏哥？

他艰难地在脑海中搜索以前的严亦疏。就算是小学的时候，严亦疏因为他爸没来给他开家长会难受，都是打游戏泄愤，那时候因为严亦疏这个戴着红领巾和三条杠的小学生赢了比自己大不少的人，就一战出名了。

也许是他盯着严亦疏的目光太过震惊了，严亦疏不爽地“啧”了一声，抬起头瞪了一眼他。

严亦疏的眼睛是薄薄的单眼皮，眼尾上挑，瞪人的时候就显得格外凶。特别是抬起眼皮的那一瞬，有一种漫不经心的傲气，在川城的时候不少人被他这么一瞪，都想和他干架。得亏和他一起玩的那群人，白殊、李奕颐都特别能打，做什么都不用严亦疏自己出手，不然就严亦疏那三脚猫花架子，早就被揍得妈都不认识了。

在川城，严亦疏长得好又会玩，身边的发小又一个比一个厉害。像白殊那几个人门路广，罩着一个中学生可不要太容易。许青嘴皮子厉害，就没他不认识的人不知道的八卦。徐易平从小跟在严亦疏旁边，就见那些社会上的哥哥都对严亦疏可好了，一开始他还不明白，后来才知道，都是严亦疏在网上打游戏打出来的交情，带人家上分，人家自然要礼让三分。

他被严亦疏这么瞪一眼，才恍惚感觉自己以前认识的那个疏哥回来了。

这顿火锅吃得徐易平的心里无比酸涩。

微信里许青还给他发来私聊。

青青草原：怎么样，见到了吧，是不是巨帅？

他默默地回复。

难平：你知道这人在川城中学圈像谁吗？

青青草原：像谁？

难平：你想象一下，严亦疏和白殊走在一起的时候。

青青草原：我走了。

白殊虽然和靳岑不一样，从来不学习，是实打实的混，但是靳岑坐在那里看人的时候，竟和白殊有那么几分神似。特别是加上靳岑令人闻风丧胆的威名，更是让靳岑的形象和白殊的形象在徐易平的脑海里重合了起来。

得亏白殊长得没有靳岑那么帅，不然……徐易抖落了一身鸡皮疙瘩。

一顿饭吃完，靳岑和严亦疏吃得非常愉快，徐易平尝到的滋味更是丰富，他从一开始的震惊不可置信，到后面的若有所思回味无穷，心情像是坐过山车一样，倒也算是吃了一顿难忘的饭。

靳岑和他加了微信，川城朋友的微信群里不少人叫嚣着要看靳岑的照片，徐易平和许青的微信更是被接连爆破，就连不理世事的白殊都发了一个句号到徐易平的聊天框里。大家这么热情，严亦疏也不遮遮掩掩，亲自挑选了几张靳岑的照片，发了人生中第一条朋友圈——当然，是带分组的。

为了保持自己的神秘形象，严亦疏从来都不发朋友圈。而且他这个号加的人很多，他懒得分组。

这一次发朋友圈，他特意把川城的朋友分了出来，最多再把陈毅、祁杨两个人放进去。

徐易平一刷新，就看见严亦疏发的朋友圈。

两张照片，一张是偷拍靳岑睡着的侧颜，一张是靳岑喝可乐睨着人的样子，严亦疏的摄影技术非常有限，但是模特的脸实在是太过逆天，那两张随手拍的照片足以让人惊声尖叫。

下面的点赞和评论几乎是以一秒一个的速度在飙升。

看见这条朋友圈的也就玩得好的那么十几个人，这个时间正是玩手机的高峰期，一下子就在那个小圈子里传开来了。

严亦疏早就料到是这个结果，他直接把手机按灭，任由那群人嗷嗷叫去。

三个人吃完饭时间还早，严亦疏不想回去喝岑谷雨的补汤，提议去打游戏。徐易平以前一听到严亦疏要打游戏，怎么都要蹭一个车位的，今天两位大佬带着他，他却有点瑟瑟发抖了。在徐易平家玩到十点，徐易平连赢了三把，他从来没有觉得英雄联盟是个这么简单的游戏。

结束的时候，靳岑很自然地拿起了严亦疏的外套，帮他披了上去。

冷意愈发浓重的深冬夜里，严亦疏盖着靳岑递给他的外套，对他眯着眼笑了一下。

徐易平站在后面，只觉得这画面莫名和谐。

他晃了晃脑袋，脑海中又闪过严贺归的模样，以及他和严亦疏的关系，在心里叹了口气。

在川城的时候，像许青这样父母都不管的太少见了，就算有，也是大人觉得小孩子玩闹没关系，哪一个到了出社会继承家业的年龄还能这样无所顾忌的。

青春肆意无所顾忌的岁月，也就这么几年了。

“走了。”严亦疏和靳岑等到了车，朝他挥手道别。

徐易平和他们笑着挥了挥手。

作为朋友，他自然替严亦疏开心。他看着北城冬日雾沉沉的天空，心里暗暗地为友人祈祷——希望他以后的日子，也能像今天一样开心快乐。

北城全城禁止放爆竹，城市里的“北漂族”走后，难免显得冷清寂寥，缺乏了一点过年的气氛。靳家的小院里过年的气氛却格外浓厚。

除夕这一天，一大早岑谷雨就把两人揪起来写对联了。严亦疏在靳家待了一个星期，已经完全习惯了在靳家的生活，俨然成了岑谷雨的第二个儿子。

靳岑和严亦疏的字写得还不错，两个人小时候都被逼着练过书法的，折腾了大半个上午，终于把院子里所有能贴对联的地方都贴满了。严亦疏和靳岑穿着岑谷雨给他们买的新衣服，一个红卫衣白色羽绒服，一个红色套头毛衣，站在岑谷雨旁边，显得精神又喜庆。不少来靳家串门的客人看见了都要夸上几句，岑谷雨听得嘴角都要咧到耳根子上去了。

靳家吃除夕饭都是小家一起吃，主要是靳振国工作太忙，也没时间回老家过年，今年加上了一个严亦疏，四人一桌，气氛融洽和乐，严亦疏嘴甜会夸人，夸得靳振国和岑谷雨都美滋滋的，给他的红包比给靳岑的厚多了。

新年联欢晚会十二点的钟声敲响，遥见烟花从远处升起，在天空中炸开。

大人们忙着拜年接电话，两个小孩偷偷地跑上了楼。

靳岑和严亦疏躲进房间里，站在小阳台上，拿着靳振国珍藏的酒开了一瓶。

“呲——好辣！”度数极高的白酒入口，辣得严亦疏直瘪嘴。

烟花在远处的天空明明灭灭，大院里也有小朋友偷偷买了烟花棒，拿着在空中挥。靳岑听见欢笑打闹声、拜年的祝福声。

“小严老师，过年好。”

他从口袋里掏出了一个小盒子，塞进了严亦疏的口袋里。

“你的新年礼物。”

严亦疏被塞了礼物，愣了一下，噗的一声笑了出来。

“巧了，岑哥，你也有。”

他也从口袋里掏出了一个小盒子，放在了靳岑的手上。

两个人吹着弥漫着酒香的晚风，一起打开了盒子。

靳岑送了严亦疏一个精致的尾戒，银质，上面有一粒菱形的紫色钻石，阴刻了极为繁复的花纹，看起来神秘又诱人，和严亦疏的气质非常搭。

而严亦疏送了靳岑一条项链，红绳上坠了一颗像动物獠牙一样的牙齿，打了孔，用粗线绑了一圈，有一种生命的野性。

严亦疏对靳岑说："这是我爸以前去山里出任务的时候捡到的，后来送给我当礼物了。我之前就觉得，一定要找一个戴上这个够帅的朋友送出去。"

他向靳岑眨了眨眼："所以，现在送给你了。"

靳岑戴上项链，红绳没入衣领，在脖颈上隐约看见一截。

他把项链戴好，胸口处传来一点冷意。

严亦疏把戒指戴上，戒指套在他的尾指上刚刚好。紫色钻石闪亮的光芒映照出少年甜美的笑脸。

寒冬里，万物还在沉睡，再过些时日，可能就会有第一根树枝上的新芽冒出头来。不论好坏，旧年已经踏着喧嚣沉寂走远了，相逢别离、爱恨生死都已经落幕。

而靳家的阳台上，两个少年并排站在一起，就像两棵新竹，一寸寸地拔节生长。

新的一年来了。

春天也来了。

二月的北城依旧还带着初春的凉意，开学前一个星期，最终的分班结果公布了出来。

不出陈毅所料，"北一 F4"都成功地进入了一班。

学校的贴吧里同学们开了一个又一个帖子认亲找同学，一班的成员名单也被大家热烈讨论着。作为理科班实验班里的王牌，能进一班的基本上都是常年盘踞年级前五十的人物。

严亦疏和靳岑的名字按照综合成绩分列第一、第二挂在一班名单的最上面，甚至有好事之徒拍下来专门开了一帖。

严亦疏在靳岑家一直住到开学前，才和他一起搬回了基地。基地的客房里面已经放满了他的东西，俨然成了他在北城的第二个住处。

基地所在的小区离学校很近，走路过去也就十来分钟。

清晨的北城难得的湿润，凉意直蹿心底。

严亦疏裹着学校的大棉袄跟在靳岑的后面，困得直打哈欠。四个人的生物钟都还没调整过来，昏昏欲睡地下了楼，迈着僵尸般缓慢的步伐往学校走。

严亦疏已经装备好了他的“书呆子”三件套，黑框眼镜、不合身的校服，和一双黑色过时的运动鞋。他走在靳岑的身边，像是来投奔城里亲戚的小土娃似的。

可是偏偏小土娃的书包挂在靳岑的肩膀上，眼见着学校大门离得越来越近了，祁杨忍不住转头和靳岑咳嗽了一声。

“老大，那个包……”

严亦疏抬起那双蒙眬的眼睛，听到这话，下意识伸手就想从靳岑的肩膀上拿书包。

靳岑还带着些起床气，脸色黑压压的，肩膀一撇，没让严亦疏碰到，直接把书包一甩，放在了祁杨的怀里。

祁杨无语。

严亦疏的书包里真的放了不少书。为了他的学霸形象，他必须把他的那些工具书全部挪到班里去。他的雅思词典、王后雄数学题、各省的精品试卷等。

生活的重量远远比想象中更加令人折腰。

祁杨抱着严亦疏的书包，在心里后悔为什么要多嘴这么一句。

但是谁能想到严亦疏的书包这么重啊！

新分班后的高一（1）班教室里正在窃窃私语。

班主任是北城一中教学经验非常丰富的特级教师马文毅，教语文的，为人不拘小节，经常和学生们称兄道弟当朋友。

他上课喜欢穿黑风衣，里面是格子衬衫，配一条西装裤，自成一派的“马氏穿搭”。

开学第一天，住宿生都已经提前回学校报到过了，走读生也没一个迟到，全都提早回班抢座位。偌大的教室里已经坐满了人，只有第四组最后空出来了四张桌子，那是离讲台最远的位置，一班都是热爱学习的孩子，没人愿意坐那里。

马文毅已经点过一次名。

他拿着名册，开口第一句就是：“A101 严亦疏同学，站起来介绍一下自己。”

班里四十几双眼睛到处扫视，没有一个人站起来。

沉寂了好几秒以后，马老师尴尬地咳了一声，说道："好的，看来严亦疏同学还没来，那A102号靳岑同学呢？"

班里认识靳岑的比认识严亦疏的人多，有人小声在下面回答。

"老师，靳岑也没来呢。"

霎时班里发出一阵哄笑声，尤其以女生为主。

听到第一第二都没来，马文毅抓了抓脸，放下名册，只好打哈哈道："那咱们早自习铃声响完以后再点名，大家假期生物钟还没有调整过来，来得晚一点也是情有可原的，老师能理解。"

"北一F4"是踏着铃声走进课室的。

众目睽睽之下，教室前门被打开了。

先走进来的，是祁杨。他已经把书包转交给了严亦疏，手上没拿东西，开了门以后，他朝站在讲台上的马文毅笑了一下，然后巡视了一圈教室，看见了最角落的那四个位置，朝陈毅招了招手，两个人先往第四组走去。

祁杨和陈毅在年级里认识的人也不少，但是大家的目光全都集中在门口。

那里先是迈进来一只脚。

这是一只平平无奇的脚，穿着耐克的篮球鞋，看不出有什么特殊。但是随着脚的主人往里走，就完全不一样了。

还没从假期氛围脱离出来的靳岑身上那股淡漠烦躁的气场蹿得有十米高，男生的脸上没什么表情，眼皮耷拉着，有一股拒人千里之外的杀气。

他平时在学校里也是优等生的形象，装也会装出比较亲和的样子来，哪像现在这样，全身上下完全和"品学优良"沾不上边。

不少以前和他一个班的女生看着靳岑走进来，都倒吸了一口凉气。

乖乖，这可太帅了。

起床气未消的靳岑见到马文毅，只是象征性地和老师点了点头，自觉地直接往最后一排走了。

跟在他身后走进来的是睡眼惺忪，一团棉花似的严亦疏。

严亦疏背着他沉重的书包，黑框眼镜的镜片上全是雾气，刘海垂在脸颊边，校服的大棉袄裹得很紧，只露出了一小截白皙的脖颈。

严亦疏走得很慢，仿佛是在飘一样，看都没看讲台一眼。

他飘在靳岑的身后，靳岑走到最后一排，帮严亦疏拉开椅子，等严亦疏坐下去。

严亦疏在座位上坐好，打着哈欠开始从自己的书包里掏书。这一点他算是预料准确，就他这个工具书的数量，足以让大家信服他热爱学习的程度了。

靳岑就不像严亦疏那样敬业了。他这个寒假和严亦疏待久了，都有些不想继续伪装自己了，直接往桌面上一趴，什么都不管，开始睡觉。

马文毅高一上学期就教过靳岑，可没见过靳岑这副模样。他看着靳岑这模样，心里忍不住嘀咕，靳岑这小孩回家过了一个年怎么就堕落成这样了？身上的气质从优等生一夜之间走入歧途变成了社会哥似的。

“北一 F4”在座位上坐好，早读铃声也已经结束。

马文毅再一次开始点名。

他清了清嗓子，喊道：“A101 号，严亦疏！”

严亦疏还在忙着掏书。他弓着腰，头发没梳，像一只过冬的时候往自己的窝里存榛子的松鼠一样无穷无尽地从自己的大书包里往外掏出学习资料。

桌面上已经堆起了小山一般的参考书。

严亦疏听到老师叫自己的名字，百忙之中抽出空来抬头应了一声“到”，完全没有要站起来介绍自己的意思，应完就继续低头掏书了。

他掏空了自己的书包还不够，又拉开了靳岑的书包拉链继续往外掏。

也难怪靳岑脸色差，任谁被迫背了一大堆书来上学心情应该都不会太好。

马老师没想到这位“第一”同学是这样热爱学习的孩子，他有点不好意思打扰严亦疏整理学习资料，于是接着叫了下一个。

“A102 号，靳岑同学！”

在全班同学暗搓搓看过来的目光下，靳岑趴得安稳，且淡定。

严亦疏扶了扶自己的眼镜，看见靳岑蹙着眉，一副瞬间睡死过去的模样，在心里叹了一口气。

他放下手中的书，抓着靳岑的手臂举起来，朝讲台的方向说道：“老师，靳岑来了。”

靳岑来了，谁都知道靳岑来了啊！大家还都知道靳岑睡着了呢！

看着那书呆子模样的第一名大胆地举起浑身散发着“靠近我三米之内全都杀死”气场的靳岑的手臂，然后又随便地放下，大家心里闪过了不一样的心思。

陈毅和祁杨作为被误伤的可怜群众，承受着全班同学时不时就看过来的视线，只感觉心情复杂。

讲台上的马文毅本来还想点名的时候让大家自我介绍一下，好加快新班级的融合熟悉过程，没想到开头的这两个人就这么不给面子，他只能顺坡下驴，干脆就点个到了事。

接下来他点完名又说了一下文理分科以后的注意事项，啰啰唆唆唠叨了一大堆，全程靳岑都没有醒过来的意思。而他旁边整理完资料，在两个人的桌子上堆了两座“门”字形堡垒的严亦疏也打着哈欠，靠着椅背目光呆滞，一副要睡着了的样子。

直到班会结束，马文毅宣布收寒假作业的那一刻，他的目光才开始聚焦。

寒假作业？

严亦疏艰难地从椅背上挣扎起身。

由于上个学期末每一个班布置的寒假作业都不一样，他以为分班以后新的老师不会去收，没想到马文毅那么负责，专门找之前的老师搞清楚了寒假作业的布置情况，就算是分班收作业也要收上来。

当然，一班的同学大部分还是在之前的重点班里选出来的，收作业也没那么困难。

可是严亦疏这个寒假先是飞去日本玩了大半个月，回来以后又在靳家被岑谷雨喂猪一样喂了十几天，每天打游戏的时间都要靠挤出来，更何况做作业呢？

陈毅和祁杨自然也是没做。

不过他们本来就不是三好学生，没做寒假作业也并不奇怪。

靳岑这样子看起来也不像是做了寒假作业的。

严亦疏看着自己桌面上那一大堆学习资料，开始犯愁。

讲台前已经选出了几个代表，开始按马文毅统计出来的各班名单收作业了。

“原三班的，到我这来交！语文，十篇寒假作文，古诗词翻译试卷……”

严亦疏在自己的资料里翻了一下，只翻到了一些他在正式放假前在学校里就做完的，比如说量产的作文和一些简单的卷子，剩下的什么英语抄写、年级统一要做的《北一寒假训练王》，他都没做完。

这马老师，有点东西啊。

他烦躁地在心里啧了一声，准备把自己其他的卷子混进去，勉强应付一下。再编点回老家时作业被熊孩子撕碎的理由，估计老师看在他成绩好的分上不会太追究。

他正搜罗的时候，旁边的男生忽然动了一下。

靳岑抬起头，脸色差得可怕。

他看了一眼班级里火热的收作业氛围，又看了一眼正在试图挽救局面的严亦疏，在自己桌面上那些为数不多属于他自己的资料里抽出了几本，丢到了严亦疏的桌子上。

“拿去交。”

靳岑的声音带着没睡醒的沙哑和懒散，说完以后，他头一枕手臂，继续睡了。这一连串动作太过行云流水，以至于严亦疏都没能反应过来。

严亦疏被这练习册砸地有点蒙。

他疑惑地拎起桌子上的练习册，那是厚厚的《北一寒假训练王》。严亦疏快速地浏览了一下，惊讶地发现练习册里面的题目都已经做完了，虽然说连笔连到字都飞起来，往往题目下面只有一个答案，但是整本练习册都是做了的。

靳岑什么时候做的?

这几天他们白天一直在一起，晚上还打游戏打到那么晚……他想到睡觉的时候迷迷糊糊感觉靳岑房间里亮起的灯光，心中先是一阵酸软，又猛地冒出了些甜。

趴在桌面上的男生睡得很不安稳，眉头蹙得很紧，眼下有一片青黑，看起来熬了挺久的夜。

他手里拿着这本作业，在封皮上写下了靳岑的名字，拿到讲台处去交作业。

严亦疏想，靳岑的字辨识度这么高，班主任又是他以前的老师，怎么会看不出来?

可是……

偷偷帮他做作业的靳岑，真是太可爱了。

26

随着北城一中开学，学校门口的小摊小贩们也重新开张工作。

新学期第一天，课上基本都不会讲很多内容，老师自我介绍、讲讲学期安排，一天也就这么过去了。下课铃刚响，“北一 F4”就拎着收拾好的书包走出了教室。

校门口炸串、烤冷面的香气从街头飘到街尾。原先学校还大力整治过一番，但是发现一点用没有，每次清理过后没多久就会像雨后春笋一般冒出来，也就放弃了。

陈毅按照惯例买了炸串吃，四个人走在傍晚的街道上，带着余温的风拂过，把食物的香气吹得很远。

他们准备去徐易平亲戚家的高级咖啡屋打游戏。

自徐易平和靳岑见过面，严亦疏就一直打算着什么时候一起出去玩一次，刚好开学大家都闲，就约了一波游戏。

北城实验中学和北城第一中学中间隔了三个地铁站的距离，其实也不算很远。但是由于两所学校有解不开的宿仇，所以学生们都有极强的领地意识，不爱往对方的地盘蹿。

徐易平亲戚家的高级咖啡屋不仅配备优质咖啡、皮质沙发，更有最新的电脑设备，无疑吸引了很多北实验和北一中的有钱少男少女们。

北实验放学比北一中时间早，F4 到咖啡屋附近的时候，那里已经有不少穿着北实验校服的学生在往里面走了。

严亦疏拿出手机看了一眼，徐易平已经给他们占好包间了。

吸取寒假的教训，今天各科的练习册刚发下来，严亦疏就利用上课时间疯狂刷题，第一课还没正式开始上呢，他已经做完了两个单元的习题了。

所以家庭作业已经完成了。

严亦疏把笨重的大运动书包往地上一放，把黑框眼镜摘下，从兜里掏出一个皮筋，顺着额头把刘海往后一捋，露出光洁饱满的脑门。他在脑后扎了一个小揪揪，那双上挑的眼睛一瞥，一下子气质就出来了。

严亦疏脱下校服外套塞进书包里，里面穿了一件白衬衫，腿上空荡荡的肥大裤管卷上去几圈，露出白皙秀气的脚踝。动作流畅地把造型换好，他一只手拎着书包，扬了扬下巴。

“走吧，我朋友已经在里面了。”

靳岑已经见过了徐易平，十分淡定地跟着严亦疏往里走，倒是陈毅有点紧张。

“实中的？是不是和凌旭阳那群人一起混的？之前见过的那个？”他不住地问严亦疏，“啥性格啊，疏哥，我们这两个学校建交，也要给点心理准备嘛！”

严亦疏也不知道怎么形容徐易平的性格，他想了想，回答道："你们一起玩过游戏的。《王者荣耀》。"

陈毅显然是不记得自己和谁一起玩过游戏了，脸上出现了困顿思索的表情。

但是这不是重点。

他追问道："那他怎么样，秀吗？"

严亦疏对比了一下陈毅和徐易平的技术，一时之间居然评判不了谁更强一点，但总之这两个人都跟"秀"这个字没什么关系。

自从严亦疏暴露，他也和陈毅祁杨一起玩了挺多次游戏，但都是"吃鸡"或者打"联盟"，《王者荣耀》倒是没有一起排过，所以陈毅现在还不知道那个"一棵树"就是他。

掀开门口的帘子走进去，里面环境很可以。一楼是大厅，二楼有大包和小包。四人点了几杯咖啡，穿着一中校服往上走，一路收获了不少人的注目礼。

"一中的人怎么跑这里来了？"

"笑死，那小子穿的什么鞋啊……"

窃窃私语传到严亦疏的耳朵里，他还没来得及反应，靳岑先回头给了一个如刀子般的冷冽目光，瞬间那些北实验的人就安分了不少。

徐易平是偷偷脱离凌旭阳的车队跑出来和靳岑他们见面的。

他看着那四个穿着北一中校服走过来的人，忍不住抖了抖腿，突然有一种通敌叛国的负罪感。

大包里电脑有五台，他站起身，先是和严亦疏、靳岑点了点头，然后看见了陈毅和祁杨。

他对这三个人印象都挺深刻的。

那天在巷子里，他们就打过一个照面，跨年的时候又见到了一次，陈毅眯着眼睛看了徐易平半晌，显然也是有点印象。

陈毅脑海里疯狂输入着徐易平的数据。

OW 的名牌 T 恤，还行。裤脚没有改成窄脚的，还行。一双椰子鞋，也还行。看起来还挺精神，没有贼眉鼠眼的，勉强过关。

徐易平被陈毅从头到脚打量了一番，看得他有点尴尬，祁杨无语地撞了陈毅一下，对徐易平露出一个善意的笑容，主动问好："你好，我是祁杨，这是陈毅。疏哥在北一中的朋友。"

徐易平来北城这么久，在北一中认识的人一只手就能数得过来，因着严亦疏的关系一下子多出了三个，还是在北实验颇有名气的那种，他有点发晕。

“你们好，你们好，久仰大名。”

陈毅抱着胸，哼哼了两声，看着徐易平，心里不知道为什么就是有点不舒服。

“听疏哥说我们一起玩过‘王者’啊，你什么段位的，王者几颗星了？”

徐易平没想到陈毅一上来就像查户口一样问起了他的游戏段位，挠了挠头，回答道：“这个赛季刚打上王者，最高打过二十四颗星。”

陈毅一听，在心里暗骂了一句，这小子还比他多一颗。

“行了，打游戏吧。”靳岑皱了皱眉，吩咐道，“别像柱子一样杵在那里，陈毅。”

徐易平和严亦疏聊天的时候带着从小到大一起长大的熟稔，时常还蹦出一两个他们听不懂的称呼。

靳岑自然什么都不会表现出来。陈毅叫了严亦疏那么久的老师，心里难免有点酸酸的。他一想到之前自己以为小严老师在北城寂寞孤单都是自作多情，就郁闷地扣着键盘帽，不爽极了。

这股气不能对着严亦疏撒，自然转嫁到了徐易平的头上，更何况，徐易平还是实中的人。

等到大家上游戏，打开了《英雄联盟》，准备开始排位的时候，矛盾就显现出来了。

五个人里面，祁杨玩中路，剩下几个不是玩输出就是玩打野。严亦疏是玩惯了输出，靳岑也不会和他抢，他眉目冷淡地坐在一旁等陈毅和徐易平决定位置。陈毅平常排位的时候一般是补上路位，徐易平不好意思和靳岑抢打野，也说自己要去上路。

两个人互相对视，气氛尴尬。

“我去上路。”

“可是我不会玩辅助……”徐易平莫名其妙地接收到了陈毅的一万吨幽怨能量，讷讷地说。

靳岑“啧”了一声，问道：“你平常玩什么？”

徐易平下意识地回答：“打野。”

靳岑闻言嗯了一声，直接把自己的意愿位置改成了辅助。

“行了，我给严亦疏辅助，你打野，陈毅上路。”

祁杨和陈毅听到靳岑的话，眼神瞬间变得有些复杂，什么时候岑哥玩辅助了？得亏输出是小严老师，才有这个排面。

严亦疏缩在座位上，听到靳岑要给他打辅助，一双眼睛立刻就笑弯了。

他侧过头，笑意盈盈地看向靳岑，语气调侃道："岑哥，给我当辅助啊？"

靳岑看着他，面色缓和了一些，敲了敲鼠标。

"我当辅助，保管你舒舒服服的。"

他一边说着，一边拿出糖盒，给严亦疏和自己各塞了一颗薄荷糖。

两个人的默契看得众人一阵羡慕嫉妒恨，匹配对局结束，他们进了房间里，严亦疏选了卡莎，开始给靳岑挑起了英雄。

"你玩塔姆吧，多可爱，一扭一扭的，风女也行，这个皮肤贼漂亮……"

靳岑垂眸靠在椅背上，任由严亦疏拿着他的鼠标选英雄。

最后严亦疏选下了塔姆。

下午五六点钟的咖啡屋充斥着咖啡的香气，两校联谊组成的"临时开黑车队"刚进入游戏不久，"天秀五杀"的严亦疏和尽职尽责不抢输出一颗"人头"的辅助靳岑，十五分钟直接下路通关，二十多分钟推上高地，三十分钟不到就结束了游戏。

严亦疏眸光闪亮，显然对自己的五杀战绩很是满意，回过头高兴地对靳岑说："岑哥，牛！你这辅助，世界第一没话讲！"

靳岑依旧保持着自己的高冷神色，但是嘴角压不住的笑容还是出卖了他此刻的好心情。

就在这时候，楼下突然传来一阵嘈杂声。

包厢外传来一声大喊："是白无常！大家快跑！"

什么情况？

严亦探头往外看了一眼。

徐易平一听"白无常"的名号，神色立刻紧张了起来，他赶紧按了关机键，即使是自家亲戚的店，他也不敢逗留，拿起自己的包就要往外蹿。

"走走走，我们新教导主任！估计是想新官上任三把火，来抓人了！咱们从二楼的铁楼梯走。"

一瞬间弥漫开来的紧张气氛好像战争突发，陈毅一听，立刻被气氛感染，立刻拉着祁杨下机就要往外跑。

"走啊，老大、小严老师！实中的老师认得我们的校服的，可不能在实中的老师面前丢脸！”

严亦疏和靳岑几乎是被几个人推着下了楼。

开学第一天，大家的心思都还没有从假期的氛围里收回来，所以来这种地方打游戏约会的特别多。这位外号“白无常”的北实验新教导主任不知道是不是抓住了这一特点，专门挑着开学第一天带着老师重点地方挨个扫荡。

四散奔逃的学生们就像树梢上突然惊起的鸟一般，扑闪着翅膀呼啦啦就不见了。

严亦疏和靳岑被人群冲着往前跑了几步，再回过头，已经看不见陈毅祁杨还有徐易平的身影。

此时北城的日头已经落到了地平线处，漫天的彩霞将尽，昏暗的天空还有最后一丝瑰丽的红。小巷子里的道路错综复杂，最适合打游击战，改造前的街道，房子和房子之间距离很近，打开窗户都能够到对面晾着的衣服，晚饭的香味和沐浴露的浅淡香气混杂成了生活的气息。

靳岑背着严亦疏的包，两个人的影子在巷口拉得很长。

严亦疏不知道自己为什么会突然遭遇这样的狼狈，扑哧一声笑了出来。

“跑什么，我们又不是北实验的。”

靳岑看着他，巷子里的路灯恰好亮起，打在男生的背上，柔和出一圈浅金色的光晕。

他从口袋里掏出了五六个泡泡糖，是买零食的时候老板懒得找零钱给他的，他没丢，就是想给严亦疏吹着玩。

“吃吗？”他不疾不徐地问道，一点都不像刚里跑完步的样子。

“这个泡泡糖我好久没吃了。”严亦疏从他掌心挑了几个，拆开以后一起抛进嘴里，嚼嚼，吐出了一个巨大的泡泡。

男生眯眼笑着，扬起下巴给靳岑炫耀他吐的泡泡。

没炫耀几秒，“啪”一声，泡泡吹破了。

严亦疏黏了一脸的泡泡糖，神色有点懊恼地努了努嘴，抱怨道：“好久没吹了，水平下降。”

靳岑逆光站着，背脊在路灯下显得格外宽阔，有一种超脱年龄的成熟稳重。

靳岑对严亦疏说：“走，我带你去个地方。”

严亦疏看着他，眨了眨眼睛。

靳岑的声音随着晚风，吹进一片繁荣嘈杂的巷子里，有一种惑人心神的温柔。

“去一个，他们都不知道的地方。”

严亦疏脸上还黏着一点泡泡糖，神色狡黠又灵动地笑道：“是岑哥的秘密吗？”

靳岑拉起他的手腕，往巷子里走，语气里是淡淡的笑意。

“是我们的秘密。”

黑夜猝不及防地来了。

旧巷子里，灯火连成一片，走进偏僻的路口，黄狗趴在兰州拉面店的门口，听见少年走来的脚步声，慵懒地摇了摇尾巴，看了一眼，又重新低头打盹。

办证、私家侦探、减肥瘦身……密密匝匝的小广告贴在电线杆上，生锈的铁门上斑驳一片，看上去已经到了命数。

游戏厅就藏在这里面。这家游戏厅光顾的学生很少，未曾重新修缮店面，门口招揽客人的灯箱已经暗了一半，汉字的偏旁部首伶仃亮了一边，勉强能看出来是“无敌”两个字。

靳岑带着严亦疏走进去的时候，里面没什么人，只有老板缩在柜台后面，游戏声开得很大，仿佛这样就能让游戏厅更热闹一些似的。

这里面很多台机子都已经老旧了，拳皇系列的机子算是保养得比较好的，看上去还能撑一段时间。

老板抬起眼皮，叼着烟抬头看了一眼来客，那双浑浊的眼睛盯着靳岑看了一会儿，好像是认出来了来人一样，又不感兴趣地低下头。

这是靳岑初中的时候自己一个人常来的游戏厅。他骨子里是一个比较独立的人，经常不和陈毅、祁杨一起活动，没事的时候会自己乱转，这个游戏厅就是他一个人乱转的时候发现的。不过随着手机游戏的兴起，游戏厅渐渐衰落，他初中来的时候这个游戏厅就已经不是很火爆了，现在更是冷清。

严亦疏跟在他旁边，看了看游戏厅内的陈设，想起了自己初中的时候去的地下台球厅，那时候这种娱乐场所都是混杂着开的，几张台球桌摆一排，墙边就是老虎机和拳皇的机子，一边打台球，一边就有人在那里按按钮，噼里啪啦一阵乱响。烟味很浓，鱼龙混杂，留着黄毛戴耳钉的小青年蹲在旁边叼着烟看你，一副想冲上来收保护费的样子。

靳岑并不是带严亦疏来打游戏，追忆童年的。

他显然是这家游戏厅的熟客，带着严亦疏绕过游戏机，走到后门处。那里搭了个漏风的门帘，春天夜晚湿冷的风猛地往里面灌，作用聊胜于无。

掀开帘子出去，是一片铺得凌乱的砖头。这家店旁边是一户人家的后门，他们出去的时候正好遇到做饭的阿婆出来倒洗菜水，阿婆端着一大盆水，耷拉得看不见眼珠的眼睛在黑夜里几乎只能看见两点模糊的光，但是不客气的倒水动作还是暴露了她生活在游戏厅旁的积年怨气，若不是踩在砖头上，那洗菜的水差一点就要泼到两个人的脚上了。

严亦疏不知道自己哪里得罪了这老人家，污水顺着沟渠流下去，砖头挤压的时候有“扑哧”的水声。他跟在靳岑的后面，男生一半脸还能看见模糊的影子，校服挂在他的身上，仿佛和黑夜融为了一体。

严亦疏闻到一点饭菜香味，舔了舔唇，开口调侃道：“这个时候我们应该拿两包辣条才算是应景。”

月亮挂在天边。月初的月亮只有寂寥的一弯，光也不太亮，随着他们往前走的步伐，在居民楼的后面时隐时现。

靳岑听到严亦疏的话，侧过头，认了认方向。

他一个人背着两个人的包，一边肩膀挂了一个，看上去却并不滑稽。校服外套的袖管挽起一点，露出了少年有力的手肘线条，手肘处只带了一个设计简洁的黑色运动手环，呼吸灯是蓝色的，在夜里幽幽地闪烁着，严亦疏总觉得，这样的靳岑比任何时候，都更贴近他本身的样子，有一点说不出来的侠气。

“那家店里应该有卖。”靳岑在一个路口顿了顿脚步，手往后一探，抓到了严亦疏的手腕。

少年的手掌是温热的。手指探在皮肤上，在微凉的夜里，像是摇曳的火苗靠近了身体，源源不断地传来暖意。

便利店的老板正和隔壁水果摊的老板坐在一起吃饭，看见有客人来了，一只手端着碗，一只手用筷子在菜里面挑萝卜丝，问道：“学生仔，买什么啊？”

小便利店甚至没有招牌，一楼开店二楼住人，走进里面，货架上很多东西都落灰了，角落的箱子里全是各式各样的辣条。严亦疏上小学的时候吃的辣条都是没有包装的，放在塑料袋子里面一片片的，绿色、红色的都有，现在的辣条与时俱进，什么火出什么包装。严亦疏和靳岑两个人蹲在箱子前翻辣条，便利店的空间有些狭窄，手臂挨着手臂，动作施展不开来。

“啧，这里居然还有这个。”严亦疏从里面翻出一包以前吃过的“辣翻天”，惊奇道，“这玩意儿还没停产啊。”

靳岑也捡了几包辣条，又添了可乐和几瓶啤酒，付过钱以后，他带着严亦疏继续往目的地走。

严亦疏打开辣条吃。劣质香精和上头的辣味在嘴里蔓延开来，嚼起来有种塑料感的辣条却能提供使人快乐的多巴胺，他吃得摇头晃脑，拎起一条就要喂给靳岑吃。

靳岑不是很爱吃这些东西，蹙了蹙眉峰，却没有拒绝，任由严亦疏给他嘴里塞了一条。

严亦疏看着靳岑这副样子直乐。他挨着靳岑的肩膀，眯起眼睛说："幸亏是我现在遇到了你，要是我小学或者初一的时候遇到你，一定会和你打架。在游戏厅或者台球厅门口，看见你拽得二五八万一样，还这么帅，肯定嫉妒得让我的小弟们上去打你。"

靳岑嚼着嘴里味道奇怪的辣条，眼神扫过身边男生细伶伶的手臂，嘲笑道："你的小弟要是和你一个水平的话，我打十个都不在话下。"

"开玩笑。"严亦疏瞪圆了眼睛，"我小弟可是那时候街上最能打的好不好。"

他一边从包装袋里捻辣条，一边回忆道："那个时候，我小弟本来是想找我收保护费的，结果一看我玩游戏的操作，那叫一个牛，瞬间倒戈，求我带他，啧啧啧。疏哥以前的风光你是没有看见。"

靳岑吞下那口辣条，走到了道路的尽头。

一片矮脚墙根，后面是原来的社区游乐场。旁边是废弃的停车场，现在被报废的共享单车全部都占满了。黄色车身的共享单车在废弃的停车场上堆成一座小山，在落魄老旧的社区里，像涂了新漆的城市机器吞进肚中的生锈零件，有一种苍寂灰败的美感。

月光下的黄色共享单车小山，对着无人光顾已经长草的秋千架，还有淤泥堆积的滑梯，几乎听不见声响。

靳岑把书包往肩上撩了撩，翻身进了墙里。

他站在矮墙里面，对严亦疏招了招手。

"进来。"

严亦疏把最后一片辣条吃掉，手上油腻腻的，他咂咂嘴，目光巡视了一圈，都没见到垃圾桶。

靳岑胳膊支在矮墙的坍塌缺口处，看着他，眸光里带了些笑意。

“怎么，疏哥觉得这地方能找到垃圾桶？”

严亦疏脸皮一热，把包装袋放进自己手中拎的塑料袋里，反驳道：“干什么，我可是社会主义优秀接班人，三好学生，不随地乱扔垃圾的。”

他手一撑矮墙，就翻了过去。

停车场的门挂了锁，保安亭里也早就没人值守，里面的蛛网都结了好几张。想来这些生产过剩的共享单车也是没地方放，才偷偷运到了这种还没来得及起新楼的报废停车场里放着。

单车堆得很密，里面还有些居民扔过来的垃圾，靳岑揣着兜走在前面，踩着单车，几乎不费什么力就蹿到了单车堆的最上面。那个山头还没有垃圾光顾，坐下去挺稳实的。

严亦疏学着靳岑的样子上去，刚好还有一块他坐的地方。

单车堆不算太高，坡度也比较平缓，能看见矮墙外的废弃游乐园。

靳岑看着游乐园，突然笑了笑。

“以前我心情不好的时候，会去那个滑梯顶上坐着。”

月光黯淡地在他身上投下一片冷如水的光，男生的睫毛浓而翘，这也是他整张脸最柔和的地方，上面接着一小汪月光。

“嗯。”严亦疏从袋子里拿出一罐啤酒拉开拉环，“呲啦”一声气泡往外冒了些白沫子，他顺着靳岑的话问，“那为什么你不带我去那里坐着？”

靳岑接过他的啤酒，仰头喝了一口，酒滚入喉咙里，喉结处的线条随着酒一起起伏，在此刻的夜色里像蛰伏的野兽一般具有隐忍的力量感。

靳岑看着滑滑梯，声音里的笑意不减反增：“因为那里，坐不下两个人。”

“陈毅和祁杨没来过？”严亦疏知道应该没有，但他还是忍不住问道。

“没有。”靳岑眯着眼，夜风从脸颊旁拂过，他肆意地扬起了头，回答道。

啤酒入口，微涩的滋味随着酒精一起蔓延开。

“如果你去川城，我也可以带你去我的地盘。那里旁边有个老婆婆开的串串店，香得很。山头、老树，还有一个木桩凳子，前面的楼被推掉了，在建新楼，可以看见江水从你前面滚滚地流过去，风是香的，安逸巴适得很。”严亦疏想到自己以前经常偷闲的地方，嘴角不自觉地带上了些笑意。

靳岑听着，一只手搭在严亦疏的肩膀上，声音沉沉地说道：“听上去比我这好太多。”

此刻严亦疏口袋里的手机在不停地震动，但是他不打算搭理。

“岑哥，带我来你的秘密基地干什么？”他问道。

靳岑闻言低头，垂眸看他。

“来谈心。”

严亦疏笑出了声。

“得了吧，这不是你的风格。”

靳岑把酒放在一边。

“听我妈说，你和你爸提过高二要出国？”

严亦疏的动作僵了一瞬。

他直起身，看着他，脸上神色倒没什么大变化，只是多了点新奇。

“我爸还会和阿姨说这个？我还以为他这锯嘴葫芦这辈子都往外吐不了两句话呢。”

他说完，看着神色认真的靳岑，半晌过后，无奈地点了点头。

“是。不想留在国内。严贺归把我弄来北城读书，我没反抗，本来就是想着读一年就出国的，在哪无所谓了。”

靳岑看着严亦疏，神色平静。

严亦疏没有主动和靳岑说过这件事，他有点心虚，往后缩了缩，说道：“但也不是一定要出去。”

靳岑看起来像是思考了很多的样子，出口的时候每个字都笃定且有分量。

“我也可以，无论是留下来高考，还是出国，都可以。”

风从严亦疏的耳边呼啸过，却在靳岑的话里戛然而止。

他的心神一震，靳岑看着他的神色太过认真，让他无处逃脱。

严亦疏装乖卖巧活得机灵快活了十七年，到靳岑这里就被堵住了路。他放任自己不去想未来，放任自己享受属于自己这个年龄的快活肆意，却碰到了一座迈不过去的山头。靳岑和他冷淡疏离的外表一点都不相似，他不闪躲、不遮掩，做事情简单干脆，又极有分量。

坐在这片四下无人的寂静之地，只有一弯残缺的月亮与他们相伴。

严亦疏坐在靳岑的旁边，忽然明白了为什么靳岑会把他带到这里来。

因为在这样的环境里，抛去了城市的繁华喧嚣，抛去了他作为学生的身份。他像是脱下了衣服的赤裸的人，心里只有最简单原始的欲望，以及如同浩荡洪水向他涌来的来自靳岑的情感冲击。他无可避免地要去想未来、想人生，以及靳岑在他心底的位置。

靳岑从来不把自己，或者他看成简单的高一学生。

和他相处的时候，靳岑的灵魂赤忱又坦荡。而他表达出来的，却是霸道又不讲道理。

严亦疏原本是想出国后，去过他全新的生活，来北城上学的这一年他不想留下任何痕迹。

但现在严亦疏的心里闪过无数的念头。

他的未来，要有靳岑的位置吗？

靳岑要他的答案。

严亦疏闭上眼睛，鼻尖是靳岑身上的木调冷香盈盈不散，他的心里升腾上来的，不是年轻人对未来的茫然和担忧，而是一腔愈发炽热滚烫的暖意。

严亦疏想。

要。

他的未来里，要有靳岑。

27

开学的日子过得比想象中还要快，一转眼，已经到了第二周的尾巴。

北城一中高一下学期的学习安排，比起上学期已经有了一股紧张的硝烟味。分班以后的第一次摸底考在开学第一周的周四、周五举行，学生们还没有从假期的松散中回过神来，就被难度极高的摸底考试一盆冷水泼成了落汤鸡。

一班大多数学生都是上了课外补习班或者超前学习过的，所以面对摸底考并不慌张。不过，由于这次考试的难度超过了一般摸底考的水平，也有不少人马失前蹄，跌倒在摸底考的关卡上，拿了惨烈的分数，比如说假期里根本一个字都没有看过的陈毅和祁杨。

陈毅最拿手的化学拿了个七十五分，虽然说远超年级平均分，但是对于一班来说，只能算是中下游水平。祁杨本来就是踩着门槛进来的，这次更是在班里面排到了倒数第三的位置，只感觉头顶上压力巨大。

紧锣密鼓的教学计划让刚放完假的同学们晕头转向，纷纷开始奋发图强，挑灯夜战的有不少人。而能在这种横流里保持自如的，只有这两个大学霸了，比如说理综年级第一的靳岑，又比如说总分年级第一的严亦疏。

第一周，学校先是用疾风骤雨打醒了同学。

第二周，学校就用柔风细雨感化了学生家长。

分班以后的第一个家长会，就这样在摸底考哀鸿遍地的凄凉情境下到来了。

星期五下午家长会，岑谷雨去之前还在侍弄她的花草。她穿了简单的开衫毛衣配T恤，一条牛仔裤，看起来很年轻。本来想着就这样出门的，岑谷雨临走之前转念一想，严亦疏也和靳岑在一个班里，据说还是同桌，她要去给两个人撑场面，穿得太随便可不行，于是又换了一套衣服。

因为是摸底考后的家长会，主要是为了新分班以后老师和家长交流沟通，所以这一次年级没有把家长召到礼堂里开全年级的家长会，而是直接让家长们进班开会。

岑谷雨和陈毅、祁杨的妈妈一起去的学校。三位太太到班的时候，里面已经坐了不少家长。

第一堂课是学生代表分享学习经验，学生们都还在班里自己的座位上坐着，家长们要不就是搬了椅子坐在自己的小孩旁边，要不就是坐在教室的后头。

由于“北一F4”坐在教室最后两排，刚好挨着后面的家长，那里已经没位置坐了。妈妈们只能搬了椅子坐在教室外围的空余位置上。

马文毅站在讲台上，穿了很正式的西装，看起来有种滑稽的仪式感，他清了清嗓子，对着讲台上的麦克风说道：“咳咳，各位同学们，还有亲爱的家长们，我们一班的第一次家长会马上就要开始了。”

陈母凑到岑谷雨的旁边，轻声说：“嗨，你看讲台旁边站着的是不是小岑啊？还有亦疏！”

严亦疏过年那阵子在大院里跟着岑家拜访了不少人，陈家和祁家自然都在其中，两家的家长对他都印象深刻。

岑谷雨眯着眼睛看了看，脸上难掩骄傲的笑容：“是，就是他们俩。”

靳岑和严亦疏是被马文毅要求上台做学习经验分享的。

他们俩里面，严亦疏可能还有一个能被大家借鉴的方式方法，靳岑是真的属于天赋型选手，纯粹脑子好使的那种，他连稿子都懒得自己写，还是严亦疏帮他多准备了一份。

马文毅特意嘱咐他们要穿得正式一点，于是两个人就穿了全套的学校礼服。

北城一中的校服多而繁杂，夏秋冬各有一套运动服和礼服，冬天还有学校专属的大棉袄，总之是想尽各种办法让学生没有借口不穿校服。

一中的礼服是仿欧式的。男生白衬衫、红领带，西装裤，还有一件墨黑色的西装外套；女生则是红黑格子的领结，收腰的白衬衫搭配同样格子的短裙。

这套礼服穿在模特身上效果还不错，当时还在北城中学圈引发了一阵校服改革的热议，可惜真的穿在青春期的少男少女身上，只有少数能出挑，女生还懂得改改裙子和衬衫，显得更好看一些，男生穿着肥大的西装裤，还不如运动服看起来清爽。

但是靳岑和严亦疏穿上这套礼服，却比模特上身效果图好上太多了。

特别是靳岑，身条极顺，腰板又挺得直。白衬衫被他穿得斯文。在其他男生身上垮得不行的西装外套在他身上也不显得宽大，裤子可能是换了自己的，不宽不窄恰好合身。男生肩宽腰窄腿长，正在垂眸看手上的演讲稿，讲台上投影的光打在他的半边脸上，帅气显露无遗。

严亦疏穿着这套礼服也很好看，只不过他在学校里会弓背，仪态没有靳岑那么好，又戴着笨重的黑框眼镜，看上去逊色几分。

两位少年并肩站在讲台上，像两颗耀眼的星辰倚在一起，青春肆意，尽显锋芒。

台下不少女生在窃窃私语，要不是顾忌着自己的家长在场，估计都要拿出手机来偷偷拍照了。

马文毅说了几句开场的客套话，向各位家长介绍了一下班里的第一名和第二名，便走下讲台，把麦克风交给了他们。

严亦疏作为总分第一名，率先开口。

男生戴着掩住了大半张脸的黑框眼镜，但是依旧能看出来他五官的清秀精致，穿着西装，稍显身材有些单薄，却和那干净的少年气恰到好处地融合在一起，并不显得瘦弱。

“各位同学，家长们下午好。我是高一（1）班的严亦疏……”

岑谷雨今天过来，穿着一身温婉端庄的月色旗袍，外面搭了素色的坎肩，看起来丰韵十足，气质极佳。这样一位举手投足之间都有一股说不出来的韵味的妇人，看见台上站着的少年，一脸慈祥，甚至拿起了手机，打开了视频录像的功能，对着严亦疏开始拍了起来。

靳岑在旁边准备。他这个稿子刚拿出来看，还不是很熟悉，他目光扫过讲台下，看见了自己的母亲，一脸慈母微笑地看着严亦疏，一点注意力都没有分给自己。

他收回目光，烦躁地捏了捏纸页。

严亦疏做分享的时候，语速不急不缓，说得也很流畅，加上声音好听，人长得又清秀，给台下的家长们带来了极佳的视听感受。

陈毅和祁杨的妈妈都忍不住掏出手机拍了几张照。

严亦疏分享完毕，台下一片热烈的掌声，不少家长盯着他眼睛都在发亮，显然有很多问题想问。

严亦疏分享完就是靳岑。

靳岑手上拿着的稿子是严亦疏给他写的，主要针对理综三科的学习，靳岑大致按照这个稿子念了一遍，又穿插了一些自己的理解进去，效果也还不错，家长和同学们捧场地再次给了一阵热烈的掌声。

学习经验介绍完毕，接着就是问答交流的环节。马文毅还没来得及出来主持，就已经有家长高高地举起了手。

马文毅拿着自己的小蜜蜂，在讲台下努力控制局面，说道："好，这位穿蓝衣服的家长朋友，您有什么问题想问台上这两位同学的呢？"

那个家长站起来，块头极大，声如洪钟，不用话筒都能让整个班听见他的声音。

"我想问问这位亦疏同学的家长，是怎么培养出这么优秀的小孩的？有没有经验给大家分享一下。"

这位家长话音一落，就有不少附和的声音。确实，对于家长来说，更加关心的还是其他家长怎么教育小孩，学习方法是同学们关心的事情。

马文毅接手一班的时候对班里的所有同学做过全面的了解，自然知道严亦疏目前的家庭情况。他有些尴尬地在台下搓搓手，打算扯个其他话题含糊过去，不要为难台上的小孩，就在他准备开口的时候，侧面站起来了一位穿着旗袍的美丽妇人。

啊？

他不明所以地眨了眨眼。

这是什么情况？

严亦疏和靳岑同时转头，看向了教室里站起来的妇人，靳岑眉头一皱，严亦疏背脊一僵，两个人一起愣在了讲台上。

岑谷雨笑得格外灿烂，声音如同玉珠落盘，气质大方优雅，对着那位蓝衣服的家长说道："你好，我是严亦疏的家长，请问您具体想问哪方面的经验呢？"

靳岑站在讲台上，看着自己侃侃而谈的母亲，嘴角突然压出了一个浅浅的弧度。男生的笑容来得莫名，他在所有人注意力都在自己母亲身上的时候，稍稍往严亦疏那边偏了偏头，在他耳边小声说道："疏哥，你一会儿下去，是不是该叫我妈一声'妈'？"

严亦疏被他当着这么多人的面调侃，耳根子都燥了起来，他和靳岑的手都被讲台遮挡住，没人看见严亦疏狠狠地打了靳岑的大腿一下。

靳岑逗得严亦疏耳根都红起来了，只觉得心情极好。

严亦疏咬着牙，让自己平心静气，不要去理会靳岑。

台下岑谷雨已经做完了一段分享，蓝衣服的家长连连感谢，气氛一片融洽。

有人开了头，马上就有家长接着提问。

"那请靳岑同学的家长也出来分享一下，可以吗？"

讲台上靳岑还在打趣严亦疏，猝然听见自己的名字，动作一顿，他目光重新回到自己母亲身上。严亦疏看着热心的谷雨阿姨，心里一阵不好的预感不断往上升腾。

只听那个美妇人眉眼弯弯，脸上一片骄傲的神色。

"哎呀，靳岑这小孩，是比较难管教的……啊，不好意思。"

妇人一副忘记提前说明的抱歉神色，朝家长们点头致歉。

"我也是靳岑同学的家长。"

话音一落，教室里发呆窃窃私语传纸条的同学们"石化"了一堆。他们不由自主地抬起头，看向讲台上朝夕相处的那两位学神同学，脑门上挂着迷茫的问号。

什么？

靳岑和严亦疏是一个妈？

家长们还没反应过来，班里的同学们已经有各种猜测从脑海里冒了出来，你拉我扯地乱做了一团。

更是有不少女生脸色惊惶不定，心里的算盘珠子散了一地，敢情上个学期她们关于这两位的讨论全是瞎猜，真正的事实是——他们是一家人？

同学们暗搓搓地讨论那么久，更有人不顾家长还在场，偷偷掏出手机点进贴吧，准备发新学期第一个大爆帖。

"年级第一和第二相爱相杀，放逐王子归来重登宝座，究竟是兄弟情深，还是仇恨似海？”

刺激。

实在是太刺激了。

一班的同学本来以为自己吃到了一个惊天大瓜，没想到事情峰回路转，那位气质极佳的阿姨又笑眯眯地解释了一句。

“我是亦疏的阿姨，亦疏的父母有事来不了，赶巧我家小子靳岑也在一班，我就当一回两个孩子的家长，给他们一起开家长会。”

听到她只是严亦疏父母的朋友的时候，大家闪亮的眼神瞬时黯淡了。

只听那阿姨不急不缓地说：“不过，我这点经验也实在算不了什么，也就不在这里耽误大家的时间了，谢谢大家抬爱。如果哪位家长朋友想再交流，等下都可以来找我聊，我很乐意和各位家长朋友们一起分享的。”

话音刚落，下课铃及时响起，一班的交流会也结束了。按照一贯的流程，接下来就是只有家长在场的正式会议，班主任要拉红黑榜单，学生们不用在场，可以提早放学。

严亦疏和靳岑从讲台上下来的时候，岑谷雨正被家长们缠着交流经验，她朝两个少年挥了挥手，抽空说道：“你们自己去玩吧，不用等我。”

岑谷雨心情极好，她手里拿着严亦疏和靳岑的成绩单，身边围绕着一群家长朋友，她的心里美滋滋的。

而陈毅和祁杨的待遇就没有这么好了，被自己母亲拿着成绩单数落了一顿，虽然最后还是放了他们自由让他们先回去，但是两个人走在严亦疏和靳岑旁边，还是有点蔫头耷脑的。

四个人拎着书包，难得早放学一回，陈毅和祁杨刚被数落，也不敢去玩了，又不想待在严亦疏和靳岑旁边，最后两个人选择先回基地。而靳岑和严亦疏则按照惯例去玩了一会儿，到了六点多的时候，准备出去觅食。

岑谷雨和陈母、祁母这个家长会开得很长，岑谷雨是留下来做了许久的经验分享，陈母和祁母则是忙着找各科老师了解情况，等到她们忙完也已经傍晚了。

北城一中和北城实验中学都是北城极为老牌的中学了，这附近以前是老城区，有不少中学在这里设址，后来随着扩建翻新，用地紧张，大部分学校都建了新校区搬出去，到现在，只有北一和实中还留在这里。

岑谷雨高中的时候读的是女校，也是在这片地区，她对这附近还是比较熟悉的。她和陈母、祁母从校门出去，提议和她们一起去附近逛逛，寻找一下以前的回忆。

“高中的时候，我记得南巷那边有一家非常好吃的炸酱面店，也不知道现在还在不在。”她站在校园里，扑面而来的青春气息让她不禁追忆起了自己的少女年华。

陈母高中的时候也是在这一片读的书，一听立刻附和道：“是是是，那家叫老兵炸酱面的是不是，我也记得。”

岑谷雨是一个非常会生活，也很喜欢在生活中制造惊喜的人。她兴头一起，立刻打开地图搜索了一下“老兵炸酱面”，结果还真的让她搜出来了。

“哎哟，这家店还开着呢！”岑谷雨惊喜地说道，“简直太好了。”

人一旦上了年纪，就会喜欢念旧。她们沿着北城一中旁边的老街往前走，记忆里那些被时间模糊的印记又渐渐清晰了起来。她回忆起自己的少女时代，那纯朴又肆意的年华在她的脑海里不停播放，虽然因为生病身体一直没有什么力气，但是岑谷雨觉得自己的脚步格外轻快。

绕过曲折的街巷，三位平常在家里插花做甜点的太太好像找回了青春的感觉，挽着手在路上聊着以前的故事。

街道上的砖块有不少已经松动，不久前刚下过一阵春雨，此刻踩在上面水声扑哧作响。

她们走到老兵炸酱面店，陈母和祁母先进去点餐，岑谷雨一个人去了旁边的小超市里，想买点以前吃的零食和饮料。

她看了看冰柜，选了一瓶自己已经很久没有喝过的北冰洋汽水，抠开瓶盖，插上吸管，冒着气泡的汽水是非常熟悉的味道，她看着手里的玻璃瓶，想起自己大学的时候和靳振国、严贺归、徐书迪在操场跑步，一起喝汽水……那样无忧无虑的日子，现在想来，已经是恍若隔世。

穿着月白色旗袍的温婉妇人站在小商店的门口喝汽水，笑眼弯弯的场景格外好看，巷子里的色调是灰黑的暗色调，绿窗纱和旧墙壁，斑驳的贴报上全是雨水滑落的痕迹，岑谷雨有一种重新踏入了烟火之中的温馨和快乐感。这些年因为身体不好，她没有去上班，一直在岑家的院子里静养着，就算是有一院子烂漫好看的花朵，那种快乐也不够生动鲜活。

正是放学的时间，不少学生骑着单车从巷子里穿过。牵着手的、打闹的、进来买辣条的……

岑谷雨手里拎着塑料袋子，里面放了些非常怀旧的小玩具和零食，她打算带回去和陈母、祁母一起分享。

就在北冰洋的玻璃瓶子快要见底的时候，那边巷子口走来了两个熟悉的身影。

岑谷雨站在门槛旁，露了半个身子在门外，她在看见那两个熟悉的身影的一瞬间，先是开心地扬起了眉，伸出手想要打招呼，但是下一秒，她却下意识地往后退了一步，把自己的身子没入了小超市昏暗的室内。

她拎着瓶子，侧身一步，走到了贴了一层绿窗纱的玻璃窗前。

窗纱应该有些年头了，被虫蛀出了一个又一个的小洞，傍晚的光漏进缝隙里，隐约可以看见两个少年并肩走过来。她今天有点高兴，恶作剧的心理作祟，她想偷偷听听这两个少年私下里聊些什么。

她偷偷退回小超市，找了个隐蔽的地方藏好。

两个少年直接来到辣条的位置，严亦疏各样口味拿了一包，随口说了一句：“我要吃个够，以后到了国外还不知道什么时候能吃到这一口呢。”

他不经意的一句话，靳岑听完先是怔了一下，然后看着他笑了。

“到时候，如果国外买不到，就让陈毅和祁杨给我们寄。”

岑谷雨的视线定格在两人身上，睫毛轻轻颤了一下，她脸上的笑容消失了。

夕阳西下，晚照昏黄。水洼里渐起的一连串珠子落在地上，碎了又圆。

那两个熟悉的身影很快就从小超市出去了，消失在下一个拐弯的路口。

岑谷雨的视线里已经没有了焦点，她茫然地站在窗户前，下意识地吮了吮吸管，玻璃瓶已经空了，她只吸到了几口空气。

岑谷雨感觉手里的塑料袋在不停地往下坠，几乎勒进了她的肉里。

她把空的北冰洋玻璃瓶放在回收的货箱里，穿着旗袍的妇人脚步轻轻地离开了小超市。她走回老板炸酱面店，她们点的面已经上了，陈母看见她的神色好像有些不对劲。

“谷雨，怎么了？”

岑谷雨摇了摇头，把塑料袋放在桌上，掏出了一些小玩意儿。

“没什么，想起了一些以前的事，有点怀念罢了。”她朝那两位母亲微笑，手里一按就会跳的小青蛙被她松开，往前跳了两步。

“哎呀，这里还有这个卖，我已经好久没有见到这种玩具了。”那两位母亲被岑谷雨买的小玩意儿吸引了注意力，没人注意，岑谷雨隐秘又担忧地看向门口的眼神。

靳岑和严亦疏快要走到常去的餐馆附近了。

严亦疏一只手拿着手机，一路上都在玩，发现靳岑顿住脚步的时候，有点奇怪地抬起了头。

他看见靳岑的眉头蹙起，神色好像有些不宁。

“岑哥？”严亦疏叫了他一声。

靳岑回头看向来时的路，脑海中那一刹那看见的身影一直挥散不去，格外熟悉。

那个身形……那身衣服。

他闭上眼，又睁开。

靳岑迎着严亦疏莫名的目光，压了压唇角。

他说：“刚刚发现我好像忘记带东西了，没什么大事，走吧。”

他重新迈开步伐，却在不经意间与严亦疏拉开点距离。

——是岑谷雨。

他在心里不断地重复着这个念头。

他感觉全身的血一瞬间都冻住了，心跳都停了一瞬，片刻的空白过后，奔腾而来的是无尽的担忧，她会不会听到了他们的谈话，会不会已经想到了他要离开她出国……那她会不会动气，身体会不会受影响？

靳岑踏在地上的步伐每一步都好像踏在云端，随时都要落空。

他不在乎同学们怎么看他，他不在乎任何人的眼光，他与严亦疏这种在别人眼里亲密的关系他从来也不屑于解释，他就是认准了这个和他同样装乖的朋友。他终于遇到了一个能够懂他的同类，他想牢牢抓住这个朋友，甚至想和他一起出国。在人生这一刻之前，他一直都认为，他有足够的能力来迎接任何狂风骤雨。但是直到真的看见了岑谷雨的衣角，他发现自己真的太在乎妈妈了，他能离开岑谷雨吗？能让她伤心吗？

他捏紧了手指，挺直了背。

靳岑只是沉默地站在严亦疏的身旁，什么没有说。

他掏出手机看了一眼微信，备注是“妈”的联系人没有给他发来任何消息。

他们坐下点完餐，严亦疏坐在他对面开了一局游戏，靳岑看着手机，眉目低垂，沉默了好一会儿，主动给那个联系人发了消息。

靳岑：妈，你回家了吗?

那边回得很快。

妈：没有。在老兵炸酱面回忆青春呢。

如果他没有记错的话，老兵炸酱面应该就在刚刚那个街口拐过去不远的位置。

靳岑放在屏幕上的指尖都有些泛白。

他再次敲起了屏幕。

靳岑：妈，今晚我回家一趟。

靳岑盯着屏幕，看着那边显示输入中，反反复复了半天，一行消息才发送了过来。

妈：好，我等你。什么时候回来都可以。

妈：只要你想好了，妈妈愿意听。

窗外忽然落下了一阵雨，突如其来，淅淅沥沥。溅在石砖上、溅在行人的衣服上……带着初春的寒气，日落后的凉意，钻入了靳岑的心里。

那里，一场小雨，被狂风吹皱，瞬间变成了倾盆大雨。

第四章 过山河

28

“怎么了，今晚突然要回去？”

严亦疏和靳岑走到他家的小区门口，皱了皱眉，还是忍不住问道。

靳岑看着他，语气平静轻松地回复道：“我爸回来，可能找我有点事吧。”

他把严亦疏的包递给他，一只手插在兜里，摩挲着被体温烘暖的糖盒。

严亦疏觉得他有点奇怪，但是也没有多想。他以为是靳家的家事，便打住了询问。夜色里靳岑的脸色看不出来什么端倪，但是严亦疏敏锐地感觉到了他身上那股风雨欲来的凝滞气息。

靳岑插着兜站在路边，沉默地看着严亦疏的身影消失在小区门口。

此刻他的心绪实在是难平，他甚至很想抽一支烟，于是他掏出糖盒，当薄荷糖的清凉绕在他的唇齿间，他才一点点地镇定下来。

他伸手拦了一辆出租车。

出租车在北城繁华忙碌的夜里疾驰，岑谷雨坐在自家的院子里，看着满院子的花草发呆。

今天靳振国刚好应酬还没回来，她能好好一个人思考今天下午听见的事情。

两个少年的对话一遍又一遍地在她的脑海里晃过，岑谷雨很难自欺欺人地告诉自己，是她理解错了靳岑的意思。她想到因为妻子早逝，性格愈发孤僻冷漠的旧友，心里闷得如同暴雨前的天，几乎要喘不过气来。

可她又不愿去指责这两个小孩中的任何一个。这些年虽然她不曾去工作，但是在家里看书写文章，也是小有名气的专栏作家，自诩不是不开明的母亲。她也知道自己的孩子这么多年来都没有真正的朋友，他的内心很孤独，她能感觉到，自从严亦疏来到这个家里，靳岑是发自内心的高兴，她看到自己的儿子的改变，还为此感到欣慰。但是她从没想过靳岑会离开她，她甚至开始为自己不争气的身体而自责，她是不是太自私了，不该把这孩子强留在身边？所以她心里比起愤怒、惊诧一类的情绪，更多的是无尽的担忧。

靳岑走进靳家的院子里，远远看见自己的母亲坐在她最喜欢的藤萝吊椅上，看着月光出神。

他心里像是被什么东西狠狠踏过一样酸软，他先走去客厅拿了一杯温水，再从客厅的阳台下去，走到岑谷雨旁边，搬了一把靠椅坐下。

"妈，喝水。"靳岑把水递到岑谷雨手边。

岑谷雨见他回来了，嘴角勾出了一个有些勉强的笑容，她接过水抿了一口，觉得心里爽利一些。她看向自己的儿子，细细地打量着。

在不知不觉间，靳岑已经从小时候瘪着嘴不爱笑的严肃小人，长成如今帅气英挺的模样。

男生的五官还有些许未脱的稚嫩，但是已经可以隐约看见他以后成为成熟男人时的模样。靳岑学习成绩好，面对任何人都礼貌得体，从小到大不给她添一丝烦恼。不像是凌家的儿子天天闹得家里鸡犬不宁，也不像金家的儿子需要父母一路开后门让他上学。每次看见自己的儿子，岑谷雨总是慰藉又骄傲。

她捏着水杯，看着靳岑的目光柔和又怜惜。

"岑岑，妈妈有些时候总觉得，你已经是个比同龄人成熟很多的大孩子了，可是现在又觉得，你还是小孩。"

靳岑在母亲面前，去了一身疏离冷漠的戾气，看起来真的好像一个惘然的少年，眼里露出一些痛苦挣扎的神色。

岑谷雨轻轻拍了拍靳岑的肩头，语气里带着一丝安抚的意味。

"妈妈是听见了，但是妈妈能够理解。"

靳岑预料过很多最坏的情况，骤然听到岑谷雨谅解的话语，心头随时要滚落的巨石卡在了山头，一时有些茫然，却好像又松了一口气。

他抬起头，那天和严亦疏放下的豪言但此刻在岑谷雨面前他一句都说不出口，因为他知道，以他现在的能力，在岑谷雨面前说那些，只会显得他更加幼稚可笑。

岑谷雨在靳岑面前从不会摆长辈架子，她一直将靳岑放在与自己平等的地位上处理问题，所以就算是现在，她也没有用长辈的语气去教诲自己的儿子。

"岑岑，和妈妈讲一讲你和亦疏的事吧。"岑谷雨窝在吊椅里，轻轻地说。

靳岑没想到自己的母亲会想听这个，他原来腹中打好的一腔陈词此刻都用不上了，他只好顺着回忆倒推，想起了自己刚见到严亦疏的时候。

“妈，我第一次见他，并不觉得会喜欢这个人。但是到现在，我却很喜欢和他在一起。”靳岑在岑谷雨面前，突然有了开口倾诉的欲望。他和严亦疏从互相误解、再到相熟、相知……这些过程被他模糊着讲述出来，里面的情意却是真真切切，全部听进了岑谷雨的耳朵里。

岑谷雨看着他，心里面一直在不停地动摇。

靳岑的感情那样干净又稚嫩，她不想给儿子青春最美好的回忆抹上任何的阴影。

时间渐渐走过，岑谷雨和靳岑母子两人难得这样平和地坐下来聊了这么久。

岑谷雨叹了口气，摸了摸儿子的头。

“你的未来，妈妈没办法替你做决定。亦疏是个好孩子，你也是。妈妈不想说其他的，因为妈妈知道你都懂。”她眼眶泛酸，看着靳岑，“这是你最美好的青春，你理应享受。你的未来，也理应你自己做主。岑岑，你是男子汉，如果以后有任何风雨，妈妈没办法替你扛在前面，也不会有任何人替你扛。可是妈妈告诉你，无论是你做什么决定，都要考虑清楚这是否出于你的本心。不要考虑别人的想法，妈妈不想你有遗憾。如果你觉得一个人在外面累了，妈妈永远在这里等你。”

她拍了拍靳岑发抖的手，眼眶里的泪水滑下来，但是嘴角却是翘起的。

靳岑看着母亲因为自己的事情落泪，只觉得心口难受得仿佛针扎一样，他攥住岑谷雨的手，重重地点了点头。

“妈，我知道。”

他会长大的，他要更快地长大。

靳岑沉默了一会儿，凝涩地开口问道：“妈，你是同意我和严亦疏一起出国了？”

岑谷雨闻言，又叹了口气。

“你严叔叔和我们说过，绝不准严亦疏大学出国。你的话，我可以帮你做你爸的思想工作。很多事情，我们得慢慢来。”

“岑岑，你学习成绩优异，脑子也好，但是你想走哪条路、做什么，以后靠什么立足、吃饭，这些问题从今天开始，你就要想好、想明白了。从这一刻起，你就不再是孩子了。”

靳岑闭上了眼，喉结滚动，脑海中密密麻麻的刺痛让他无法冷静地思考。

岑谷雨觉得有些累了，倾身抱了抱自己的儿子，用宽慰的语气说道："好了，这也不是明天就要面对的事情，你先上去睡觉吧。你爸那里，我帮你注意着。下次，叫小疏一起回来吃饭。"

靳岑点了点头，眼睛红红的，和岑谷雨一起走进了屋子。

回到自己的房间，没什么人气的屋子里干净整洁，有一台台式电脑，几乎没怎么用，还是新的。他打开电脑，没有登录游戏，而是查找起了资料。

靳岑感觉自己的肩胛骨、背脊……哪里都疼，好像骨头在挤压生长，逼迫着他往上拔高。他的皮肉无法摊在这样大的架子上，于是开始叫嚣，每一寸都绷得很紧，仿佛要裂开了一样。

靳岑十六岁的生长痛，一夜之间袭来，让他无处逃避。

三月初，学校里的第一棵樱花树开了。

粉白的小花烂漫可爱，挂满了树杈枝丫，在其他树都还是一片岑寂的时候，显得格外具有春天的气息。

北城一中开学快一个月了，一切都已经走上了正轨，若说最大的改变，莫过于靳岑。

已经连续十几天晚上回去看编程代码书的靳岑让陈毅、祁杨目瞪口呆，他们惊讶于靳岑开始努力地学计算机，也惊讶于靳岑的气质变了很多。

严亦疏对事情感官敏锐，他隐约猜到了可能是自己和靳岑想一起出国的事情被岑谷雨知道了，但是既然靳岑没有主动和他说，他也就没有去问。

只不过，他也调整了步伐，开始认真地备战化学和物理的奥赛。

人家都说春天来了，出来玩耍的季节也到来了，这一对学霸却变得更加热爱学习，倒是让人有些看不懂了。

星期五晚上，陈毅受不了基地里让人压抑的学习氛围，号叫着说要出去运动一下，硬是把靳岑和严亦疏扯去了篮球场。小区附近的社区篮球场里盘踞的一帮年轻人陈毅都很熟了，但是靳岑和严亦疏还是第一次见。靳岑打篮球不差，不过他不喜欢出一身汗弄得脏兮兮的，严亦疏打篮球体力不行，投球命中率还可以，但是玩不长。

分队打了几场，严亦疏就气喘吁吁，蹲旁边喝水去了。

靳岑擦了擦额头的汗，把球抛给陈毅，走过去找严亦疏。

"累了？"他问道。

严亦疏咕噜噜灌了一瓶水，觉得缓过来一些，他舔了舔唇边的水渍，声音沙哑地“嗯”了一声。他蹲得腿麻，站起来，和靳岑一起往篮球场外面走。

夜晚的小区寂静无声，晚风吹过，还有些春天的微凉。

严亦疏一边走，一边若无其事地问道：“岑哥，最近怎么那么努力啊？是不是怕下一次考试超不过我？”

靳岑对着严亦疏，卸下了身上的所有架子，懒洋洋地走着。

他微微侧过脸，眼眸里浮动着松散的笑意，说道：“我要快点挣钱。”

严亦疏嗔道：“好啊靳岑，偷摸挣钱？”

靳岑笑道：“是啊，我以为你知道呢。”

两人相视一笑。

严亦疏哼了一声，“回我那里？”

靳岑很有默契，“正有此意。”

三月中，普通的春日，北城一中的学习氛围一如既往地紧张。

竞赛班今日拖堂了将近半个小时，严亦疏和靳岑等尖子生又被老师留下来开了小班，等一切结束，已经是晚上八点多。

因为是走读生，靳岑和严亦疏不用在学校里上晚自习，所以晚上的北城一中他们见得不多。校园里很安静，教学楼亮着灯，路过宿舍区，空气里漂浮沐浴露浅淡的香味，操场上没有人，草坪上的自动洒水机也已经停了，一切都陷入了夜晚的宁静里。

靳岑和严亦疏背着书包，一人拿着一瓶可乐，用一副耳机听歌。

“回去吗？”严亦疏问靳岑，“还是再转转。”

靳岑看见他有些疲惫的眉眼，不禁蹙起了眉头，拍了拍他的肩膀。

“你没睡好？”

严亦疏闻言张开嘴打了个哈欠，摆了摆手，“没什么，这几天做卷子做得有些腻了，影响心情。”

耳机里在放刺背乐队的歌，曲调飘忽的电音和主唱沙哑的嗓音在夜色里浮沉，与这样静谧的校园仿佛是两个世界。

两个人在升旗台的台阶上坐了一会儿，把可乐喝完，看着天空发了一会儿呆。

北城近来的空气质量算不上很好，天空笼罩着一层灰色的霾，晚上也看不见星星。偶尔有飞机闪着灯划过，在云层里晕开黯淡的光。

这样的气氛实在是压抑。

开学以来的学习生活和以前相对比，节奏确实加快了不少。但不是说他们跟不上这样的节奏，而是人一旦尝试过丰富自由的生活，就很难甘心困在简单的两点一线里的忙碌中消磨时光。

靳岑看着严亦疏的侧脸，他说不出任何话来劝慰严亦疏，他们之间如果说些“没事，你不要太大压力”或者是“不用那么努力”的话才幼稚。

靳岑掏出手机，换了个微信号，不知道找谁聊了一会儿。

男生看着手机屏幕沉吟了一瞬，对严亦疏说：“走。”

从学校出去，骑单车回家不过十分钟的事情，靳岑和严亦疏没回基地，去了严亦疏那里，他们迅速换了一套衣服，然后又重新出发。

严亦疏出门急，就穿了一件简单的白色卫衣和一条冲锋裤，他摘掉眼镜，刘海卡上去，干净清爽地跟在靳岑后面。他也没问靳岑要带他去哪里，心里知道大概是要带他去放风。

他们到 STAB 的时候，九点刚刚出头。

这片地方算不上非常繁华，以前还有一些店面开在这边，后来大多都搬到了 NIGHT 那边去了，STAB 在街道尽头的林荫下，门面不算大。

朱漆的门，没有任何装饰，只挂了一个小牌子，上面写着“STAB 营业中”。

严亦疏对这个名字隐隐约约有些印象，他在脑海里回忆了一下，记得好像是刺背乐队诞生在这里，刺背火了以后就开始不定时营业，所以渐渐不再名扬于众。

他和靳岑正要进去，兜里的手机突然震了起来。

严亦疏脚步一顿，掏出了手机，屏幕亮起，显示了来电人的信息。

——是他爸。

“靳岑，等一下。”

他皱着眉和靳岑打招呼，接起电话，转身走到路边的树下去接。

靳岑便站在门口等他，严亦疏的情绪向来是比较稳定的，但是此刻他的身上明显跳跃着说不出来的烦躁因子，显然是打电话给他的人对他来说不太一般。

严亦疏贴在耳旁的手机里传来严贺归冷冰冰的声音。

“最近怎么样？”

“还好。”

“我清明回北城一趟，给你妈妈扫墓，你也准备一下。”

是了，居然已经快清明了。

严亦疏闷闷地“嗯”了一声，那边严贺归通知完毕，连关心他学习生活的场面话都没有再说几句，很快就挂掉了电话。

一想到清明，严亦疏的心口就堵得难受，他把手机揣回兜里。店里隔音很好，站在外面几乎听不见什么声音，严亦疏闭上眼睛再睁开，墓前焚烧纸钱的烟灰味道仿佛就在鼻尖，四月总是下着小雨，那泥土里腐烂的腥味搅得人难受。

他走回靳岑的身边，脸上的神色比在学校的时候更差了几分。

靳岑聪明，一看严亦疏这样子，便猜到大概是严贺归给他打了电话。

“你爸？”他问道。

严亦疏点了点头，解释道：“他清明回北城，通知一下我。”

说完，他下意识地就想往口袋里摸，靳岑立刻从自己口袋里掏出口香糖递给他。

靳岑的眼神很暖，严亦疏被暖得心头一酸。

他从靳岑的手里接过口香糖，放进嘴里嚼了一片，冲劲极大的薄荷味一瞬间炸开在他的口腔里，霸道地扫去了一些他脑海中的阴郁。

靳岑带着他，推门进去。

STAB 店面不算太大，此刻里面已经坐得七七八八了，靳岑让老板给他们留了位置，是离舞台最近的那一台。

坐在里面的男男女女都在聊天玩乐。装修复古的店内音乐声不似夜店那样震耳欲聋，光线昏暗，气氛慵懒。

严亦疏和靳岑坐下以后，靳岑熟稔地点了单。

周围的灯突然灭了。

室内陷入一片昏暗，只有桌上的桌牌小灯亮着，橘色的小灯做成了蜡烛的样子，照亮了桌子的边缘，严亦疏耷拉着眼，看见前方的舞台好像有人走了上来，他听见后面传来了一阵惊叫声。

“刺背！是不是刺背今天来唱歌了！”

严亦疏眨了眨眼，下意识地看向了靳岑。

他来北城不算久，对这边的乐队文化了解不多，但是靳岑显然是清楚的。

靳岑支着下巴，冷厉的侧脸在橘黄的微光下仿佛完成一半的油画一般，有一种令人心惊的英俊。

他脱下外套，露出了里面的黑色背心。严亦疏送他的项链挂在他的脖颈上，极具野性的动物牙齿与他的气质非常相合，任谁看了此刻的靳岑，都不会想到他只是一个高中生。靳岑在严亦疏有些讶异的目光里露出一个轻描淡写的笑。

吉他扫弦的声音懒散地从舞台上传来，一刹过后，灯光重新亮起，一束追光打在舞台上，那里搬了一把高脚凳，坐了一个人。

“啊啊啊啊是戚沂南！真的是他！”

“真的假的，沂神来了？”

严亦疏刚认出那个坐在高脚凳上的人应该是刺背的主唱，身后就已经乱成了一锅粥。不少人离开了自己的座位跑上前，在舞台前乌泱泱站成了一圈。众人皆知，来 STAB 要看缘分，老板开这个店纯属是钱多烧得慌，不求盈利，就是爱好，所以开门也看心情。

而 STAB 里说不定什么时候刺背就会回来一两个人唱歌即兴，许多新曲子也是从这里先流出去，今晚来的人都暗叫自己撞了大运，纷纷拿出手机呼朋唤友，脸上全是兴奋的光。

严亦疏最近才开始听这个乐队的歌，只知道戚沂南和吉他手封梦是这个乐队里的两位灵魂人物，其他事情并不清楚。

戚沂南抱着吉他坐在凳子上，调了调麦。

“大家不知道星期几的晚上好。”

男人的声音和他的人一样慵懒不着调，开口这几个字都飘飘摇摇地在空中晃了半天，却格外抓人耳朵。

他这才说了几个字，还没开始唱歌，台下的狂热粉丝已经攥着手吼着回应，刚刚还散漫的氛围立刻火热起来，仿佛在开一场小型的个人演唱会。

戚沂南轻笑了一声，笑声仿佛羽毛在心尖挠过，让人瘙痒难耐。

他目光看向舞台下，迅速找到了目标。

严亦疏还拿着杯子边喝边看，突然发现这人好像在看自己——或者说，是在看自己和靳岑。

靳岑注意到戚沂南的目光，手一下就搭上了严亦疏的肩膀，把他往自己这边带了带。戚沂南注意到他这个小动作，心里只觉得好笑，这小子，给他面子来唱歌，居然还防贼一样防着他。

戚沂南心里瞬间起了坏心思。

他悠悠地对着麦克风说：“今天呢，我来唱两首歌。心情好，从底下选一位上来和我一起唱。我看看啊，就那个 A1 桌的寸头小男生吧，挺帅的，来，咱们一起唱首歌。”

严亦疏被粉丝灼热的目光注视着，才反应过来 A1 桌就是他们这一桌，而那个寸头小男生……是，靳岑？

他不可置信地看着靳岑，又看了看台上还看着这边的戚沂南，知道大概这两人认识，但是更让他惊讶的是，靳岑会唱歌？

靳岑被戚沂南摆了一道，不爽地“啧”了一声，但是一转头，看见严亦疏脸上惊讶又惊喜的表情，他有点尴尬了。他不知道自己该不该上去，有点烦地摸了摸鼻子，就听见严亦疏的声音。

“岑哥，你会唱歌？”

靳岑干咳一声，说：“还行吧。”

毕竟也是戚沂南带着唱的，太难听戚沂南根本不会开这个口让他上去。

严亦疏脑海中哪里还有卷子和他爸，被这个惊喜砸得脑子晕乎乎的，他立刻拽了拽靳岑的袖子，热切道：“那你上去啊！”

靳岑虽然还有点犹豫，但是半个身子已经起来了，他倾着身，盯着严亦疏问：“想听？”

严亦疏非常认真地说：“想。”

靳岑立刻站了起来，没穿外套，一件背心，一条黑色冲锋裤就往上走。

男生露出的手臂肌肉线条流畅优美，身材高挑，肩宽腿长。他长了一副冷峻的模样，但是偏偏身上还有一些未脱的少年稚气，就好像雏鹰或者幼狼，有一种介乎少年和男人的独特魅力。

旁边有女生的小声惊呼：“哇，好帅！”

严亦疏拿着杯子抿了一口，骄傲地眯着眼，看着靳岑走到舞台追光灯处，助手已经把椅子和立麦拿上来了。

靳岑坐在高脚凳上，气场并不输旁边的戚沂南。

戚沂南成功把靳岑弄上来，心情很好。

他仰起头，舒展了一下身子，开口唱了第一句。

“嗨。今天我又做了梦……”

戚沂南的嗓音慵懒撩人，飘摇不定，最能戳到人的痒处。他一句出口，伴随着简单的吉他扫弦，就已经足够惊艳，让人心都跳到了嗓子眼。

那个被邀请上去的男生一只手按着麦，眉头微蹙，半眯着眼，状态看上去不算紧张。

就靳岑身边那一堆扯得上扯不上关系的亲戚里，他关系最好的就是比他大了将近一轮的戚沂南。他很小的时候，就会跟着戚沂南去玩，和他一起唱歌也不是一次两次了，所以靳岑并不会受戚沂南的影响。

他看着严亦疏，唱道："奇怪的是，梦里的人和事，我都记得很清楚……"

男生的声音冷而飒，像冬日的雪松、厚厚冰层裂开的第一道缝隙、荒原上刮过的风……

他的声音并不深情，甚至天生有些冷漠，但是他看向台下某一处的时候，尾音却有笑意，让这冷而飒的一切瞬间消融。

台下的人举着手机拍，严亦疏打开了摄像头，却忘记了举起。

他呆呆地看着台上的靳岑，感觉那个男生仿佛能给人带来无尽的惊喜。

戚沂南有心把高潮的那句让给靳岑唱，所以他在高潮前便停下，低头拨弦。

一时之间，这里只剩下了吉他的声音和男生的歌声。没人知道这个被邀请上来的寸头男生是谁，但是他的歌声足以让台下的人动容，只听到他唱着高潮那一句，声音里哪里还有一开口的冷冽，谁听了，都是一百分的暖意。

"贪恋你如贪恋白日梦……"

"叫人溺死在中……"

严亦疏听见自己的心跳，在这无边的音乐和夜色里狂奔。

他沉入那双少年无畏又赤忱的眸里，只觉得灵魂在空中飘荡。

29

临近清明，北城下起了小雨。

空气里弥漫着一股泥土的浅淡腥味，学校里的树发了新芽，到处都是清新可爱的嫩绿。

开学一个多月，重组后的新班级也走上了轨道。数学课下课，讲台上问问题的同学排起了长龙，聊天嬉笑的也不是没有，但是大部分人还是在继续学习。严亦疏和靳岑是同桌，两个人都趴在桌子上睡觉，倒显得有些格格不入。

严亦疏眯了一会儿，挣扎着起身，打了个哈欠。

上课铃响，靳岑动了动，带着一身起床气直起了身。

他眼神扫过讲台，那边问问题的同学还没散，下一节课的老师正站在讲台旁无奈地翻着教案。

星期五的时间过得很快，放学后，四人一起回了大院。

岑谷雨提前几天就约了严亦疏到家里吃饭，没说什么其他的，就说这几周学习累了让他们回去补一补，但严亦疏也隐约猜到估计要和自己说他们出国的事情。

今天靳振国又不在家，当然，岑谷雨也不会挑他在家的日子要靳岑和严亦疏回来。

靳岑和严亦疏刚踏入院子，就闻到了一股浓浓的花旗参乌鸡汤的味道，岑谷雨掐着点已经把鸡汤端上了桌，正在布菜，见他们来了，和他们招了招手，脸上的表情亲切自然，完全看不出来和以前有什么不同。

“阿姨。”严亦疏心里对岑谷雨还是很尊敬的，他和岑谷雨打了招呼，赶紧上去帮她端菜。

岑谷雨笑眯眯地把菜递到严亦疏手里，然后横了靳岑一眼，嗔道：“你看看人家小疏，再看看你，都不知道机灵点。”

靳岑无辜“躺枪”，在母亲的指责下沉默地上前，把剩下的菜端了起来，放到桌子上，感觉自己的家庭地位岌岌可危。

严亦疏站在桌子旁，被岑谷雨那充满了慈爱的目光打量得浑身发毛，只觉得这和他想象中的剧本不太一样。他主动地摆筷子放碗，和靳岑抢着事情做，就害怕自己一闲下来要被岑谷雨拉着讲话。

三人坐下来吃饭的时候，外面的天色已经黑得差不多了。

只要不弄那些五谷杂粮的黑暗料理，岑谷雨的手艺还是不错的，更不用说这还是她精心准备的一餐饭。

饭桌上，岑谷雨也完全没提其他事，像往常一样和两个少年聊了聊学习生活，本来还有些紧张的严亦疏渐渐地也放平了心绪。

“小疏，你爸清明回来，有说几号吗？”岑谷雨想起扫墓的事情，主动问道。

严亦疏吃饭的手顿了顿，摇了摇头。

“没有，他只和我说了要回来。”

提到这个，严亦疏下意识就有些抗拒。

岑谷雨秀眉微蹙，口气里带了些微责地说：“这个老严，怎么做的事情。小疏，没事，你就和靳岑他们三个一起住，不用管你爸。扫墓的事情，阿姨和叔叔会帮着你准备的，你放心。”

她一边说着，一边去看严亦疏，男生黑框眼镜下那双上挑的凤眼，就算是隔了镜片去看，也和记忆里故人的模样极其相似。

唉。

她忍不住又夹了些菜放到严亦疏碗里，关心道：“你这孩子，也太瘦了，多吃点。最近是不是要竞赛了？压力不用太大，阿姨相信你一定可以的。”

家常饭的香味萦绕在严亦疏的鼻尖，带着安定和幸福感的暖意是严亦疏人生前十几年鲜少感受过的。虽然说，在他的成长过程中一直觉得这种东西可有可无，但是真的感受到了的时候，严亦疏的心头还是忍不住泛起了酸涩的涟漪。

靳岑安静地坐在他的旁边，轻轻地用腿碰了碰他的腿。

晚饭结束，岑谷雨邀请两位少年上楼去看照片。

靳岑小时候的照片足足有三个大相册那么多，岑谷雨那时候身体不好，就让靳振国帮她给靳岑拍照，靳振国拍照手法极烂，虽然说靳岑小时候长得就非常精致可爱了，但还是被自己老爹拍出了许多黑照。

“你看，这是靳岑小时候，装模作样地拿着书在看，其实他根本就没看进去，这书都拿倒了。”岑谷雨指着照片给严亦疏看，老照片里的小朋友一脸严肃认真地举着手里的精装书，一派老成的模样，殊不知自己书都拿反了。

严亦疏忍不住笑了出来，余光瞄到靳岑黑如锅底的神色，心里暗暗得意，幸好他从小就被放养，根本没有这种黑照可供人欣赏。

岑谷雨带着严亦疏一一看过靳岑幼儿园脸上两坨旺仔红晕，系着大红领巾出席文艺表演的照片，还有穿着纸尿裤坐在小车里吃手指的照片，靳岑已经彻底放弃了挣扎，坐在旁边任由岑谷雨和严亦疏调侃取乐。

三个大相册的照片翻完，靳岑的童年趣事基本上也被岑谷雨全部抖落了出来，严亦疏还拿出手机拍了不少靳岑小时候的照片，留作他日威胁之用。

靳岑的相册翻完，岑谷雨又翻开了另一本相册。

严亦疏好奇地看过去，还以为又是靳岑的照片，没想到打开以后，居然是一张四人合照。

这张照片看起来有些年头了，虽然说被主人精心呵护，但还是免不了泛黄起斑。

老照片有一种时代自带的模糊朦胧的美感，两对青年男女站在一起，对着镜头，亲昵又自然。

岑谷雨看着照片，神色不由自主就有些怀念，她的手指抚上照片，对严亦疏柔声说："这是阿姨，这是你靳叔叔。这个瘦高个不爱笑的，是你爸爸，这个大美女，是你妈妈。"

严亦疏看着照片，一时之间愣住了。

在他记事还不算清楚的年纪，母亲就离世了，从小到大，家里几乎都看不见母亲的照片。他见得最多的就是墓碑上那张不算清楚的黑白照，只知道母亲大概的模样。如今这样清晰地看见彩色的生动的母亲的样子，那笑得爽朗的短发少女，有些陌生，眉眼却格外亲切。

照片上的严贺归，法令纹和眉间的川字远没有现在深，虽然没有笑，但是气质并不冷漠。他站在那短发少女的旁边，手搭在她的肩上，照相的时候，眼神都还是瞟向恋人的。

岑谷雨温柔地抚摸着老照片，又从下一页抽出了另一张照片。

是她和徐书迪的合照。

这张照片里年纪比上一张大一些，应该是已经工作了。两位时髦美丽的女人站在一起，很是养眼。在这张照片里，岑谷雨明显带着病气，显得柔弱许多，反而是短发的徐书迪干练又精神，那双上挑的凤眼极其美丽，而她的眼角，也有一粒淡淡的小痣。

严亦疏的五官，唯独这双眼睛最像徐书迪。

岑谷雨看着有些愣住的严亦疏，叹了口气，轻轻拍了拍少年的肩膀。

"小疏，你这么大了，阿姨也想和你说说你妈妈的事情。想来你爸那个木头脑袋是不会和你讲的。"

她回忆起往事，眼里有着淡淡的唏嘘和怀念。

"当年，你妈妈是我们大学很有名的校花，爽朗、能干，像一阵风一样的女子。她喜欢探险、喜欢考察，在她们系里面，男生不敢干的活儿，她都行。你妈妈和你爸爸在一起，不知道多少人眼红。那时候，你们家去川城发展，很大原因是你妈妈有一个长期项目是在川城边境的山里，你爸爸不放心，就调了过去。

"生了你之后，你爸觉得她的工作太危险了，说了好几次要你妈妈转幕后做研究，你妈妈不肯。我们也劝过，但是，对于她来说，热爱的事业和她的生命一样重要，她没有放弃。那时候，谁都不知道她会在山里遇到泥石流，谁也不知道悲剧会降临。大概，你爸爸有所预感吧。那时候医疗水平远没有现在好，你妈妈是她那个小组的组长，为了保证组员安全，她最后一个撤离，没能撑住……”

说起从前的故事，岑谷雨心里也一阵悲伤。

她想起自己的友人，想起那爽朗如风的少女，想起从前的甜蜜和快乐，想起川城大暴雨的压抑天气里，严贺归站在雨里沉默得如同一块没有生命的磐石……

往事如烟，这些旧事在她的脑海里偶尔浮现，但是直到现在她想起来的时候，心里还会一抽一抽地疼。

严亦疏从小到大都未曾听过父亲讲述和母亲的故事，他成长的过程中缺乏来自亲人的爱，所以他坐在岑谷雨旁边，心里迟迟都未曾涌上几分悲伤，更多的反而是一种不真实感。他作为有血缘关系的儿子，却只能听别人怀念自己的母亲，那个陌生又遥远的形象从别人的描述里出现在他的面前，让他心里泛起一股说不出来的酸楚。

他看着那几张老照片，心里有个地方被啮咬着，心中五味杂陈的情绪让他一时之间不知道该做何反应。

岑谷雨还在继续说着他们以前的故事，严亦疏心里却下意识地想要逃避。他甚至想，这又能怎么样呢？这些事情，和他又有什么关系？严亦疏想起严贺归冷淡的模样，心里那陈年积攒的不满和委屈这一刻爆发了出来，让他无法共情。

靳岑坐在严亦疏的旁边，轻轻拍了拍男生的背。

严亦疏的背此刻挺得很直，他像一棵孤独生长的树，不愿意依偎任何人，也不需要谁给他支撑。岑谷雨看着少年这副模样，只能叹了口气，柔声说道：“小疏，有什么事都可以找阿姨说。你和阿岑两个人要互相照应，知道吗？”

他沉默了很久，垂着眼，声音沙哑地说：“谢谢阿姨。”

岑谷雨换上轻松的笑容，拿着相册站起来，对两个少年说：“好了，不说这样陈芝麻烂谷子的事情了，我去给你们把炖好的甜品拿上来。”

她走得很快，给两个少年留下独处的空间。

靳岑看着严亦疏，严亦疏对他压了压嘴角，明明眼里波澜起伏不定，却还端着一副平静的模样。他张嘴想要说些什么，又下意识地摸了摸自己眼角那颗小痣，有一瞬间的恍惚。

严亦疏把手放下，迎着靳岑关心的目光，无所谓地耸了耸肩。

“别这样看着我，怪煽情的，我鸡皮疙瘩都起来了。”

靳岑看他半晌，突然笑了。

男生抬起手蹭了蹭他眼角的痣，语气里带着笑意，调侃地说："我看你是因为你这颗痣更好看一点。"

严亦疏本来还以为靳岑要安慰他，没想到这人一开口就是这话，把他的思路都给打断了。

这下子他心里那点若有若无的低落情绪可算是彻底没了。

严亦疏眸光睨着靳岑，自己也低低地笑了一声，他忍不住想，人一生本来就不可能什么都得到，他长到这么大，衣食无忧，无灾无难，本来就已经算得上幸运，有些东西他早就已经不再渴求，也不再追究了。

严亦疏笑得眯起了眼，说："不错，把疏哥哄开心了，回去给你唱歌听。"

靳岑闻言挑了挑眉，两个人直接往外走。岑谷雨正在厨房里盛汤，看见两个人急匆匆地下楼，出声问道："怎么了，这就回去了吗？"

靳岑朝母亲挥了挥手，岑谷雨也没多留，让他们走了。

严亦疏走在夜色里，那些旧事带来的阴郁和不快被压下去了不少，他看着靳岑的背影，和男生线条流畅有力的手肘，恍惚中，有一种自己被拉入了另一个世界的错觉。

他听见靳岑的声音随着风吹过他的耳边。

"走快点啊，疏哥，赶着回去听你唱歌呢。"

严亦疏加紧了步伐，并肩走到了靳岑的身旁，勾住了男生的肩膀。

虽然他心里总觉得还有一个结没有解开，但是他没有再去自扰，他决定暂时先不想这些。

两个少年的影子交融在一起，不分彼此，很快就消失在了道路的尽头。

清明那天，北城天很阴，乌云惨淡地压在天际，空气里弥漫着水汽，一副随时都要下雨的模样。

严贺归提前一天到了北城，两家一起吃了一顿饭。

严亦疏已经许久没有见到严贺归了，父子之间并没有话讲，严贺归回北城住的是酒店，第二天按照约定时间，在北城市郊的墓园见面。

清明来扫墓的人很多，平常冷清的墓园难得有了些人气，新鲜带着露水的花摆在墓碑前，为黑白基调的墓园增添了几分色彩。

在川城的时候，严亦疏并不是每一次都会和严贺归一起回北城扫墓，他对这里的记忆并不算深刻。

靳岑和他作为小辈，站在几个大人的身后，插不上什么话。

严贺归穿着一身黑色，高而瘦，颧骨突出，但还是能看出年轻时候英俊的影子。他并未郑重打扮，衣服看起来有些旧了，黑色的中山装扣子边缘磨损得厉害，脚上的皮鞋也浮着一层灰，有些风尘仆仆。

男人话很少，身上的气质孤高又寡淡，几乎沾染不上多少人气。在严亦疏这些年的记忆里，严贺归一直是这副模样，小时候，他从不敢和父亲撒娇，只要严贺归淡淡地看着他，他便会自觉地把心里的委屈全部都咽下去。

墓碑上的照片是许多年前的了，历经这些年的风雨，有些斑驳。黑色短发女人骄傲又张扬的笑容已经看不清了，但是严贺归从来没有提过要重新修葺。

严亦疏给母亲上了香，站在一旁，仔细地盯着墓碑看。

他从岑谷雨那里听到有关于母亲的一切，和这块冷冰冰的墓碑差距太大，他在脑海里勾勒出来的自己母亲的形象，在他眼前不断闪烁着，让他感觉心口有种说不出来的堵得慌。

祭拜完徐书迪，严贺归又一个人沉默地在墓前站了一会儿。

没有人打扰他。

严亦疏站在走道旁，遥遥地看着自己父亲的背影。小时候看着这个背影，觉得是那样高不可攀；现在看着这个背影，却发现，这也只是一个可怜人而已。

靳振国看了看自己的老友，又看了看这孩子，叹了口气，总想说点什么。岑谷雨站在他旁边，拍了拍他的手臂，示意他不要说话。

靳岑小时候跟着父母来扫过墓，但到底是小时候的事情了，他不想对父母辈的事情做任何评价，只是心里疼惜严亦疏。

整个扫墓的过程，不像有些来祭祖的家庭，在墓前企求祖辈保佑儿孙学业事业，唠唠叨叨说一大堆，除了岑谷雨自己说了一会儿话，其他人都是沉默的。

直到离开墓园，严亦疏觉得自己的灵魂还被攥在母亲的那一方小小墓碑前。

在他童年的记忆里面，严贺归为数不多的温情，大概就是父亲出任务的时候从山里给他带回来的野兽牙齿。那天听谷雨阿姨讲了父母的曾经，严亦疏才知道，这些是徐书迪最爱收集的。所以，就算徐书迪已经离开了人世，自己的父亲在出任务的时候还是会下意识地去搜寻这些小玩意儿，并且珍重地带回来。

回去的路上，父子俩一言不发。

严贺归定了晚上的飞机回川城，他的这一趟行程十分匆忙，并没有留出陪孩子的时间，当然，严亦疏也并不需要他的陪伴。

严家在北城的房子是很久以前为了严亦疏的学业购买的学区房，身价比起买的时候已经不能同日而语。这套房子一直没什么人住，里面的家具也是严亦疏回北城读书前才添置的，严贺归自己都没有去过几趟。祭拜完徐书迪，严贺归和严亦疏吃了一顿晚饭，连房子都没有回，直接去了机场。

这顿晚饭吃得严亦疏不上不下，他送完严贺归，自己回了那个空荡荡的房子。

晚饭的时候严贺归和他讨论了出国的事情，语气勉强地表示如果他意愿强烈，他不会阻拦他出国。上午扫墓的时候严亦疏心里本来还有些说不出的酸涩，这一番谈话过后，他又觉得自己和严贺归的父子缘分可能命中注定就是很浅，聊天就是鸡同鸭讲，没话找话。

严亦疏坐在阳台上，学区房的小区已经比较旧了，楼层也不算很高，外面树影重叠，往下看，有老人正推着小孩在散步。

他静静地看了一会儿。

时间不长，却足以让严亦疏的内心平静下来。

放在阳台小桌子上的手机一震，是靳岑给他拨过来了微信电话。

严亦疏接起，点开外放，一阵电流声过后，响起了男生沉静好听的声音。

“疏哥吃完饭了？”

严亦疏“嗯”了一声。

靳岑那边好像是在家里，还有新闻联播的声音，他问道：“要我过来吗？”

严亦疏靠在椅子上，跷起腿，换了个姿势。

他听到靳岑的声音，就觉得心情好了不少。轻哼了一声，道：“用不着，多陪陪谷雨阿姨吧。”

靳岑轻笑了一声，那边传来了他上楼的声音，一阵脚步声过后，那边的环境安静了很多，应该是靳岑回了自己的房间。

靳岑好像是开了外放，严亦疏听到了一声游戏的熟悉声响，他挑了挑眉，随机就听见靳岑对他说：“来，疏哥，上游戏。”

严亦疏不知道靳岑想干什么，他有点莫名地登录游戏，那边靳岑给他发来了一个“墨家机关道”单挑的申请。

“你干吗啊？”严亦疏有点莫名。

靳岑选了一个圣诞皮肤的貂蝉，严亦疏随便选了个鲁班，两个人在塔前相遇。

“等着，我跳舞给你看。”靳岑那边说话的声音有些含糊，不知道是不是嚼着口香糖，男生迅速清兵升到四级，在矮矮的鲁班脚底下原地放了个大招，“叮叮当叮叮当铃儿响叮当”的音乐声响起，貂蝉开始快乐地转起了圈圈，花球四散，还有几个打到了鲁班的身上，掉了半管血。

严亦疏无语。

他给貂蝉来了一炮，再打了几下，快乐跳舞的女人就这样躺倒在了地上。

靳岑看着灰下去的屏幕，翻开糖盒的盖子，往嘴里塞一块薄荷糖，闷着笑：“杀人干什么，跳舞不好看吗？”

严亦疏操纵着自己的小鲁班在原地转了几圈，跷着脚对着刚复活还在泉水的貂蝉就是一炮。带着晚饭香气的风拂过鼻尖，他躺在阳台的吊椅里，声音比刚刚轻松许多。

“杀你比较有趣一点。”

靳岑闻言，把貂蝉停在鲁班旁边不动了。

“那多杀几次。”

严亦疏看着这幅画面，两个人的名称一个是“半斤山”，一个是“一棵树”，莫名有点和谐，他一边截着图，一边说道：“不行，岑哥，我心疼。”

靳岑和严亦疏挂机在峡谷里看着小兵打架，过了一会儿，靳岑问道：“今晚叔叔和你说了什么吗？”

严亦疏搭着眼皮，手指无意识地在屏幕上敲了一下。

“没什么，干坐了一小时。就说了类似于我爱咋地咋地的那种话，不管我想留在国内还是出国。”

靳岑从鼻子里哼出来一声慵懒的“嗯”。

他平静地问道：“那你是怎么想的？出国还是留下？”

严亦疏垂下的眼眸视线没有焦点，他想了一会儿，突然轻轻笑了一声。

“岑哥，你觉得我们高考搞个双状元怎么样？”

靳岑那边玩糖盒的清脆声响静止了一瞬。

“双状元？”

“嗯哼。”

靳岑站在房间的阳台，心情很好地眯起了眼睛。

“我觉得，可以。”

严亦疏听见靳岑同样嚣张自信的话，不可抑制地耸着肩笑了起来。

这次严贺归回来以后，他思考了很久。考虑自己的未来会不会对父亲造成影响，他以后的人生轨迹会往何处发展……但是，思考到最后，他突然觉得，其实人生远没有他想象中的不可把控。严贺归的人生，不需要他的参与，也从不询问他的意见，那他又何必庸人自扰，觉得严贺归要干涉他的人生呢？

他想和靳岑一起出国，瞻前顾后，思虑太多根本没有意义。无论以后是靳振国反对，抑或是严贺归反对，终究是他们年轻人要自己往前走。

那他为自己人生定下的目标，无妨大胆一点，坦荡一点，从心一点。

他严亦疏，想做一件事情，就一定要做到最好，不就是留下来高考吗？这种他以前觉得厌烦无聊的生活，现在都成了他不可或缺的最美好的青春。

严亦疏这些天一直沉郁在心头的乌云全部散开了，他听着电话那边靳岑的呼吸声，心头仿佛有阳光洒落。

“未来的高考状元靳岑，明天见，记得给我带谷雨阿姨做的包子。”

“知道了，疏状元。”靳岑语气调侃。

“靳岑，我相信你。”严亦疏沉吟了一会儿，突然说道。

“疏哥，你犯规了。你这样我也不会比你少刷一套卷子的。”

靳岑的声音很哑。

“严亦疏，加油。”

30

高一下学期的时光一转眼便溜走了。北城的春天很短暂，炎炎夏日迫不及待地来到。太阳挂在高高的天空上，炙热的阳光晒得行走往来的人们步履匆匆。

竞赛班下学期的竞争愈发激烈，在期末最后一轮筛选过后，陈毅主动决定退出竞赛班，全力准备高考。

九月份的奥赛初赛迫在眉睫，北城一中所有选入奥赛精英小班的学生都要留在学校进行大半个月的赛前冲刺，靳岑和严亦疏一个进了物理一个进了化学，因为要上晚自习，所以两人临时住进了学校的宿舍。

无论是靳岑还是严亦疏，都是头一回体验住宿生活。走读惯了的两人在学校里住着七人间，难免有些束手束脚不适应。能留下来冲刺集训的都是学霸中的学霸，整个年级也就不到五十个同学，再加上高三补课的其他学生，宿舍楼大概只有两层楼有人住，比平常冷清了许多。

早上六点刚过，北城的天才蒙蒙亮，宿舍里一大半的人就已经起床了。严亦疏和靳岑睡上下铺，宿舍里只有那一块地方毫无动静，大家洗漱完去早自习，两个人的闹钟才开始响。

新的一天，靳岑和严亦疏又是踩点到的教室。

一大早踏进教室的两个人看起来和教室里已经学习许久的同学们很不一样，他们在角落里坐了一桌，自带着屏蔽过滤的气场结界。

今天的练习卷发下来，严亦疏和靳岑难得没有困意，几节课的时间也就做得差不多了。

靳岑和严亦疏在饭堂吃过午饭后，偷偷溜到了废弃的教室去。

这些天在宿舍里住着，他们也算是憋得狠了。和他们一个宿舍的同学本来就和他们不是一路人，又因为他们稳坐第一第二的宝座，暗中和他们较劲，这些天起得一天比一天早，这才让他们找到一个宿舍同学都不在的机会。下午的学习计划还是自习做卷子，晚上进行答疑上课，严亦疏和靳岑想着下午的练习已经完成了，出去放放风。

因为是封闭式的集训冲刺，他们现在都算是住宿生，没有放行条出不去学校，严亦疏和靳岑绕着学校转了一大圈，才找到一个可以翻墙出去的地方。

说到翻墙这事，严亦疏初中的时候可没少干过。那时候他逃课可是熟练工，溜出去几节课再翻墙回来，都没有人发现他离开过学校。但是这北城一中的墙他还是第一次翻。

严亦疏看了眼墙的高度，啧了一声。

“岑哥，你这实战过吗？”

靳岑把手机放进兜里，卷起袖子，摇了摇头。

“用不着，我想走又没人拦着我。”

他往后退了几步，弯下腰，助跑了一小段，蹬着墙扒着杆子一下就翻了过去，轻轻巧巧，好像是在跳高一样。

靳岑利落地跳下去，稳当地落在地上，从栏杆缝隙里接过严亦疏的手机，朝他勾了勾手指。

“疏哥，来。”

呃。

严亦疏被他这一套流畅优美的动作给秀得眼花。他干咳了一声，调动着自己的肌肉记忆，也往后退了几步，想学着靳岑的样子跑酷过去，没想到腿上力量不够，蹬得不够高，没能翻过去，卡在了墙头上。

他尴尬地扒着墙，庆幸北城一中没装防盗网，也庆幸这个时候是暑假，学校里人不多，这个角落里没有摄像头。

靳岑看着严亦疏卡在墙上的样子，支着下巴低低地笑出了声。

“小严老师，当年你在小弟面前也是这样翻墙的？”

严亦疏又气又恼，还不是这人早上给他折腾得没劲儿了？还好意思说。

他垂下脚，正准备潇洒地往下跳，给自己来一个好一点的结尾动作的时候，靳岑手里拿着的手机突然响了起来。

靳岑看了眼屏幕，眉头立刻蹙起了。

他伸出手，制止了严亦疏往下跳的动作，朝严亦疏说道：“等等，我爸的电话。”

严亦疏有些蒙地眨了眨眼睛，挂在墙头等靳岑打了个几秒钟的电话。

靳岑挂了电话，抬起头，面色有些无奈地说：“行了，疏哥，你可以转身跳回去了。我爸来学校看我们，过一会儿就到了。”

严亦疏原路返回还是容易的。

他轻巧地往后一跃，稳当地落在了地上。

隔着栏杆，靳岑那边的脸色就有些不太好看了。

此时，换作是严亦疏闷笑了。

“岑哥，叫你跳那么快，活该。”

学校外面的墙根更矮，也没什么能借力的地方，靳岑把手机丢回了严亦疏手里，四下巡视了一圈，找到了一个很勉强的借力点。

他听见严亦疏的笑声，压了压唇，一阵助跑过后，扒着栏杆就往墙里面跃。

男生的身姿敏捷如豹，衣袂在空中翻飞，看起来潇洒又好看。

严亦疏看着靳岑落下的身姿，在心里不禁叫了声好。

一脸冷酷样的帅哥落在地上，仿佛不出世的轻功高手一般。

然后，他龇了龇牙，眉毛揪在了一起。

严亦疏一看靳岑这样子，立刻弯下了腰。

“怎么了，靳岑？”

靳岑脸色黑如锅底地动了动自己的脚踝，扔出了硬邦邦的四个字。

“崴到脚了。”

靳岑和严亦疏与靳振国见面的时候，两人都有点狼狈。

靳岑一瘸一拐地走到他爸对面，靳振国脸色立刻就变了。

“你这是怎么搞的？”靳振国皱眉看着跛着脚的靳岑，问道。

靳岑站在靳振国面前，表情自然地解释道：“打篮球的时候扭的。”

严亦疏憋着笑，在旁边附和着靳岑点了点头。

靳振国难得抽一次空过来看看俩人，就发现自己儿子崴了脚，虽然知道靳岑皮糙肉厚这点小伤不算什么，还是有些担心地皱起了眉。

“擦药了没，注意点。”他打量了一会儿靳岑的脚，然后把手上拿的一大袋水果递了过去，“和亦疏都多吃点水果，补充一下维生素，别天天喝饮料吃那些垃圾食品，知道吗？”

严亦疏赶紧把水果接到手里，对着靳振国露出了乖巧的笑容。

“是，我们知道的，靳叔叔。”

三人此时站在教学楼下。高二教学楼只开了一个竞赛班，所以这一块非常安静，耳边只有树梢不时传来的蝉鸣声和旁边水池假山的水声。靳振国来这一趟很匆忙，只在路边买了些水果，他自己心里又觉得过意不去，又问道：“要不然去医院看一下？然后我再带你们去吃个饭。”

靳岑腰板挺得笔直地站在严亦疏旁边，脸色淡定，一副啥事没有的轻松模样。他看了眼教学楼，然后对他爸说：“不用了，我没事。现在是冲刺紧张的时候，我们缺课会耽误进度的，爸，你就别操心了。”

靳振国看着自己受伤还要认真学习的儿子，眼里都是欣慰，他嘴上不说，心里还是很为靳岑骄傲的，闻言拍了拍儿子的肩膀，微笑道：“那我就不打扰你们学习了，加油！沈老师和我说了，这次你们的希望很大，到时候拿个奖回来让我乐呵乐呵！”

严亦疏推了推自己的黑框眼镜，小鸡啄米般点着头，他皮白肉嫩，笑起来的时候说不出来的斯文。

靳振国看着这俩小孩，只觉得心里安稳踏实得很，又嘱咐了几句之后，便离开了。

靳岑和严亦疏拎着水果回了班里，大家正在做卷子，他们推门进去，也没有多少人抬头去看，一个个都认真得很。

沈越作为竞赛班的带队老师，正坐在讲台上给同学答疑，见他们进来，挑了挑眉，正准备说两句，就看见了靳岑一瘸一拐的脚。

他立刻暂停了讲解，向靳岑和严亦疏挥了挥手，示意他们过去。

“这是怎么了？”沈越担心地问道，“靳岑这脚怎么搞的？”

严亦疏替他解释：“昨天晚上打篮球放松的时候不小心崴到了。”

“严重吗？校医室是不是没上班啊，处理了没有？”

靳岑是沈越的得意门生，有点什么小差错沈越都紧张得不行。

严亦疏脸上立刻露出了为难的表情：“还没有……现在学校里人太少了，我们也没找人借到药。”

“那可不行，这不能拖，伤筋动骨一百天。这样，我给你们开个假条，亦疏，现在你就带靳岑去旁边的诊所看一看，买点药回来。”沈越吩咐道，“亦疏，去我办公桌第一个抽屉里把假条拿来，我给你签字。”

严亦疏控制着脸部表情，尽量做出一副忧心忡忡的样子，然后转身急切地往楼下跑。

刚刚他和靳岑还打算翻墙出去，这下好了，因祸得福，他们可以光明正大出校门了。

直到他们走在了校门外面的街上，严亦疏还在啧啧感叹。

“岑哥，可以啊，奉献小我，带来一下午的自由。”

靳岑的脚踝已经肿了一个大包起来，严亦疏想搀着他走路他也没让，一个人倔强地拖着腿走。

诊所离学校并不远，两个人处理完靳岑受伤的脚，时间也才过去了半个小时。他们自然不会乖乖地就这样回学校，而是就近找了个地方打游戏。

陈毅和祁杨在家里闲着没事，一听说他们出来了，立刻组起了“吃鸡小队”。靳岑和严亦疏在角落找了两个位置，坐下来打游戏。靳岑的脚上还缠着纱布，气势十足地坐在那，颇有刚打完群架的大佬风范。

“什么，岑哥崴脚了？”陈毅听到这一消息，立刻咋咋呼呼了起来。

“哈哈……这是咋崴的，翻墙吗？岑哥也有马失前蹄的时候啊。”

“闭嘴。”靳岑冷冷地打断了他的话。

严亦疏闷笑着，接话道：“你是没看见，我们岑哥唰一下飞到了墙上，又唰一下飞了下来，然后蹲在地上，脚就崴了。”

靳岑不轻不重地瞟了他一眼，慢悠悠地说道：“也不知道是谁卡在了墙头上不去下不来。”

严亦疏干咳了一声，点着鼠标，嚷道：“唉跳哪里啊，要跳了，要跳了。”

靳岑轻哼了一声，和严亦疏达成了暂时和解。

打游戏的时光总是过得特别快，严亦疏和靳岑看着时间差不多下了机，准备去买点东西回学校吃。

晚上六点多的北城正是喧嚣繁忙的时候，街道上食物的香气盈满了人的口鼻。严亦疏和靳岑闲逛了一圈，在吃清淡面食还是吃烧烤之间犹豫许久，最后还是从心地吃了一顿烧烤。被学校饭堂的饭菜荼毒了一个多星期的味蕾，在尝到烧烤的滋味以后欢欣快乐，严亦疏和靳岑吃完心情不错，又打包了一点当宵夜，准备回学校。

靳岑对自己的脚伤毫不在意，他从小到大受的伤多了去了，这点小伤他还不看在眼里，他走路走得也还算稳当，和在老师面前一瘸一拐的男生判若两人。

他们走到学校附近，在长椅旁边坐下，靳岑拿出香水喷了一点，免得等下身上味道太冲。

炎热的夏日晚上也只是有些许的好转，一下午在外面，严亦疏和靳岑身上已经出了不少汗，黏得不行。这个点宿舍还没开始供水供电，回去也只能在闷热不通风的宿舍里干坐着，他们又不想回班里，所以就坐在外面吹吹风，还凉快惬意一些。

学校侧门的街道黑漆漆的，没有路灯。这里的树已经有了年纪，树根盘踞生长，把本来平整的地砖顶得凹凸不平。这边的路因为不是大路，只能通往北城一中，所以来的车不多，现在又是假期，坐了十几分钟鬼影都没有一条，严亦疏和靳岑两人坐在路边，自在得很。

那边靳振国处理完公务，晚上刚到家里，岑谷雨就问他今天去看的两个小孩的情况。

靳振国把靳岑崴了脚的事情和岑谷雨说了，岑谷雨脸色一沉，立刻就责备靳振国心大。

“你怎么回事呢，这么大的事，就应该带靳岑和亦疏去吃个饭好好补一补，去送个水果就回来了啊？真是开玩笑。不行，现在就送汤过去，你等着，我去拿保温桶。”

靳振国一大老爷们也没想那么多，他尴尬地挠了挠头，反省了一下，觉得自己好像做得确实不太好，不该因为小孩说不用就不坚持做好父亲该做的事情。

岑谷雨心系两个小孩，赶紧去厨房把今天炖的汤装了满满一保温桶，又从家里的药箱里翻出了红花油，和靳振国随便吃了点晚饭，就准备往北城一中去。

靳振国平常不是出公务不喜欢让司机开车，他一直没那么多讲究，自己开着车带着岑谷雨就出发了。

“他们俩学习怎么样？”岑谷雨在路上还不放心，忍不住问靳振国。

“挺好的，都挺好的，他们沈老师还和我说，以他们现在的情况一定没问题的。”

岑谷雨想着自清明以后严亦疏就再也没和严贺归见面，心里有些发堵，她叹了口气，嘟囔道：“这老严也真是的，有这么忙吗？自己小孩暑假不回家都不来看一下，我看啊，亦疏都不如直接当我们小孩算了。”

靳振国和严贺归交情过硬，也觉得老友这事情做得不好，他只能尴尬地咳嗽两声，没有出言维护。

“亦疏这孩子长得好，懂事，比靳岑那浑小子强多了。”他想起小孩乖巧的模样，夸道，“靳岑那小子还和我说打篮球崴的脚，我琢磨着不太可能。他别干什么坏事带坏了人家才好。”

岑谷雨抱着保温桶坐在一边，不说话了。她侧过头，看向窗外，路边的景物飞速往后退，玻璃车窗上映出她隐约的轮廓，岑谷雨心里不知道为什么突然有些惴惴不安，突突地跳着。

为了避免遇上晚高峰堵车，靳振国从小路绕到了北城一中的后面，直接从侧门的辅路开进去。这条道上没有红绿灯，车也不多。靳振国开的是越野，车灯照得很远，把道路一侧也照得亮堂堂的。

车突然停下的时候，岑谷雨吓了一跳。

她转过头，看向靳振国那边，发现自己丈夫的脸色和刚刚截然不同，黑得仿佛暴雨前暗沉沉的天。

“怎么了？”她轻声问道。

靳振国抓着方向盘的手青筋都迸胀了出来，他压着声音，几乎是低喘着问道：“坐在那里的，是不是靳岑和亦疏？”

岑谷雨下意识地顺着靳振国的目光看了过去，看见不远处路边的长椅上坐了两个男生，此刻因为刺目的车灯往这边看了过来。

那两张脸那样的熟悉，熟悉到岑谷雨的心一下子就被刺得发痛。

她抱着保温杯的手一软。

靳岑和严亦疏只是坐在路边聊天，并没干什么其他事情。但是他们倚得很近。

靳振国只觉得脑中一阵嗡鸣。

他眼前先是一黑，然后才缓慢地反应过来这是什么样的情况，那愤怒和不可置信一起涌上了他的心头，立刻把他的理智冲的溃散。

他下意识地解开安全带，打开门就往下走。

他看见他的儿子站了起来，扶着椅子背，挺着背脊，直直地看着他。

眼神又硬又倔，毫不回避。

31

靳振国还没来得及往靳岑那边走，就被岑谷雨一声喝止。

“老靳，等等，我去。”她抱着保温桶的手捏得紧紧的，指骨都泛起了白，声音急促而尖锐，少有的失态。靳振国被妻子这一声给牵住了步伐，他粗喘了一口气，回头看了一眼妻子，感觉大脑中一阵嗡鸣，却还是下意识地站在了原地。

岑谷雨打开车门下去，让自己在短时间内就恢复了镇定。她对靳振国露出一个安抚的微笑，声音也平和了不少。

“你别冲动。”她拍了拍丈夫的肩膀，感觉到那平常向来镇定的男人正在颤抖。

严亦疏和靳岑已经站了起来。

靳岑先认出来了自己父亲的车。车灯刺眼，他眯着眼睛看过去，看见那个高大的男人从车上走下来，步伐很急，却顿住了脚步，紧接着是他的母亲从副驾驶下来了，手里还拿着保温桶。靳岑的脑海里有一瞬间的震荡，但是很快他就冷静了下来。

岑谷雨高跟鞋踩在地上，发出沉闷的声响，她走过来，先是对严亦疏打了个招呼。

“亦疏，阿姨从家里带了汤过来，你拿回宿舍喝，学习辛苦了。”她把手中的保温桶递给严亦疏。

严亦疏接过保温桶，对岑谷雨轻声道了声谢，然后用隐秘又担忧的眼神悄悄瞟了靳岑一眼。靳岑站得笔直，背脊仿佛挺立生长的白杨树，他的脚还受着伤，但是丝毫不影响他的站姿。

岑谷雨没有露出任何责备的表情，她只是柔声对严亦疏说："亦疏，你先回学校吧，靳岑今晚和我们回去。"

不远处，靳振国的眸光里仿佛酝酿着一场暴风雨。

他想起严贺归的身影，只觉得心里一阵绞痛，严亦疏来北城是来求学的，如今却和自己的儿子一起逃学。他作为老友，照顾上没尽到几分力，现在又出了这样的事情，到时候他怎么去和严贺归交代？

靳岑听到岑谷雨说让他今晚回去睡，并没有说什么，他只是回过头和严亦疏道了别。

"明天试卷帮我收好。"他不忘提醒严亦疏。

严亦疏尽力稳住了自己的表情，对靳岑点了点头。

"放心。"

他握紧拳头，看着靳岑踱着脚跟着岑谷雨往靳振国那里走。

严亦疏听见自己的呼吸声，他手上还拎着买来的红花油，和岑谷雨送来的鸡汤，沉甸甸地，拉着他往下坠。

不远处的车门关上，砰的一声响，重重地砸在严亦疏的心上。他站在原地没有动，车灯刺得他眼睛泛酸，严亦疏却一直看着，好像能看见驾驶位上靳振国看着他复杂的目光似的。

随着发动机的轰鸣声，那辆越野车掉头驶开，很快就消失在了严亦疏的视线范围内。

严亦疏站在学校侧门静悄悄的校道上，树叶被风吹得簌簌作响，蝉鸣声也不知道什么时候消失了，路灯的光也并不明亮，他脑海中闪过了很多碎片，纷杂繁乱，他一时之间不知道自己在想些什么。

高一的这一年，有他从来没有想过的快乐，也有他头一次感受到的压力和彷徨。岑谷雨给他们的温柔太过于美好，然而他无法掌控自己的人生。

靳岑也不行。

严亦疏在校门口孤独地站着，几乎要和树影融为了一体。

直到他的腿开始泛酸发麻，学校里响起了第一节晚自习下课的铃声，他才迈开了步伐往学校里面走。

北城一中的校园上了年纪，虽然经过了几次翻修，依旧不能算漂亮高级，但是这里无疑是一座象牙塔。他和靳岑在这座象牙塔里相识，但是总有一天，他们要走出这座象牙塔。严亦疏往宿舍走的路上，甚至开始不可抑制地羡慕起了许青，许青的父母对他从来没有期望，漠视得比严贺归对他还彻底，但是至少许青可以比他们晚一些面对成长的压力。

他不知道靳振国会和靳岑说什么。

他可以向靳振国保证他们会以优异的成绩考入大学，会一起承担所有责任以及他们出国后将要面对的未来，但是以他现在的年龄和阅历，和靳振国说这些，连他自己都觉得苍白无力。

为什么不能晚一些呢？

严亦疏鲜少这样诘问自己的人生，但是在他拎着保温桶走回宿舍的路上，他无法控制自己这样去想。

他最难受的是他此刻无能为力，连说一句话的资格都没有。

这种滋味实在是太苦了，苦到严亦疏的舌尖都开始发涩。

他打开宿舍的门，里面空荡荡的。

他坐在自己的床上，没有开灯。

他从宿舍抽屉里摸出了室友的打火机和烟，沉默地看了半晌，却没有点着火。

在川城的时候，他是一群人的“大哥”。大家叫他疏哥，听他的话，唯他马首是瞻，因为大家都觉得严亦疏很“会”。严亦疏会交际、会学习，有些时候，他都要以为自己真的比同龄人高上不少。他有自己的存款，偶尔还会理财赚点钱，确实，他已经比很多同龄人都厉害了。

他见过不少光怪陆离的社会现象，身边的朋友三教九流，他也以为，自己的阅历已经十分丰富。

但是当他坐在宿舍的硬板床上，看着黑压压的宿舍，等待着第二天的到来，却连一个电话都不知道要不要打给靳岑的时候，他明白自己是一只井底的青蛙。

高一的后半学期，他比之前所有日子加起来都要努力，但是没有用。

他到底不过是个学生而已。

从北城一中回大院的路上，车里异常沉默。

靳振国的脸色比起刚看见靳岑和严亦疏的时候已经好了不少，但眉头还是蹙着的。

靳岑坐在后座，脚上的钝痛时不时地传来。

一家三口回到房子里，阿姨正在打扫卫生，见他们进来，正要打招呼，在发现气氛不对以后十分懂事地收起工具回到了自己的房间。

靳振国把车钥匙放下，解开了衬衣的第二颗扣子，语气平淡地对儿子说道：“跟我到书房来。”

岑谷雨站在一旁，没有说什么，她知道父子俩势必要有一场谈话，所以她只是给了靳岑一个眼神，让他过去。

靳岑拖着自己受伤的脚，和靳振国去了书房。

靳振国虽然是部队出身，但是闲暇时间也爱看书，与岑母以前恋爱的时候经常泡图书馆，所以靳家的书房非常大，两面墙都是书架，中间有一组非常舒适的沙发。

“坐。”

靳振国走到书桌旁，拿起眼镜戴上，自己坐到椅子上。

靳岑依言落座。

靳振国眼神扫过儿子包着纱布的脚踝，他端起茶呷了一口，开口问道：“脚处理了？”

靳岑看着他，也很平静地“嗯”了一声。

父子俩对视了一会儿，到最后，还是靳岑先开口说话。

“爸，我必须告诉您，我想好了，我要和严亦疏一起去国外读书。”

男生的目光诚恳、毫不闪避。

靳振国听见自己儿子的声音，喝茶的手一顿，他的眼前又浮现出刚才看到的两个少年看似亲昵的互动，原来是他想多了。他稍微松了一口气，但他想，应该在现在将一些事情扼杀在摇篮里。他目光复杂地抬起头，看着自己在不知不觉中已经长得这样高、气势十足的儿子，仿佛看见了自己当年的影子。

靳振国的怒火在岑谷雨一声喝止以后，渐渐消化了不少。

他硬邦邦地说道：“其他的不说，有勇这一点，你还像是我靳振国的儿子。”

靳岑没有被责骂，但是他丝毫不觉得放松，他看着靳振国此刻的样子，有一种越来越清晰的预感。

靳振国放下茶杯，想要靠一下椅背，但是他看见靳岑挺得笔直的腰板，又下意识地也直起背。

他捏紧桌子上的钢笔，许久以后问道：“你考虑过我和你妈的感受，考虑过你严叔叔的感受吗？”

靳岑眼神坚定地看着自己的父亲，语气里带了些固执。

“我们还有时间。”

靳振国用钢笔敲了敲桌子，实木的桌子发出一声钝响。

“你的时间，不是你自己的。”

他自靳岑上小学以后就再也没有对靳岑动过手，就连谈话也会尊重小孩的意愿，但是此刻，他却像个不近人情的大家长，看着靳岑，话语近乎残忍：“靳岑，你现在没有选择的权利。”

靳振国看着靳岑，语气很重，“这不是一件简单的事，是关于你和亦疏两个人的未来。我不管你们现在是怎么想的，也许你们已经想好了出国后的计划。但是靳岑，你严叔叔和我这么多年的朋友，他们家的情况你也清楚，他其实并不同意亦疏出国这件事，现在我要怎么和他交代？儿子放来北城给我们家照顾，现在你要和亦疏站在一起与他对抗，那你把你严叔叔放在什么样的境地？”

他眼神里没有对靳岑的失望，更多的是一种深沉的属于父母的痛。

“你和亦疏，以后的人生要走哪条路？经商、从政、搞科研……还是说你想要混一辈子？如果你打算混一辈子，我现在就让你回学校去，也不会再管这件事情。”

靳岑已经很久没有听自己的父亲和他讲过这么多话了。

他支着自己的背脊，没有低头，眼神坚定。

靳振国看着这样的靳岑，攥着钢笔的手青筋都要起来了。他知道自己无法用言语说服自己的儿子。他迎着靳岑执拗的眼神，只觉得心头燥意越来越盛。他很想和靳岑好好讲话，但是他看着靳岑的眼神，就知道这小子这些道理都明白，但是他还是不想去做决定。

他把钢笔狠狠地丢进了储物篮里，哐啷一声，篮子转了几圈倒在了桌面上，洒出了不少东西。

靳岑和靳振国就这样在书房里沉默地对峙起来。

和儿子比瞪眼，还要把腰板挺得笔直，靳振国到底年纪大了，过了一会儿就觉得腰酸，受不了，先败下阵来。

他捏了捏眉头，从牙缝里挤出一句话阴沉沉的话来。

“你们到底还是吃的苦太少了。”

靳岑盯着自己的父亲，看着那张脸上的皱纹和鬓间的斑白，心里也不好受。

没错，靳振国说的那些他都知道，都明白。

但是他……不想和严亦疏因为任何事改变初心。

他自嘲地笑了笑。

他知道，也就是因为靳振国爱他，所以他才能有底气在这里和自己的父亲对峙。

他捏着沙发的角，垂下了目光。

靳振国叹气的声音传到他的耳里，把靳岑立起的所有围墙都击了个粉碎。

“那种什么不给钱断生活费的老套做法我可做不出来，我也懒得把你关起来，搞什么绝食的戏码，太小家子气了，矫情。明天你就给我滚回学校上课去。但是，从今天开始，我会按普通高中生的标准给你生活费，另外你也准备一下我会对你另有安排。”

靳振国好像已经下了决定。

“靳岑，你现在遇见过几个人？你必须换一个环境生活了，整天窝在这屁大点的北城，还好意思和你老子抖擞。你以后爱和谁在一起，爱和谁出国我都管不着，但是你和亦疏这小孩一起，现在我绝对不赞成。”

“有什么话，现在都给我憋回去，等哪天你做出点事来，再回来和我说。”

靳振国看了自己儿子一眼，压着嘴角，语气很严肃。

“这个社会，比任何人描述的都更加复杂、危险。我可以让你出国，但是不是和亦疏一起出去，这已经是我最大的让步了。”

靳岑站起来，扬起了头。

他看着自己的父亲，从他脸上看到了许多复杂的神色。有不忍、有反对、有愤怒……还有来自父亲隐忍的爱。

他知道自己无话可说。

靳岑看着靳振国，一句话都说不出口。

他只能沉默地转身出门。

岑谷雨没有上来和靳岑说话，她只是在儿子的房间里放了一杯清心静气的茶，还有晚上按摩用的红花油。

靳岑摸着温热的茶杯，突然觉得很羞愧。羞愧于自己的弱小，也羞愧于父母给予自己的理解和包容。

他坐在自己房间的床上，犹豫了很久，拿出了手机。

时间在不知不觉中已经到了十点多，学校那边应该已经下晚自习了。

他给严亦疏拨了个视频通话。

几乎是一瞬间，视频通话就被接通了。

严亦疏的脸出现在手机屏幕上，环境很暗，依稀可以辨认出来是在宿舍。

“喂。”

男生的声音很干涩，像是许久没有喝水。

靳岑的心有些酸痛，他闷声应道：“我在。”

严亦疏皱着眉打量了他一圈，没看见任何新增的伤痕，好像舒了一口气，又问道：“靳叔叔和你谈得怎么样，没动手吧？”

靳岑沉默地摇摇头。

严亦疏和他开着视频看着彼此，一阵无言。

两个人好像都想了许多，也有很多话想对对方说。

严亦疏扣了扣床边木板的缝隙，先开口道：“我……”

靳岑听见他的声音，也开口道：“我爸让我出国。”

严亦疏看着他，张开的嘴巴又抿上。

他的神色非常认真，也非常凝重。

他对靳岑说：“我想了很久。靳岑，要出国也是我出，我本来就打算出国。你不该因为我改变你本来的人生计划，靳叔叔肯定已经为了你在国内铺了路，在这件事情上，他不会说我，只会让你怎么样，但是我有自觉，也有责任。

“我要出国，靳岑。

“不是逃避，也不是被逼，是我自己的想法。我原来对人生的计划，我想去的大学，我想从事的行业……靳岑，我不喜欢国内的教育体制，也不喜欢朝九晚五的生活。

“靳岑，我要先爱我自己，我要成为想成为的人。”

严亦疏的声音透过话筒，传到靳岑的耳朵里，带了细小的电流声，一阵嗡嗡作响。

“只有这样，以后我才有勇气和资格站到靳叔叔面前，站在我爸爸面前。”

视频对面的男生的眼睛很亮，严亦疏的话落在靳岑的心上，仿佛一阵大雨洒下。

靳岑看着手机屏幕，支着床的手有些颤抖。

他知道，严亦疏是对的。

他沉默了很久，才哑着嗓子说了一声“好”。

他所认识的严亦疏，不是因为做自己不喜欢的事情而困扰的严亦疏，不是每天做竞赛题冲刺的严亦疏，也不是为了他变成陌生模样的严亦疏。

而是这个清醒、独立、拥有自由的灵魂的严亦疏。

所以就算他们不能在一起考双状元也没有关系。

远渡重洋也没有关系。

说出口的承诺太轻太贱，他不会向靳振国说，也不会向严亦疏说。

靳岑握紧手机，把所有想说的话都吞进了肚子里。

这个晚上，在这座繁华忙碌的大都市里，无数人熬着夜，睁着眼，睡不着觉。有些人失业，有些人离婚，有些人露宿街头，各自有各自的烦恼和压力，所以无法入眠。

而在其中面对着命运的洪流彷徨如同两根稻草的少年，分别在北城的两个区，隔了很远，心里却在烦恼同样的事。他们奔忙着长大，恨不得能一瞬间拔高成大人模样，在心里不断地算计着未来，算计着各种可能性。他们的苦恼对于很多人来说不值一提，但是对于他们来说，却是人生中最大的动荡。

以至于，他们一夜未眠。

时间如水一般流过。

严亦疏要出国，这件事情在他的周围引起了不小的动荡。

而川城的朋友早就知道他有这个打算，倒也没有特别惊讶，而且有不少严亦疏以前的朋友已经出国了，北城的同学们则感到十分震惊。以严亦疏的成绩在国内冲刺状元并不是困难的事情，而且他还参加了竞赛，拿到的成绩也十分不错，大家对此议论纷纷。严亦疏的班主任和竞赛带队老师知道以后对他做了不少思想工作，但是没有能够改变这棵好苗子的想法。

陈毅、祁杨两人虽然没有问清楚，但是大概知道是怎么样的情况，他们也只能为严亦疏和靳岑感到惋惜。

严贺归早在清明扫墓的时候就已经和严亦疏表过态不再干预他的选择，知道儿子决定出国以后，也没再多说什么。

选择了不同的道路，靳岑和严亦疏便也不像高一下学期那样一起做事了。

严亦疏忙着准备出国材料考托福等一系列事情，而靳岑一路披荆斩棘，一路冲到了全国决赛，并且拿到了金牌。

在聚少离多的这半年里，两位少年被忙碌的学习和来自各方面的压力催促着成长，两个人也不再像之前那样经常待在一起，但严亦疏和靳岑都默默地在心里祝福着对方。

转眼间，又是一年的最后一个月十二月。

北城一中校园里的叶子绿了又枯，满地的落叶瑟瑟地吹起，学生们忙碌地奔走着，预备役的高二教学楼有一股紧张的硝石气味，不输隔壁的高三教学楼。

严亦疏的 Offer 这段时间陆续来了，收获喜人，他也正在犹豫去哪所学校。

许久没有回北城一中，他这次重新穿上校服回到校园里，甚至产生了一种恍若隔世的错觉。

时间总能冲平一切。半年前在校门口被靳父撞见的那一幕好像还在眼前。这半年里他还是偶尔会去靳家吃饭，但是靳振国从来没有对他说过一次靳岑的事情。严亦疏和靳岑也只能识相地保持一定的距离。

他打算春季入学，算算时间，其实也没有多少时间能在国内待了。

严亦疏回到学校的时候，一班正在自习，班里寂静得吓人，只有书页翻动和笔擦过纸页的沙沙声。他走到后门，从小窗口往里面看，他的座位在靳岑的旁边，上面摆了不少书本，应该都是靳岑的资料。

靳岑正在做题。

距离严亦疏上一次在学校里见到靳岑，已经过去几个月了。自从他出去找机构准备出国，他和靳岑见面都是课后在家里或者是出去吃饭，他已经很久没有看靳岑穿着校服坐在教室里学习的模样。男生坐在教室的角落，没有同桌，前面是陈毅和祁杨，但是彼此之间没有说话。

男生的腰板挺得很直，穿着白色的卫衣，外面套了一件校服外套。在一群质朴的高中生里，气质显得格外独特。

严亦疏看着靳岑做题的样子，有些入神。

他忍不住拿出手机，悄悄拍了一张照。

他站了一会儿，下课铃就响了。

就算是最后一节自习课，一班的学生也没有立刻收拾东西站起来准备回家，大家都还稳当地坐在座位上继续学习，顶多是有人转头小声讨论问题。靳岑慢条斯理地放下笔，拿出手机看了一眼，然后有些意外地蹙了蹙眉。

他转头看向后门的窗户，看见了一个熟悉的身影。

严亦疏在笑着朝他招手。

靳岑随手收拾了几本书，便拿起书包站起来，往门口走。

祁杨和陈毅听到后面椅子挪动的声音，下意识地转头往后看，看见靳岑要走，刚要开口问，就被靳岑脸上的笑容弄得一愣。再往后门一看，果不其然，严亦疏站在那里。

陈毅朝严亦疏招了招手，算是打了招呼，但是并没有走过去。

靳岑悄无声息地离开了班级，一班的同学甚至都没有发现严亦疏回来了。

走廊上有其他班的同学放学出来了，大家路过门口的时候都好奇地往靳岑和严亦疏那里看。

“不是说在校门口等我吗，怎么进来了？”靳岑单肩背着书包，走在严亦疏的旁边。

严亦疏扬着唇，把自己手上的奶茶递给了靳岑，道：“想看看你学习的样子。”

靳岑接过奶茶喝了一口，严亦疏点的是无糖的，乌龙桂花的味道还算清甜，不会很腻，靳岑喝了几口没有还给严亦疏。

两个人并肩走出校园。

十二月的北城天黑得很快，下午五点多已经有些昏暗了。

“打车去吗？”严亦疏问道。

“嗯，我叫一辆滴滴。”

靳岑拿出手机点开打车软件，输入了目的地。

北城堵车向来严重，又赶上下班高峰期，二十分钟的路程走了快一个小时，两个人才到了地方。

文身店在上次去的“STAB”的后面，店面不算大，装修是以黑色为主题的冷淡风格，黑色的大门上只有一个白色喷漆的标志，如果不是戚沂南推荐，估计靳岑和严亦疏怎么也不会找到这里来。

靳岑已经预约好了，他们推门进去，前台坐着一个嚼口香糖的平头小哥，看见他们进来，挑了挑眉，问道：“预约了？”

“预约了。”靳岑开口回答道。

平头小哥打量了他们一眼，看了看他们穿的校服，脸上露出了有些说不清的神色，他看了看预约记录，说道：“靳先生，约的两个人是吧？”

靳岑点了点头。

“那行，你们在这等一下，给你们文的是我们老板，我通知他一声。”

严亦疏和靳岑在文身店的沙发上坐下。

店里面的装修和门口的风格形成了鲜明对比，里面不少张扬的涂鸦，贴了许多乐队巡演的海报，沙发上放着几个玩偶，上面穿着各种线，看着像是被人缝缝补补了许多次。

靳岑把喝完的奶茶放在沙发前的茶几上，瞥了自己旁边的男生一眼，声音里带着些调侃的笑意，问道："疏哥，紧张了？"

严亦疏正在想事情，闻言立刻反驳。

"开玩笑，文个身而已，谁紧张。"

他和靳岑对于这件事情已经想了很久，趁着他马上要过十八岁生日，又要出国，他们才正式决定过来文身。

严亦疏身边的朋友不少人都有文身，男女都有。有些人混地下乐队，文个花臂满背，是追求个性；有些人纯粹是追求新鲜感，文对象名字的、文自己的喜欢的句子，文了又洗，还要发好几条朋友圈。

严亦疏对形式上的东西并没有那么在意，他下决定来文身也不是要宣泄自己的情绪。

他只是害怕他离开之后，遥远的距离和时间会让他淡忘很多东西，他想要在自己身上留下一个标记，让自己能时时刻刻都看见。

靳岑虽然没有和他明说他的想法，但严亦疏估计差不多也是因为这个。

没过多久，旁边的楼梯就传来了拖鞋踢踏下楼的声音，一个身材高大，穿着黑色T恤和大裤衩，胡子拉碴的男人走了下来。

男人看起来有些不修边幅，五官也算不上帅气，懒洋洋地站在那里，气质倒是挺特别的。

"老戚说的那俩小朋友是吧？过来吧。"

他朝严亦疏和靳岑招了招手。

严亦疏和靳岑两个人还穿着校服，看起来特别像是那种非主流少年跑去寻求刺激，他们站起来向男人那边走去，比同龄人稍显成熟的气场立刻被老板给比了下去。

老板手上戴了一串檀木珠子，他站在楼梯上眯着眼打量了一会儿两个人，用另一只手转了转自己手上的珠子，语气里还带着几分刚睡醒的倦意。

"想清楚咯，再找我洗文身可是要加钱的。"

他可能是见多了那种上头来文身，后来就悔不当初的小青年，非常不客气地提醒了两人一句。

严亦疏下意识地看了靳岑一眼，然后满不在乎地对老板说道："又不文名字，没事。"

老板挠了挠头，也不再多嘴，在前面给他们带路，头也没回。

二楼最大的工作间就是这胡子拉碴的大叔的，严亦疏和靳岑走进去，里面设备齐全，但十分凌乱，地上飘满了稿纸。

老板不知道什么时候叼了一根烟在嘴里，他提了提自己的大裤衩，房间里暖气开得很足，靳岑和严亦疏穿不住外套，把校服外套脱下来放在一旁的懒人沙发上，看起来没有刚刚那么和周围的环境格格不入了。

“喏，这是你们的稿子，看看还有没有要改的。”

老板把平板递给两人，自己点了火，有一搭没一搭地抽了起来。

靳岑很早就找戚沂南打听了文身店，并且和老板在微信上约了稿。这里都是设计文身打包的，不接受客人自己带稿，所以要提前很久预约。

文身的图案不大，有两个，一个是树的图案，一个是山的图案，简洁又好看。

靳岑和严亦疏之前已经看过图片了，现在看实稿，也觉得满意，他们都说没什么要改的。

老板抽完一根烟，把稿子打出来，打了个哈欠。

“行，你们谁先来？就你们这小玩意儿，一个小时顶天了，快得很。”

他坐到工作台旁，支着下巴等人过来。

严亦疏先走过去。

“我先来吧。”他对老板笑了笑。

“文哪儿？”

“这里。”

严亦疏撩起自己的卫衣袖管，露出白皙的一截手臂，他把右手手腕翻到上面，朝老板那边递过去。

老板看了这纤细的胳膊一眼，撩了撩眼皮，道：“有点疼，忍着啊。”

严亦疏朝老板眨眨眼道：“随便您怎么文，不怕疼。”

靳岑站在旁边看着，个儿很高一男生站在旁边极其有压迫感，更别提他蹙起眉头，一副担心的模样，老板给严亦疏消完毒，实在是忍不了了，嚼着口香糖的动作一顿，嫌弃地开口说道：“你，外边待着去，别一副要死的模样啊，人家都没说啥呢，你怜惜个什么劲啊？”

严亦疏手腕上消完毒一阵冰凉，他虽然嘴上说着不怕，但心里还是有点小紧张的，被老板这么一打岔，他连紧张都忘记了，忍不住嗤的一声笑了出来。

严亦疏说道：“行了岑哥，出去买点吃的吧，我还没吃呢，等下怕饿。”

靳岑挺想看严亦疏文身过程的，但是他也有点不好意思了，只好黑着脸转身走出了工作间。

老板听到靳岑出去的脚步声，眼皮撩了撩，把机器移到严亦疏的手边，说道："我开始了啊。"

话音刚落，严亦疏的手腕上就传来一阵刺痛，他疼得眉头一皱，糟心得慌。

这大叔是真狠，话不多，动作麻利得很，一点反应时间也不给他，直接就真枪实弹地给他干上了。

别说，还真有点疼。

靳岑下楼，前台那平头小男生手上还打着游戏，看他下来招呼了一句："被赶出来了？"

靳岑只是说："我买点吃的去。"

他插着口袋走出了文身店。

这附近倒是有一些小吃店，靳岑随便买了一点，算着时间没那么快结束，又找了个没人的地方待了一会儿。

室外温度很低，风又吹得烈，他站在街角，路边偶尔有人经过，都行色匆匆。

他只觉得心头空落落的，有一块地方怎么都填不满。可能是近在眼前的离别让他心里产生了危机感，靳岑很少感受这种危机感，他总觉得，自己无法抓住那个往前走的人的影子。他在焦虑、在恐慌，虽然他不说，也没有表现出来，但是不自觉地就会对严亦疏的一切过分关心和担忧。

靳岑抬起头，黑漆漆的夜幕看不见几颗星星，闪烁着划过的是夜航的飞机，他看着飞机往前飞，不由自主地想象起了飞机载着严亦疏横跨大洋的场景。

他一个人安静地待了许久，手中的食物都有些凉了他才往回走。

相遇、相知、相伴。

然后就该是离别了吗？

靳岑无法抑制自己内心愈发低落的情绪。

他回到店里，带了一身凉意进去，暖气扑头盖脸地袭来，一碰撞，他感觉自己身上黏糊糊的不舒服。

靳岑把食物放在茶几上，没过多久，楼上就传来了开门声和谈话声。

平头小男生提醒他："估计是弄完了，你上去吧。"

靳岑忘了自己带的吃的，下意识就站起身往上走。

他分明只离开了没多久，却感觉自己周身的氧气都要被抽走了，有一种置身于太空之中窒息的孤独感。当他走到工作间门口，看见严亦疏身影的那一刻，心头那空落落的感觉好像又被填满了一些。

严亦疏的手腕还举着，一片刺目的红，上面文了一个两个硬币大小的山脉的图案，看起来冷淡又性感。

“岑哥，搞完了，还行，不是很疼。”严亦疏把手递给靳岑看，“好看吗？”

靳岑拉过严亦疏的手。

“好看。”

他盯着严亦疏右手手腕上的山脉图案，看得十分认真。

“行了啊，要看回去看，该你了，搞完我要下班呢，别磨叽。”老板擦拭着工具，没有一点人情味地说道。

靳岑放下严亦疏的手，走到刚刚严亦疏坐的位置处坐下。

老板把工具清洁好，拿起那张松树图案的稿子，抬起头，看了靳岑一会儿。

男生的寸头和剑眉显得有些桀骜，但是此刻他身上的气质却没有一点浮躁，看起来十分稳重。

“老戚认识的小朋友可不多，你是靳振国的儿子？”

靳岑听见自己父亲的名字，也没有很意外，他平静地“嗯”了一声。

老板幸灾乐祸地看了他一眼，说道：“那你可不太容易，文哪？”

靳岑动作利落地撩起了自己的衣服，一下就把卫衣给脱掉了，露出了肌肉线条流畅好看的上身。

男生的肩颈线条优美有力，有一种青涩又具有生命力的野性，他扬了扬下巴，把手掌盖在自己的心口上。

他声音平稳沉郁地说：“文在这里。”

32

严亦疏离开北城的那一天，靳岑没有去送。

他一个人拖着行李箱上了飞往洛杉矶的飞机，长达二十个小时的航班漫长又枯燥，可是严亦疏坚持一个人前往。

同一时间，靳岑正在物理奥赛国家队的训练营里闭关集训。

严亦疏早上十点钟出发，他系好安全带，飞机离开地面向天空飞去。他坐在靠窗的位置，侧着头看着北城的天空，今天天气很好，能够清晰地看见越来越小的机场设施。严亦疏拿着手里的相机，对着窗外拍下了一张照片。

手中的相机是他十八岁生日靳岑送他的礼物，一台理光 GR2，黑色的机身质感很好，细小的凸点在手中摩挲着，有一种很安稳的感觉。相机不贵，但是严亦疏很喜欢。

鸟瞰的机场景象在相机的屏幕里定格，严亦疏拍了几张，把相机收起来，盖上了毯子，闭上眼睛准备睡觉。

他的眼前一片斑驳的光影，若隐若现的光点不断跳动着，飞机的广播声在耳边响起，带着他的万千思绪一起，冲入了云霄。

严亦疏想起了不久之前，他十八岁生日的凌晨。

靳岑和他坐在阳台上，一起吃一个小小的生日蛋糕。烛光在夜色里闪烁摇曳，一人一瓶啤酒，风从他们的身边经过，静悄悄的。

“十八岁了。”

靳岑坐在他的面前，烛光映出了男生的面容，昏黄又温暖。男生为他点亮了生日蜡烛，把蛋糕往他前面挪了挪，看着他的目光很沉静。

严亦疏想象过很多自己成人那天的场景。

在来北城之前，在他想象中的成人夜应该是和朋友一起放纵潇洒尽情玩乐的一个晚上，但是他从来没有料想过，自己的成人夜是这样的平静安宁，没有喧嚣热闹、没有刺激惊喜，仿佛每一个平常的夜晚一样。

他吹灭蜡烛，听着靳岑给他唱的生日快乐歌，在心底许下自己的愿望。

北城的晚上几乎看不到什么星星，严亦疏却如此诚挚地希望，上天能够听到他许愿的声音。

“祝你生日快乐，祝你生日快乐……”

靳岑的嗓音有些沙哑，甚至还有些不易察觉的发抖，但是男生的面色却是平静的，眼神里也没什么波澜。

他们在夜色里把小小的生日蛋糕切成两块，一人端着一块蛋糕，倚靠在一起吃着。

蛋糕甜腻，啤酒干涩，在味蕾上冲开了复杂的滋味。

“成年是什么感觉？”靳岑问他。

严亦疏眯着眼笑了。

在没有成年之前，或者说，在他十六岁以前的日子里，他总是难免会把这一天看得很重，就好像只要跨过这一天，他就真的从一个小孩子变成了大人似的。但是当他来到北城，经历了很多以前没有经历过的事情以后，他便发现，成年这一天，真的只不过是人生中寻常的一天而已。

人们给年龄分出阶段，给成年和未成年设出范围，但是有些人可能一辈子都长不大，有些人可能很早就已经扛起了责任和担当。

"成年没什么感觉。"严亦疏回答道。

他看着辽远的天际，眼前看到的东西很多、很远，所以脚下迈过十八岁这道分界线的时候，连他自己都没有察觉到。

少年不识愁滋味的时候，他还会抒发一些矫情酸涩的感慨，而现在，他早就已经明白，生活并不是用嘴能够说出来的。

靳岑闻言，也轻轻笑了一声。

他举起严亦疏的手腕看着，那里有一个两个硬币大小的文身，黑色的文身泛着些青色，在男生白皙的手腕上显得格外明显。

"可是我还未成年呢。"他对严亦疏说。

严亦疏嗤笑，调侃道："怎么，岑哥忌妒我比你大了？"

"明年你回来的时候，我就成年了。"

"会有什么不一样吗？"严亦疏问道。

"会很不一样。"

靳岑盯着严亦疏的双眸，语气十分坚定。

蛋糕吃完，啤酒喝尽，靳岑从旁边拿出了自己送给严亦疏的生日礼物。

是一台精致便携的黑卡相机。

严亦疏拿在手里，颇有几分惊喜。

"怎么会想到给我送相机？"他一边把玩着相机，一边问道。

"给我拍照吧。"靳岑看着他说，"你周围一切新鲜的、有趣的、讨厌的……你的新朋友，你的生活，全部都拍下来，记录下来。你心情好，就发给我看一些，心情不好，就攒着，等我去找你看。

"成年了，总要有些不一样。

"做你想做的事情，不必再伪装什么。

"这是我替你许下的十八岁愿望。"

严亦疏把相机对着靳岑，“咔嚓”就是一张。

男生看着他的模样被镜头诚实地捕捉到，昏暗的夜色里男生的脸庞轮廓并不清晰，但是那双眼睛却格外明亮。

严亦疏看着屏幕得意地笑了，他把相机递到靳岑面前，问道：“真帅啊，岑哥。我看我还是有点摄影天赋的。”

靳岑换了个姿势，咳嗽了一声，道：“那你再拍几张。”

严亦疏举着相机，难以抑制自己的笑容，“拍你吗？”

“拍我。”

“岑哥什么时候这么爱拍照了？”他拉长了语调调侃地问道，手上动作不停，又给靳岑拍了几张。

靳岑毫不扭捏，大方地给严亦疏拍，就是揪着衣角的手指暴露了他心里那点不可说的燥意。靳岑先是用四分之三侧脸对着镜头，心里又觉得自己的纯侧面更好看，把脸撇了过去。

男生的睫毛扬起又落下，高挺的鼻梁，微薄的唇，凌厉的下颌线让他看起来像一幅融入夜色的油画，摄入镜头里。

“那我是不是应该也发点照片给你？”严亦疏问道。

“当然。”靳岑转过头，蹙着眉认真地说道，“最好是视频。”

严亦疏收起了相机，重重地点了点头。

“再喝点酒吗？”严亦疏把相机放在桌子上，问道。

“再喝点。”

严亦疏起身去拿酒。

冰箱里的酒只剩下了烈酒，两个人一人一个杯子，兑着冰红茶和冰块，喝了许多。喝到天空里的云来了又走，月亮的光渐渐暗淡；喝到树梢的叶子上滚落了第一滴清晨的露珠；喝到天际线泛起了鱼肚皮的白。

从黑夜到清晨，从清醒到迷糊。

破碎的、晃动的、明亮的、柔软的……

那些亦真、亦假、亦梦、亦幻的片段在严亦疏的脑海中不断跳跃，他记得男生宽厚的肩膀，记得闪烁着红点的相机一直开着录像，记录到没有电为止。

记得他喝多了，靳岑向他索取上次承诺的歌，他就飘着调子给靳岑唱。

他新学会刺背的几首歌不久，磕磕绊绊，词都唱不顺，靳岑却觉得很好，让他唱了一遍又一遍。

他们躺在椅子上打盹又醒来，醒来又睡去。

等到日出，一轮红色的太阳跳出了地平线，万丈光芒从蒙蒙的天际绽放的时候，他们枕着手臂静静地看着天空。

酒喝完了。

夜晚也过完了。

他们能够放纵的、肆意的时光也走到了尽头。

严亦疏闭上眼，困顿地睡去。

他不记得自己是怎么走回房间的，他循着热源靠了过去，跌入了柔软的被窝。

他想起自己第一次考第一名，严贺归揉了揉他的头，对他绽开一个温和的笑容，夸奖他很棒，从此他再也没有考过第二。

他想起见到靳岑的第一面，觉得这人长得颇帅气，却是一个正气凛然的优等生，实在跟他不是同类人。

他想起自己晒得头晕，饿得眼前发白光的时候砸进他怀里的零食，和那个银质的糖盒……

那些滑稽的、欢乐的时光，那些他一路走来的斑驳光影，在他脑海中一幕幕闪烁，最后全部跌入了不可见的茫茫前路里。

他好像看见了前面有一个人向他走来，是穿着笔挺西装，面容成熟英俊的男人，看着他，眼神平静又冷漠。

他想向他打招呼，却开不了口。

又好像有一个青涩的男生面容和这个男人重叠在了一起，他的耳畔回响着那熟悉的声音。

靳岑。

空姐推着餐车走过，看了眼坐在窗边的男生。盖着毛毯的男生睡得很沉，眉头紧蹙，好像在做什么不愉快的梦，嘴上还喃喃着什么。她没有打扰这位乘客，放轻了语调，询问其他乘客是否用餐。

飞机平稳地飞行。

北城国家队训练基地内，正是午间休息的时候。

靳岑一个坐在食堂的角落，若有所感地抬起了头。

食堂的落地窗洒进了正午的阳光，一地金色。他看见一碧如洗的天空，留着飞机划过的白色痕迹。

他的心头突然一阵说不出来的酸涩，酸得他拿着筷子的手都在发抖。

严亦疏走了，他没有去送别。

他们的人生就此分开了两条岔路，再往前走，不知道何时才有交集。

饭堂里人很多，但是没有人敢端着盘子去和那个形单影只的男生坐在同一桌。集训这些天，靳岑在这些来自天南地北的尖子生里依旧优秀得令人仰慕，几乎是所有女生的话题中心。

她们喜欢靳岑安静做题的帅气模样，喜欢他轻而易举解决难题的聪明劲，更喜欢他身上说不清道不明的与同龄人格格不入的气质。

大家都只是远远地看着，并没有上去打扰。

没有人知道，这个抬头看着天的男生此刻在想什么。

靳岑垂下眸的时候，心口的文身好像在发烫。他的少年时光在这一刻好像戛然而止，就连那把地板照得金黄一片的正午阳光，都无法在他身上投下明亮的色彩。

生活飞快地往前走。

少年如同抽条的枝丫一样，拼命地向着天空生长。

他们沉默着，沉默着，长大了。

北城酷暑。

凌晨五点，天蒙蒙亮，T 大的校园里却十分热闹。

新生们结束了漫长的拉练，拖着疲惫的步伐走在回宿舍的路上。晚上还下了一场小雨，不少人浑身湿透了，可谓是狼狈不堪，但是在回程的路上还是叽叽喳喳地聊着天，每个人的脸上都带着对于新生活的向往和期待。

靳岑和同宿舍的新同学走在一起，穿着一身厚重的军训服，依旧掩盖不了他出众的身材。男生身上背着好几个大包，在拉练结束以后依旧走得平稳矫健，脸色也看不出来多么疲惫。

他旁边戴着大眼镜的瘦弱男生已经累得扶着腰拖着腿走路了，一边走还一边不住地感谢着自己这位新舍友。

“老四，谢谢啊，还得让你帮我背。”

他比靳岑矮了一个头还多，来自沿海的羊城，说话的时候还喘着粗气。

“没事。”靳岑毫不吃力地背着厚厚的包袱前行，“我以前在部队里训练的时候比这个累多了，不算什么。”

张岁年看见自己舍友这轻松的样子，羡慕地叹了口气。

“我还是太缺乏锻炼了，看来要每天去跑步才行！”

T 大宿舍是四人间，来自天南地北的新生凑成一窝，还没陌生几天，就被军训生活迅速磨合到了一起，现在已经有几分熟稔了。张岁年、刘焕、李新易和靳岑分到了一个宿舍，家乡各不相同，只有靳岑一个人是北城本地人，按年龄排序以后，还是最小的一个。

刘焕自己虽然也没有好到哪里去，但是还是勉强支撑着，他弓着背艰难地背着自己的包袱，还不忘嘲笑张岁年两句。

“你再跑个四年估计都追不上人靳岑！”

张岁年撑着腰，透过自己厚厚的眼镜片瞪了刘焕一眼，没有力气地骂道：“你不是吹嘘自己高中的时候还是篮球队的吗？还不是这副狗样子！”

计算机系男多女少，大家刚刚进入大学校园，大部分都是灰不溜秋的稚嫩小青年，又是理工男生，一字排开，就几个能看得过去的，而 514 宿舍就占了两位。一个是开学军训没多久就已经在系里声名大噪的靳岑，还有一个就是喜欢打篮球的刘焕。

新生刚入学，在大家都还没来得及展现自己的各种才艺和性格魅力的时候，脸无疑是大家关注的重点，不到十天的时间，各种帅哥美女已经通过各类社交软件广泛传播，而靳岑更是被偷拍了无数张照片，名字在女生群体里拥有了极高的讨论度。

他又是北城本地人，打探起消息来更加容易，一时之间关于他的各种小道消息满天飞，连带着 514 宿舍都火了一把。刘焕作为普通人里算得上阳光清爽的一枚小帅哥，蹭着舍友的光，也跟着鸡犬升天了。

报到没多久，刘焕已经有了准备发展的暧昧对象。

他那个暧昧对象，此刻就等在路旁边和他招手。

“刘焕刘焕！这里！”

女生任务比男生轻，又被照顾提前回去休息了，有不少已经洗了澡出来觅食的。刘焕的暧昧对象秦小琴就是效率高的那类。当然，女生赶着来见自己喜欢的人总是要打扮的，她穿了一件白色的棉质裙子，垂着长发，看起来清秀可人，旁边还站着三个女生，估计是她舍友。

“啧啧，兄弟，进展神速啊！”李新易推了刘焕一把，贼笑道，“赶快挺起腰，别一副蔫儿吧唧的样子，多孬啊！”

刘焕看见秦小琴，立刻耸了耸肩把弓着的背挺起来，朝她笑了笑。

“小琴，这么快呀！”

秦小琴挥了挥手上的一大包吃的，朝他甜甜地说：“是呀，想着你们肯定饿了，给你们送点吃的来。”

两行人在路边稍作停顿。

见到有吃的，张岁年和李新易都迅速围了上去，他们面对着陌生的女生难免还是有些羞涩，堆在刘焕后面抓耳挠腮的，不住地往袋子里面看，只有靳岑一个人站在一边，背着厚重的包袱，肩宽腿长，面容沉静，看起来不急不躁，气场内敛而强大。

秦小琴的舍友显然也是打扮过的，几个人根本没把心思放在姐妹和姐妹面前的男生身上，都一个劲地往靳岑那边瞟着。

安静站着的男生看起来有一种独特又说不出来的气质。

他的帽子塞在皮带里，寸头剑眉，皮肤是小麦色的。经过长途拉练，看起来精神依然很好。五官深邃，有非常好看的双眼皮，睫毛很长，轻轻垂下的时候密密匝匝地在眼睑处落下一片阴影。鼻梁高挺，下颌线条锋利干净，嘴唇很薄，上唇是弧度微圆的“M”形，有一颗小小的唇珠，看起来冷清又性感。

晨光微亮，太阳刚从地平线上来不久，斜斜挂在天上，红光从男生的身后洒来，在男生的脸颊周围模糊出一圈毛茸茸的金光，看起来仿佛一幅质感厚重的油画一样。

确实是出众到让人无法不把目光放在他的身上。

秦小琴宿舍女生的醉翁之意掩饰得并不算好，刘焕三人也能感觉得到那几个女生不住往靳岑那边瞟的目光，所以在秦小琴提出两个宿舍交换一下微信，军训结束出去玩的时候，他们并没有表态，而是把目光投向了旁边的靳岑。靳岑好像对于这些无所谓的样子，点点头算是答应。

大家交换完微信，秦小琴几人说要去饭堂吃饭，514宿舍的四个男生便重新踏上了回宿舍的路程。

走出去没几米，几个人就听见了身后爆发出来的不小的尖叫声。

“啊！小琴你没骗人，也太帅了吧！”

“哪里是九分啊，我给满分不怕他骄傲！”

“天啊，我的天啊，这是十年才出一个的极品啊！”

刘焕听到，颇有些酸溜溜地看了靳岑一眼，咂咂嘴，说道：“老四，你这魅力真的是无敌了啊，我原来也还可以，和你一比真的是土鸡扑棱翅膀了。”

靳岑闻言挑了挑眉，撞了撞他的肩膀：“得了，兄弟，我搞不来这些。”

张岁年吃着女生们送的温暖，一边补充能量，一边惊讶地张大了嘴。

“不是吧，老四，你不会没谈过女朋友吧？”

靳岑把包往肩上掂了掂，眼神轻飘飘地往张岁年身上瞥过去，唇角压出了一个很浅的弧度，似笑非笑地看了他一会儿，没有说话。

“真的假的啊老四？”刘焕和李新易也觉得有些不可思议。

靳岑这样的条件没谈过恋爱，说出去真的有些让人惊奇了。

靳岑初到宿舍那一天，外形和气质就让人有一种不好接近的高岭之花的感觉，但是四个人相处这些天下来，大家都发现他是一个非常好相处情商也很高的人，并不沉默寡言，也会一起玩梗，他们一直都觉得老四应该是情史丰富才对。

靳岑挑了挑眉，看着张岁年，指了指自己肩上的包。

“想摸清我的底？那你自己背。”

张岁年闻言立刻继续扶腰，不出声了。

回到宿舍，大家开始准备排队洗澡。

每个人身上的军训服都已经湿透了，黏答答地贴在皮肤上，让人非常难受。一回到宿舍，大家都开始脱起了衣服，男生之间讲究更少，可能来自南方的张岁年还会有些羞涩，北方男孩去澡堂去惯了，哧溜一下衣服就脱光了。靳岑进了宿舍以后也开始脱衣服，随着厚厚的外套脱下，露出了里面的黑色背心的时候，他的好身材又一次博得了其他三人的羡慕赞叹。

“哇，老四，你这肌肉是怎么练出来的？”

刘焕一双眼睛粘在靳岑的身上，好奇地问道：“我暑假去健身房泡了三个月也练不出来这样的，一点都不好看。”

张岁年和许新易是连学校跑操都要逃的，两个人都是薄薄的纸片，捂住了自己的衣服，被打击得体无完肤。

靳岑随意地勾起自己的黑背心，把最后一件衣服脱下，露出了肌理流畅的上半身。男生成年不久，肩宽腰窄，身上的肌肉还粘着细密的汗水，往外迸发着浓浓的荷尔蒙气息。他不像是从健身房练出来的那种夸张的肌肉，身上非常紧实，就连张岁年和许新易这种完全不懂的人也觉得靳岑这身肌肉非常好看，恰到好处。

靳岑把脏衣服扔洗衣篮里，回复道：“我打拳练的，你要打的话周末我们可以一起去打。”

“打拳？”刘焕眼睛一亮，“好啊好啊！我早就想去打了，一直没有人带入门，老四你会就最好了！”

他像任何一个新鲜出炉的大学生那样，对于高中的时候不能干的一切都有极大的兴趣。

刘焕的眼神在靳岑身上转了一圈，突然看见男生的心口处有一个两个硬币大小的文身。

文身是黑色的，是一棵松树的样子，看起来简洁干净，和靳岑的气质完美地糅合在一起，非常好看。

他看到靳岑身上的文身，愣了一下。

在他们的世界里，出去聚会喝酒的都少，抽烟至今都未曾尝试过，更别提文身这种事情，多半只在一些艺术生同学身上看见过，倏忽看见自己舍友身上的文身，刘焕心里对这个人的感官一下子复杂起来。

靳岑毫不遮掩自己的文身，他拿起毛巾，看着宿舍三人问道："我先进去洗了？"

“好，你去吧！”

“那我先洗衣服！”

大家立刻回应。

靳岑点了点头，拿着衣服进去洗了个战斗澡。

他洗澡向来很快，没过多久就出来了，快到刘焕几人都还没从各种猜测中回过神来。

他们绝对不是歧视文身或者觉得这种行为不好，而是他们的人生被压抑圈养在一个小的环境里太久了，如今来到新世界里，在靳岑这位新舍友带来的冲击下有点头晕眼花。他们心中对于这些以前没有接触过的事情抱有极大的好奇和兴趣，大家面面相觑，最后刘焕看着擦头发的靳岑，还是忍不住问道。

“老四，你有文身啊？”

靳岑平静地点了点头："嗯。"

“啥时候文的啊，痛不痛啊？我以前特别想去文一个，但是对这些东西实在是一窍不通……”刘焕挠了挠头，“不是想冒犯你哈，你要是不方便就别说了，哈哈！”

靳岑有些好笑地把毛巾挂在自己的肩上，转身看他们。

“这有什么不能说的。我高二文的，还行吧，我这个文得不算大，不是很疼。”

“高二呀……”

张岁年喃喃道：“我那时候每天都忙着刷题呢……”

大家又聊了几句，也没再打扰靳岑，各自洗澡收拾内务去了。

靳岑把洗好的衣服晒在阳台上，倚在栏杆处往下看。

六点钟，T大的校园已经是一片朝气蓬勃。骑着单车的学生从宿舍楼前穿梭而过，热闹又鲜活。

他拿出手机，大洋彼岸那边是下午两点钟，严亦疏正在上大课。

他发了一个句号过去，严亦疏回了他一个视频电话，打字告诉他自己不能讲话。

靳岑接起视频，把镜头对准了阳台外面的校园晨光。

SHU：T大，真好看。

严亦疏那边镜头对着的报告厅非常大，讲台上的老师正在放PPT，声音有些嘈杂。

靳岑戴站在阳台上，对着手机问道。

“严亦疏，你知道我现在在想什么吗？”

他一只手拨着糖盒的盖子，语气有些略微的沙哑。

SHU：你想过来？

靳岑轻轻笑了一声。

“疏哥真聪明。”

正在上课的严亦疏听到自己的耳机传来一阵衣物的摩擦窸窣声，好像是靳岑把手机贴在了衣服上。

耳机里男生的声音有些遥远，好像带着大洋那边华国高等学府早晨食堂吹来的暖风，撞得他又酸又软。

“严亦疏，我经常想起和你一起去吃早餐，然后一起走到教学楼，一起去进教室的日子。”

靳岑话语里的每一个字都狠狠地砸在严亦疏的心上。

他垂下眼，捏紧了自己的笔，笔记本上记满了笔记，严亦疏看着那些密密麻麻的英文字母，感觉视线有些模糊。

旁边坐着的是他玩得不错的留学圈子里的朋友，转过头想问他问题，一下子看到严亦疏好像有些不对。男生低着头，在看自己的笔记本，但是神色却很恍惚。

过了一会儿，有一滴像眼泪一样的液体砸了下来，在男生桌上的笔记本上晕开，蓝色墨水写就的笔记泛出了一片浅蓝色的印记。

朋友呆住了。

他看着那个在学校里成绩优异，一呼百应，好似无所不能的男生，看着他沉默，又扬起一个浅浅的笑容。

他听到男生好像在打电话，他很轻地说了一句什么，他没有听清。

电话挂断以后，朋友担忧地拍了拍他。

“疏哥，你怎么了？”

严亦疏转过头，神色有一种说不出来的酸涩，但是再仔细一看，又和平常没什么区别。

他对那个小心翼翼看着他的朋友说：“没什么，我只是，想家了。”

33

随着夏天的蝉鸣声渐去，在新生们适应大学生活的忙碌步伐中，十一长假来临了。

放假前夕，514 宿舍决定要和已经成为刘焕家属的秦小琴宿舍一起出去玩，刘焕询问靳岑多次，都收到了拒绝的答复。

“我十一有事。”靳岑坚定地说。

“好吧，小琴宿舍的妹子们都很期待你去呢。”刘焕被女朋友逼着问了几次也很不好意思，没有再去打扰靳岑。

三十号上完最后一节课，下午靳岑就拖着收拾好的行李箱奔赴机场了。

他一个人到了机场，在候机厅里给严亦疏发了几条微信消息，告诉他自己参加了一个课题小组，最近有点忙，可能没办法及时回他消息。

岑谷雨在靳岑起飞之前还给儿子打了一个电话，知道他国庆不回家以后也没说什么，只是叹了一口气。她在电话里沉默了一会儿，对自己儿子说：“你路上注意安全，你爸那边我会帮你打掩护的。”

靳岑满不在乎地回答道：“他知道了又怎么样？限制我出入境不成？”

靳岑收拾的行李不算很多，轻装上阵。从高考结束至今，他已经通过各种渠道赚了不小的一笔钱，靳振国以前给他的钱他都存着没有动，这次去洛杉矶的所有费用他都打算用自己赚的钱来支付。虽说这样做有些孩子气的固执，但是靳岑觉得，这是自己应该做的。

自从严亦疏出国以后，他们只见过两次，都是严亦疏放假回国，时间也不算长。严亦疏自己学业繁忙，他学建筑本来要修的学分就多，还是学生会的骨干成员，放假了也要去实习和义工，所以每次回国的时间都是挤出来的。

靳岑登机以后，把手机调成飞行模式，戴上了耳机开始听歌。

虽然才开学一个月，但是靳岑把自己的生活安排得非常满，除了本专业的学习以外，他还修了两门外语，接一些力所能及的单子赚钱，一整个月都忙得和陀螺一样到处转着。这段长时间的飞行他几乎是从头睡到尾，只有中途醒过来的几个小时吃了点东西。

十一假期去看严亦疏，是靳岑很久以前就已经做好的计划，他签证也早就办好了，却没有和严亦疏说。

这一路的行程不可谓不劳累。下了飞机以后又辗转火车、大巴，到严亦疏学校附近的时候已经是傍晚时分。

夕阳洒落在这个洛杉矶东北郊的小城市的大地上，宁静又闲散的道路上人不算多，靳岑拖着箱子走到学校的门口，这所历史悠久的著名理工学府的大门修得不算气派，看起来有一种属于工科学校的低调和严谨。学生们不时出入校园，靳岑看了眼微信，严亦疏和他的聊天记录停止在一张图片上。

是严亦疏拍的自己在图书馆自习的图片。

靳岑走进校园，学校不算大，他很容易就找到了缩在图书馆的严亦疏。虽然是晚饭时间，但是路上的学生大多数都抱着书往图书馆里面走，出来吃饭的反而是少数。

当地的气温还算暖和，靳岑穿着一件简单的黑色卫衣和牛仔裤，看起来非常学生气，若不是提着箱子，应该没有人会怀疑他不是本学校的学生。

半斤山：吃饭了吗？

靳岑站在图书馆的门口，给严亦疏发微信。

过了一会儿，严亦疏才回他的消息。

SHU：还没有，看完这篇文献我就去吃。

半斤山：打算吃什么？

SHU：三明治吧，随便解决一下，我在赶进度，这个地质论文看得我脑袋都大了。

SHU：你们放国庆假了吧？真好……我都累傻了。

SHU：不说了，我要继续啃这篇灵魂文献了。

靳岑没有着急告诉严亦疏自己已经到了他学校的消息，他点开严亦疏发给他的图片，密密匝匝的英文蚂蚁字爬满了严亦疏的笔记本，看得出来笔记主人的认真和勤奋。

他给严亦疏回复。

半斤山：先吃饭吧，不要把身体累坏了。

半斤山：快点，下楼吃饭，给我拍照。

严亦疏看着靳岑发过来的消息，揉了揉学习了一下午有些干涩的眼睛，打了个小小的哈欠。他连着熬了几天的夜确实已经很累了，午饭也没吃，饿得有些发慌。他把纸笔收好，放进包里，打算去买几个饭团回宿舍继续弄。

男生刚背起书包，旁边寻找座位的学生已经非常自觉地走了过来，这个时间点图书馆里面一般都没位置了，现在来的都是捡漏那些准备去吃饭的同学的位置的，好不容易等到一个严亦疏要走，可不是和秃鹫守着食物一样在旁边盯着。

严亦疏赶了几天进度，胡子也没刮，随便套了一件圆领针织衫，眼下还有厚厚的黑眼圈。他之前高中装乖的时候没有近视，这一年忙碌下来是真的近视了，配了一副金边的细框眼镜戴着，虽然胡子拉碴，但还是难掩清秀的书卷气。

他一边回着靳岑的消息，一边背着书包下楼，往图书馆门口走。

夕阳从图书馆门口洒进来，照得大理石铺就的地板一片融融的橘光，安静的图书馆内只能听见书页翻动和笔尖摩擦的窸窣声，有一种神圣的宁静感。

严亦疏每一次从手握书卷的雕像门口经过，都会忍不住屏住呼吸。

他看见天际烧得火红灿烂的夕阳，有一种难言的怅惘情绪。他的生活十分充实，学习让他整个人都充满了动力，和之前高中应付式的机械学习不同，如今他在自己喜欢的大学和喜欢的专业里，每一天都对知识有新的渴望。

一个人生活的这些日子里，他也愈发地成熟和明理起来。

他喜欢图书馆的雕塑，喜欢学校的大草坪，喜欢这里面严谨踏实的氛围，也喜欢每天傍晚这里的夕阳。

走出图书馆的大门，严亦疏非常自然习惯地从自己的书包里掏出了靳岑送给他的相机，对着天空拍了几张照片，这是他如今每天必不可少的事情。

严亦疏站在门口，眯着眼睛看着镜头，又转了几个角度，突然在画面里出现了一个有些熟悉的身影。

严亦疏眨了眨眼睛。

他有些怔愣地放下相机，微微侧过了身子，往刚刚取景的那个方向望去，入眼是一个颀长的背影。黑卫衣、牛仔裤，寸头。那个背影的每一寸线条都那么熟悉，熟悉到他不用那个人转过身，都可以直接在心里喊出那个人的名字。

那个人仰着头，和他一样，也在看着天空。

和他一起，看着同一片天空。

那个人的手边是一个不算大的黑色行李箱，脚上沾着些许泥土，身上有一点风尘仆仆的旅行者的气息，严亦疏下意识地张了张嘴，想要去喊那个人的名字，但是他发现自己的喉咙居然发不出声音。

在他自己都没有意识到的时候，他已经在往前走了。

短短的几步路，严亦疏却感觉自己走得那样漫长，好像他抬起脚再落下的每一个瞬间都被拆分定格，走过了万水千山那样遥远。

他往前一步，再往前一步。

手探出去，还没有触及那人肩膀的时候，那个熟悉的身影已经转了过来。

随着天空无边灿烂的夕阳一起撞入他的眼里的，是一张熟悉的脸庞。

是靳岑。

和上一次放春假回国相比，如今这个站在他面前的人成熟了太多，更像是一个收敛了锋芒的青年，眼里的锐意被他藏得很好，往日的嚣张气息也尽数不见，靳岑站在他的面前，英俊依旧，甚至比以往更甚。

他穿着的黑色卫衣露出了一截锁骨，小麦色的皮肤看来非常健康，青年男人的眼睛看着他，里面好像蕴藏了一片无际的大海，平静又具有摄人心弦的强大魔力。

他看着他，他也看着他。

他的目光扫过他来不及刮的胡子，他的目光扫过他有些皱巴巴的领口，两个人忽然同时笑了出来。

“疏哥，形象不佳啊。”

靳岑声音里还带着长途跋涉后的疲惫，略微有些沙哑。

严亦疏一只手拿着相机，一只手有些不好意思地挠了挠后脑勺，说道：“你也没好到哪里去。”

靳岑看了他一会儿，说道："好久不见。"

严亦疏用鼻音"嗯"了一声。

严亦疏没有问靳岑为什么忽然过来了。他知道，靳岑从来不会做没有打算的事情，一定是早就准备好了的，自己不必再出言询问。

靳岑轻轻地拍了下严亦疏的背。

"去吃饭吧，吃完我们一起学习。"

严亦疏看着靳岑，露出了他这些天最开怀的笑容。

"好。"

严亦疏和朋友在学校附近一起租了一间小公寓，平常也不怎么自己开火做饭。他和靳岑回到公寓里的时候，他的室友还没有回来。

"凯文最近搞小组课题，每天很晚才会回来。"严亦疏把靳岑的箱子拖到自己的房间里，去给他找新牙刷。

靳岑看了看这间小公寓，堆放的东西挺多，看起来有些杂乱。公寓里有一个开放式的小厨房，里面的东西倒还是崭新的，显然并没有使用过几次。

严亦疏在房间里翻找了一会儿，走出来朝靳岑尴尬地挠了挠头，道："我没找到我囤的牙刷和毛巾，我去便利店给你买新的吧。"

听到这话，正在看冰箱的靳岑扬了扬眉。

他把空荡荡的冰箱合上，朝严亦疏问道："你平常都吃什么？"

严亦疏想起自己空空如也的冰箱，干咳了一声，道："便利店买三明治，或者吃面包。"

靳岑走过去拉着严亦疏的手臂，把人往外面拽。

"行了，带我去你们附近的超市，买点东西我给你做。"

严亦疏已经很久没有和靳岑一起逛过超市了。他和靳岑一起推着车走在超市里的时候，恍惚中有一种不真实的感觉。超市里的光照在靳岑的身上，男生正在低着头挑选食物，他因为认真而蹙起的眉头处是一个浅浅的"川"字，专注的神情看起来就像在阅读某篇艰涩的文献一样。

他和他并肩站在超市的货架前，有一瞬间，严亦疏以为自己回到了许久以前在国内的时候，他在货架塑料标价的反光中看见了推着车走过的外国人，这才反应过来自己已经出国好久了。

他们逛超市，严亦疏手里揣着相机，时不时就拍下一张照片。逛超市的时间并不长，但是严亦疏却拍了许多照片。超市里有不少购物的人，有互相搀扶的老夫妇、有年轻的情侣，也有踩着拖鞋的学生族，他们和这些人擦肩而过，好像此刻他们也是平稳生活中的一部分。

严亦疏已经很久没有这么开心过了。

他和靳岑一起买完东西，回到他的公寓里，帮靳岑系上了围裙。

“你不是要赶论文吗，先去做吧，弄好了我叫你吃饭。”

靳岑不太熟练地操作着严亦疏公寓厨房里的厨具，他回头看见站在客厅看着他的严亦疏，对他说道。

严亦疏对他点了点头，转身回到房间，把自己的电脑和笔记本拿出来，挪到客厅的沙发上，打开了自己的论文页面，打了几行字。

“你打算待几天？”

严亦疏趴在沙发的靠垫上，问道。

靳岑正在煎牛排，吱吱的声音和肉的香气跳动在厨房内，靳岑手上的动作不停，回答道：“五天左右。”

严亦疏嗅了嗅食物的香气，脑海里已经完全没有了论文的思路，他感觉这一刻要是还想着这些无聊枯燥的文献和数据简直就是对这顿晚饭的羞辱。他愉悦地眯起了眼睛，决定让自己放纵一回。

“我们去曼哈顿海滩吧，租辆车自驾。看完海，可以再去吃顿海鲜大餐，然后沿着长长的滨海公路开回来，最好是辆敞篷车，这样我们就可以吹风……”

他一想到海边那蔚蓝的天空，一望无际的海面，闲散的海鸥和躺在沙滩椅上，无所事事的一个阳光明媚的午后，心情就不由自主地飞扬了起来。

靳岑来之前就已经做了功课，他一边把煎好的牛排淋上黑椒汁端上桌子，一边回复道：“都好，先来吃东西。”

长方形的餐桌不算很大，房东布置得却十分用心。白色小碎花的桌布上放着银质的烛台，靳岑把蜡烛点亮，橘红色的小火苗在空中摇曳晃动，照得餐桌上的食物更加可口了几分。浅蓝色的玻璃花瓶里加了水，插进了自严亦疏租下这间公寓以后的第一支花。

严亦疏和靳岑坐在餐桌前，此时离靳岑下飞机已经好几个小时过去了，他的神色略微有些疲惫，却依旧主动地帮严亦疏布置着餐具。原本简单的晚饭一下子变成了精心准备的烛光晚宴，严亦疏握着刀叉，一时之间都不知道该如何下手。

他在靳岑平静温柔的目光里切了一块牛排放入嘴里，食物的热意和香味弥散在舌尖，他勉强控制着自己的情绪，对靳岑笑着说："很好吃，岑哥是不是在国内进修了？"

靳岑好像是注意到了他的手在颤抖，端过严亦疏的盘子，帮他切起了牛排。

他在严亦疏带着水光的眼眸里看到了很多东西，这些东西让他觉得，他这一趟漫长疲惫的旅途是值得的。

他帮严亦疏切完，把盘子重新放回他的面前，说道："我准备这顿饭已经很久了。"

靳岑能理解严亦疏一个人远离家乡的孤独与苦涩，他想做点什么，给他家的感觉。

严亦疏戴着金边的细框眼镜，烛火跳跃在他的镜片上，灼灼的一片光。

他们在温馨又静谧的餐桌前吃一顿晚饭，闲聊着彼此的近况，就像任何一对久别重逢的朋友一样。

吃完饭，靳岑洗了个澡，躺在严亦疏的单人床上休息了一会儿。

月光透过纱窗静悄悄地洒在桌面上，靳岑和严亦疏一人一台电脑，安静地学习着。

严亦疏打着自己的论文，靳岑坐在他旁边，正在看一份资料，两个人都没有说话，严亦疏却有一种回家的幸福感。

严亦疏也没有发现靳岑是什么时候睡过去的。他打完论文最后一个字，想伸展一下胳膊时，才发现靳岑已经靠在床边睡了过去。

他收起电脑，关上灯，难得提早完成了自己的任务，没有熬夜，早早地睡去。

就这样，两个人一起陷入了沉沉的梦境。

严亦疏的舍友凯文第一次见到靳岑，是在一个艳阳高照的午后。

他从学校图书馆走出来，眯起眼睛，差点被刺眼的阳光晃到眼睛。他下意识地用手遮了遮头顶，下一秒就看见路边朝他挥手的舍友。

他穿着白色的卫衣和短裤，没戴眼镜，看起来青春感十足，旁边站着一个面容陌生的男生，个子很高，也穿着白色卫衣，看起来却很沉静。

严亦疏朝他挥手，而他看过去的时候，那个男生却在看着严亦疏。

凯文很早就知道自己的舍友在国内有一位最好的朋友。

他们请他吃了一顿午饭，然后在那个下午，开着租好的车出去玩了。那是他第一次看见严亦疏选择把休息的时间花在出游上。

那个阳光灿烂的下午，严亦疏开着敞篷车，放着那些他和靳岑喜欢的歌，开过沿着海往前的高速，天空如他所想的一样蔚蓝，海水的咸味和清冷的雪松气息在空气中亲吻。靳岑和他不谈学习、不谈未来……他们光着脚丫在沙滩上散步，一人喝一瓶冒着气泡的可乐，租了两个沙滩椅，闲散地躺了很久。

海鸥从他们的脚边走过，阳光洒在他们的身上，不远处有人在玩沙滩排球，嬉笑声远远地传来。

落日时，那一轮红得滚烫的圆日从海平面的边际隐没，烧得海面也一片红光，大家纷纷停下脚步，注视着大自然瑰丽壮阔的美景，直到圆日消弭，才重新迈开步伐。

他们趿着拖鞋，像任何年轻的游客一样举着巨大的甜筒，逛过街头，去到有名的餐厅吃海鲜大餐。

在陌生的国度，陌生的街头，在无人认识他们的餐厅里，他们快乐地喝下碰杯后的香槟。

当夜色低垂，他们从酒吧里钻出来，两个人穿着短裤坐在酒店的阳台上聊天。

“靳岑，这是我的罗马假日，是我一辈子都不会忘记的时光。”

他闭上眼睛，海滩边的落日余晖好像还在眼前。

他知道这样的下午终究会有尽头。

34

靳岑回北城一中分享学习经验的那天，天气很阴。

高考的号角声已经吹响，倒计时一百天的牌子在高三年级的每个班里挂在最显眼的位置上，靳岑作为优秀毕业生代表受邀回学校进行演讲。

陈毅和祁杨虽然没有在受邀之列，但是这次靳岑回学校，他们也抽空一起回去看了看。

北城一中还是记忆中的样子，没有什么大的变化。三年的时光过去，一届又一届毕业生离开了这所北城著名的高中，学校却依然如旧，校道上的石楠花又开了，稍显刺鼻的气息让过路的学生掩着口鼻匆匆地走过。

学校的大礼堂里，乌压压的高三年级学生坐在台下，而那位传说中的理科状元学长站在台下。

靳岑穿着一件干净的白色T恤，外面搭了一件格子衬衫，看起来非常清爽。台上的男生显然已经熟稔于在大场面下发言，进行分享交流时的语速不急不缓，气场十足。

虽然已经毕业了三年，但是学校里依旧流传着不少他的传说，今日学弟学妹们得以亲眼瞧见本尊，无不偷偷在台下拿出手机拍照。或模糊或清晰的照片被发在各个社交软件上，就连微博上都有人上传，更有甚者还把照片发在了某热门微博话题的下面，引起了网友的讨论。

不到半个小时的经验分享结束，北城一中的应届高三生们不少都还意犹未尽。

学神学长本来就已经是光芒瞩目的存在，更别提这位学长还长得帅了，不少女生组着队想去校园里偶遇一下，但是无不铩羽而归。

靳岑本人在分享结束以后早就和陈毅祁杨一起离开了学校。

随着时间的流逝，学校里风云变幻，出名活跃的人物早就已经更新换代，能像靳岑一样留下传说的毕竟是少数。就像现在，当有人提起“严亦疏”三个字的时候，几乎已经没有人能够说出来这是谁了。

靳岑走在学校后街的巷子里，看着那熟悉又陌生的街道，居然产生了几分恍若隔世的错觉。

陈毅和祁杨跟在他旁边，两个人都迟疑了许久，不知道该和靳岑说些什么。

自高三严亦疏离开以后，靳岑比起以前变了许多。不仅是更加沉默寡言了，有些时候，就连他们都不太能看得懂靳岑在想些什么。大学这三年里，靳岑几乎是在用跑的速度前进，修比别人更多的学分，参加各种比赛，现在又在自己创业，他们跟在靳岑的身后，只有默默地支持他，其他忙也帮不上。

靳岑能答应回来进行一次演讲，都已经出乎他们的意料之外了。

三个人走在去网吧的路上。

走在路上，不时有逃课出来的学生擦肩而过，就像他们的青春和回忆，一幕幕地从他们的眼前掠过，像风一样呼啸着，他们迎着回忆往前走，走到了网吧门口。

此时还没有放学，网吧里的人还不算多，他们办了上机，三个人在小包间里开了一局“吃鸡”。靳岑已经很久没有玩过游戏了，手感有些生疏，他一个人坐在最里面的座位，默默地爆了一个又一个“头”。

“大吉大利，今晚吃鸡”的画面出现的时候，靳岑很平静。游戏的胜利早就已经不能给他带来那种像高中时一样纯粹的快乐了。

对于现在的他们来说，游戏只能当作一种偶尔的消遣。

“今天回去吃饭吗？”陈毅把鼠标放下，侧过头看了看靳岑问道。

“谷雨阿姨上次还和我说，你已经很久没有回去了，她和靳叔叔都很想你。”

靳岑耷拉着眼皮，敲了敲桌子。

桌面上放着的糖盒已经遍布划痕，看上去用了很久了，但是靳岑一直没有换。

他确实已经很久没有回家了。不知道从什么时候开始，他和家里的交流变得越来越少，就算回去，也是找靳振国不在家的时候。他就像憋着一口气在胸腔里，怎么都呼不出来，不想回去给岑谷雨添堵，也不想看见靳振国。

陈毅看见靳岑沉默得像一块磐石的样子，也没有再说下去，只是拍了拍靳岑的肩膀。

“还玩吗？”祁杨问道。

“不玩了，你们先走吧，我还有点事。”

靳岑按了下机，拿起糖盒，站起了身。

这一趟故地重游，陈毅和祁杨本来是想着能让靳岑心情稍微好一点，但是没想到靳岑的心情看起来更加差了。

靳岑和陈毅、祁杨告别后，一个人往记忆里电玩店的方向走。

路上不少店面都是陌生的，靳岑在街口转了几圈，都没有找到电玩店的影子，他在便利店里买了一罐可乐，站在树下的阴影里灌了几口。

电玩店应该是已经倒闭了。

他喝完一罐可乐，又循着记忆里的方向走了一会儿，终于从一条小路里拐了出去，看见了那个废弃的社区游乐园。游乐园对面的停车场已经被圈了起来，上面堆的共享单车也被处理掉了，现在是一片工地，应该在起新的楼房。在城市的每一个角落里，这样的变化每时每刻都在发生着。时间的车轮滚滚碾过，并不会因为谁而停留，有人走，有人来，新楼不断地盖起，回忆也不断地逝去。

就连社区游乐园的旁边也拉上了栏杆，应该是要拆掉了。

密密匝匝的脚手架遮住了靳岑的视线，他站在路边，灰尘扬起又落下，再无当年的一点影子。

他回忆起来，记忆里少年看着他笑的样子，几乎都已经褪去了颜色，只有那种心悸的感觉还是那样明显，他知道这些是真实存在过的。

他想起自己和严亦疏在巷口穿梭，在废弃共享单车堆起的小山上看月亮，而如今只有他自己。

留恋过去，是一种愚蠢但无法自制的行为。就连一直大步前进的靳岑，都没有办法不留恋过去。

这是他大学三年第一次回到这里，但是曾经带给他无数美好回忆的地方早已经变了模样，一切都物是人非，早就不一样了。

靳岑站了一会儿，没有在这个陌生的地方停留，打车回了学校。

如今他的生活愈发忙碌，完全不是大一刚开学的时候可以媲美的，不要说花上六七天去国外找严亦疏，就连一个下午的时间都要他提前很久安排抽出空来。

晚上还有会议要开，靳岑随便吃了一点东西，回宿舍拿资料。

他把电脑装进自己的背包里，打开了抽屉，拿出了一本边角略微磨损的牛皮封套的册子。

这是一本相册。是去年他生日，严亦疏送给他的生日礼物。

厚厚的相册里装满了照片，有景象，有人物，全都是严亦疏亲手拍摄洗出来的，这些严亦疏的生活掠影被集结成了一本相册，漂洋过海来到了靳岑的身边，被他珍重地收藏着。

靳岑站在桌前，像一个虔诚的信徒翻开圣经一样翻开这本相册，看了一会儿，又把相册合上。

他摩挲了一下相册的封皮，把相册重新放回了抽屉里。

靳岑的心里有一个地方，有一簇火苗。

这簇火苗燃烧得不算旺盛，但很明亮，它一直摇曳在靳岑心里那个幽深又晦暗的角落里，像天使落在人间的一粒火种。它燃烧着，在酷烈的冬日里，在明媚的春光里，在落叶的萧瑟里，在蝉鸣的夏日里。

靳岑背着包，骑上单车，赶赴自己的会议。

遥远的大洋彼岸，严亦疏刚熬夜赶完一个课题。

终于结束了这个折磨了组员多日的课题，大家欢呼着站起身，互相拥抱。

严亦疏揉了揉酸胀的太阳穴，对凯文露出一个疲惫的笑容。

“严，辛苦你了！”

凯文给了他一个大大的拥抱。

严亦疏拍了拍舍友的背，道："大家都辛苦了。"

凯文一边收拾着东西，一边再次和严亦疏提起了聚会的事情，"严，你真的不来吗？大家都很期待你来的，你可是我们的头号功臣！"

严亦疏靠在椅子上，摇了摇头，语气轻缓但是坚定地回答道："我不去了，你们玩得开心一点。"说完，他便轻轻阖上了双眼，过了大概十秒，才重新睁开。

"严，你困了吗？要不然我先送你回去？"凯文关切地看着他。

严亦疏轻笑了一声，道："还好，不算困。"

"好像也是，你每次做完事情都要闭一下眼，为什么啊？"凯文有些好奇。

严亦疏把自己的资料收好，放进包里，他撇过头，对凯文露出一个比刚刚更加幸福一点的笑容。

"因为闭上眼睛，数十秒，再睁开的时候，你就可以见到你想见的人了。"

虽然只有一瞬间。

"我知道了，你想家了。"凯文会心地一笑，"快了，严，你马上就可以回国了。"

严亦疏背上包站起来，朝凯文点了点头。

是啊。

快了。

就快了。

严亦疏再次回到川城，已经是许多年后的一个夏日。

落地机场，湿热的气流扑面而来。人置身其中，就好像被塞进了一个不断加水的火炉里一样。严亦疏没有提行李箱，只是背了一个旅行包，穿着一件普通的白色T恤和卡其色短裤，走在人流中像一个不起眼的背包客。

许青已经很久没有见过自己这位旧友了，久到严亦疏站到他面前的时候，他竟然一时间没有认出来这个人是谁。

与上次相见相比，严亦疏黑了许多。记忆里属于少年的面容模糊难辨，眼前站着的人皮肤是小麦色的，头发剃得很短，和以前十分不同。唯有那双眼睛还是曾经的模样，上挑的眼尾和那颗淡棕色的小痣彰显着来者的身份。

"好久不见啊，疏哥。"许青看着站在自己面前的男人，怔愣了一下，过了几秒以后才开口说道。

五六年过去，许青依旧是一张显得稚嫩的娃娃脸，整体变化不大。严亦疏看见他，纷杂的回忆一下子涌上了脑海，他向前走了一步，轻轻抱住了许青，拍了拍他的背。

“好久不见。”

时间的洪流滚滚向前，在不知不觉间改变了许多东西。许青闻到严亦疏身上的味道，有点涩，像是实验室里消毒水的气味。他想起以前严亦疏身上总是浮着或浓或淡的香水味，才恍然惊觉自己的发小原来已经从内而外发生了许多变化。

许青开车载严亦疏去吃饭。

许青从小就不爱学习，高考成绩差强人意，读了本地的一个二本学校，现在和白殊一起合伙开酒吧，别人也叫他一句许老板了。

“这次回国你待多久？”许青问道。

严亦疏出国这些年陆续回过几趟国，待的时间都不算长。许青本来以为他读完大学本科就该回来了，没想到严亦疏不久之后又考上了研究生，一走又是两年多。

这几年他开酒吧，见了不少人和事，比起还是学生的时候也算是见过世面了。但是看着严亦疏，许青却感觉自己看不透自己的旧友在想什么。男人面容褪去了青涩，脸上的表情沉静而平淡，眼睛前架着窄框的金边眼镜，看起来斯文又清秀。

听到他的问话，严亦疏略微沉吟了一会儿，回答道：“这次大概不走了。”

“留在哪，北城？”

“嗯。”

“时间过得真快啊。”许青开着车，情不自禁地感叹道。

他侧过脸，副驾驶座位上的男人看着他皱了皱眉，说道：“专心开车。”

“知道啦。”许青回头看向前方，“你这次回川城……是打算和你爸好好谈谈？”

车载音响连了蓝牙，此刻正放着音乐，一首放完有几秒钟的空白噪音，一如严亦疏一瞬间的沉默。他回答的声音在许青耳边响起，短短几个字，语气冷静而坚定。

“是时候了。”

许青带着严亦疏来了他们高中的时候常去的一家火锅店。

老店在三年前重新翻修了，比以前的苍蝇馆子看起来干净整洁不少，店面依旧不太大，里面位置已经坐得差不多了，赶巧许青和严亦疏坐到了最后一个空位。

严亦疏这几年在国外，吃辣的能力有所退化，一顿饭吃到一半，已经被辣得有些受不住了。他咕噜噜灌完了一瓶豆奶，才感觉自己好受一点。

“疏哥，你这不行啊，怎么现在这点辣都吃不了？”许青看着他，终于在严亦疏身上找到了一点烟火气，他看着严亦疏因为辣而泛红的眼角，调侃道。

严亦疏自己也颇为想念川城的火锅，所以就算是被辣到嗓子眼都疼了，他还是不肯停下。

吃了几口，他又从包里掏出了一个小挂件递给许青。

“行了，拿了我的礼物就闭上你的嘴。”

许青没想到严亦疏还给自己带了东西，有些受宠若惊地接过了严亦疏递给他的挂件，放在手掌心仔细地看。那是一块青绿色的小石头，经过打磨，打了一个小孔，用绳子串着。

“这是什么？”许青好奇地问道，“还有点好看。”

“上次做地质勘探的时候捡的，绿松石，看得过去的我都捡了，回国一人发一个。”严亦疏回答道。

许青“啧”了一声，把小石头揣进自己的口袋里。

“我还以为是我特有的呢，害我白激动了一下。”

严亦疏斜斜瞥了他一眼，眼尾飞起，虽然气质和以前大为不同，但是这一眼依稀能看到当年少年气势凌人不羁高傲的影子。

川城夏天的暴雨总是来得突然又猛烈。一顿饭还没吃完，窗外的天色就倏忽暗了下去。空气中水汽蔓延，雷声闷响几声，大雨倾盆而下，豆大的雨点砸在川城的地上，很快就连成一片水洼。

严亦疏回到家中的时候，家里还空无一人。

严家位于川城的房子也不算太大，但是因为不常有人居住，生活气息不足，显得空荡荡的。

暗得恍若窗外黑压压天空一角的屋内没有开灯，严亦疏这次回来也没有打算在这间屋子里过夜，他只是把旅行包靠在沙发旁边，自己在沙发上坐下了。

沙发对面就是客厅的茶几，茶几上放着几个十分眼熟的铁盒，看起来颇有些年头。

严亦疏记得自己小的时候最喜欢干的一件事，就是放学回家开铁盒。铁盒里有许多他美好的童年回忆——玻璃弹珠、小石头、各种卡片……铁盒随着年月的增长换了一批又一批，多是月饼盒或者茶叶盒，这几个看起来应该是他高中走之前留下的最后一批。

没想到严贺归居然还留着这些。

或者说，是严贺归从来没有想到过要处理这些东西。

严亦疏试图打开这些放了多年的铁盒子，才发现自己高中时候留下的东西居然都已经生锈了，他光是打开就费了不少力气。铁盒子里面其实也没装什么，就是一些他以前的小物件，小时候玩的游戏机、不舍得丢的英雄卡，都被他当作纪念放在里面。

他把所有铁盒子都开了一遍，又在沙发上坐了一会儿，严贺归才打开了房门。

与严贺归今日见面，是严亦疏很久之前就已经和他商量好的事情。

严贺归两年前又往上迈了一个台阶，如今比起从前更忙碌，这处旧日的住所只有清洁阿姨会定时来访，作为屋主本人，严贺归自己都可能没有清洁阿姨来的次数多。

他推门进屋，看见一室的昏暗，下意识便蹙起了眉。

客厅的灯被按下，过了几秒，吊灯闪烁了两下，光明重新来到这间屋子里，严贺归这才看见，原来自己的儿子就坐在沙发上。

他和严亦疏已经有两年多没有见过面了。

严亦疏看向他，目光沉静，父子俩许久未见，一言未发，眼神已经交锋了几个来回。

他们沉默地看着对方。

严贺归又瘦了。这是严亦疏注意到自己父亲的第一个变化。

严贺归年轻的时候本来就身材高瘦，面容清隽，随着年纪的增长，脸上的肉更加挂不住相，颧骨又高，看起来非常的严厉、不近人情。

严亦疏目光略微偏移，就看见了他斑白的两鬓，以及他有些佝偻的背脊。老态不可避免地在这个总是高昂着头颅的孤寂男人身上显现出来。

就如同，严亦疏长大了。

这种长大，不是小树苗抽出枝丫那般，而是当严贺归看着自己的儿子时，心里有一个声音，有些无奈，有些惊叹，也有些酸涩地说，他长大了，长成了一个男人。一个面对着他的目光，能够坦荡自如，毫不动摇，坐在沙发上，足以让他挺直背脊的男人。

可惜，到底还是社会经验不足。那双眼睛想说的东西实在是太多，几乎把表达欲写在了脸上。虽然严亦疏还没有开口说一句话，但是严贺归已经看懂了他的意思，他是来谈判的，他有话要说。

严贺归看着严亦疏的眼睛，脑海里突然冒出了很多经年已久的人和事，它们仿佛纸片下得一场雪，浩浩荡荡地从严贺归眼前掠过，旋转着，飘舞着，落下一片在严贺归眼前，上面画着一双眼睛，与坐在他面前严亦疏的眼睛重合起来，就连眼神都是那么相似，那么坚定，就好像要去谈一场重要的谈判。

那时候，那双眼睛的主人和自己说了什么呢？

说实话，严贺归发现自己有些记不清了。

一场父子间久违的对话不知从哪里捻了一句话作为开头，就这样毫无预兆地开始了。

他们聊了聊彼此的生活。

严亦疏无非是学习、研究和报告，严贺归则连这些内容都没有，到最后也不过只憋出了几个“嗯”字。以至于，当严亦疏说出那句“我有重要的事跟你说”的时候，严贺归也差点以一个“嗯”字打发掉这句话。

严贺归的表情就像化学实验一样，在加入了关键试剂以后，突然发生了猛烈的反应。

严亦疏从小到大，几乎没有看见过几次严贺归表情失控的样子。

说不上是愤怒还是震惊，让严贺归的眉毛高高挂起，他直勾勾地盯着严亦疏，眼睛里闪过几分不敢置信和怀疑。

35

北城一所安静的疗养院内，晨光正好。

靳岑拉开病房的窗帘，让温暖和煦的阳光洒入房间内。

岑谷雨靠着枕头坐在床上，轻轻拍了拍靳岑的手背。

“你这孩子，昨天晚上又没睡吧？今天一大早又跑这来了。我身体已经好了，不需要你这样勤快，有这个时间还不如多睡一会儿，别累垮了。”

靳岑轻轻“嗯”了一声，拿过一个苹果帮岑谷雨削了起来。

果皮在他的手里一圈一圈转下，薄得透光的果皮在阳光的照射下漏出金黄的光，仿佛一小团金色的太阳。

岑谷雨看着儿子有些疲惫的面容，想起丈夫上次和她说的事，轻轻叹了口气，有些无奈地开口问道："李家那个姑娘……"

"没去见。"

靳岑把削好的苹果放在盘子里，利落地切成了几乎等分的几小块，他插上牙签递到岑谷雨手边。

"吃点水果。"

岑谷雨叉起一块苹果放到嘴边，沉吟了一会儿，又问道："亦疏回来了？"

"嗯。"靳岑又给母亲倒了一杯温水，妥帖地放在果盘旁边。

听到岑谷雨提到那个名字，靳岑的面色可以看出来有隐约的缓和。

女人总是敏感又锐利的，岑谷雨也不例外。她自今年春天一场大病至今，身体一直不太好，断断续续地搬进疗养院好几次，靳岑大学以后就和靳振国关系紧张，父子俩之间就像正在打一场没有硝烟的战争，这段时间因为她的一场病偃旗息鼓收敛许多，至少不会像之前那样摆在明面上。

岑谷雨呷了一口温水润润嗓子，说道："别理你爸。"

疗养院的窗外是一片层层叠叠的绿色，很安静，偶尔才会传来一声鸟鸣。

靳岑这段时间处理公司业务忙得连轴转，确实已经很久没有睡过整觉了，就连今天来看岑谷雨，也是他一夜未眠后挤出的时间。

人的时间总是越来越少。学生时代里，许多时间能被花费在游戏、玩乐这些无谓的事情上，而到了靳岑现在的年纪，每一分每一秒都要斟酌和考虑，哪一些花出去是值得的，哪一些是没有必要的。来看望母亲，是他认为值得且必须做的事情。

靳岑抬起手腕看了看表，已经八点钟了，他到了开车前往公司的时间。

靳岑来的时候带了一束白百何，插在房间落地窗前的圆桌的花瓶上，岑谷雨看着靳岑起身，那束百合花从她眼中晃过，十分好看。

她听见儿子的声音。

"妈，亦疏这次回来会进研究院，短时间内不会再走。"

岑谷雨听到这个消息，怔愣了一下，随即点了点头。

"是该回来了，都这么多年了。一个人在外面也够辛苦的。"

岑谷雨下意识地在脑海里描绘这个曾经经常来家里吃饭的少年的身影，瘦瘦的、斯文白净的……她一边想着，一边又觉得当年的事情实在有些……年纪大的人，总会更加眷恋故土和家乡一些，就算她明白可能对于年轻人来说，正是雄心勃勃想要四处征战探险的时候，但还是忍不住对出国多年的严亦疏感到一些愧疚和怜惜。

她说道："亦疏现在在北城吗？等我身子好全了，叫他出来吃个饭吧。"

靳岑知道自己母亲心软且通情达理，他站在房间门口，把空调的温度又调高了一度，然后说道："他人现在在川城，过几日他回来了我告诉您。"

"在川城啊。"岑谷雨喃喃道。

"嗯。"

靳岑最后环视了一圈屋子，确定一切都妥当了以后和母亲道了别，准备离开了。

靳岑拉开门时，门外站着一个身形高大的男人，面容和靳岑有几分相似。

是靳振国。

不仅岑谷雨知道靳振国在外面，靳岑也在拉开门的那一瞬间就看见了父亲常穿的那双刷得锃亮的手工定制皮鞋。

气氛一瞬间有些凝固。

靳振国看着靳岑，张了张嘴，想说些什么，但发现自己好像无话可说。

靳岑大二就已经基本上经济独立，创业的启动金是他自己多年的储蓄，那些钱虽然可以说是家里给的，但靳振国没脸去和靳岑再纠结这些。靳岑的创业自然也不是一帆风顺，但在这途中他从未开口问靳振国要求用家里的人脉为他打通关系铺路。靳岑能有今天的成绩，全是他自己一点一滴用汗水拼搏出来的。靳岑的公司最近开发的手机软件十分受年轻人的欢迎，可以说小有成绩，哪个朋友见了他都夸他养出一个好儿子。靳振国除了还有几分长辈的威严和面子，无从指摘和命令自己的儿子该去干些什么。

靳岑站在他的面前，看着自己父亲复杂的神色，轻轻地颔首打招呼。

"爸。"

靳振国嗫嚅了一下嘴唇，脑海中一瞬间闪过了千万句问话，到最后他却只是干巴巴地挤出一丝笑容，转瞬即逝。

靳振国看着面前的儿子，发现靳岑已经在不知不觉中比他高了，看起来像一头正值壮年的雄狮一样，矜傲又强大。

他听见妻子在床上低低的咳嗽声，听见窗外雀跃的鸟鸣声……听见了自己内心，一遍又一遍挣扎动摇的声音。

到最后，他选择往旁边走了一步。

“你去上班吧，有空常回家看看。”

靳岑向父亲再次颔首，跨步走过父亲身边的时候，又轻轻拍了拍父亲不再宽阔的肩膀。

“您注意身体，多陪陪我妈。”

说完，他便不再回头，径直走出了房间。

靳振国站在门口，头颅轻轻垂着，他像一只丧失了些许威严的老狮子似的，有些不甘，又十分挣扎。

岑谷雨拍了拍自己的床榻边，柔声道：“老靳，过来坐。”

靳振国在岑谷雨的床边坐下，夫妻二人沉默了许久，最后岑谷雨轻轻靠在了靳振国的肩上。

“孩子长大啦。”她的声音很轻，“我们也往前跨一步吧。”

靳岑处理完一天的事务，公司落地窗外已经是一片晚霞余晖。祁杨走进他办公室里的时候，靳岑正在整理文件，低着头，逆着光，轮廓处泛着一圈橘光。

“你是爽了，接下来一个星期我是要忙惨了。”

他叹了口气，想到靳岑走以后自己要面对的山一般的工作量，恨不得现在就辞职走人。

靳岑把文件放好，低着头说道：“能者多劳。”

“疏哥呢？什么时候回来？”祁杨躺在靳岑办公室的沙发上，龇着牙揉着自己的腰，“陈毅这厮太没良心了，让他来帮忙也不来，看我这几天不把他按在公司凳子上。”

靳岑看了看手表，算着时间，严亦疏在川城那边应该也进行得差不多了。

他的手机上没有任何来自严亦疏的新消息，靳岑的心里还是有些无端的忐忑，毕竟严亦疏和严贺归的父子关系与他和靳振国大为不同，他无法预兆那对父子的面谈会是什么情形，只能相信以严亦疏现在的能力能够妥当地处理好。

祁杨每次打量靳岑的办公室，都会被那随处可见的大大小小的各种石头震撼到。也不知道严亦疏这些年搞科研调查去了多少地方，才能从世界各地给靳岑弄这么多好看的石头回国。

除了石头以外，靳岑办公室的墙上还挂着装裱好的照片，多是风景照，偶尔也有一两张出现了男人的背影，这些照片都拍得很好，每次有人来靳岑办公室都免不了吹捧一两句，问一问这是哪位摄影家的作品。

而这些装饰基本上全部都来自严亦疏。

想起小严老师送给自己那可怜的小石头，祁杨免不了也有些酸。他咂咂嘴，一想到接下来这个星期靳岑还要用年假出去和严亦疏玩，心里就酸得更不是滋味了。

祁杨和靳岑走出写字楼的时候，北城的最后一抹晚霞渐渐消散在遥远的天边。

与此同时，川城的暴雨还未停歇。

严亦疏背着旅行包走在大雨里，撑着一把黑伞。他的步伐没有紊乱，表情也很平静，看起来不像刚刚和父亲谈判的人。

但是没有人知道，他的心里在上演了一场怎么样的惊涛骇浪。

严亦疏设想了很多种谈判的情形，但是他万万没有想到，严贺归的反应不是他预想中的任何一种。

严贺归的情绪摆在他的脸上，确实震惊、愤怒，甚至手都紧紧攥在了一起。

但是到最后，严贺归却什么也没说。

他只是良久地沉默着，沉默着。

窗外的暴雨不停往下倾泻，雨滴打在树叶上，打在阳台的栏杆上，滴滴答答窸窸窣窣的雨声交织连绵成一片网，把严贺归和严亦疏包裹在里面，密不透风。

严亦疏想，严贺归在想什么呢？

这样的雨，这样昏暗的天，他看着自己，看着这间屋子，脑海里是不是会有昔日故人的身影？

他不知道。

严贺归和他实在是太久没有交流过了，除去父子的血缘关系，他们近乎陌生人。

血脉把他们连在一起，却也在他们之间横亘下一道天堑，遥遥相望，谁也无法触及对方。

严亦疏不知道自己和严贺归沉默了多久。

他只知道，这场雨，下得真久啊。底下的小泥坑，现在都已经变成小池塘了吧？

他前年去美国西南部的纳华达山脉做地质调研的时候，也遇见过这样一场暴雨，说来就来，不讲一点情面。大家被困在山上，空气里都是土腥味和枯枝烂叶的味道，潮湿又阴冷。那时候他看着顺着山坡往下流的雨水汇集成的溪流，心里也难以克制地想起自己去世的母亲。

严贺归和他在沙发两边端坐。直到雨势渐小，月亮透过厚厚的乌云勉强散发出一点光亮的时候，严亦疏才听见了严贺归沙哑的声音。

他那很久不和他说上一句话的父亲说了一句话。

“知道了。”

知道了。

然后呢？

然后就应该是，你可以走了。

严亦疏恍惚地站起身，恍惚地背起自己的旅行包，恍惚地离开了这间屋子。

他走的时候，好像看见那个总是蹙着眉头，心事重重的男人眼中闪着一点水光。

他在想什么？他在怀念谁？抑或者……他对自己以前从未对孩子付出时间和精力感到愧疚？

严亦疏撑着黑伞走在川城的大雨中。

他的世界好像陡然一下轻松了许多。

这种轻松来得那么容易，超乎他的想象，就好像他这些年吃的苦全部都不作数了，他甚至还没有把这些东西搬到严贺归的面前。

想到这里，严亦疏握着伞的手突然一僵。

他意识到，自己居然潜意识里还和小时候考第一名的想法一样，想用成绩去向严贺归邀功。

他眨了眨眼，水珠从伞沿边上滴落在他的额头，又顺着滑落到了他的睫毛上。

严亦疏站在雨幕里，虽然暴雨来袭，但是闷热依旧不减，他感觉自己出了汗，也淋了雨。

他站在路边，伸手招了一辆出租车。

“去机场。”他和司机说。

出租车在夜色里汇入了车流之中，往机场驶去。

严亦疏坐在车上，手一直在微微颤抖。

他有些不敢置信。

不敢置信，自己刚刚……好像得到了，来自父亲的一点不用邀功的爱意。

这点爱意出现得那样意外，猝不及防地让他所有青春里难言的、隐喻的恨和怨，全部都化成了一摊浑浊的泥水，放在了光天化日之下。

只等着太阳升起，就能全数晒蒸发干净。

严亦疏从川城坐夜航回到北城。

他的人生，从此真正属于他自己了。

那是一个平平无奇的北城夏日的一天。

早上十点半，从北城机场飞往冰岛首都雷克雅未克的航班开始登机。

非节假日乘坐这趟长途航班的人并不算太多，大家都显得十分悠闲，所以当靳岑走到自己的座位旁，看见靠窗的位置已经有人落座的时候，他不自觉地眯起了自己的眼睛。

坐在靠窗的位置的是一个年轻男人，正在安静地看着书，气质看上去像一个学者。

男人戴着斯文的金边眼镜，头发剃得很短，看上去除了书卷气之外，还带了几分说不出来的干练和锐意，这让人能够判断出他大概钻研的不是常年泡在实验室的专业。

男人眼镜下的眼睛生得十分好看，眼尾上挑，睫毛很长，不算浓密，看起来有一份独特的冷清和矜傲。他看书的时候神情专注，直到靳岑在他身边落座，他才迟迟地转过头来。

“你好。”

男人朝他露出一个礼貌舒服的微笑，并且合上书本，伸出了自己的手。

靳岑和他短暂握手，颔首致意。

“你好。”

靠得近了，男人身上浅淡的消毒水的味道传到了靳岑的鼻子里，靳岑沉吟了一会儿，主动开口问道：“您是从事科研行业的吗？”

男人抬起头，有些惊讶地看了他一眼，又眯起眼睛笑了。

“是的，您呢？”

“商人。”

靳岑简短地回答道。

男人看着他，说道：“那一定是一个成功的商人。”

旅客陆续坐满了，靳岑和男人也有一小段时间没有再交流，直到飞机即将起飞的提示响起了一遍后，靳岑的耳边才传来男人温润好听的声音。

“您去雷克雅未克是做什么呢？旅行还是公务？”

虽然靳岑从不喜欢和陌生人闲聊，但是身边的男人让人有一种无端的亲切感，于是他便回答道：“旅行。”

“真巧，我也是。旅行愉快！”

男人轻轻眯起了眼睛。

“旅行愉快！”

靳岑侧过头，轻轻地笑了。

飞机起飞，划入蔚蓝的一片天空中。

严亦疏和靳岑闭着眼睛靠在椅背上。

他们从北城启程，飞往遥远的雷克雅未克。

这只是他们旅行的第一站。

在许多年前，他们早就已经想好了，要一起去世界的每个地方看一看。

而如今他们终于开始启程。

耳机里的歌放到了那首《白日梦》，如今刺背乐队解散了有三年，再也不复当年的红火，可是这首歌一直在靳岑的歌单里保存着。

“贪恋你如贪恋白日梦，叫人溺死在其中。”

歌曲唱到高潮，他们穿梭过云层，穿梭过所有的往事和苦难，往崭新的未来飞去。

靳岑闭着眼睛，眼前好像闪过一片白光。

如果他的人生是一场白日梦，那他的世界一辈子都不会有黑暗降临。

这辈子，他都要活在这场白日梦里。

大步地，迎着烈日往前走。

番外

朗朗晴空

靳岑拧开水龙头，冰冷刺骨的水冲刷在手上，他面无表情地洗完手，把老旧的水龙头拧紧，转身走出了这栋楼龄颇大的教学楼的厕所。

他选修的课程大多都是早课，一堂漫长的语言课结束后，校园里依旧阴沉沉的。雾霾笼罩了将醒未醒的冬日早晨，骑着自行车在校园里穿行的学生们穿着厚厚的羽绒服，戴着口罩，行色匆匆。

圣诞将至，虽然今年冬天格外寒冷，大家都不太想在室外活动，但是校园里依旧有不少地方挂上了节日气息浓厚的装饰。靳岑从食堂买了早餐出来，还听到擦肩而过的女生在讨论今年的平安夜怎么过，声音窸窸窣窣，在和他眼神交汇的那一刻，却好像被按下了暂停键一样没了声。

或许是穿着黑色长款羽绒服的男生气质太冷、眼神太凌厉，又或许是因为别的，总之，等到靳岑走出去以后，那几个女生才重新开始说话。

“诶……刚刚过去的那个是不是传说中的那个师兄？”

“是吧是吧。”

她们一边说着，一边忍不住回头往食堂门口望，但是厚厚的挡风帘把外面的情形隔绝得很彻底，她们也没能看见师兄的背影。

雾蒙蒙的早晨，一个惊喜的相遇往往能让人讨论许久，靳岑自然是不会在意自己的路过给几个女生带来了一上午的谈资，他买了早餐回到宿舍，一路单车骑得带风，早餐在手心还有些许热度。

打开门走进宿舍，刘焕正在门口整理衣服，准备出去。

他看见靳岑走进来，开口打招呼道：“老四，你今天又上早课啊？”

靳岑点点头，把羽绒服脱下来挂在挂钩上。

刘焕把自己的刘海精心地撇成三七分，然后回头又对靳岑说道：“平安夜你真不去聚会啊？我们这次都是熟人，你不来多没意思啊。”

刘焕大四，已经分分合合换了几个女朋友，现在正单身，又开始热心地攒各种局，考研找工作都没见他这么上心。

靳岑已经拒绝过了几次，所以这次只是“嗯”了一声，在自己的桌前坐下，并没有再做更多解释。刘焕就算再迟钝也察觉出来自己这平常都礼貌待人的舍友心情不好了，他立刻把自己的嘴巴闭上，麻溜地背上包出门去。

靳岑戴上耳机，打开电脑，一边吃东西一边看资料，时间滴滴答答过去，手机闹钟响起的时候，已经是提醒他吃中饭。

他揉了揉有些酸涩的肩膀，滴了眼药水，稍作休息，便起身下去吃饭。

这样规律的作息和丝毫不拖泥带水的生活作风已经悄悄地代替了曾经的随心所欲，陪伴着他的大学生活。

中午，阳光穿透了厚厚的云层，使整个天空稍微明亮了几分，但是这阳光丝毫没有热度，落在人身上也叫人察觉不到。靳岑知道严亦疏放了假，但是又说有一门实践活动把他绊住，不能见到严亦疏让他的心情十分糟糕，这从他一直紧皱的眉头就能看出来。

普通的一天，重复着上一天的单调枯燥，让人心平静得仿佛一潭死水。

靳岑在食堂里吃饭，又遇到了刘焕一行人。

秦小琴和刘焕大一谈了一小段时间就分手了，如今恋人不做做朋友，倒是时常拉着几个伙伴一起吃饭，坐在一桌和他挥手，靳岑也不好装作没看见。

他端着盘子坐过去，坐在秦小琴旁边的圆脸女生眼睛瞬间就亮了。

“靳岑师兄？天啊——”

她尖叫声卡在喉咙里一般，又被自己咽了下去。

像是怕靳岑嫌弃自己，她缩着头不敢再说话，眼神却不住地往那边瞟。

秦小琴笑着说：“靳岑，你看你，这些年一点都不冒头，我们学弟学妹只闻你的大名都没见过你的人，这一下子把我们圆圆都要高兴得晕过去了。”

靳岑抬眼看了小学妹一眼，没说什么，只是点了点头，继续吃饭。

在座的更多还是跟靳岑打过交道的人，看他这样，纷纷也都揭过这个话题，聊起天来。

靳岑吃饭快，很快就吃好了。

他端起盘子，朝大家颔首，道：“我吃好了，你们慢慢吃。”然后转身便离开了。

男生分明也是穿着和别人一样的黑色长款羽绒服，偏偏显得格外利落高挑，拿迷妹圆圆的话来说，就是后脑勺都冒着帅气。

圆圆看着靳岑远去的背影，激动地直握拳。

“小琴姐,太帅了！太酷了！不愧是我们计算机全体女生的男神！太帅了！”

秦小琴无奈地笑笑，捏了一把女生圆圆的脸。

“行了，只可远观不可亵玩，这都第四年了，你见过有人摘下这朵高岭之花吗？”

答案当然是没有。

仰望、倾慕高山之高的人许多，真的攀峰的人少之又少，就算有人真的鼓起了勇气，也全部被轻描淡写地拒在了山脚下。

圆圆却不这样想，她眼里冒着星星，说道：“就是这样才是男神！是我们大家的男神！”

隔了两年，秦小琴发现自己居然和学妹都要产生代沟了，她只好摸摸圆圆的头，没再和小姑娘聊靳岑，不然圆圆估计真的要没完没了。

形象还不错的刘焕原本在学妹面前还有几分存在感，如今却被靳岑彻底掩埋了，他酸溜溜地嚼着饭粒，很快就把饭给吃完了。

一行人没有骑单车，吃完饭以后便晃晃悠悠地往宿舍走。走在他们前面的一个高个子男生很快就引起了学妹圆圆的注意力。

穿着驼色牛角扣大衣的男生戴着一副斯文的金边眼镜，正在四处张望着，看起来对这个环境十分不熟悉的样子，手上拿着的手机屏幕显示着导航的画面，他几次回头看见后面一行人，仿佛想问些什么的样子，最后又没有开口。

男生长着一张十分俊秀的脸。一双掩在金边眼镜后的眼睛狭长清澈，眼尾微微上挑，鼻梁高挺，皮肤白皙，让人一眼望过去便心生好感。他手上提着一个很大的行李箱，看起来像是出了一趟远门。

圆圆侧头对秦小琴低声道：“哇，这不是我们学校的帅哥吧？”

秦小琴也低声回答她：“看上去不像。”

倒是刘焕挠了挠头，总感觉在哪里见过这人似的。

刘焕要回宿舍拿东西，秦小琴、圆圆几人下午要和他一起出去活动，也没走散，一路跟着往刘焕宿舍楼那边走，而那陌生帅哥也正巧，一直走在他们前面。

行李箱的轮子碾过地面，骨碌碌的声音融入冬日午后喧闹的校园里，男生步伐迈得很大，但是脸上却没有什么焦急的神色，他一路张望，看着校园里的风景，就像一个普通的游人。

一行人走着走着，便到了宿舍区。

宿舍楼的样子都差不多，男生似乎有些辨认不出目的地，他再次转头，眼神直直撞上了圆圆偷看他的目光。

圆圆被抓了个现行，紧张地揪紧了衣服的下摆。

男生看着她，脸上露出了一个浅浅的笑，那张本就好看的脸一下子更加耀眼了，晃得圆圆有点昏头。

“同学你好，我想问一下，七栋在哪边？”

刘焕就住七栋，闻言他立刻回答道：“就在前面左拐，挂了红横幅的那栋！同学你是找人吗，我带你去？”

男生笑眯眯地点点头，说了声谢谢。

一群人浩浩荡荡地往七栋去。

几百米的路，圆圆鼓足了勇气，才敢轻声问出一句：“同学……你是 T 大的吗？”

男生看了她一眼，摇摇头，说道：“不是呀。”

虽然心里早就预想到这个答案，但是圆圆还是有些不住的失望，比起男神那种高不可攀的帅气，眼前的男生显得温和亲切许多，圆圆心里存了些想认识的小心思。

走到七栋楼下，刘焕让其他人等一下，他上去取东西，又看了一眼那个男生，问道：“同学是要来七栋找人吗，说不定我认识，帮你叫一下。”

男生看着他，问道：“你是叫刘焕吗？”

刘焕一惊，他张了张嘴，又点点头：“是，我是叫刘焕，同学你认识我？”

男生嘴角的微笑又往下压了几分。

他从口袋里掏出一颗磨得圆润的小石子，递给刘焕，声音清冷又好听。

“那麻烦你帮我叫一下你们宿舍的靳岑，把这个给他，和他说楼下有人找他，他就会懂啦。”

一时之间大家都有些愣住。

什么？

这个帅哥是来找靳岑的？

刘焕心头更是一股异样的感觉浮上，他看了一路这个男生，总觉得眼熟，但是又说不出来哪里眼熟，如今从男生嘴里吐出靳岑二字，倒是把他砸了一个激灵。

好像……好像在靳岑哪个照片里见过这个男生的脸？

他接过男生递过去的石子，就动作麻利地刷了门禁卡上楼去。

男生站在宿舍楼下，没有和身后的其他人说话。

他把身后的背包取下来放在行李箱上，双手拿起胸前的相机，对着宿舍楼拍了一张。男生看着四方屏幕里框住的那些树和窗户，眼里浮现出淡淡的怀念和欣喜。

风吹过，掉光了叶子的树干颤巍巍地在风中摇摆了两下，倒是尘埃被卷了起来。午后时分，早晨的雾霾被吹散了大半，天空是一片浅浅的蓝，虽然依旧被雾霾笼罩着，但是看起来还算干净。

圆圆站在男生身后，只觉得他好像非常安定闲适，丝毫没有等人的时候，那种身处陌生环境的窘迫和拘束。

男生看了看相机，又抬眼看向楼道口。

时间在他身上的流逝仿佛都被放慢了，就连风拂过他的发丝的瞬间，都那样清晰可见。

不知道过了多久，应该有六七分钟，又或者只有四五分钟？

有个身影急匆匆地从楼道快步走来。

所有人看着那里，都觉得那个身影格外的熟悉。

而当那人推开门的那一刻，那张刚刚还在食堂见到的脸落入大家的眼里，舌尖上的两个字便要脱口而出——靳岑。

靳岑只穿了一件黑色的高领毛衣，没有穿外套，就连脚上都还是一双在宿舍内穿的拖鞋。

他看着站在门口的男生，从头到脚，仔细地，认真地看着。

“靳岑。”

男生开口，声音里带着笑意，而他说出那两个字的时候，尾音格外温柔。

“我来看你啦。”

如果说在圆圆这些年里，有什么难忘的瞬间，那就是那个吃完饭的午后，和一个陌生帅哥一起同行了一段路的时刻，一定会在她的脑海里浮现。

你见过冰山消融的样子吗？又或者说，你见过阳光穿破云层，高山露出山顶，万丈光芒的样子吗？

圆圆敢说，自己见过。

那个常年不见踪影，拒人于千里之外的传说中的师兄靳岑，就像被拉入人间的神祇，一瞬间变成了会哭会笑的凡人一般。

她看见靳岑师兄紧紧地抱住了那个男生。

脸上好似在笑，又好像落下了泪来。

他很开心。

很开心，很开心。

那种溢于言表的喜悦和快乐，让女生恍惚间好像看见，这是一个阳光明媚的午后，这是一片草长莺飞的春天。

十二月，一个阳光并不美好的雾霾日。

靳岑的世界，再一次迎来了郎朗的晴空。

探亲

川城的八月，总是萦绕在这座城市上方的浓雾消散了些许，阳光有了毒辣的味道。小巷向上的石板坡道旁老树枝蔓缠绕，白殊开的酒吧便选在这闹中取静的地方，往前拐出去是繁华热闹的商业区，从小道溜进来便是时光打磨许久的老旧居民楼。

酒吧门面很招摇，刷红漆的整面砖墙用白色的广告招贴字体写了两个字“向上”，墙上贴满了大大小小或旧或新的乐队演出海报。大门处卷轴拉下，昭示着此刻酒吧处于关闭状态。

严亦疏也许久没回川城了，上一次回来还是和父亲摊牌那次。如今他生活里的一切终于都归于平静驶向了正轨，而他和靳岑在朋友们的再三催促下也抽时间飞了回来。

比起北城来讲，这里的空气更加湿润黏腻，他不一会儿就出了一身汗。靳岑戴了一顶黑色的鸭舌帽站在他的旁边，默不作声地往胃里灌着可乐。

严亦疏和白殊确定了一下位置，拉着靳岑又绕了些路，来到酒吧的后门。

呜呜往外吹着凉风的后门口站了个染了一头小葱绿的男人，他靠着门框抽着烟，穿了一件脏粉色的T恤，加上身上零零碎碎的配饰，整体风格看起来非常梦幻。严亦疏看见他的时候无语地抽了抽嘴角，无论过了多久没见，许青总是能把自己捯饬成人群中最显眼最奇葩的那一个。

许青在视线触及严亦疏、靳岑二人的一瞬间瞪圆了双眼，他把烟头扔到地上用脚碾灭，开口的声音分贝极大。

“疏哥你们来了！这里这里！”

就在许青吼完这一嗓子以后，掀起了门帘的门后探出了几个颜色不一的脑瓜子，笑嘻嘻地和严亦疏点点头，然后目光紧紧地缩在了戴着鸭舌帽的靳岑身上。

靳岑从小到大都是被人注视的那个，按理来讲应该早就习惯了别人的目光，但是严亦疏这一众童年好友的目光穿透力实在是有些强，看得他内心升腾起了几分不自在。

他暗暗想道，难怪刚刚严亦疏要让他戴帽子，实在是很有先见之明。

他们从后门走进去，严亦疏和靳岑的眼皮同时一抽。

狭窄的通道此刻挤满了人，许青摸了摸他葱绿色的脑瓜子站在严亦疏旁边尴尬地笑了笑——明明说好他一个人出来接的，现在看来大家都不是什么安分听话的东西。

严亦疏的目光从这群熟悉又陌生的好友的脸上掠过，可惜大家都没什么热情与他对视去重燃友情的火炬，所有人的重点都放在了靳岑的身上。

“这个就是北城有名的靳岑？是还蛮帅的哦……”

“哎呀，阔惜（可惜）看不到脸撒，有没有哪锅（哪个）去把他脑壳上的帽子摘老（摘了）？”

“等哈（等下）叫老大把他喝趴哈（喝趴下），我们就能摘帽子老（了）！”

严亦疏感觉冷汗要从脑门上冒出来了，这群人声音可以再大一点吗？

靳岑不安的感觉则愈来愈盛，这一次严亦疏嘴上描述的“快乐追忆青春”之旅，好像和他所描述的，不太一样啊。

三个小时后。

酒吧本来还算宽阔的员工休息室内人越来越多，摊开的三张麻将桌挤挤挨挨围了不少人，靳岑生无可恋地被囚禁在一张桌子的上方，他并不会打麻将，但是这不妨碍热情的川城朋友们对他进行教学指导和辅助出牌。

至于他那顶负隅顽抗的鸭舌帽，也在这三个小时的激战过后不知道被挤到哪个角落去了。

就出神了那么一秒，靳岑被一位牌风激进的朋友狠狠地拍了一下肩膀，“打牌莫要走神咯帅哥！赶紧赶紧，摸牌！”

靳岑绝望的眼神扫过这间贴满了隔音棉的员工休息室，在红橙黄绿青蓝紫各不相同的脑袋中试图找到严亦疏，却只是徒劳无功。

和北城截然不同的朋友圈氛围包裹着靳岑，他终于对严亦疏性格的养成有了真实深刻的了解——能在这种环境里面当老大的人，怎么可能是简单人物啊。

清脆的麻将牌相撞的声音，混杂着辣子的香味，空调温度开得很低的室内一片热火朝天，平时在自己的交际圈里无人敢挑战其权威的靳岑如今可谓是威严扫地，川城的朋友们操着一口听得不明不白的方言式普通话，用霸道不讲道理的自来熟热情，让靳岑在麻将桌上一坐就是一个下午，甚至连去厕所都有几大“金刚”护送，一边抽烟一边等靳岑出来，靳岑推开门的时候恍惚中以为自己变成了什么国家重要领导人。

最关键的是，严亦疏不见了。

夜色慢慢席卷了这座常年弥漫着雾气的城市，高耸的摩天大楼盘山而建，浩荡的江水把霓虹灯的璀璨色彩涂抹成一片斑驳光影，摇着蒲扇的老人支开桌椅坐在街边喝茶打牌，靳岑则在高强度的培训下完美学会了当地麻将的打法，并且作为后浪狠狠地把前浪们拍在了沙滩上。

“天胡——不是吧？”

“不可能，搞什么——”

“哎我看着他摸牌的，你们莫得要赖！”

靳岑一手好牌让牌桌上的气氛达到了白热化，身后为他撑腰的众人和对面大声质疑的人吵得面红耳赤，最夸张的是，这些人全部穿得在靳岑对时尚的理解范围外，感觉他们随时都可以到舞池里来一首亚文化舞曲。

就在靳岑被吵得耳朵嗡嗡作响的时候，一股酒气袭来。他耸了耸鼻子，在浓重的酒气和烟味的掩盖下，闻到了那股熟悉的味道。

他转过头，看见严亦疏艰难地拨开围在他身边看牌的几位壮汉，一边拨一边嘴上骂道：“你们几个快点给老子爬开！”

严亦疏喝了酒，从脖子到脸红得不行，一双狭长的凤眼更是因为喝了酒雾气弥漫，但是好像神智还算是清醒。

被严亦疏打了几巴掌的壮汉们乖乖地散开，严亦疏一把抓住靳岑的手臂，把他从座位上拽了起来。

靳岑愣了愣，他赶紧把手机塞进裤兜里，严亦疏拽着他直接就开始往外跑。

“呀！许青，人呢！疏哥带人逃跑老（了）！”

不知道哪个大嗓门吼了这么一句，刚挤到门口的严亦疏听了差点脚步踉跄，他拉着靳岑跑得更快了。

他们从酒吧后门冲出去，热气扑面而来，看不见星星的夜空漆黑如墨，喧哗声被严亦疏和靳岑抛在了身后。旧居民区的街道上撑开了好多白日里没有的桌子，不少人正在优哉游哉地撸着串串。

严亦疏的手心濡湿，他紧紧拽着靳岑，身上白色的T恤被汗湿了一大块。

靳岑跟着他往前跑，爬上布满苔藓的青石板砖，听着夏日里绵长的蝉鸣。严亦疏和他都已经不再年少了，渐渐地，他们习惯了沉稳，他们身上的锐角被打磨得钝了，喝酒再也不去音乐震耳欲聋的闹吧，也不再喜欢在舞池里扭动自己的身躯。

身后不停地响起了追捕他们的人的喊声："严亦疏，你个小崽子，这么多年不回来还不让我们喝死你，是不是男人！"

风从严亦疏的身边刮过，吹起了他的发丝，严亦疏回过头，那副平日里让他看起来很稳重的金边眼镜不知道什么时候不见了，那双因为喝酒潋滟着水光的凤眼里满是充满锋芒锐气的得意。

"要喝死我先追到我再说！"

严亦疏拉着靳岑在复杂的街巷里穿来绕去，身后的声音逐渐变小，然后消失，又一次不知道从哪条长满树木的小道里钻出来。两个人来到了一处半山腰，此处的护栏看起来已经很老旧了，往下望去，浩浩荡荡的江水向前湍流，对岸灯光繁华到炫目的钢铁森林就像人类留在这地球上的一个梦一般。

严亦疏和靳岑虽然一直保持着健身的习惯，但是此刻也跑得岔了气，两个人面对面粗喘着气，闻着对方身上的酒味和烟味，对视着大笑出了声。这和他们想象的"探亲"之旅好像没有半分相似，但是好像又本来就应该如此。

晚风拂过，不知道哪家店的火锅香味被吹来，严亦疏背对着江水和城市，张开了双臂。他看着靳岑，那个如今每天西装革履，也学会了养生，与父母和解了的男人，眼里全是笑意。

风在手臂上打了个圈，又毫不留恋地离开，严亦疏心里那郁结已久，自己都没有察觉的某个结，此刻消散得一干二净。

靳岑落在他的眼中，川城的山和城落在他的眼中，那些昔日好友没有一丝一毫的改变，那些烟火气也一如记忆里那样亲切又霸道。

二十五岁的严亦疏站在这里，就好像回到了他十五岁的时候，那时他还未离开川城，还没有认识靳岑……

靳岑看着严亦疏，看着他完全舒展了眉眼，壮阔的景色在严亦疏的身后，却和严亦疏的快乐一起向他袭来。

严亦疏笑弯了眼，对他说："靳岑，欢迎你来到川城，来到我的青春。"